드래곤의 반려

heart of dragon

드래곤의 반려 1

초판 1쇄 찍은 날 | 2012년 11월 5일
초판 3쇄 펴낸 날 | 2015년 11월 6일

지은이 | 이수림
펴낸이 | 예경원

편집 | 유경화

펴낸곳 | 예원북스
등록번호 | 제396-2012-000132호
등록일자 | 2012. 7. 25
YRN | 제1-0003호

주소 | 경기도 고양시 일산동구 무궁화로 8-28 삼성메르헨하우스 1118호 (우) 410-837
전화 | 031-819-9431 팩스 | 031-817-9432
http://cafe.naver.com/yewonromance
E-mail | yewonbooks@naver.com

ISBN 978-89-98102-03-6 04810
ISBN 978-89-98102-02-9 (세트)

드래곤의 반려

heart of dragon

1

이수림 장편 소설

YEWONBOOKS ROMANCE STORY

카르탄 시리즈 가계도

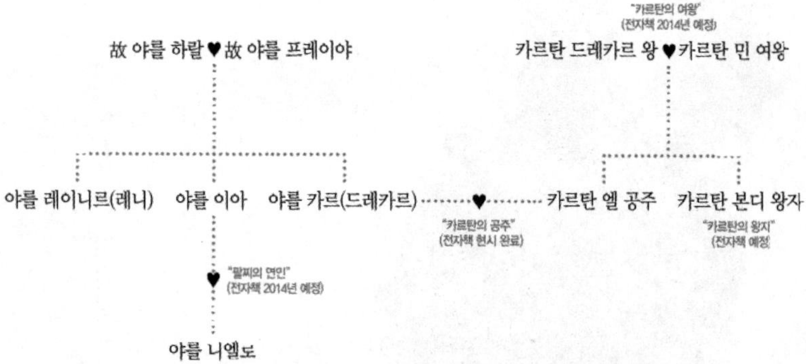
"카르탄의 여왕"
(전자책 2014년 예정)
故 야를 하랄 ♥ 故 야를 프레이야
카르탄 드레카르 왕 ♥ 카르탄 민 여왕
야를 레이니르(레니)
야를 이아
야를 카르(드레카르)
♥
카르탄 엘 공주
카르탄 본디 왕자
"카르탄의 공주"
(전자책 현시 완료)
"카르탄의 왕자"
(전자책 예정)
"팔찌의 연인"
(전자책 2014년 예정)
야를 니엘도

CONTENTS

프롤로그 ◆ 7

1부 ◆ 11

1 / 13 · 2 / 33 · 3 / 59 · 4 / 88

5 / 130 · 6 / 160 · 7 / 193 · 8 / 232

9 / 273 · 10 / 299

2부 ◆ 325

1 / 327 · 2 / 359

프롤로그

갓난아이였다.

태어난 지 얼마 안 된 존재답게 두 뼘도 되지 않을 만큼 매우 작았으며 아직 쭈글쭈글하고 새빨갛기 그지없었다.

손짓 한 번이면 죽어버릴 연약한 존재. 아니, 굳이 무력이나 마력魔力을 쓸 필요도 없었다. 도움을 전혀 받지 못하고 방치되면 며칠도 못 가 숨이 끊어질 터. 그만큼 연약한 존재.

이해할 수 없다.

그는 동상처럼 가만히 선 채 자그마한 아기침대 안에서 새근새근 잠들어 있는 갓난쟁이를 내려다보았다. 늦은 시각, 온 세상은 시커먼 암흑으로 뒤덮여 있었다. 모든 별이 불길한 먹구름에 철저하게 짓눌렸고 달마저 숨어버렸지만 그는 아기의 모든 면을 볼 수 있었다. 그러나 아무리 긴 시간을 들여 살펴보아도 예상과는 달리 특별한 것을 느낄 수 없었다.

그저 인간 아기일 뿐. 그런데 어째서…….

그는 마력을 구체적으로 현실화시키는 방법인 마법魔法 가운데 공기마법을 썼다. 새하얀 포대 속에 평화롭게 잠들어 있는 아이는 공중으로 떠올라 그의 눈앞으로 다가왔다.

아기의 짧은 머리카락은 백금발이었다. 때로는 황금빛, 때로는 은빛 광채를 내뿜는 아름다운 색. 피부는 도자기처럼 매끈하고도 윤기가 났으며 갓난아기인데도 이목구비는 섬세하고도 또렷했다.

대륙 최고의 미인이 되리라.

아이의 외모에 대해서는 예지받지 못했으나 그는 미래를 알 수 있었다. 인간 여자들 중에서 가장 빛나는 외모를 소유하게 될 이 아이에게 모든 인간 남자들이 홀리리라. 인간 남자라면 그러는 게 정상일 터. 그러나 그는 인간이 아니었다.

"그런데 어째서."

그는 조용하게 읊조렸다.

"인간 따위가 나의 반려인가……."

모든 생명체에게 반려가 있는 만큼, 그에게도 생의 반쪽이 존재하는 건 당연했다. 그러나 백 년도 살지 못하고 스러지는 연약한 인간이라니? 아무리 후생後生이 있다고 해도 기본적으로 인간의 영혼은 지극히 미약할 뿐이었다.

도무지 이해할 수 없는 창조신創造神의 배정이었다. 더군다나,

이런 상황일 때 태어나다니?

좋지 않은 시기였다. 귀찮으면서도 난잡한 일이 수면 아래에서 음습한 모습으로 기회를 노리고 있는 시간. 물론 그는 단 한 번도 실수한 적 없었다. 그러나 혹 그가 잘못을 저지른다면 파장은 어마어마하리라. 그렇기에 그는 언제나 그러하듯 조용히 지켜보면서 때를 기다리고 있었다. 어딘가에 숨어서 발톱을 날카롭게 갈고 있는 자를 처단하기 위해.

……그렇군.

그의 냉랭한 얼굴에 잔혹한 미소가 떠올랐다.

하필 이런 시기에 이 인간이 태어난 이유가 그제야 이해되었다. 이 존재를 이용해서 골치 아픈 상황을 정리하라는 창조신의 계시였다.

그래, 그러면 될 것이다.

그는 만족스러운 결론을 내리며 다시 아이를 관찰했다. 아무리 갓난아기라고 해도 반려라면 영혼에서 무언가가 느껴져야 할 터. 그러나 어떤 감응도 일지 않았다.

운명적으로 예정된 동반자라 할지라도 반드시 사랑에 빠지는 건 아니었다. 그의 경우도 마찬가지인 모양이었다. 평생, 이 아이가 죽을 때까지 그리고 그다음 생에서도 끝없이 그러리라.

그러니 이용해야 했다, 아주 철저하게.

"잘 자라거라."

그는 진심으로 부탁했다. 그래야 계획을 실행할 수 있으니까.

조용히 그는 아기를 다시 침대에 눕힌 뒤 아기의 이마 중앙에 검지를 살짝 눌러 보이지 않게 '반려의 징표'를 심어두었다.

냉혹한 미소를 지으며 그는 떠나갔다. 시간이 어서 흘러, 때가 되기를 바라면서.

1부

HEART OF DRAGON

1.

곱고 단아한 눈썹 아래에 있는 여자의 눈동자는 마치, 세상에서 가장 새파란 사파이어 같았다. 딱 한 번 바라보기만 해도 그대로 풍덩 빠져 버릴 것 같은 깊은 호수 같기도 했다. 헤어 나올 수 없는 푸르름의 극치. 설사 시선을 돌리는 게 가능하더라도, 여자의 다른 점이 보는 이를 더욱 강렬하게 빨아들였다.

허리 아래로 풍성하게 흘러내리는 곱슬 머리카락은 백금발이었다. 황금과 은이 가장 완벽하게 조화를 이루는 보석 같은 광채. 코는 오뚝하고 입술은 문자 그대로 활짝 피어난 붉은 장미꽃잎 같았다. 그뿐만이 아니었다. 자그마한 얼굴은 도자기처럼 한 점의 흠 없이 매끄럽기 그지없었다. 꿀이 흘러내릴 것 같은 살결.

여자의 몸매는 얼굴만큼이나 극치의 미를 자랑했다. 화려한 드레스가 아니라 단순하고 깔끔한 스타일의 셔츠와 바지만 걸치고 있는데도 완벽한 몸이 생생하게 드러났다. 사슴처럼 우아하고 긴 목과 둥근 어깨선, 가느다란 팔과 봉긋하면서도 큰 가슴, 한 줌도 되지 않는 잘록한 허리, 풍성한 엉덩이, 길고 늘씬한 다리로 이어지는 라인까지 여자의 육체는 모든 면이 더없이 눈부셨다.

지극한 아름다움으로 환하게 빛나는 존재.

진심으로 사랑하는 연인이 있는 이들을 제외하고 이 자리에 있는 모든 남자들은 이 여자에게 끌리고 또 끌렸고, 소유하고픈 욕망을 강렬하게 느꼈다. 그러는 게 당연할 만큼 끝없이 아름다운 존재니까. 더군다나 여자는 외모만 고매한 게 아니었다.

목소리.

연가戀歌를 노래하는 여자의 소리는 세상에서 가장 사랑스럽고 꿀처럼 달콤하며 와인처럼 그윽했다. 또한 늪과도 같았다. 모든 이들은 여자의 노래가 시작되자마자 깊숙하게 빨려들어 끝이 난 뒤에도 헤어날 수가 없었다.

더 듣고 싶다!

연가가 끝나자마자 모든 사람들이 떠올린 생각이었다. 여자는 품에 안고 있는 류트를 손끝으로 살짝 쓸 듯이 퉁겨 마지막 음을 소멸시켰다. 곧 고요한 적막이 연회장을 지배했다. 사람들은 호흡조차 하지 못한 채, 여자가 어서 다른 노래를 부르기를 간절하게 바랐다.

"처음부터 분위기가 너무 슬프네요."

여자는 천천히 입을 열었다. 노래하는 목소리가 음악의 분위기를 증폭시켜 듣는 이의 감정을 흠뻑 빨아들인다면, 말할 때의 목소리는 지극히 맑고 영롱하면서도 상냥했다.

"즐겁게 나가 볼까요?"

여자는 손을 가볍게 튕겼다. 류트의 현이 밝고 높은 음을 내자 여자는 다시 노래를 시작했다. 방금 말한 대로 즐거운 곡이었다. 어느 시골 사람이 수도에 처음 올라왔다가 겪은 소동을 이야기하는 것으로, 음이 아주 높지만 여자는 아주 자연스럽게 노래하면서 중간중간 옥구슬이 굴러가는 듯한 고운 웃음소리를 추임새로 넣었다. 웃음소리에 남자들은 짜르르한 무언가가 척추를 훑어 내리는 기분이었고, 여자들은 내심 부러우면서도 질투가 났다. 하지만 그들은 한 가지를 똑같이 소망했다.

노래가 계속되기를!

갈망은 현실이 되었다. 야를 레이니르는 지치지 않는 가수라는 세간의 평대로 끝없이 노래를 부르고 또 불렀다. 뜨거운 사랑을 노래할 때는 심장이 타오를 만큼 열렬하게, 구슬픈 옛이야기를 노래할 때는 목소리에 슬픔을 가득 담고, 재미있는 우화가 가사일 때는 적절하게 박수와 웃음소리를 내어 흥을 더 돋웠다.

그렇게 노래로 연회장에 있는 모든 이들을 들었다 놓은 한 시간이 지난 뒤에야 레이니르는 류트를 퉁기던 손짓을 중단했다. 흐트러진 숨결을 바로 하며 여자는 사랑스러운 미소를 지었다. 사람들은 열광할 수밖에 없었다.

최고의 가수!

대륙이 생기고 천 년의 시간이 흐르는 동안 수많은 가수가 나타났다가 스러졌지만 이토록 완벽하게 노래를 노래 이상의 것으로 만든 사람은 없었다. 레이니르가 하는 모든 음악은 단순히 귀를 즐겁게 하는 소리에 머물지 않고 영혼 깊숙한 곳까지 찾아와 평생 잊지 못할 추억으로 자리 잡으니까.

더군다나 레이니르는 권력을 쥔 위정자爲政者나 부자들보다 가난한 일반 서민들에게 재능을 더 많이 선보였다. 보통 가수들이 더 많은 돈을 찾아다니며 소수의 권력자들에게 빌붙어 거만하게 행동하는 것과는 달리 레이니르는 언제나 서민들의 행사를 우선시했다. 오늘만 해도 장애인들을 위해 오랫동안 일한 백 명의 봉사자들을 치하하는 연회에 참석해서 무료로 두 시간이나 노래를 불러주고 있었다.

"마지막 곡입니다."

레이니르는 거칠어진 호흡을 고르며 앵두 같은 입술을 열었다. 노래가 끝났을 때, 모든 이들이 깊은 아쉬움의 한숨을 쉬면서 한마음으로 대륙 최고의 가수를 잡아끌었다.

"한 곡만 더 불러주세요. 딱 한 곡만 더요."

"레이니르 님, 조금만 더 불러주세요. 네?"

많은 이들이 연회장 가장 상석에 앉아 있는 레이니르에게 우르르 몰려왔으나 손을 내밀어 만지거나 붙잡지는 않았다. 왕족이나 다를 바 없는 레이니르를 다치게 했다간 큰 벌을 받는다는 걸 잘 알기 때문이었다.

"음, 그럼 딱 한 곡만 더 불러드릴게요."

청자들의 안타까운 표정과 목소리에 레이니르는 오른손 검지를 흔들면서 윙크를 날렸다. 연회장 전체가 흔들릴 만큼 환호성이 일어났다. 레이니르는 빙긋 웃은 뒤 환호성이 가라앉자 서 있는 채로 노래를 불렀다.

포기하지 마세요. 떠오르는 태양을 맞이하기 전에 세상은 밤의 암흑 속에 잠겨야 하는 법이지요. 모든 행복 앞에는 고난이 자리하고 있지만, 포기하지 마세요. 결코 포기하지 마세요.

레이니르가 항상 앙코르로 부르는 곡은 아주 짧지만 화려한 고음으로 내지르는데다가 아무도 모르게 최면마법을 실은지라 효과가 매우 강했다. 청자들의 기억에 오래도록 남아 훗날 그들이 고난을 겪을 때 힘이 되어주리라.

"그럼, 다들 안녕히 계세요. 언젠가 다시 뵙겠습니다."

레이니르는 고개를 꾸벅 숙였다. 대부분의 사람들은 조금만 더 있어달라고 외쳤으나 레이니르가 창백한 얼굴로 가녀린 몸을 살짝 휘청거리자 화들짝 놀라 말을 더 하지 못했다.

"조금 피곤하네요."

레이니르는 한 손으로 뺨을 만지면서 한숨을 내쉬었다. 기운이 고갈된 것처럼 입술을 파르르 떤 건 물론이었다.

"죄송합니다. 정말 죄송합니다."

레이니르는 진심이 뚝뚝 우러나는 목소리로 사과한 뒤 연신 고개를 깊이 숙였다.

"아닙니다. 어서 쉬세요."

"두 시간이 넘게 노래 부르셨으니 피곤하시겠어요. 이만 들어가세요."

고귀한 신분의 대륙 최고 가수가 이렇게까지 미안해하자 아쉬워하던 사람들은 이제 두 손을 저어 어서 들어가라고 독촉했다. 레이니르는 다시 한 번 사과한 뒤 걸음을 옮겼다. 연회장 밖으로 나가며 그녀는 근처에 있는 휘하의 부하들에게 마력으로 원하는 사람에게만 말을 전하는 마법, '전갈傳喝'을 날렸다. 기운이 빠진 몸짓과는 달리 강한 힘을 내뿜는 목소리였다.

"증거는 찾았나?"

"네."

레이니르는 보이지 않게 미소를 지으며 다시 전갈을 보냈다.

"30분 뒤에 칼리 숲의 그곳에서 만나자."

명령을 받들겠다는 답을 받은 뒤 레이니르는 연회장 옆에 있는 마구간으로 갔다. 그녀와 대화라도 나눠볼까 싶어서 사람들이 몰려들 경우 움직이기 어려운지라 빠르게 행동했다. 날개가 달린 말에 막 올라타려고 할 때였다. 칼리 도시의 유지有志인 즈투가 마구간 안으로 서둘러 들어왔다.

70대 노인인데도 즈투는 정정하다 못해 기운이 넘쳐흘렀다. 그 힘으로 온갖 비리를 저지르고 있는 음흉한 노인네.

"레이니르 님, 이 시골까지 와주셔서 정말 감사드립니다."

즈투는 두 손을 비비더니 따라온 하인에게 거만하게 고갯짓을 했다. 곧 하인은 마구간의 문을 닫아 다른 이들의 시선을 차단한 뒤 마력을 가진 대륙의 모든 사람들이 사용할 수 있는 허공의 투명한 저장 공간, 아공간에서 묵직한 주머니를 꺼내 레이니르에게 내밀었다.

"제 성의입니다. 부디 받아주십시오."

"말씀만으로 충분합니다."

레이니르는 빙긋 웃었으나 한 걸음 뒤로 물러났다. 즈투는 미간을 살짝 찌푸리더니 이번엔 아공간에서 큼지막한 보석을 꺼냈다.

"여자 분이시니 보석을 더 좋아하시겠지요? 아시잖습니까. 전 미욱하지만, 금전은 아주 잘 다룹니다. 수도로 올라가 왕성의 재정을 담당하게 된다면 왕국에 큰 도움이 될 거라고 자신합니다."

"저는 한낱 가수일 뿐이에요. 어째서 그런 말씀을 하시는지 모르겠습니다."

레이니르는 아무것도 모르는 것처럼 눈을 깜빡였다. 길고 풍성한 속눈썹을 펄럭이자 즈투는 그녀의 아름다움에 잠시 홀린 표정이더니 곧 정신을 차리고 답했다.

"한낱 가수라니요? 레이니르 님은 20년 전에 대륙 전체와 드레카르 왕의 생명을 구하고 희생한 구국의 영웅, 야를 하랄 님의 장녀이시지요. 왕과 여왕께 친조카로 대접받는 분이시니 제 작은 부탁쯤은 들어주실 수 있지 않습니까? 제 성의가 부족하다면 일단 제가 왕국의 재정을 담당하게 된 뒤에 확실하게 보여 드릴 수 있습니다."

"왕국의 재정이요? 음, 재정이라면 돈 말인가요?"

레이니르는 무슨 말인지 모르겠다는 듯 눈을 동그랗게 뜨고 고개를 흔들었다. 세간 사람들은 야를 레이니르가 그다지 똑똑하지 않은 것으로 알고 있으니까.

"네. 돈, 그러니까 돈 관리 말입니다. 제가 그걸 하고 싶습니다. 왕과 여왕께 말씀드려 주시겠습니까? 잘되면 레이니르 님께도 많이 나눠 드리겠습니다."

즈투는 번들거리는 빛을 발하는 반지를 여럿 낀 두툼한 손을 비볐다. 레이니르는 마음속으로 저 짜증 나는 손을 잘라 버릴까 고민하다가 빙긋 웃었다.

"네. 말씀드려 볼게요."

"정말이지요?"

"네. 그럼, 전 이만."

레이니르는 상냥하게 인사하고는 고삐를 움직였다. 말은 두 날개를 쫙 펴고는 하늘 높은 곳으로 뛰어올랐다. 시원한 바람이 머리카락을 부드럽게 매만졌으나 레이니르는 여전히 불쾌했다.

똥통에 밥 말아 먹을 자식.

언제나 상냥하고 달콤한 몸짓으로 고운 말만 하는 레이니르가 속으로는 다양한 욕을 밥 먹듯이 한다는 사실을 알고 있는 사람은 몇 없었다. 또한 대륙 최고의 미인이자 가수로만 알려진 그녀의 진짜 신분을 아는 사람도 거의 없었다.

나한테까지 뇌물을 내밀어? 간이 배 밖으로 튀어나왔네.

근래 남쪽 지방에서 가장 큰 도시, 칼리의 유지인 즈투가 여기저기에 뇌물을 뿌리는 짓거리를 저지르고 있다는 정보가 여럿 날아든 상황이었다. 수단과 방법을 가리지 않고 뇌물을 모으고 내민다는 평이 자자한지라 레이니르는 부하 두 명을 데리고 일부러 이곳까지 왔다. 그녀가 즈투 앞에서 노래 부르는 두 시간 동안 부하들이 즈투가 주고받은 뇌물을 기록한 장부를 찾는 게 목적이었다.

부하들이 이미 증거를 찾은 상황이라 즈투를 벌할 수 있긴 했다. 그러나 장부가 없더라도 그녀에게 대놓고 돈과 보석을 바치면서 왕성의 재정 담당 자리를 요구한 건 더 극명한 증거였다.

확고한 증거를 찾으러 온 나한테 뇌물을 들이밀다니? 정말 웃기네.

물론 즈투는 레이니르가 왕과 여왕을 비롯한 소수의 사람들만 그 존재를 알고 있는 카르탄 왕국의 비밀 정보 조직, 후스카를Housecarl의 총책임자인 단장이라는 사실을 모를 터였다. 하지만 이상하긴 했다. 드레카르 왕과 민 여왕이 뇌물을 얼마나 혐오하는지 잘 알 텐데 왕과 여왕에게 조카로 대우받는 그녀에게 이렇게 대놓고 뇌물을 주다니? 탐욕 때문에 미친 건가?

상식이 조금이라도 있다면 절대 하지 않을 행동을 하다니, 레이니르는 즈투를 이해할 수 없었다. 애초에 그따위 쓰레기를 이해할 생각 자체가 없긴 하지만.

이제 칼리 숲으로 가서 부하들을 만나서 함께 왕성으로 돌아가 왕과 여왕께 간단하게 보고를 올리면 이번 일은 끝이었다. 보통 처음부터 끝까지 그녀 혼자 처리하지만, 새로 후스카를의 일원이 된 부하들의 보다 많은 경험을 위해서 그녀는 시간을 끄는 역할만 한 상황이었다. 예상대로 쉽게 끝날 것 같았다. 장부의 내용을 면밀하게 파악하고 뇌물을 받은 자들을 줄줄이 잡은 뒤 즈투에게 정확한 처벌을 내리려면 시간이 더 걸리겠지만, 현재로선 그림을 채

색까지 끝낸 것과 다를 바 없었다. 마르기만 기다리면 될 터.

레이니르는 말의 날갯짓 소리가 새어 나가지 않도록 둥근 결계를 펼친 뒤 말을 칼리 숲으로 몰았다. 칼리 시市의 남서쪽에 자리한 곳으로 두껍고 높은 나무가 수많은 가지를 펼치고 있는지라 밖에서는 숲 내부를 볼 수 없었다. 흉포한 야생동물들이 그득해서 일반인들은 접근을 매우 꺼리는 장소라 비밀리에 만나기에 좋았다.

부하들과는 숲의 중심부에 있는 조그마한 공터에서 만나기로 약속한 터였다. 정해둔 장소에 도착하기 10미터 전이었다. 레이니르는 탐색마법을 펼쳤고, 약속 장소에 있는 다섯 명의 사람을 감지했다. 그리고 두 구의 시신도.

레이니르는 고삐를 움직여 말을 멈춘 뒤 즉시 탐색마법을 더욱 확장하고 눈앞에 영상화시켜서 무슨 일이 벌어지고 있는지 훑었다. 다섯 명의 남자가 쓰러져 있는 두 사람의 몸에서 날카로운 무기를 뽑아내고 있었다. 시신에 남아 있는 여러 잔혹한 자상刺傷에서는 생명을 잃은 피가 꾸역꾸역 흘러나오고 있었다.

그녀의 부하들.

거친 분노와 깊은 슬픔이 분수처럼 치솟았으나 레이니르는 비명을 지르는 대신 냉철한 판단력을 가동시켰다. 소리 없이 말을 몰아서 10미터 더 간 뒤, 공기마법을 강하게 활용하는 바람마법으로 다섯 명이 서 있는 곳 위에 드리워진 무성한 나뭇가지를 원 모양으로 즉각 뽑아냈다. 거친 바람 때문에 뒤통수에 한데 올려 묶은 긴 머리카락이 날리는 가운데, 레이니르는 공중에 떠 있는 말에서 뛰어내려 숲 바닥에 착지했다. 동시에 레이니르는 주변에 서 있는 다섯 명에게 천둥마법을 강력하게 펼쳤다. 그들 모두 처절한 비명을 지르며 피를 토했다.

살이 타는 매캐한 냄새는 구역질이 일 만큼 지독했으나 레이니르는 아랑곳 않은 채 충격과 고통 때문에 다섯 명이 쓰러지지도 못하고 몸을 기괴하게 비트는 것을 지켜보았다. 그녀가 찾는 건 가장 약한 인간이었다. 그래야 고문에 버티지 못할 테니까.

그러고 보니 이자들은 즈투의 다섯 호위대인 건가?

즈투는 굉장히 강하다는 다섯 명의 호위대를 휘하에 데리고 있는 것으로 소문이 자자했다. 그러나 아무리 강하다고 한들 그녀에 비하면 아무것도 아니었다.

레이니르는 가장 키가 작고 마른 인간을 고르고는 나머지 네 명에게는 기절마법을 던졌다. 그들은 즉시 의식을 잃고는 바닥으로 쓰러졌다. 레이니르는 그들을 단단한 결박마법으로 붙잡고는 나머지 한 명에게 다가섰다.

남자는 천둥마법 후유증 때문에 귀와 코, 입에서 피를 흘리며 비틀거리고 있었다. 몇 초가 흐르자 정신이 조금 드는지 충격 때문에 사정없이 뒤흔들리던 눈동자가 그나마 고정되었다. 남자가 보랏빛으로 변한 입술을 열 때였다. 레이니르는 있는 힘을 다해 남자의 머리를 걷어찼다.

남자는 레이니르와 키는 비슷하지만 몸집은 두 배였다. 그러나 비명도 지르지 못한 채 뒤로 십여 미터 날아가 나무기둥에 부딪쳐 앞으로 고꾸라졌다. 레이니르는 검집으로 사용하는 팔찌에 손을 대서 단검 두 개를 뽑아내 양손에 들고 남자에게 달려들었다. 무게증가마법으로 자신의 몸무게를 몇 배로 증가시킨 뒤 등을 대고 쓰러진 남자의 심장 부분을 발로 짓눌렀다.

"컥!"

남자는 입 밖으로 피를 토해냈다. 레이니르는 냉기를 내뿜으며 남자를 내려다보았다.

"어떻게 이곳까지 온 거지? 즈투는 이번 수사를 알고 있는 건가?"

"야를 레, 레이니르!"

고통에 몸부림치면서도 남자는 레이니르를 알아보고 두 눈을 부릅떴다.

"마, 마력도 없는 연약한 여자가 어떻게!"

"닥치고 대답이나 해!"

레이니르는 다시 발에 힘을 주었다. 또다시 거친 통증이 직격하자 남자는 얼굴을 처참하게 일그러뜨렸다.

"답하면 곱게 죽여주겠다. 답하지 않으면."

레이니르는 허리를 숙여 자신의 푸른 눈동자가 얼마나 활활 타오르고 있는지 남자에게 똑똑히 보여주었다.

"말 그대로 온몸을 찢어버리겠어!"

남자는 레이니르가 내뿜은 거대한 살기에 직격으로 꽂혔다. 남자가 사시나무처럼 온몸을 벌벌 떨면서 파리한 입술을 열 때였다. 등 뒤 저편에서 엄청난 마력이 화살 모양의 공격력이 되어 쏟아졌다. 레이니르는 빠르게 옆으로 피하면서 스스로에게 방어마법을 구현했다. 화살 공격은 그녀의 발밑에 깔려 있던 남자를 수십 군데 꿰뚫어 무참하게 살해했다.

정보를 알아내지 못했다는 사실이 짜증 났으나, 아직 네 명이 더 남아 있었다. 레이니르는 감정을 드러내는 대신 쓰러져 있는 네 명의 남자 앞에 등장한 인물에게 정신을 집중했다.

더럽고 낡은 망토를 걸친 사람은 몸의 윤곽을 보면 여자였다. 코 아래까지 내려온 모자 때문에 얼굴은 보이지 않았으나 대신 망토 끝으로 손이 보였다. 열 손가락 모두 손톱이 가시처럼 아주 뾰족하고 길었다. 소름 끼칠 정도였다.

"누구냐?"

답을 듣지 못할 거라는 건 알았으나 레이니르는 탐색할 시간을 벌기 위해 질문을 던졌다. 결코 쉽게 대할 수 있는 상대가 아니었다. 여자는 언뜻 보기엔 마력이 없어 보이지만 방금 내뿜은 공격은 매우 강했을뿐더러 풍겨 나오는 기운도 범상치 않았다. 보이지는 않았으나 마치 온몸에 짙은 독구름을 두르고 있는 것 같았다. 조금이라도 닿으면 그 자리에서 썩어버릴 것 같은 불길한 느낌.

"너 역시 즈투가 보낸 건가?"

레이니르는 등에서 식은땀이 흘러내렸다. 생전 처음 겪는 일이었다. 그리고 그 순간, 그녀는 또 다른 것을 알아차렸다. 결박마법으로 묶어둔 네 명의 남자 모두 숨결이 전혀 느껴지지 않았다.

언제 죽인 거지? 어떻게 죽인 거지? 불과 몇 미터 거리인데도 이 여자가 한 짓을 알아차리지 못하다니? 어쩌면……

이기지 못할 수도 있다.

레이니르는 즉시 매의 모양으로 말을 담아 먼 곳에 있는 상대에게 보내는 마법, '연락의 매'를 형성했다. 그러나 연락의 매는 여자가 손짓을 하자 몇 미터 가지 못하고 갈기갈기 찢어져 버렸다.

레이니르는 미세하게 떨리는 두 주먹을 불끈 쥐며, 온 신경을 상대에게 집중한 채 더욱 강력한 방어마법을 둘렀다. 여자는 계속 레이니르를 쳐다보고 있기만 했다. 레이니르는 여자가 자신을 탐색한다는 것을 눈치챘다.

"이자들은 꽤나 강한데…… 너는 내 생각보다 훨씬 더 강하군."

여자는 입을 열어 직접 말하는 대신 전갈로 내뱉었다. 전갈이라고 해도 평소의 목소리인데, 이상하게도 높낮이 같은 게 없었다. 감정이라는 게 전혀 들어 있지 않은 소리.

"하지만 그래 봤자 인간이지."

여자는 두 팔을 앞으로 뻗었다. 손바닥 위로 어마어마한 마력이 시퍼런 빛을 뿜는 공 모양으로 변하자 레이니르는 맞받는 대신 피해야 한다는 것을 깨달았다. 마력의 공은 눈에 보이지도 않는 빠르기로 날아왔으나 레이니르는 본능적으로 몸을 틀었다. 공이 뒤로 사라졌지만 안도할 틈이 없었다. 공은 마치 살아 있는 것처럼 방향을 꺾어 다시 날아왔다.

피할 수 없다!

레이니르는 모든 마력을 모아 방어마법을 최대한 두껍게 만들었으나 소용없었다. 온몸이 뒤흔들리는 엄청난 충격이 복부에서 터졌다. 한순간 의식을 잃었던 레이니르가 바로 정신을 차린 건 뒤로 밀려나 바닥에 떨어질 때 온몸을 울린 거친 타격 때문이었다.

차라리 기절하고픈 고통이 전신을 파먹고 있었다. 그러나 레이니르는 의식을 버리는 대신 부들부들 떨리는 두 팔로 바닥을 밀어 앉았다. 목구멍에서 비릿한 것이 올라오자 그녀는 상당량의 피를 토할 수밖에 없었다. 몇몇 장기까지 보일 정도로 깊고 커다란 복부의 상처에서도 피가 터져 나왔다.

정신을 잃지 말자. 그랬다간 정말로 죽는다. 아니, 어차피 죽으려나?

참을 수 없는 고통에 의식이 타들어가고 있었으나 레이니르는 자신의 몸 상태를 모르지 않았다. 얼마 남지 않았다.

혼자 가진 않겠어!

15년 전, 열 살이라는 어린 나이에 후스카를의 조직원이 되었을 때, 임무를 수행하다가 언젠가 죽을 거라고 예상했었다. 생각보다 많이 이르지만, 죽음이 코앞까지 다가왔다고 모든 것을 포기한 채 눈을 감을 수는 없었다.

레이니르는 마지막으로 모든 마력을 끌어 모았다. 저 여자를 저승길 동무로 데려가는 게 후스카를의 단장으로서 체면치레를 하는 일이었다.

"고통스러울 텐데 신음 한마디 안 내뱉다니 정신력도 강하군."

말의 내용 자체는 감탄하는 것 같았으나 여전히 목소리에는 어떤 감정도 들어 있지 않았다. 기괴할 정도였다.

"인간치고 진짜 대단해."

레이니르는 이어지는 여자의 전갈을 듣고 나서야 깨달았다.

이 여자, 인간이 아니다.

이 정도로 엄청난 마력의 소유자라면 전 대륙을 꿰뚫고 있는 자신의 폭넓은 정보망에 들어 있어야 했다. 그러나 여자는 이렇게 갑자기 나타난데다가, 저 괴이한 말투는 분명 인간의 것이 아니었다.

설마……!

레이니르가 여자의 정체를 깨달은 순간이었다. 여자가 다시 만든 마력의 공이 레이니르에게 날아왔다. 레이니르가 모든 힘을 쥐어짜 내 방어마법을 펼치기 직전이었다. 옆에서 불쑥 손이 나타나더니 마력의 공을 한 손으로 붙잡았다.

콰직!

손안에 잡힌 마력의 공은 비명을 지르더니 곧 먼지가 되어버렸다. 레이니르는 눈을 깜빡이며 코앞의 손을 쳐다보았다. 두껍고 길면서도 우아한 다섯 손가락과 매끈한 손등, 힘이 넘치는 손목.

누구지?

레이니르가 잘 움직이지 않는 고개를 돌려 얼굴을 확인하기 전이었다. 손의 주인은 마치 방패처럼 레이니르의 앞으로 나왔다.

남자였다. 길고 긴 머리카락을 늘어뜨리고 있지만, 바다처럼 드넓은 어깨와 태산처럼 거대한 몸집을 가진 존재. 아니, 남자라는 말은 어울리지 않았다. 뒷모습만으로도 레이니르는 알 수 있었다.

사내. 강력한 힘을 지닌, 날것 그대로의 존재.

고통 때문에 기절할 것 같았으나 레이니르는 똑똑히 보았다. 사내는 물 흐르는 듯한 태도로 다시 앞으로 걷기 시작했다.

그전까지 무미건조했던 여자의 입술은 경악의 감정으로 벌어져 있었다. 그러나 여자는 도망치진 않았다. 아니, 못한 것이었다. 마치 육식동물 앞의 초식동물처럼 완벽하게 압도당한 채 벌벌 떨면서 그 자리에 서 있을 뿐.

사내는 빠르지 않았다. 산책을 나가는 표범이 떠오를 만큼 아주 느긋한 동작 그대로 여자에게 걸어가서 한 손을 뻗을 뿐이었다. 그러나 다섯 손가락은 온몸으로 내뿜는 여유와는 달리 여자의 목 전체를 물샐틈없이 철저하게 움켜쥐었다.

여자가 쓴 모자는 코 밑까지 가리는지라 레이니르는 표정을 제대로 볼 수 없었다. 그러나 지금, 여자의 창백한 얼굴이 거대한 공포에 짓눌렸다는 건 알 수 있었다.

"제, 제발……."

여자의 입에서 드디어 목으로 내는 진짜 목소리가 흘러나왔다. 그러나 전갈로 들렸던 것과는 판이하게 달랐다. 마치 전갈을 보냈던 건 다른 존재의 목소리인 것 같았다. 더군다나 죽음의 문 앞에서 있는 존재만이 표출할 수 있는 두려움으로 그득했다.

"살려주십시오, 제발!"

레이니르는 뒤돌아서 있는 사내의 표정을 볼 수 없었다. 그러나 사내가 내뿜는 분노의 기운이 얼마나 격렬한지 분명하게 느낄 수 있었다.

"제 의지가 아니었습니다! 조종당한 겁니다! 그러니, 그러니 제발—"

목을 붙들고 있던 사내의 손이 움직였다. 여자의 입 부분을 붙잡더니 코 밑, 턱 부분을 종이로 만든 상자라도 되는 양 아주 간단하게 부서뜨렸다. 뼈가 부서지는 잔혹한 소리가 생생하게 퍼지는 가운데 여자는 비명조차 지르지 못했다. 붉은 피와 뼛조각이 망토를 흥건하게 적셨고, 사내가 놓아주자 곧 여자는 바닥으로 나자빠졌다.

"다시 나타나면."

사내는 딱 그렇게 두 마디를 내뱉었으나 그것만으로도 충분했다. 여자는 두 손으로 부서진 턱 부분을 감싼 채 고개를 위아래로 미칠 듯이 끄덕이고는 몸을 일으켰고, 그대로 꽁지가 빠져라 도망쳤다. 이제 이 장소에 살아 있는 건 사내와 레이니르뿐이었다.

레이니르는 아주 힘들게 호흡했다. 이미 시야는 유리에 성에가 낀 것처럼 뿌옇게 변한 지 오래라 사내를 제대로 볼 수 없었다.

"……위험하군."

어느새 사내는 레이니르의 코앞까지 다가와 있었다. 사내는 아주 조심스럽게 레이니르를 바닥에 편하게 눕혔다. 뼛속까지 시린 냉기가 온몸을 잠식하는 가운데 레이니르는 죽음이 아주 가까워졌다는 것을 깨달았다. 이자가 누구인지 알 수 없으나 유언이라도 전해지기를 바라며 사력을 다해 한마디 했다.

"왕과 여왕께 죄송하다고…… 말을 전해…… 부탁……."

"유언인가? 그러나 지금은 네가 죽을 때가 아니다."

이게 무슨 말이지? 이 사내는 대체 누구일까?

평소라면 연이어 질문을 내뱉으며 답을 내놓으라고 재촉했을 터. 그러나 레이니르는 이젠 그럴 힘조차 없었다. 그녀는 어느새 회색으로 변한 세상을 멍하니 바라보았다. 아니, 사내를 보았다. 사내는 그의 오른손을 입으로 가져가더니 엄지손가락 아래의 두툼한 부분을 깨물었다. 치아 자국을 따라 붉은 피가 샘솟았다.

"이 방법밖에 없다. 마셔라."

사내는 왼손으로는 레이니르의 입을 벌리게 한 뒤 오른손에서 흐르는 피를 넣었다. 사람의 피를 마셔야 한다는 사실에 레이니르는 본능적으로 거부감을 느꼈다. 그러나 온몸의 힘이 고갈된 그녀는 그냥 가만히 있을 뿐 거부하지도, 마시지도 못했다.

레이니르가 반응하질 않자 사내는 이번에는 그의 엄지손가락 아랫부분을 깨물어 살을 뜯어내더니 살은 물론 줄줄 흘러내리는 한 움큼의 피까지 레이니르의 입에 집어넣었다. 이어 사내는 고개를 숙여 그의 입술로 그녀의 입술을 봉인했다. 두꺼운 혀가 입안으로 들어오자 다시 거부감이 솟았으나 레이니르는 저항할 기력이 없었다. 사내가 마법이라도 썼는지, 곧 그녀는 남자가 바라는 대로 살은 물론 피도 삼키게 되었다.

치가 떨릴 만큼 역겨웠다. 그러나 곧 레이니르는 그 사실을 느낄 수 없게 되었다. 식도로 넘어간 사내의 피와 살은 견딜 수 없을 만큼 뜨거웠다. 그 열기는 기름에 불이 붙은 것처럼 순식간에 온몸으로 퍼져 나가 이루 형용할 수 없는 어떤 감정을 선사했다.

쾌감.

상쾌하고도 즐거운 느낌. 온몸이 더없이 그랬다. 아니, 깊은 곳에 자리한 영혼도 그렇게 바뀐 것 같았다.

모든 것이 바뀐 것 같았다. 모든 것이.

레이니르는 눈을 깜빡였다. 온몸을 갈가리 찢는 고통은 어느새 사라졌고 어떤 상처도 입지 않은 것처럼 온몸은 가뿐했다. 그러나 여전히 시야는 흐릿하고 뿌옇기만 했다. 보이는 건 단 한 가지뿐이었다.

사내. 온통 암흑의 색으로 그득한, 거대한 남자.

"당신……."

말을 제대로 할 수가 없었다. 그러나 레이니르는 자신이 이제는 죽음의 문에서 아주 멀리 떨어졌다는 사실을 깨달았다. 금방이라도 정신을 잃을 것처럼 피곤하긴 했으나 자신을 기다리고 있는 건 회복을 위한 수면이었다. 그곳으로 가기 전에 알고 싶은 게, 아니, 알아야 할 게 있었다.

"누구야?"

레이니르는 자신이 정말로 질문을 내뱉었는지 알 수 없었다. 그녀는 집채만 한 파도처럼 밀려온 수면 속으로 떨어져 버렸다.

"나는."

사내는 내뱉었다.

"너의."

딱 거기까지였다. 사내는 더 이상은 말할 수 없었고, 말하고 싶지도 않았다. 아직도 인정할 수 없으니까. 하지만 덕분에 철저하게 이용할 수 있다는 사실 자체는 마음에 들었다.

사내는 두 손을 뻗어 레이니르를 품에 안아 들었다. 여자치고 상당히 큰 키지만 그에겐 그저 앙증맞을 정도로 작을 뿐이었다.

겨우 인간 여자. 그러나 이용 가치는 충분하니 그만한 값을 쳐주는 게 좋으리라.

사내는 레이니르를 안은 채 조용히 걷기 시작했다.

2.

20년 전의 일이지만, 방금 겪은 것처럼 기억에 생생한 장면이 있었다. 아버지가 돌아가시기 전날 밤의 대화였다.

"레니."

장녀를 애칭으로 부르는 아버지의 목소리는 오늘따라 평소보다 더 다정했다. 딸의 머리를 매만지는 손길 또한 전보다 섬세하고 보드라웠다.

"이 아빠는 이제 먼 곳으로 간단다."

"언제 돌아오시는데요?"

아버지는 대답 없이 딸을 꼭 껴안을 뿐이었다. 레이니르는 당시 다섯 살이었다. 조그만 꼬마였던 때. 그러나 똘똘하고 눈치가 아주 빨랐다.

"아…… 버지?"

아주 불길한 예감이 들었다. 레이니르가 조그만 몸을 뻣뻣하게 굳히자 아버지는 바닥에 무릎을 꿇고 딸과 시선을 마주했다. 어느새 눈에 그렁그렁한 눈물을 담은 장녀를 바라보는 아버지의 얼굴은 깊은 슬픔으로 그득했으나 눈동자는 굳건한 신념으로 불타고 있었다.

"야를 레이니르."

아버지가 딸의 이름을 이렇게 부르는 건 아주 진지하게 할 말이 있다는 뜻이었다. 뺨으로 또르르 눈물이 흘러내렸으나 레이니르는 닦지 않은 채 아버지를 응시했다. 어른스럽게 행동하는 어린 딸이 아버지는 뿌듯하면서도 마음 아픈 얼굴이었다. 아버지는 한 사람의 성인을 대하듯 딸에게 진중하게 말했다.

"네 어머니와 동생들을 부탁하마. 잘 보살필 수 있지?"

레이니르는 고개를 주억거린 뒤 분명하게 답했다.

"네."

"그리고 이 나라도 지켜다오."

아버지는 딸의 고사리 같은 작은 손을 들어 걸치고 있는 갑옷을 만지게 했다. 은색의 갑옷 중앙에는 카르탄 왕국의 상징인 승천하는 드래곤이 새겨져 있었다. 왕국에서 가장 뛰어난 천 명의 기사, 발키리만이 걸칠 수 있는 것으로 아버지는 이 갑옷과 직위를 정말 자랑스러워하셨다.

"네겐 특별한 능력이 있단다. 이 아버지처럼, 우리의 조국 카르탄 왕국을 위해 일해주렴."

아버지는 발키리의 최고 책임자인 단장이었다. 그리고 동시에 비밀 정보 조직인 후스카를의 단장이기도 했다. 카르탄 드레카르 왕의 20년 지기 친우이자 형제와도 같은 사이로, 이 왕국에서 왕께 가장 충성스러운 사람이었다. 동시에 인간 중에서 가장 강한 자.

"네, 그럴게요."

다섯 살짜리 꼬마였으나 레이니르는 모든 마음을 다 바쳐 맹세했다. 그런 딸을 응시하는 아버지의 입가에 미소가 맺혔다.

"하지만 가장 중요한 건 따로 있단다."

아버지는 딸의 이마에 입을 맞춘 뒤 이마를 맞댔다.

"행복하렴. 한 사람으로서, 한 여자로서 행복해지렴. 알았지?"

"그렇게 할 거예요. 그렇게 할게요."

레이니르는 약속하고 또 약속하며 매달리듯 아버지에게 꼭 안겼다. 더없이 따듯하고 든든한 품이었다. 세상에서 유일한 것.

아니, 단 하나뿐인 건 아니었다. 당시엔 그렇다고 생각했지만 지금 레이니르는 아버지의 것과 똑같은 느낌이 존재한다는 사실을 깨달았다. 아버지보다 조금 더 뜨겁고, 조금 더 단단하지만 분명 아버지가 보여준 그 믿음직스러운 기운이 그녀를 보호하듯 감싸고 있었다.

레이니르는 깊게 미소 지으며 눈을 떴다. 짙은 구릿빛의 매끈한 피부가 보였다. 레이니르는 눈을 깜빡였다. 단단하고도 불룩한 대흉근이 코앞에 있었고 밑으로는 여덟 조각으로 나누어진 탄탄한 복근이 그녀의 시선을 기다리고 있었다. 그리고 그 아래로는……!

레이니르는 고개를 발딱 들며 일어나 앉았다. 몸에서 무언가가 내려가는 느낌이 들어 밑을 바라보니 몸을 덮었던 옷가지가 내려가 있었다. 그리고 자신은 알몸이었다.

철저하게 훈련받은 베테랑 중의 베테랑이었으나 레이니르는 소스라치게 놀랄 수밖에 없었다. 더군다나 알몸인 건 자신과 바싹 붙은 채 누워 있는 사내도 마찬가지였다. 사내는 매끈하고도 두터운 근육으로 터질 것 같은 온몸을 드러낸 채, 앉은 그녀를 차가운 표정으로 올려다보고 있었다.

꺄악!

레이니르는 오랜 훈련의 결과로 비명을 속으로 내리누를 수 있었다. 그러나 경악한 표정은 감출 수 없었으며 자동적으로 주먹이 사내의 얼굴로 뻗어 나갔다. 사내는 어린아이의 장난을 받듯, 아주 쉽게 레이니르의 손목을 붙잡으며 몸을 일으켜 앉았다.

같이 앉아 있는데도 사내는 머리 하나는 더 큰 존재였다. 사내의 그림자가 머리 위로 내려오자 레이니르는 짓눌리는 기분이었다. 그녀는 사내를 멀리 떠밀 생각으로 바람마법을 만들려고 했으나 바람은 구현되기도 전에 먼지처럼 소멸했다. 사내가 한 짓이었다.

"뭐 하는 짓이지?"

사내의 굵은 목소리는 시린 얼음처럼 차가웠으나 레이니르는 희미한 짜증을 감지했다.

"아직 회복되지 않았다. 얌전히 누워 있어라."

사내의 말이 끝나자마자 보이지 않고 느껴지지도 않는 무언가가 레이니르를 감싸더니 바닥에 아주 부드럽게 눕혔다. 사내가 그녀에게 몸을 숙이자, 닥쳐올 절망에 레이니르는 입술을 깨물며 다시 거칠게 마력을 내뿜었다. 사내는 다시 간단하게 그녀의 마력을 무력화시켰다.

"대체…… 그래, 알겠군."

사내는 미간을 미세하게 찌푸리더니 레이니르의 손목을 놓았다.

"네가 걱정하는 일은 없었다. 앞으로도 없을 것이다."

"그럼 대체 왜!"

"네 회복을 돕기 위해서이다."

사내는 간단하게 답을 하고는 자리에서 일어섰다. 사내는 머리끝부터 발끝까지 알몸이었다. 정신이 없는 상황이었으나 레이니르의 눈에 하필 딱 한 가지가 보였다. 사내의 육체 가운데 아주 인상적일 정도로 크고 두꺼운 막대 같은 부분.

레이니르는 온몸의 온도가 급격하게 상승한다는 사실을 깨닫고 서둘러 시선을 위로 쭉 올려 사내의 얼굴을 쳐다보았다. 대륙 최고의 미인이라 불리는 여자의 눈부신 알몸이 눈앞에 펼쳐져 있는데도 사내는 돌멩이를 쳐다보는 것처럼 무심한 얼굴이었다.

"좀 더 쉬어라. 그래야 완전하게 네 것이 된다."

레이니르가 대체 무슨 말이냐고 물으려고 할 때, 갑자기 거대한 수면의 힘이 파도처럼 밀려왔다. 사내가 수면마법을 내뿜었다는 사실을 깨달았으나 레이니르는 저항하지 못하고 그대로 조용히 잠들었다.

레이니르가 눈을 뜬 건 셀 수 없는 시간이 지난 뒤였다. 독한 술 항아리에 갇힌 것처럼 눈앞이 핑핑 돌았다. 레이니르는 시야가 맑아지기를 기다리면서 누운 채로 멍하니 위를 바라보았다. 바로 위에 있는 나무는 가지가 매우 무성했으나 중앙 부분에 사람 얼굴 크기의 구멍이 나 있어 조금이나마 하늘을 볼 수 있었다.

자정에 다다른 시간인지 낮에는 푸르기만 한 하늘이 현재는 온통 검은색이었다. 짙은 회색의 먹구름은 달과 별 모두를 납치해서 품에 숨기고 있었다. 레이니르가 몽롱한 정신 속에서 오랜 시간 바라본 뒤에야 구름은 달을 놔주었다. 희미하게 떠오른 달은 오른쪽이 보이지 않는 하현달이었다. 자정에 떠서 정오에 지는 달로 음력 22일과 23일경에만 볼 수 있는 것.

22일과 23일? 그러면 양력으로는 며칠이지?

레이니르는 순간 얼음물에 얻어맞는 기분이었다. 칼리 시의 유지, 즈투의 뇌물 장부를 입수하기 위한 작전에 돌입한 건 양력으로 3일이었다. 그런데 양력으로 10일 이후인 이 날짜라니? 일주일이나 지난 건가?

레이니르는 벌떡 일어나면서 주변을 탐색하기 위해 마력을 준비했다. 순간 그녀는 크게 당황할 수밖에 없었다.

어떻게 내 마력이 이렇게나 거대해진 거지?

그녀는 마력이 거의 없는 데 반해 실제로는 체력이 허용하는 한 모든 마법을 무제한으로 쓸 수 있는 특별한 능력의 소유자였다. 그러나 지금, 온몸에 생생하게 살아 있는 마력의 양은 어마어마했다. 마치, 끝없이 넓고 깊은 바다 같은 느낌이었다.

어떻게 이런 일이 생긴 거지? 대체 무슨 일이 있어서…….

기억이 머릿속으로 빠르게 찾아들어 왔다. 일주일 전으로 추측되는 3일 날, 즈투 사건을 수사하다가 망토를 쓴 이상한 여자에게 치명타를 입고 막 죽음을 눈앞에 뒀을 때 한 사내가 나타났다. 바로, 저 사람.

레이니르는 존재감이 느껴지는 곳으로 고개를 돌렸다. 먹구름의 감옥에서 간신히 탈출한 달이 갑자기 힘을 내더니 강렬한 빛을 뿌렸다. 황금빛은 멀찍한 곳에 서 있는 사내에게 손을 뻗었으나 그대로 짓밟히듯 사라졌다. 사내가 모든 것을 흔적도 없이 소멸시키는 새까만 암흑의 분위기를 내뿜고 있기 때문이었다.

강렬한 외모였다. 허리까지 내려올 만큼 곧고 긴 머리카락은 물론 짙은 눈썹과 그 밑에 자리한 날카로운 눈동자 또한 시커먼 색이었다. 그 어떤 빛도 헤어 나올 수 없는 늪 같은 어둠. 더군다나 사내는 몸집이 큰데다가 목 끝부터 발끝까지 검은색의 옷을 걸친 터라 내뿜는 암흑은 더욱 거대해 보였다.

2미터가 넘는 거인인 동시에 완벽한 남성미의 화신. 두꺼운 목은 물론이거니와 끝없이 드넓고 굵은 어깨와 단단한 허리는 뚜렷한 역삼각형을 그렸다. 통나무보다 더 두터운 허벅지를 비롯해서 두 다리와 팔은 돌처럼 단단한 근육으로 그득해서 우악스러울 정도였다. 그러나 마냥 거칠기만 한 건 아니었다. 온통 근육이었으나 팔과 다리는 길고도 매끈해서 우아한 느낌을 주었으며, 몸 전체는 거대하지만 쭉 뻗은지라 훤칠하고도 시원했다.

더군다나 사내는 이목구비가 매우 아름다웠다. 눈초리의 끝은 위로 올라가 있고 눈썹이 아주 짙어서 무시무시하지만, 새까만 눈동자는 지극히 고요하면서도 고상했다. 광대뼈는 각지고 높았으나 날카로우면서도 고결한 느낌을 주었으며 오뚝한 콧날은 세련미가 넘쳤다. 한일자로 단단하게 물린 입매는 지극히 엄격하지만 입술은 사내답지 않게 도톰해서 유혹적이며 입술 끝 옆에 살짝 들어간 점 같은 건 분명 보조개 자국이었다. 웃으면 더없이 사랑스럽게 변할 얼굴. 그러나 지금, 사내는 얼음처럼 시린 냉기를 온몸으로 내뿜을 따름이었다.

레이니르는 입을 열었다. 이게 대체 무슨 일인지, 정체가 무엇인지 묻기 위해서였다. 그러나 사내가 머리끝부터 발끝까지 그녀를 훑어보자 그럴 수가 없었다. 사내는 마치 물건이 멀쩡한지 살펴보는 눈길이었으나 레이니르는 뜨거운 바늘이 온몸에 꽂히는 기분이었다. 아프기도 하고 열이 나기도 했다.

"몸은 어떻지?"

사내의 목소리는 아주 중후했다. 낮으면서도 아주 엄숙하고 무게가 있었다. 말이 끝난 뒤에도 듣는 이의 귓가에 도장 찍은 자국처럼 사라지지 않는 소리.

"몸?"

레이니르는 멍하니 되물으면서 고개를 내렸다가 깨달았다. 자신은 현재 홀딱 벗은 알몸이었다!

레이니르는 서둘러 환영마법으로 바로 앞에 검은색의 벽을 만들어 사내의 시선을 차단한 뒤, 평소 아공간에 가지고 다니는 비상용 셔츠와 바지를 꺼냈다. 빠르게 입으면서 그녀는 사내에게서 시선을 떼지 않았다. 검은색의 벽을 형성했는데도 사내는 그녀를 그대로 보고 있는 것 같았다.

눈이 마주친 뒤에야 레이니르는 사내가 실제로 환영마법을 꿰뚫어 본다는 것을 깨달았다. 사내가 다가오자 레이니르는 벽의 두께를 늘렸다. 그러나 사내는 아무렇지도 않게 벽을 통과해서 들어와 한 손을 레이니르의 복부에 댔다. 레이니르는 사내의 팔을 후려쳤지만 강철을 친 것처럼 그녀의 손이 꽤나 아팠다. 못마땅한 것을 보듯 사내는 미간을 찌푸렸다.

"쓸데없는 짓은 하지 마라. 아직 완전하게 회복한 건 아니다."

"어떻게 날 회복시켜 준 거지? 대체 누구기에…… 아니, 누구인지 알겠군."

레이니르는 확신을 가지고 이어 내뱉었다.

"당신, 드래곤Dragon이지?"

대륙 천 년의 역사를 통틀어 드래곤이 직접적으로 인간에게 실력을 행사한 건 붉은 드래곤뿐이지만, 기본적으로 모든 드래곤들은 상상할 수 없을 만큼 무시무시한 힘을 자랑했다. 또한 그런 드래곤과 인간의 혼혈도 엄청난 마력을 가지고 있었다.

야를 레이니르, 순수 인간 중에서 가장 강하다고 일컬어지는 야를 하랄의 장녀인 그녀는 대륙 전체를 통틀어 몇 손가락 안에 드는 강자였다. 카르탄 드레카르 왕과 엘 공주, 본디 왕자, 그리고 틸랴 국의 틸랴 크노르 왕처럼 드래곤의 피를 이은 혼혈을 제외하고 순수 인간 가운데 그녀보다 강한 자는 존재하지 않는다고 봐도 무방할 정도였다.

그런데 일주일 전에 갑자기 등장한 여자는 그런 그녀를 아주 손쉽게 죽음 앞으로 끌고 갔다. 그리고 그 여자의 턱을 어린아이 손바닥 뒤집듯이 아주 간단하게 부숴 버린 게 바로 저 사내였다.

그 여자도, 저 사내도 모두 드래곤이리라. 인간을 훨씬 뛰어넘는 생명체.

"대체 왜 갑자기 등장한 거지?"

레이니르는 이어 캐물었다. 일반인들은 드래곤을 신처럼 숭배하면서도 잘 모르지만, 드래곤을 생부로 두고 있는 혼혈, 카르탄 드레카르 왕은 어느 정도 지식이 있었다. 그는 기밀 정보 조직의 수장인 그녀에게 드래곤에 대해 설명해 주었다.

대부분의 드래곤은 인간에게 일절 관심을 두지 않는다고 했다. 백 년도 살지 못하는 생명체 따윈 쳐다볼 가치조차 없다는 게 영생불멸永生不滅하는 드래곤들의 사고방식이니까. 더군다나 그들은 인간들의 세상에 직접적으로, 특히 중요 인물에게 관여해서는 안 된다는 철칙은 반드시 지킨다고 했다.

그런데 이렇게 갑자기 두 마리나 나타나다니?

"무슨 일이 벌어진 거야?"

"드래곤이라는 걸 알면서도 내게 그렇게 당당하게 행동하다니 용기가 대단하군."

여전히 차디찬 표정이었으나 사내는 분명 감탄하는 말투였다. 레이니르는 간단하게 답했다.

"날 죽일 의도가 없다는 걸 알고 있으니까."

그런 거라면 7일 전에 습격당했을 때 죽게 놔뒀으리라. 그리고……!

"이제 알겠군. 난 당신의 피와 살을……."

레이니르는 한 손으로는 매끈한 복부를, 다른 한 손으로는 입술을 막았다. 그때 입은 치명적인 상처가 깨끗하게 치료된 건 분명 사내의 살과 피를 먹은 덕분일 터.

대륙의 모든 사람들은 여러 종류의 마법으로 변환할 수 있는 근본적인 힘, 마력을 가지고 태어났다. 그러나 다른 사람들의 병이나 상처를 치유할 수 있는 치료마력을 가진 치료사는 매우 드물었다. 건강을 회복하기 위해서는 치료사에게 치유받아야 하지만, 다른 방법이 전혀 없는 건 아니었다.

자체 치유력이 매우 강한 생명체, 즉 드래곤의 피와 살을 먹으면 인간도 치유력이 높아진다고 했다. 또한 마력도 강해진다고 했다. 하지만 대륙에서는 인간의 형체를 취할 수 있는 존재의 육체를 탐하는 건 식인食人으로 취급해서 절대로 해서는 안 되는 불문율이었다.

그런데 그녀는 저 사내의 피를 마셨고 살도 먹었다. 저자가 강제로 준 것이지만, 어찌 됐든 식인을 한 것이었다.

레이니르는 곧바로 헛구역질을 하고 말았다. 당장에라도 속에 있는 모든 것을 토하고 싶었으나 입 밖으로 나오는 건 없었다.

"아직 무리인가 건가? 아니면 내가 살려준 방식 때문인 건가?"

사내는 어느새 바로 옆에 다가와 있었다. 바닥에 엎드려 있던 레이니르는 바싹 마른 입술을 닦으며 사내를 올려다보았다. 사내는 얼굴이 여전히 차가웠으나 고민을 하는 사람처럼 미간을 찌푸린 채였다. 레이니르는 답을 주었다.

"후자 때문이야."

"상황상 어쩔 수 없는 일이었다."

사내는 무심하게 말했으나 설명해 주는 게 분명했다.

"알아."

치료사가 없었고 상처가 너무 심각했던지라 자체 치유력이 아주 강한 드래곤의 피를 마시는 수밖에 없었을 터. 그 사실을 잘 알기에 레이니르는 아직도 거친 파도 위에 떠 있는 조각배처럼 울렁이는 속을 가라앉히려고 노력했다. 머리가 어지럽고 기분이 매우 이상했으나, 뱉을 수도 없고 이미 지난 일이니 받아들여야 옳았다.

"살려줘서 고마워."

더군다나 사내가 그녀를 살린 것도 사실이었다. 당연히 인사를 해야 했다.

"그런데 왜 날 살린 거지? 드래곤은 나처럼 대륙 전체에 영향을 줄 수도 있는 중요 인물에게 관여하면 안 되는데 어째서 그런 거야?"

"관심."

사내의 답은 두 음절에 불과했다. 이해할 수 없자 레이니르는 되묻고 말았다.

"뭐라고?"

"관심 때문이다."

"무슨 관심?"

사내는 물끄러미 레이니르를 보더니 오른손을 뻗었다. 레이니르의 빰에 닿은 그의 손끝은 겨울이 오기 직전의 늦가을 바람처럼 서늘하면서도 여름의 태양처럼 뜨거웠다. 레이니르는 눈을 크게 뜬 채로 사내를 응시했다. 사내는 여전히 표정을 읽을 수 없는 얼굴로 그녀를 바라볼 뿐이었다. 그러나 레이니르의 머릿속에 순간 떠오르는 생각이 있었다.

설마…… 나에 대한 관심이라는 건가?

사내가 바싹 다가왔다. 몸 자체가 매우 두껍고 몸집이 두 배만 한 거대한 존재가 이렇게 가까이 서 있으니, 순간 레이니르는 숨이 막혔다.

카르탄 왕국의 남자들은 대부분 덩치가 큰지라 이 사내 정도의 몸집을 가진 사람은 적지 않았다. 그러나 이렇게까지 그녀에게 압박감을 주는 존재는 처음이었다. 아니, 압박감이 아니었다. 레이니르는 온몸이 간질거리고 피부가 뜨거워졌다. 그리고 심장이 벅차게 박동하기 시작했다.

어째서 이러는 거지? 피를 마신 부작용인가?

사내가 끌어당기자 레이니르는 품에 꼭 안기게 되었다. 사내의 가슴은 돌처럼 단단한 근육질이지만 냉랭한 건 아니었다. 딱 붙어 있으니 열기가 직격으로 레이니르를 덮쳤다. 당황한 레이니르는 뒤로 물러나고 싶었으나 벗어날 수 없었다.

"이거 놔."

사내는 레이니르의 요구를 듣지 못한 것처럼 잠시 안고 있을 따름이었다. 그녀가 다시 말을 하자 그제야 움직였다. 레이니르는 불을 멀리하는 것처럼 서둘러 뒷걸음질을 했다. 그러나 그에게서 시선을 뗄 수가 없었다.

대체 왜 이러는 거지? 아니, 이런 생각 따위 쓸데없어.

"나는."

레이니르는 서둘러 목을 가다듬었다.

"나는 이만 돌아가야겠어."

"야를 레이니르."

레이니르는 바로 질문했다.

"내 이름은 어떻게 알았지?"

"그동안 널 찾으려고 카르탄 왕국의 많은 이들이 이곳으로 왔었다. 그들은 전부 네 이름을 부르짖더군. 하지만 내 결계에 막혀 네가 여기에 있다는 건 아무도 몰랐지."

레이니르는 따지듯 묻고야 말았다.

"왜 그들에게 알려주지 않은 거야? 그 사람들이 날 도와줄 수 있었을 텐데."

그리고 엄청나게 걱정하고 있으리라. 기밀 정보를 취급하는 후스카를의 단장으로서 종종 흔적도 없이 나다니곤 했지만, 이번처럼 일주일이나 연락하지 못한 건 처음이었다. 아마 왕성 전체가 뒤집어졌을 터.

"그들은 그럴 능력이 없다. 그들이 쓸데없이 관여하려고 했다면 넌 내 피와 살을 네 것으로 만들지 못하고 죽었을 거다."

사실을 직시하는 사내의 목소리는 얼음처럼 차가웠다. 레이니르는 숨을 짧게 내쉰 뒤 고개를 깊게 숙였다. 할 말은 해야 했다.

"도와주셔서 정말 고맙습니다. 다시 감사드립니다."

드래곤은 예의를 모르는 것 같지만, 레이니르는 공손하게 인사한 뒤 몸을 바로 세웠다. 이어 모든 남자들을 홀리는 환상적인 미소를 지었으나 사내의 표정은 전혀 달라지지 않았다.

아까 관심이 있다는 말은 내 여성적인 매력을 이야기하는 게 아닌 건가?

"드래곤들은 약속을 반드시 지킨다고 알고 있습니다. 저는 한낱 인간이지만, 약속드리겠습니다. 언젠가 은혜를 갚을 기회가 생긴다면 그러겠습니다."

사내는 조용히 그녀의 말을 듣고 있을 따름이었다. 레이니르는 알아들었다는 뜻으로 생각하고는 한 걸음 뒤로 물러났다. 막 등을 돌리려고 할 때였다. 곧 그녀는 사내가 자신의 발밑에 생성한 마법진魔法陣을 보게 되었다.

마법진은 먼 거리를 이동하기 위해 사용하는 마법으로, 영구적으로 설치된 마법진이 없는 장소에서는 마력을 집중해서 복잡한 수식을 바닥에 그리면 임시로 마법진을 만들 수 있었다. 마력이 강한 사람일수록 더 먼 거리를 이동할 수 있는 마법진을 더 빨리 창조할 수 있었다.

레이니르는 사내의 마법진이 굉장히 멀리 떨어져 있는 왕성까지 바로 갈 수 있는데다가 1초 만에, 아니, 눈 한 번 깜빡하기도 전에 생성한 것이라는 사실을 깨달았다. 생전 처음 보는 엄청난 일이었다. 레이니르는 등골에 소름이 일었다.

"카르탄 왕국의 왕성 내부로 바로 갈 수 있을 거다."

드래곤이 이렇게나 친절한 생물체였나?

도무지 이해할 수 없었으나 레이니르는 감사의 뜻으로 다시 몸을 숙여 인사했다. 고개를 든 그녀는 생각지도 못한 광경을 마주하게 되었다. 사내가 손을 내밀고 있었다.

"같이 가지."

"네?"

사내는 성큼 다가와 두 손으로 레이니르를 끌어안았다.

"아까 말했지."

레이니르는 그를 밀어내려 했으나 소용없었다. 사내는 한 손은 그녀의 다리 뒤에, 한 손은 등에 대서 올려 안았다. 레이니르가 엉겁결에 그의 목에 한 손을 둘렀을 때 사내는 레이니르의 귓가에 입술을 가까이 대며 속삭였다.

"관심."

귓속으로 사내의 뜨거운 입김이 들어오자 레이니르는 저도 모르게 몸을 파르르 떨었다. 그녀가 눈을 한 번 깜빡한 순간이었다. 사내가 마법진에 마력을 불어넣자 그들은 순식간에 이동했다.

천장에 있는 마법진에 도착했는지 하늘에서 밑으로 떨어지는 느낌이 레이니르를 덮쳤다. 레이니르는 서둘러 공중부양마법을 구사하려 했으나 사내가 먼저 행동했다. 사내는 레이니르를 꼭 안은 채로 깃털처럼 아주 부드럽게, 그러나 빠르게 바닥으로 내려갔다.

레이니르는 사내에게 폭 안겼다는 사실도 잊은 채 눈앞에 펼쳐진 광경을 보았다. 낯익은 얼굴들이 보였다. 왕과 여왕을 수호하는 기사단, 발키리들이었다.

마침 밤 수련 시간인지라 십여 명의 발키리들은 왕성에서 가장 큰 수련 장소인 제1연무장演武場에서 무기를 휘두르거나 각자 대련을 하고 있던 차였다. 그들은 천장에 있는 마법진을 통해 갑자기 나타난 두 명의 남녀를 즉시 발견했다. 침입자들에겐 바로 무기를 들이밀어야 했으나, 레이니르를 본 순간 그들은 고막이 터질 만큼 큰 소리로 환호성을 내지를 수밖에 없었다.

"레이니르 님!"

"살아 계셨군요, 레이니르 님!"

광속보다 빠르게 레이니르에게 달려오는 발키리들의 얼굴은 기쁨이 철철 흘러내리고 있었다. 그러나 그건 잠시였다. 그들은 긴장한 표정으로 들고 있는 온갖 종류의 날카로운 무기를 정체불명의 사내에게 내밀었다. 아무리 레이니르와 함께 왔다지만, 경계하는 게 옳은 절차였다.

"신원을 밝혀라!"

"괜찮아요. 내 일행이에요."

레이니르는 서둘러 말하면서 내려달라는 의미로 사내의 가슴을 살짝 쳤다. 날카로운 무기가 코앞에서 협박하고 있었으나 사내는 여전히 무표정했고, 그녀를 자기 것이라도 되는 양 단단하게 안고 있을 따름이었다.

"이봐요, 드래곤님. 놔줘요."

레이니르는 전갈을 쏘아붙였다. 사내는 이번에도 무시했다. 성질 같아서는 걷어차거나 공격마법으로 날려 버리고 싶었으나 레이니르는 주변의 보는 눈 때문에 그냥 가만히 있었다. 어차피 천장에 있는 마법진을 통해 곧 등장할 사람이 사내와 그녀를 떼어줄 예정이기 때문이었다.

"일행이라고요? 대체 누구인데 왕성 안으로 바로 침입을 한단 말입니까?"

백 명의 발키리를 휘하에 두고 있는 백인대장百人大將, 타쿤은 레이니르의 열혈팬인지라 그녀를 더없이 반가워하는 얼굴이었으나 사내를 훑어보는 눈길은 예리하기 그지없었다. 타쿤만이 아니라 그의 휘하에 있는 십인대장十人大將 발키리, 야를 란크스도 마찬가지였다.

"당신, 누구지? 왕성의 두꺼운 방어마법을 뚫고 이렇게 연무장에 갑자기 나타나다니? 이건 왕께 크나큰 결례이다! 어서 대답하라!"

란크스의 판단은 옳았다. 상식적으로 보아, 왕성으로 올 계획이라면 이렇게 안으로 침입하는 게 아니라 정문으로 오는 게 맞는 경우였다. 그러나 그건 인간의 기준으로 해당되는 이야기였고, 사내는 드래곤이었다.

"레이니르 님, 아무리 레이니르 님의 일행이라고는 하나 이렇게 행동하시면 안 됩니다."

타쿤이 또박또박 사실을 지적했다. 레이니르가 왕께 허락을 구한 일이라고 둘러대기 직전이었다. 천장의 마법진이 다시 열리면서 누군가가 연무장에 나타났다. 왕과 여왕의 침실 속에 있는 마법진을 통해 온 사람들이었다. 카르탄 드레카르 왕과 카르탄 민 여왕.

드레카르 왕은 레이니르가 건강하게 살아 있다는 사실을 눈으로 확인한 뒤, 사내에게 시선을 주었다. 곧 그는 짙은 눈썹을 꿈틀거리고는 사내에게 무기를 내밀고 있는 발키리들에게 명령했다.

“경계 태세를 풀어라.”

“왕이시여, 여왕이시여!”

레이니르는 더없이 경애하는 왕과 여왕에게 환하게 미소 지으며 인사말을 외쳤다.

드레카르 왕은 돌아가신 아버지와 형제보다 더 가까웠던 존재로, 레이니르는 왕을 아버지처럼 사랑하고 존경했다. 왕은 차가운 성품이 흠이라는 말도 있지만, 천 년의 대륙 역사상 가장 훌륭한 군주라는 평가를 받을 만큼 대단히 유능한 통치자였다.

그런 좋은 평을 듣는 건 민 여왕도 마찬가지였다. 20년 전 다른 세상에서 갑자기 날아와 여왕이 된 민은 냉랭한 왕을 사랑으로 감싸주며 모든 일을 원칙대로, 그러나 자애로운 마음으로 처리했다. 1년 전에 어머니 프레이야를 잃은 레이니르를 더욱 따듯한 모성애로 돌봐주는 존재.

“레니!”

민은 즉시 레이니르에게 달려와 손을 내밀었다. 사내는 그제야 레이니르를 풀어주었다.

“살아 있었군요!”

평소 민의 목소리는 성품대로 따듯했으나 지금은 절박한 안도감으로 갈라져 있었다. 레이니르가 허리를 숙여 여왕에게 정식으로 예를 표하기 전, 민은 딸 같은 아이를 부둥켜안으며 눈가에 가득 고인 눈물을 흘렸다.

"전 괜찮습니다, 여왕이시여."

민이 눈물을 보이자 레이니르는 적잖이 놀라고야 말았다. 걱정을 끼쳤다는 불충한 사실이 죄송스럽기도 하고 겨우 일주일 실종된 것치고는 반응이 생각보다 격하다 싶었다. 문득 어떤 깨달음이 머릿속에 떠올랐다.

"여왕이시여, 혹시 제가 사라졌던 게 일주일이 아니었던 건가요?"

"그래요. 오늘이 딱 백하루째네요."

그렇게나 지났단 말이야?

레이니르는 뜨악한 표정이 되었다.

"무사해서 정말 다행이다."

평소 표정이 별로 없는 드레카르의 얼굴은 현재 깊고 깊은 안도감으로 그득했다. 레이니르는 왕이 얼마나 걱정했는지 깨달았다. 그녀는 깊게 고개를 숙였다.

"송구스럽습니다."

"그런데 그동안 어떻게 된 거지? 저자가 구해준 건가?"

현재 레이니르만 눈에 보이는 민과는 달리, 냉철한 판단력을 갖춘 드레카르는 사내를 의식하고 있었다. 드래곤을 생부로 두고 있는 혼혈인 드레카르는 사내의 정체도 알고 있었다. 드래곤이 아니라면 엄청난 방어마법으로 무장한 왕성 안에 이렇듯 쉽게 들어올 수 없으니까.

"네. 일주일, 아니, 백하루 전에 칼리 숲에서 흉포한 동물에게 습격을 받았습니다. 그때 우연히 이 남자 분이 절 구해주셨고, 그 동안 절 간호해 주셨습니다."

다른 이들이 지켜보고 있는지라 후스카를의 업무를 수행하다가 사고를 당했다는 말은 할 수 없었다. 레이니르는 능숙하게 거짓말로 포장했고, 드레카르는 사내에게 날카로운 시선을 고정한 채 말하면서 전갈도 보냈다.

"정말 고맙다."

"어째서 레이니르를 도와주고 이곳까지 데려다 준 거지?"

드레카르는 드래곤이라는 종족에 대해서 잘 알고 있었다. 인간에게 무심한 드래곤이 이런 행동까지 하는 건 아주 이상한 행동이었다.

"왕께 예의 바르게 대하세요. 그래야 다른 사람들에게 드래곤이라는 사실을 들키지 않아요."

혹 왕에게 무례하게 행동해서 드래곤이라는 사실이 드러날까 싶어 레이니르는 얼른 전갈을 날렸다. 사내의 반응은 이랬다.

"내가 원해서 한 것이니 네가 감사할 필요는 없다."

왕에게는 몸을 숙여 인사해야 하고 존댓말을 써야 하나 사내는 꼿꼿하게 허리를 편 채로 반말을 구사했다. 지켜보던 발키리들이 눈에서 불을 뿜으며 무기를 다시 들었다.

"감히!"

"왕께 이런 무례를!"

발키리들은 당장에라도 달려들어 사내를 쓰러뜨리고 싶었지만 왕이 손을 들자 즉시 행동을 멈추었다.

드레카르는 미간을 찌푸렸다. 드래곤이 인간들의 세상에 나타났다는 사실이 알려지면 혼란이 생길 게 뻔했다. 누구보다도 사내는 그 사실을 잘 알 터였다.

그런데 어째서 이렇게 신분을 드러내는 거지?

일단 드레카르는 이렇게 명령 내렸다.

"너희는 이자의 존재를 함구하고, 레이니르가 무사히 돌아왔다는 기쁜 사실만 다른 이들에게 알려라."

"나는 인간이 아니라 드래곤이다."

사내는 당황한 발키리들을 훑어보며 차갑게 이어 말했다.

"혼혈이지만 인간에 불과한 너희들의 왕에게 복종할 이유도, 의무도 없다."

발키리들의 입은 물론 눈도 보름달만 하게 커졌다. 그들은 숨소리 하나 내지 못하고 탐색마법으로 사내를 훑었다. 방금까지는 별다른 것을 느낄 수 없었으나 이제 사내가 마력을 감추지 않았기에 확연하게 알 수 있었다.

전체 양을 측정할 수조차 없는 엄청난 마력의 소유자였다. 공포감이 솟을 만큼, 끝없이 어마어마한 힘으로 이글거리는 존재.

사실임을 깨달은 발키리들의 얼굴이 새하얗게 질렸다. 동시에 그들은 온몸을 떨기 시작했다.

지상 최강의 생명체, 드래곤!

대륙이 생성된 지 천 년이 넘게 흘렀으나 드래곤은 인간들에게 직접적으로 모습을 보여준 적이 거의 없었다. 그러다 붉은 드래곤이 나타났던 20년 전, 대륙 전체가 패망할 뻔한 위기가 닥쳤었다. 당시 레이니르의 아버지 하랄이 스스로 희생함으로써 새로운 힘을 얻은 드레카르가 붉은 드래곤을 물리쳤는데, 당시에 대륙을 휩쓸었던 드래곤에 대한 공포감은 강산이 두 번이나 변한 지금까지도 생생하게 남아 있었다.

그런데 드래곤이 다시 등장했다?

발키리들은 몸을 떨었지만 이를 악문 채 다시 무기를 사내에게 겨냥했다. 왕과 여왕에 대한 충성심으로 그득한 그들은 아무리 막강한 드래곤이 적이라도 항복할 생각은 추호도 없었다. 군주를 보호하기 위해 무슨 짓이든 할 생각이었다.

"네 부하들은 매우 충성스럽군."

사내는 용기를 내는 발키리들을 보며 감탄의 말을 한마디 했고, 드레카르는 다시 무기를 내려놓으라고 손짓했다.

"경계하지 않아도 된다. 이 드래곤은 우리를 해치지 않는다. 앞으로도 그럴 것이다."

그럴 생각이었다면 레이니르를 구해주지도 않았을 것이고, 무엇보다 왕성에 나타나자마자 피를 보았을 터였다. 그러나 지금, 사내는 그저 마력을 보여줄 뿐이었다. 드래곤이라는 사실을 증명하기 위함이었다.

어째서 드래곤이 이렇게 직접 나타나서 정체를 밝힌 거지?

"일단 들어가서 이야기하지."

발키리들의 눈을 의식한 드레카르는 고갯짓으로 안쪽을 가리켰다. 사내는 드레카르를 따라가는 대신 레이니르를 바라보았다. 새까만 눈동자는 어떤 감정도 표현하지 않았으나 순간 레이니르는 모든 옷을 벗은 기분이었다. 알몸이 된 느낌.

"레이니르?"

혹 레이니르가 다시 사라질까 봐 손을 꼭 붙들고 있던 민은 떨림을 눈치챘다. 또한 체온이 높아졌다는 것도 알아차렸다.

"괜찮아요? 어디 아픈 건가요? 당장 치료장治療長을 불러요!"

레이니르의 입에서 반사적으로 괜찮다는 말이 나오기 전이었다. 모든 사물이 두 개로 보이면서 누군가가 훔쳐 간 것처럼 몸에서 기력이 완전히 사라졌다. 레이니르는 다리가 없어진 것처럼 그 자리에 주저앉을 뻔했으나 어느새 나타난 강건한 손이 그녀의 허리를 붙잡고 안아 들었다.

익숙한 체온이었다. 그녀 자신의 것처럼 낯익은 온기가 레이니르를 포근하게 감싸 안았다. 그리고 누군가 뿌리 뽑아간 기운이 새싹처럼 돋아나기 시작했다.

"치료실로 데려가야 해요."

걱정으로 그득한 얼굴로 민은 다급하게 말했다. 사내는 고개를 저었다.

"그래도 소용없다. 이건 병이 아니라 다른 증상이다."

"당신과 관련된 증상인가?"

드레카르는 사내가 안자마자 레이니르의 안색이 살아나는 것을 보고 물었다. 사내는 고개를 끄덕였다.

"당분간은 접촉을 유지해야 한다."

"그게, 무슨 말이지?"

"내가 준 피와 살을 완전하게 자신의 것으로 만들기 위해서이다."

사내는 드레카르만 들을 수 있게 전갈로 설명했다. 드레카르는 눈을 가늘게 뜨고 사내를 노려보았다.

"대체 무슨 일이 있었던 거지?"

"설명은 다음에 하지. 지금 급한 건 그게 아니다."

사내의 답에 드레카르는 레이니르를 다시 보았다. 안색이 조금 나아졌다고는 하나 곧 기절할 것 같았다.

"레이니르, 당분간 이 드래곤과 가까이 지내라. 회복을 위해서는 어쩔 수 없다."

드레카르의 얼굴은 차가운 성품답지 않게 걱정하는 기색이 뚜렷했다.

"늦었고 피곤할 테니 오늘은 왕성 안에 있는 네 침실로 가거라. 쉬고 일어난 뒤 밀린 이야기를 하자꾸나."

드레카르는 손을 뻗어 레이니르의 어깨를 가볍게 두드려 주었고, 민은 레이니르의 손을 꼭 잡았다가 놓아주고는 뒤늦게 달려온 시녀들에게 레이니르를 편안하게 보살피라고 강한 어조로 지시했다.

"어디지?"

사내는 레이니르의 침실 위치를 물었다. 민이 답을 주자 사내는 레이니르를 안은 채로 마력을 구사했다. 즉각 바닥에 마법진이 생기더니 사내와 레이니르는 5층 깊숙한 곳에 있는 침실로 이동했다. 사내는 곧장 레이니르를 푹신한 침대에 눕혔다.

자리를 뜨기 전에 왕과 여왕께 제대로 인사를 드려야 했는데…… 이런 무례를…….

레이니르는 오래 생각하지 못했다. 사내의 체온 덕분에 기운이 조금 솟았지만, 그래도 피곤하긴 마찬가지였다. 온갖 것이 머릿속에 떠올랐으나 그녀는 벼랑에서 떨어지는 것처럼 수면 속으로 깊이 빠졌다.

사내는 레이니르가 잠드는 것을 지켜본 뒤 옷을 벗겼다. 그녀를 알몸으로 만들고 자신도 그런 상태가 되었다. 대륙 최고의 미인이 벌거벗은 채로 품 안에 있었으나 사내는 그녀를 끌어안은 것 이상의 행동은 하지 않았다. 그는 기다리기 시작했다. 방금 일어난 일이 왕성 밖으로 퍼져 나가기를.

3.

눈을 뜬 순간, 레이니르는 알았다. 또다시 같은 상황이었다. 알몸의 사내 그리고 알몸의 자신.

두 번째로 겪는 일이지만 여전히 당황스러웠다. 이번에도 자동적으로 주먹이 뻗어 나갔으나 사내는 저번처럼 손쉽게 손목을 잡아챈 뒤 당겨서 레이니르를 침대에 눕혔다.

"뭐, 뭐 하는 거야?"

사내가 몸 위로 올라오자 레이니르는 빽 소리를 질렀다. 하체가 비스듬하게 맞닿자 정말 미칠 것 같았다. 레이니르는 속으로 비명을 내질렀다.

"익숙해져서 기운을 낭비하지 마라."

레이니르는 자신의 온몸이 새빨갛게 변했다는 것을 깨달았다.

그러나 사내의 얼굴색은 그대로였으며 표정 또한 무심하기 그지 없었다.

"익숙해지라고?"

"당분간은 이래야 할 테니까."

당황스럽기도 하고 부끄럽기도 해서 정신이 나갈 것 같았으나 레이니르는 알아들었다. 그녀는 되물었다.

"당분간?"

"그래. 내 일부가 완전히 네 것이 될 때까지. 납득했나?"

레이니르는 답을 하질 못했다. 그러나 사내는 알아들었다고 생각했는지 몸을 일으켜 침대에서 나갔다. 레이니르는 사내와 닿았던 부분부분이 너무도 후끈거려 처음에는 제대로 움직일 수가 없었다. 그녀가 할 수 있는 행동이라고는 시트로 알몸을 가리며 사내를 빤히 쳐다보는 것뿐이었다.

사내는 등을 돌린 채로 옆에 둔 옷을 걸쳤다. 강력한 근육으로 꿈틀거리는 예술품 같은 알몸이 사라졌다. 레이니르는 자신이 아쉬움을 느낀다는 것을 깨달았다.

내가 대체 왜 이러지?

"왕과 여왕이 너를 기다리고 있다. 그러니 나갈 준비를 하라."

"그전에, 이야기부터 해."

레이니르는 시트를 더욱 꼭 올려 목까지 가렸다. 사내는 몸을 돌려 선 채로 레이니르와 눈을 마주했다.

"무슨 이야기?"

"날 왜 구해줬어? 그리고 왜 계속 도와주는 거지?"

"이미 말했지."

사내는 다가와 침대 가장자리에 앉았다. 레이니르가 화들짝 놀라 시트를 더 단단하게 여미는 가운데 사내는 손을 뻗어 그녀의 뺨을 만졌다. 그의 손길은 이번에도 열기를 불러일으켰다. 다른 남자에게선 한 번도 느끼지 못했던 것.

"관심 때문이라고."

"그, 그렇다 하더라도."

레이니르는 자신이 말을 더듬었다는 것을 깨닫고 잠시 목기침을 했다.

"드래곤이 왜 인간 일에 개입하는 거지? 아니, 개입할 수 있다는 건 알아. 하지만 대륙의 운명을 바꿀 수 있는 중요한 인물에게는 그럴 수 없잖아. 난 후스카를의 단장이라 중요 인물이니 내게 간섭하면 안 되잖아?"

"그 규칙을 누가 정했는지 알고 있나?"

"당신들의 왕, 아니야?"

"그렇다. 그래서……."

사내는 말하다 말고 벽을 바라보았다. 레이니르는 문밖에 시녀들이 서 있다는 사실을 감지했다.

"잠시만요. 곧 나갈게요."

레이니르는 시녀에게 전갈을 보낸 뒤 사내를 빤히 쳐다보았다. 사내는 왜 그러는지 모르겠다는 표정이었다. 레이니르는 짧게 한숨을 내쉬었다.

"나 옷 입어야 해."

답하듯 사내는 침대에서 일어나 섰다. 그러나 레이니르가 기대했던 다른 행동, 즉 등을 돌려 그녀의 사생활을 지켜주는 대신 그냥 서서 그녀를 바라보고 있을 따름이었다.

"드래곤님, 뒤돌아 주세요."

"어째서?"

정말 모르겠다는 말투였다. 레이니르는 결국 시트를 머리에 뒤집어써서 가린 뒤 옷을 입었다.

확실히 인간이 아니야. 하긴, 그러니 내 알몸을 밤새 껴안고 있으면서 아무 짓도 안 하는 거겠지.

물론 사내가 일반 남자가 아니라 드래곤이라는 건 그녀에겐 매우 좋은 일이었다. 덕분에 입에 담기도 혐오스러운 일을 당하지 않았으니까. 아무래도 숲 속에서 백하루 동안 내내 안겨 있었던 것 같은데, 그동안 나쁜 일은 전혀 없었던 것 같았다.

물론 사내는 관심이 있다고 계속 말하고 있긴 했다. 그러나 레이니르는 그게 이성적인 관점이 아니라는 걸 잘 알았다. 드래곤으로서 특이한 인간을 보는 시선일 뿐. 물론 인간에게 무심한 드래곤이 이만큼 관심을 주는 것도 특별한 경우이긴 했다.

"왜 나한테 관심을 보이는 거야?"

방을 나서기 전, 레이니르는 사내를 똑바로 바라보며 물었다. 그녀는 자신이 평범하지 않다는 건 잘 알았다. 대륙에서 가장 유명한 미인이자 가수인데다가 겉으로는 연약한 척 행동하지만 실은 비밀 정보 조직 후스카를의 단장이기 때문이었다. 그러나 이런 점이 드래곤의 흥미를 끌었을 것 같진 않았다.

"그건."

사내는 입을 벌렸으나 곧 닫은 채 물끄러미 그녀를 바라볼 뿐이었다. 기다렸지만 레이니르는 답을 듣지 못하리라는 것을 깨달았다. 짜증이 확 났으나 이번엔 다른 것을 물었다.

"당분간이 언제까지야? 언제까지 이렇게 같은 방에서 지내야 해?"

"불편한가 보군."

"당연하지! 어느 인간 여자가 잘 모르는 남자와 알몸으로 잠드는 걸 편하게 생각해? 물론 당신은 인간이 아니지만 그래도 일단 겉보기엔 인간 남자라고."

"그래서?"

"그게 그러니까, 아휴, 정말."

정말이지 정신적으로 피곤했다. 레이니르가 한숨을 길게 내쉴 때 시녀가 재촉하는 전갈을 보냈다.

"왕과 여왕께서 왕족들의 보금자리에서 기다리십니다."

"나중에 이야기해. 일단 여기에 있어. 난 식사하고 올게."

레이니르는 손을 내저은 뒤 밖으로 나갔다. 그녀는 시녀들이 깜짝 놀라는 표정을 보고는 사내가 따라 나왔다는 것을 알아차렸다. 레이니르가 뭐라 하기 전 사내는 레이니르의 손을 잡아 깍지를 꼈다. 놀란 건 레이니르만이 아니었다. 시녀들도 눈을 보름달처럼 뜨며 손으로 감탄사가 마구 튀어나오는 입을 가렸다.

레이니르는 서둘러 손을 빼려고 했으나 소용없었다. 사내는 단단하게 깍지를 낀 손을 앞으로 이끌었고, 레이니르는 어쩔 줄 몰라 하다가 끌려가듯 걷게 되었다. 그녀는 톡 쏘듯이 전갈을 보냈다.

"대체 뭐야?"

"접촉을 유지하는 게 좋다."

"그렇다고 이게 대체 뭐야? 이건 마치……."

레이니르는 슬며시 주변을 살펴보았다. 왕족들의 보금자리로 걸어가는 도중에 마주친 모든 사람들이 레이니르와 사내의 마주 잡은 손을 목격하고 눈을 휘둥그렇게 떴다. 그녀를 짝사랑했는지, 몇몇 남자들은 천둥 번개를 맞은 표정이기도 했다.

아, 이게 대체 뭐야?

모든 사람들에게 이 드래곤과는 아무 사이도 아니라는 사실을 말하고 싶었으나 그럴 상황이 아니었다. 짜증이 솟구쳤지만 레이니르는 대외적으로 알려진 상냥한 이미지를 유지하기 위해 속으로만 욕설을 줄줄이 내뱉었다.

"레이니르 님?"

발키리 스무 명이 왕족들의 보금자리 앞에 서서 경호하고 있었다. 딱딱하고 엄격한 얼굴로 경계 태세를 유지하던 그들은 레이니르와 사내의 손이 굳건하게 연결된 것을 보고는 입을 떡 벌렸다. 그들 가운데 어젯밤 연무장에 있었던 백인대장, 타쿤은 얼굴에서 피가 완전히 빠져나간 것처럼 보였다. 그제야 레이니르는 타쿤의 마음을 깨달았다. 그동안 수많은 남자들에게 여러 연심을 받아왔지만 타쿤은 그야말로 좋은 사람인지라 새삼 미안해졌다. 레이니르는 뭔가 말을 하고 싶었으나 사내에게 질질 끌려 안으로 들어갔다.

"레니, 어서 와요! 그런데……."

레이니르가 오기를 손꼽아 기다리던 민은 활짝 웃었다가 레이니르와 사내의 연결된 손을 보고 말을 흐렸다.

"접촉을 유지하는 게 제 건강에 좋다고 하네요. 어쩔 수 없죠, 뭐."

레이니르는 변명하듯 내뱉었고 민은 사내를 흘긋 보다가 눈을 또록또록 굴렸다. 여왕은 올해 마흔세 살이었으나 여전히 고운 자태를 유지하고 있는지라 그런 행동은 꽤나 귀여웠다.

그런데 저게 무슨 뜻의 표정이지? 여왕께선 무슨 생각을 하시는 거지?

"자, 식사해요. 레니가 좋아하던 것들로 준비했어요."

민은 손짓으로 방 중앙에 있는 원탁을 가리켰다. 위에는 빨건 육회는 물론 딱 한 번만 구워서 아직 피가 흐르는 고기 덩어리가 가득 든 접시가 여럿 있었다.

고기다! 고기! 고기! 고기님! 고기님!

평상시에는 어떤 일이 있어도 표정 관리를 제대로 하지만, 오랜만이라 그럴 수가 없었다. 레이니르가 귀신에 홀린 표정이 되자 민은 입술을 깨물어 웃음을 참고는 어서 식사하라며 원탁으로 데려갔다.

레이니르는 저도 모르게 사내의 손을 거칠게 뿌리치고는 양손에 포크를 붙잡고 두툼한 고기를 육즙이 터져 나올 것처럼 콱 찍어서 게걸스럽게 뜯기 시작했다.

열심히 삼킨 레이니르는 고기가 배, 아니, 목구멍까지 찬 뒤에야 식사를 중단했다. 사실 더 먹고 싶은 마음이 굴뚝같았으나 그랬다간 나중에 뭘 먹었는지 눈으로 확인하게 될 것 같았다. 아쉽지만 레이니르는 다음 식사를 기약하며 포크를 놓았다.

"네가 돌아온 게 실감나는구나."

레이니르가 열심히 고기를 흡입하는 모습을 구경했던 드레카르는 웃음을 지었다. 무사히 살아 돌아와 이전과 같은 행동을 해주는 게 더없이 기뻤다.

레이니르는 형제보다 더 절친했던 친우, 하랄의 장녀였다. 조카 대우를 하지만 사실은 친딸처럼 아주 아끼는 존재.

친우가 20년 전에 대륙의 멸망을 막기 위해, 그리고 왕을 살리기 위해 스스로를 희생한 뒤 드레카르는 하랄의 남은 가족들에게 특별한 권리를 주었다. 평생 풍족한 재물을 선사받고 왕국민으로서 어떤 의무도 짊어지지 않을 것이며 원하는 건 무엇이든 할 수 있게 해주겠다 약조했다.

레이니르가 바랐다면, 평생 손가락 하나 까딱하지 않고 사치스럽게 살았을 터였다. 그러나 15년 전 열 살의 아주 어린 나이에 혼자 왕성으로 온 레이니르는 드레카르 앞에서 작은 어깨를 당당하게 편 채 말했다.

"아버지처럼 후스카를의 단장이 되겠습니다."

되고 싶다는 소망이 아니라 되겠다는 선언이었다. 오만하기까지 한 그 패기는 드레카르가 기억하는 하랄의 일부분과 똑같았다. 깊은 고민을 거듭했으나 결국 드레카르는 친구의 장녀가 위험으로 가득한 후스카를 세계의 일원이 되는 것을 허락했다.

레이니르는 후스카를이 된 지 10년 만인 스무 살 때 전임 단장이 은퇴하자 곧바로 단장 자리를 꿰찼다. 선언대로 된 것으로, 그런 승진이 당연할 만큼 그동안 모든 일을 완벽하게 처리했었다. 레이니르 본인이 원했던 것인데다가 능력이 탁월해 나라에 큰 도움이 되었기에 드레카르는 그동안 이 상황 자체에 만족했었다.

그러다 백하루, 아니, 백이틀 전 레이니르가 갑자기 사라졌다. 기밀을 취급하는 후스카를의 단장으로서 때때로 행방을 감추곤 했지만 그렇게 긴 시간 동안 연락하지 않은 건 처음이었다. 더군다나 발키리들과 후스카를들을 동원해서 조사한 결과, 레이니르가 사라진 곳에서 다른 두 명의 후스카를은 물론이거니와 다섯 명의 남자도 사체로 발견된데다가 피로 흥건한 레이니르의 찢어진 옷가지도 나왔다.

레이니르가 어젯밤에 다시 나타나기 직전까지, 드레카르는 레이니르가 살아 있지 않다고 생각했었다. 행복하게 살 수 있게끔 안전하게 돌봐줘야 하는 친우의 딸이 비참하게 죽어버린 줄 알았었다.

다행히, 정말 다행히 살아 있었다. 가슴을 수백 번도 더 쓸어내린 일. 그러나 레이니르는 드래곤과 함께 돌아왔다. 더군다나 그냥 드래곤도 아니고…….

"이제 설명을 하라."

드레카르는 레이니르에게 시선을 고정하고 있는 사내에게 요구했다. 사내는 그제야 눈을 들어 드레카르를 응시했다. 드레카르는 저 새까만 눈동자가 친숙하다는 것을 깨닫고 불쾌감을 느꼈다. 드래곤과 연관되고 싶지 않았다. 그는 드래곤 따위, 정말 혐오했다.

"무슨 일 때문에 인간들의 세상에 등장한 거지?"

레이니르는 사내가 답하지 않을 거라고 생각했다. 그러나 예상과는 달리 사내는 입을 열었다.

"적이 있다."

"드래곤이겠군."

"그래."

"그 드래곤은 무슨 색의 비늘을 가지고 있지?"

딱 한 존재를 제외한 모든 드래곤은 이름이 따로 없고 비늘 색에 따라 불린다고 했다.

"하얀색. 비늘은 물론 눈동자도 새하얀 드래곤은 그자뿐이다. 그래서 백안白眼의 드래곤이라 불리지."

"백안의 드래곤이라……. 그자의 목표는 무엇이지? 그자가 어떤 힘을 가지고 있든 당신을 죽일 순 없을 것 같은데?"

"그렇다. 백안의 드래곤은 나를 죽일 수 없다. 백안의 드래곤도 잘 알지."

"그렇다면 백안의 드래곤이 노리는 건 무엇인가?"

"내게 조금이라도 타격을 가하는 것이다."

왕과 드래곤 사이의 냉정한 대화를 조용하게 경청하던 레이니르는 둘의 말투가 아주 비슷하다는 것을 깨달았다. 군주로서 명령을 내리는 데 익숙한 존재의 것이었다.

설마…….

순간 머릿속에 떠오른 가능성 때문에 레이니르는 등골이 서늘해졌다.

설마, 그런 건가? 만일 그렇다면…….

"백안의 드래곤이 당신에게 타격을 가하는 일과 레이니르가 무슨 상관이지? 당신은 백안의 드래곤을 붙잡으려다 레이니르를 우연히 구해준 건가?"

"우연이 아니다."

레이니르는 사내를 똑바로 응시했다. 그녀의 얼굴에 분명한 질문이 떠오르자 사내는 답을 주었다.

"백안의 드래곤은 내가 야를 레이니르 네게 관심이 있다는 사실을 알고 있다. 날 죽이지 못하니, 레이니르 너라도 없애려고 한 거지. 그게 내게 타격이 될 수도 있으니까."

"내 존재가 당신에게 타격일 수도 있다고? 이해가 안 가. 애초에 드래곤인 당신이 왜 인간인 나한테 관심이 있는데?"

관심이라는 두 글자가 심장을 두근거리게 만들었으나 레이니르는 무시한 채 물었다. 사내는 정확하게 답하는 대신 이런 말을 했다.

"백안의 드래곤은 내 앞에 나타나면 즉시 붙잡힌다는 사실을 알고 있다. 그래서 널 죽이기 위해 다른 이들을 동원한 것이다. 일차로 즈투라는 이름의 그 인간을 조종해서 후스카를의 단장인 널 그곳으로 불러냈지. 처음부터 드래곤을 보냈다간 내가 바로 눈치 챌 수 있으니까 나름 강하다는 인간 다섯 명을 네게 보낸 거다. 그 자들로는 안 될 것 같아 이차로 푸른 드래곤을 바로 조종해서 공격하게 만들었지. 넌 정말로 죽을 뻔했다."

"잠깐. 그렇다면…… 칼리 시에서 최근 즈투가 뇌물을 여럿 뿌린 게 나를 불러서 죽이기 위한 함정이었다는 거네?"

"그렇다."

어쩐지 즈투가 상식에 너무 어긋난 행동을 했다 싶었더니, 그런 거였어?

레이니르는 말려든 스스로를 탓하면서 앞으로는 너무 뻔한 범죄는 더 정밀하게 검토해 봐야겠다고 다짐했다.

"다시 물어볼게. 당신, 왜 나한테 관심이 있는 거야?"

"내가 널 오래 지켜봤으니까."

엄밀하게 따지자면 답은 아니었다. 레이니르는 사내가 정확하게 말하지 않을 거라는 사실을 깨닫고 다른 것을 물었다.

"오래? 언제부터?"

"네가 태어난 다음날부터."

레이니르는 순간 말을 잃었다. 세상에서 가장 달콤한 벌꿀술을 거나하게 마신 것처럼 기분이 좋으면서도 숨이 타올랐다. 동시에 황당하기도 하고 웃겼으나 믿어야 한다는 걸 잘 알았다. 상대는 인간이 아니라 드래곤이니까. 그녀가 태어나기 훨씬 전부터 이 대륙에서 살아 숨 쉰 존재.

"갓난아기한테 관심을 가지다니, 드래곤님 취향이 아주 괴상하네."

레이니르는 간신히 한마디를 내뱉었다.

"나는 외모가 아니라 영혼을 본다. 또한 난 네가 어떤 모습으로 성장할지 알고 있었다."

"예지력이라도 있어?"

레이니르가 비아냥거렸으나 사내는 진중하게 답을 주었다.

"아니다. 그러나 난 세상의 흐름을 볼 수 있다. 그래서 네게 관심을 가지게 된 거지."

"그 흐름이라는 게 뭐지?"

사내와 레이니르의 대화에 끼어든 건 드레카르였다.

"인간의 언어로 정의 내릴 수 없는 것이다."

사내의 대답은 드레카르가 예상한 것이었다. 애초에 드래곤에게 그런 걸 물어본 것 자체가 바보짓이었다.

"그럼 이 질문을 하지. 레이니르를 공격한 푸른 드래곤을 죽였나?"

"아니다. 내가 레이니르 때문에 인간들의 세상에 등장했다는 사실을 백안의 드래곤에게 알리기 위해 살려서 돌려보냈다. 백안의 드래곤은 아마 다시 조종하기 위해 푸른 드래곤에게 접근할 것이다. 내가 지금 레이니르 곁에 있다는 소식도 듣게 되겠지."

"어젯밤에 네가 드래곤이라는 사실을 숨기지 않고 드러낸 것도 그런 일환이겠군."

"그래. 백안의 드래곤에게 반드시 소식이 들어가야 하니까. 만일의 경우 푸른 드래곤에게 다시 접근하지 않을 수도 있다."

"내 발키리들은 입이 무겁다. 함구하라고 명령을 내렸으니 발설하지 않을 거다. 그러니 당신은 또 다른 방법을 강구해야 한다. 아니, 이미 실행하고 있는 건가?"

드레카르는 탐탁지 않은 표정으로 사내를 쏘아보았다.

"당신은 현재 레이니르를 이용하고 있다. 대륙 최고의 가수이자 미인인데다가 백하루 만에 생환한 레이니르에게 사람들은 초점을 맞추고 있지. 당신이 드래곤이라는 사실이 외부로 흘러나가지 않는다고 해도, 레이니르의 곁을 지키는 정체불명의 남자에 대한 소문은 대륙 전체로 퍼지겠지. 푸른 드래곤이 말하든 않든 백안의 드래곤도 곧 소식을 듣게 될 것이다."

"그래, 그렇지. 그리고 그자는 기다릴 거다. 레이니르가 내게 더 중요한 존재가 되기를. 그래야 레이니르가 죽을 경우 내가 받는 타격이 클 거라고 생각할 테니까."

"당신은 레이니르를 미끼로 사용하고 있다."

드레카르는 불쾌감과 분노를 손에 잡힐 것처럼 선명하고 분명하게 내뱉었다. 레이니르는 같은 감정을 느꼈으나 표현하지 않았다.

"걱정 마라. 지켜줄 것이다. 레이니르, 대신 너는 나와 가까운 척 가장해야 한다. 그래야 백안의 드래곤이 너를 죽이고자 모습을 드러낼 테니까."

드레카르는 신중하게 질문했다.

"지켜준다는 그 말, 그건 약속인가?"

그가 알기로 드래곤은 약속을 어기지 않았다. 반드시 지키는 생물체.

"약속이다."

사내는 드레카르와 시선을 진중하게 마주한 뒤 다시 말했다.

"무슨 일이 있어도 다치지 않게 보호해 줄 것이다."

"이미 레이니르는 다쳤다."

"곧 회복할 것이다. 시간이 좀 더 필요할 뿐이다."

"그러나 접촉을 유지해야 하는 그 방식은 정상적인 것이 아니다. 당신은 드래곤이라 이해 못하겠지만, 레이니르는 젊은 여자다. 당신이 곁에 있는 건 레이니르의 평판에 문제가 될 거다."

감히 왕과 여왕이 아끼는 존재에게 손가락질을 할 수 있는 사람이 없긴 했다. 더군다나 카르탄 왕국은 연애에 자유로워서 서로 관여하지 않는 분위기니까. 그러나 이제껏 깨끗한 사생활을 자랑했던 레이니르가 좋지 못한 소문에 휘말릴 수도 있었다.

"그건 레이니르를 회복시키지 말라는 말인가?"

"역시 이해 못하는군."

드레카르는 짧게 한숨을 내쉬었다. 그때 입을 연 건 내내 조용히 대화를 경청하던 민이었다.

"약혼을 하는 게 어떨까요?"

레이니르는 얼굴이 두 개인 사람을 쳐다보듯 여왕을 바라보았다. 그건 드레카르도 마찬가지였다.

"민, 방금 뭐라고 했지?"

"약혼이요. 혼약은 파기할 때 일이 커지니까 무리고, 약혼을 하는 게 나을 것 같아요. 어젯밤에 레이니르가 발키리들 앞에서 저 분이 구해줬다고 말했죠?"

드래곤을 뭐라 불러야 할지 판단이 안 서는지라 민은 그냥 호칭을 사용했다. 모두에게 존댓말을 사용하는 사람답게 높게 부른 건 물론이었다.

"그러니까, 두 사람은 만난 지 백 일하고 이틀밖에 안 된 거죠. 짧은 기간이라 바로 혼약을 올리기에는 이르니 일단 약혼을 했다고 발표하는 거예요. 그러면 저분이 레이니르 곁에 머무르는 걸 다들 납득할 거예요. 그리고 무엇보다 약혼녀라면 확실한 미끼가 되겠죠. 저분의 적, 백안의 드래곤에게도 그렇게 보일 거예요."

레이니르가 눈만 깜빡이는 가운데 사내는 고개를 끄덕였다.

"괜찮군. 그게 더 효과적이겠어."

"그래, 그렇군. 약혼 정도라면……."

드레카르도 찬성했다. 그러자 민은 싱긋 웃으며 레이니르에게 물었다.

"어떻게 생각해요?"

"에, 그게……."

"좋다는 말이죠?"

"음, 그게 아니라……."

"다른 방법은 없잖아요. 혼약보다는 약혼이 낫죠. 나중에 끝난 뒤에 파장도 적을 거고요."

"그건 그렇지만……."

"이 방법뿐이에요. 알았죠?"

분명 민은 웃고 있고 목소리도 실크처럼 부드러웠다. 그러나 레이니르는 거미줄에 꽁꽁 묶이는 기분이었다. 이대로 가만히 있다간 여왕 거미에게 붙잡혀서 드래곤의 입안으로 내던져질 것 같았다.

"이 일은 단순히 나와 그자 간의 싸움이 아니다."

레이니르가 눈을 빛내는 민 앞에서 쫄아서 망설일 때 사내가 내뱉었다.

"내 적이 이긴다면 모든 인간들이 사망할 수도 있다."

"그래서 다른 드래곤도 아니고 하필 당신이 나선 건가?"

"그렇다. 내 명령을 어기는 존재이니 내가 직접 처벌을 내려야 하지."

사내의 목소리는 이전처럼 무미건조했지만, 레이니르는 그 밑바닥에 지독하리만치 강렬한 분노가 깔려 있다는 사실을 눈치챘다. 순간 온몸에 공포의 소름이 돋았고, 적에게 희미한 동정심까지 일 정도였다. 백안의 드래곤은 저 드래곤에게 붙잡히는 순간 죽음이 아쉬울 만큼 어마어마하게 참혹한 일을 당하리라.

"잠깐. 당신이 드래곤에게 처벌을 내린다고? 드래곤은 딱 한 존재 외에는 다들 평등하지 않아?"

"그렇다."

"그렇다면 역시 당신은……."

"그래."

사내는 레이니르를 응시한 채 진실을 말했다.

"콘 웅그르Kon Ungr. 그게 내 이름이자 호칭이다."

모든 드래곤을 다스리는 드래곤들의 단 하나뿐인 통치자. 이 세상 전체를 파괴하고 인간과 드래곤을 포함한 모든 생명체를 말살할 수 있을 만큼 강한 생명체. 이름이 없이 비늘 색깔로 구분되는 드래곤들 가운데 유일하게 이름을 가진 자.

세상에서 가장 강력한 존재. 드래곤들의 왕, 아니, 세상의 왕 콘 웅그르.

어느 정도 짐작하긴 했다. 그러나 콘 웅그르의 입으로 직접 사실을 들으니 레이니르는 망치로 얻어맞은 느낌이었다.

“그런 당신이 어째서 드래곤 한 마리 때문에 직접 움직였는지 궁금하군. 휘하의 드래곤들에게 명령해도 되지 않나?”

크게 경악한 레이니르나 민과는 달리 드레카르는 침착하게 되물었다.

“당신의 적, 백안의 드래곤은 대체 누구지?”

“세부 사정까지 이야기할 이유는 없다.”

콘 웅그르는 말을 자르듯 내뱉었고, 드레카르는 눈을 가늘게 뜨더니 고개를 끄덕였다.

“알았다.”

“알았다?”

“그래, 짐작 가는 바가 있으니까.”

드레카르의 답이 건방지게 느껴지는지 콘 웅그르의 짙은 눈썹이 꿈틀거렸다. 드레카르는 불편한 기분을 분명하게 표시하는 드래곤의 왕에게 강한 힘을 실어 내뱉었다.

“분명한 답을 확인할 생각은 없다. 드래곤들에 대해서 더 알고 싶지도 않고, 연관되고 싶지도 않으니까. 당신네 드래곤들의 힘은 너무도 강하다. 드래곤 하나가 인간들 전체를 사멸시키는 건 어렵지 않은 일이지. 애초에 엮여서는 안 되는 종족이라고 생각한다.”

“드래곤을 혐오하는군. 물려받은 드래곤의 피로 왕좌를 차지하고 있는 자가 할 말은 아니지 않나?"

아직도 상대방의 정체에 대해서 큰 충격을 받은 상황이었으나 레이니르는 존경하는 왕을 비난하는 말에 눈을 치켜뜨고야 말았다. 드레카르는 가볍게 어깻짓을 하는 것으로 콘 웅그르의 말을 넘겼다.

"당신의 말은 맞다. 내가 이 왕좌 위에 앉아 있는 건 생부가 물려준 힘 덕분이지."

여러 잘못을 저질렀으나 마지막 순간에 아들에게 크나큰 도움을 주고 떠난 생부를 떠올린 드레카르는 말을 멈추고 잠시 회상에 잠겼다. 민은 같은 기억을 떠올렸고, 남편의 손을 살짝 잡아 온기를 전해주었다. 드레카르는 세상에서 가장 사랑하는 아내에게 미소를 지어준 뒤 입을 다시 열었다.

"그러나 인간과 드래곤의 접촉은 최소한이어야 한다. 둘은 너무도 다른 종족이지. 애초에 접촉 기회가 적어야 문제가 발생하지 않을 거다. 인간이 더 안전해진다는 뜻이지."

"네 말이 맞다."

콘 웅그르는 순순히 인정했다. 그의 반듯한 이목구비가 굳어지자, 레이니르는 뭔가 사정이 있다는 것을 알아차렸다.

"나도 드래곤은 인간과 많이 접촉해서는 안 된다고 생각한다. 협조해 주는 대가로 약속하겠다. 이 일이 끝나면 나는 바로 사라지겠다. 또한 앞으로 다른 드래곤들이 인간과 최소한으로 접촉하게 만들 것이다. 아예 격리하고 싶지만 그렇게는 안 되겠군."

드래곤은 영생불멸하기 때문에 시간 감각이 없어서 정지된 시간 속에 갇혀 있었다. 때문에 그들은 활기로 그득한 인간의 세상을 경험해서 살아 있다는 사실을 확인하곤 했다. 미치지 않기 위한 최소한의 방책.

"그 점은 이해한다. 받아들이겠다."

드레카르의 시선이 레이니르에게 향했다. 레이니르는 답을 요구하는 거라는 사실을 깨달았다. 왕의 명령이기에 그녀는 받들겠다는 뜻으로 고개를 숙였다.

"약혼, 하겠습니다."

"부탁하마. 모든 일이 끝나면 뒷정리를 잘해주겠다."

지저분한 소문이 남지 않게 해주겠다는 약속이었다. 계속 경청하던 민이 다시 그때 입을 열었다.

"죽었다고 하면 될 거예요."

민은 싱긋 웃으며 콘 웅그르를 바라보았다. 지상 최강의 생명체를 눈앞에 두고 있었으나 그녀는 전혀 떨지 않았다.

"한쪽에서 약혼을 깼다고 알리면 뒷말이 무성할 테니 콘 웅그르 님이 사망했다고 공표하는 게 나을 것 같아요. 그러면 1년 정도는 레이니르가 공개적으로 애도의 시간을 가질 수 있을 거예요. 레이니르, 그동안 하고 싶었던 걸 그때 해요. 안 그래도 15년 동안 후스카를로서 쉴 새 없이 달려온 레이니르에게 휴가를 주고 싶었어요. 이번 일이 끝난 후에 그렇게 하면 딱 좋을 것 같아요."

민의 말에 드레카르도 고개를 끄덕였다. 레이니르는 15년이나 일했으니 1년 정도는 푹 쉬어도 될 터였다. 더군다나 드레카르는 영영 잃어버린 줄 알았던 딸 같은 아이를 당분간 곁에 가까이 두고 싶었다. 민도 마찬가지이리라.

"레이니르, 휴식을 취하는 동안 진짜 혼약을 올릴 남자도 찾아봐요."

민은 레이니르의 손등 뒤에 손을 올려두었다. 항상 그러하듯 여왕의 체온은 더없이 따듯했다.

"그동안 정말 애썼잖아요. 이제 레이니르도 평범한 일상을 즐겼으면 좋겠어요. 좋은 남자를 만나서 혼약도 올리고 예쁜 아기도 낳고요."

레이니르는 뭐라고 답을 해야 할지 알 수가 없어 눈을 마구 굴렸다. 민은 빙긋 웃고는 콘 웅그르에게 시선을 주었다.

"우리 레이니르, 잘 부탁해요."

콘 웅그르가 대답하기 전 민은 빠르게 덧붙였다.

"드래곤이니까 인간들의 일반적인 건 잘 모르시겠네요. 미리 말씀드릴게요. 약혼 상대라고 해도 한 침실을 사용한다는 소문이 퍼지면 레이니르의 평판에 문제가 좀 생길 수도 있어요. 더군다나 여긴 보는 눈이 아주 많은 왕성이거든요. 옆 침실을 배정해 줄 테니까 레이니르를 먼저 침실에 들여보내세요. 그 뒤에 콘 웅그르님의 침실로 들어갔다가 레이니르의 침실로 이동하세요. 마력이 강해서 마음대로 다닐 수 있으니 문제는 없겠죠? 그리고…… 아, 지금은 더 이상은 생각이 안 나네요. 더 떠오르면 그때마다 말할게요."

민은 웃으면서 조근조근하게 말했으나 레이니르는 왠지 짓눌리는 기분이었다. 콘 웅그르도 같은 느낌인지 눈을 가늘게 뜨고 민을 바라보았다. 하지만 별달리 할 말이 없는지 민에게 아무 말도 하지 않았다. 드레카르가 물었다.

"해결되기까지 얼마나 걸릴 것 같지?"

"오래 걸리지는 않을 것 같다. 나와 레이니르가 더 많은 시간을 보낼수록 백안의 드래곤은 복수하고픈 열망을 억누르지 못할 테니까. 그러나 더 빨리 처리하기 위해서는 네가 해줄 일이 있다. 일단 연무장에 있던 발키리들에게는 내가 일반 드래곤이 아니라 콘 웅그르임을 밝혀라. 많은 이들이 나의 등장을 알면 혼란스러워하겠지만, 그 정도 숫자라면 괜찮을 것이다. 그리고 그들끼리는 나에 대해 이야기를 나누게 하라. 왕성에 나타난 게 나라는 사실을 백안의 드래곤에게 확인시켜 줄 필요가 있으니까. 아마 백안의 드래곤은 발키리들의 대화를 엿들을 것이다."

드레카르는 고개를 끄덕였고, 민이 다시 나섰다.

"연회도 크게 열게요. 공개적으로 모습을 자주 드러내는 게 좋을 테니까요. 가능한 방법을 다 사용할게요. 걱정 말아요."

여왕의 호언장담에 왠지 레이니르는 온몸이 으스스했다. 그녀가 팔로 몸을 감싸자 콘 웅그르는 몸 상태 때문이라고 생각했는지 의자에서 일어나며 손목을 잡아끌었다.

"넌 쉬어야 한다."

레이니르가 미처 왕과 여왕에게 공손하게 인사하기 전 콘 웅그르는 그녀를 질질 끌듯이 밖으로 데려갔다.

"안 피곤—"

밖으로 나오면서 레이니르는 사실을 말하려 했으나 콘 웅그르가 그녀를 품에 안아 들자 깜짝 놀라 말을 끝맺지 못했다. 밖에 서 있던 발키리들은 그 모습을 발견하고 다시 눈을 수박만 하게 떴다. 그들 중에서 타쿤은 아까보다 더 창백한 얼굴이었다. 왠지 미안했으나 레이니르는 이제 상황이 바뀌었다는 것을 잘 알았다.

약혼을 할 사이.

레이니르는 두 손을 콘 웅그르의 목에 감으며 머리를 가까이 댔다. 약혼자라면 뻣뻣하게 굳어 있지 않아야 하는 법이니까.

"좀 피곤해서요. 그럼."

레이니르는 발키리들에게 가볍게 목례로 인사했고, 콘 웅그르는 성큼성큼 걸음을 옮기기 시작했다. 침실로 가는 도중에 마주친 사람들은 아까 왕과 여왕을 만나러 갈 때는 눈을 크게 떴으나 이젠 그 정도를 뛰어넘어 그 큰 눈이 튀어나올 것 같은 표정으로 그들을 쳐다보았다.

"반응이 있는 건가?"

콘 웅그르는 침실로 돌아와 침대에 레이니르를 내려놓으며 질문했다. 드래곤 왕의 눈에도 사람들의 깜짝 놀라다 못해 경악한 표정이 이상하게 보이는 모양이었다.

"음, 일단은. 내가 그동안 어떤 남자하고도 그런 적이 없거든. 손을 잡거나 기타 등등 말이야."

"그렇다면 앞으로 사람들 앞에서 접촉하는 게 좋을 거라는 뜻이군."

콘 웅그르는 식사 메뉴를 결정하는 듯 무미건조한 목소리였으나 레이니르는 순간 심장이 뛰었다. 그녀는 몸을 움츠리듯 팔짱을 낀 채 그를 똑바로 응시했다. 새까만 눈동자는 이제껏 그랬던 것처럼 어떤 감정도 드러나지 않았다. 그녀의 알몸을 껴안고 있을 때도 마찬가지였다.

인간 남자라면 최고의 미인인 그녀를 결코 가만두지 못하리라. 그러나 이 남자는 드래곤이었다. 드래곤 수컷.

레이니르는 천천히 입을 뗐다.

"당신이 알아둘 게 있어. 접촉한다고 전부가 아니야."

"아니라고?"

"우린 연인으로 안 보일 거라 그 말이야. 물론 지금이야 내가 남자와 함께 다니는 게 처음이라 약혼한 사이겠거니 하겠지만, 갈수록 의심을 살 거야."

"이유는?"

"분위기가 없어. 요컨대, 연인 특유의 분위기가 없다고."

콘 웅그르가 눈을 감았다 떴다. 그러자 아무 감정이 없던 황량한 사막 같은 눈동자에 감정이 떠올랐다.

불꽃처럼 타오르는 열렬한 갈망이었다. 금방이라도 상대를 격정적으로 탐할 것 같은 눈빛. 그러나 육체의 욕망만이 아니었다. 끝없이 깊고 깊은 애정, 결코 변하지 않을 절대적인 믿음도 있었다.

세상에서 유일한 존재를 보는 눈빛. 여자가 죽어버린다면, 생명의 기운을 잃고 스러져 버릴 만큼 절실한 사랑을 하는 남자만 내비칠 수 있는 감정. 뜨겁고 열정적인 사랑을 경험 중인 존재만이 선보일 수 있는 마음.

"이 정도면 되겠지?"

콘 웅그르의 목소리 또한 달라졌다. 여전히 명령조지만 이젠 끝을 살짝 잡아끄는 느낌이 들어 아주 부드러운데다가 섹시했다.

"드레카르 왕이 민 여왕을 이렇게 대하더군. 그걸 참고했지."

레이니르가 어안이 벙벙한 얼굴로 쳐다보자 콘 웅그르는 설명을 해주었다. 레이니르는 잠시 눈을 깜빡이다가 천천히 고개를 끄덕였다. 이상하게도 순간적으로 말문이 막혔다.

"나는 앞으로 이럴 생각이다. 넌, 그럴 수 있나?"

레이니르는 목을 가다듬고 말했다.

"나도 연기 잘해."

노래만 잘하고 왕국 내부의 일은 잘 모르는, 다소 머리가 나쁜 미녀 역할을 해온 것도 벌써 15년이 넘었다.

"하지만 연인 역할은 처음이거든. 노력해 볼게."

"이런 눈빛을 하는 게 어렵나?"

콘 웅그르는 레이니르의 앞에 앉고는 손을 뻗어 턱을 쥐고 시선을 마주했다. 열렬한 사랑으로 그득한 검은색의 눈동자를 똑바로 응시한 순간, 레이니르는 호흡이 가빠졌다. 빨려 들어가면 다시는 헤어 나오지 못할 것 같은 느낌. 한 번 맛보면 다시는 내뱉고 싶지 않을 만큼 달콤할 것 같았다.

"레이니르."

콘 웅그르의 목소리는 온몸으로 울림이 퍼질 만큼 깊었다. 은밀한 떨림을 주는 굵고도 부드러운 속삭임.

하지만 이건 진짜가 아니다. 그저 위장일 따름.

레이니르는 눈을 감았다. 콘 웅그르가 보이지 않는 어둠 속에서 그녀는 흐트러진 숨결을 바로 한 뒤에야 눈을 떴다. 그는 여전히 녹아내릴 듯한 눈빛으로 그녀를 응시하고 있었다. 순간 심장이 다시 떨렸지만 레이니르는 손으로 심장을 눌러 제자리로 원상복구 시켰다.

"레니라고 불러. 나와 가까운 사람들은 그 애칭으로 부르니까."

"알았다, 레니."

"나는 뭐라고 불러? 음, 애칭으로 불러야 하니…… 콘 웅그르, 콘, 콘…… 콩 어때?"

순간 콘 웅그르의 눈빛이 빙하처럼 차가워졌다. 동시에 넓은 침실 내부의 온도가 급격하게 하강했다.

"어머, 드래곤님, 지금 노려보는 건가요?"

"아니다."

"아니긴 뭐가 아닌가요?"

왠지 웃음이 나왔다. 하지만 드러내 놓고 그랬다간 살기로 그득한 시선을 받을 것 같아 레이니르는 속으로 꾹 참았다.

"마음에 안 드나 봐. 그럼 뭘로 할까?"

"쓸데없는 생각 말고 어서 쉬기나 해라."

콘 웅그르는 자리에서 일어나더니 문으로 갔다.

"어디로 가는 거야?"

콘 웅그르는 밖으로 사라졌다가 몇 분 뒤에 그녀의 침실 안에 있는 마법진을 통해 다시 나타났다. 민 여왕의 말대로 다른 곳에서 자는 척 가장한 것일 터. 사실은 알몸으로 같은 침실에서 머무른다는 것을 숨기기 위한 술책.

레이니르는 온몸에 열이 오르는 기분이었다. 그녀는 한숨을 흘리며 침대에 털썩 드러누웠고, 콘 웅그르는 옆에 앉았다.

"옷을 벗고 자야 한다."

"나도 알아."

"그런데 왜 안 벗지?"

레이니르가 뭐라 답해야 할지 궁리하는 가운데 콘 웅그르는 그녀의 상의로 손을 뻗었다. 레이니르는 기겁해서 그의 손을 쳐냈으나 그녀의 손만 아플 뿐이었다. 콘 웅그르는 의아한 시선으로 그녀를 쳐다보았다.

"그렇게 경계하는 이유를 모르겠군."

"어찌 됐든 당신은 남자잖아. 인간 여자로서 이건 당연한 반응이라고."

"나는 인간이 아니다."

"하지만 지금은 인간 남자의 모습을 취하고 있잖아. 그 육체, 당신 거야? 아니면 다른 인간의 것을 입은 거야?"

널리 알려진 바에 의하면 드래곤이 인간 세상으로 오는 방법은 두 가지였다. 지배자인 콘 웅그르에게 허락을 받은 공식적인 여행일 때는 드래곤의 형태일 때와 가장 느낌이 비슷한 인간의 모습으로 변신해서 오지만, 허락을 받지 못한 비공식적인 걸음일 때는 방금 죽은 인간의 몸에 들어가게 되어 있었다. 즉, 콘 웅그르의 현재 육체는 다른 인간의 것일지도 몰랐다.

"나는 콘 웅그르이다."

"그러니까, 답이 뭔데?"

"나 자신의 것이라는 뜻이다. 인간 형태일 땐 언제나 이 모습이다."

레이니르는 마치 처음 보는 것처럼 콘 웅그르를 바라보았다. 이 목구비는 거칠고도 두텁지만, 풍기는 분위기는 더없이 고매하고 고급스러웠다. 타고난 높은 신분에서 자연스럽게 우러난 것. 드래곤으로 있을 때도 똑같은 공기를 내뿜으리라.

"수많은 드래곤을 보더라도…… 어떤 드래곤이 당신인지 알아볼 수 있을 것 같아."

"너라면 그렇겠지."

그는 무심하게 말하고 있었으나 말속에 뼈가 들어 있는 것 같았다. 레이니르는 독촉하듯 물었다.

"그게 무슨 뜻이야?"

"너는."

그녀가 콩이라고 놀린 이후로 다시 원래의 무감각한 표정이었던 콘 웅그르는 사랑스런 연인을 대하듯 태도가 바뀌었다. 절절한 사랑에 빠진 남자의 표정.

"나의."

콘 웅그르는 고개를 숙였다. 레이니르는 그의 얼굴이 가까이 다가오는 것을 슬로우모션처럼 보았다. 그리고 알았다. 그의 까만 눈동자가 바라보고 있는 게 그녀의 입술이라는 것도.

나는, 뭘 바라는 거지?

콘 웅그르를 피하고 싶은 건지 아니면 받아들이고 싶은 건지 알 수가 없었다. 찰나의 순간 동안 레이니르가 답을 얻지 못했을 때, 그녀의 고뇌를 눈치챈 것처럼 콘 웅그르는 입술을 3㎝ 앞두고 멈췄다.

"무엇인 것 같은가?"

콘 웅그르의 시선은 그녀를 꿰뚫어 버릴 것처럼 날카로웠다. 레이니르는 피하지 않았다. 그녀는 미소까지 지으며 부드러운 눈빛으로 그를 응시했다.

"관심을 끄는 존재겠지."

콘 웅그르는 세상에서 단 하나뿐인 존재였다. 드래곤들의 유일한 왕. 그야말로 지상 최강의 생명체.

"그런데 어째서 지고至高의 생명체가 내가 태어난 다음날부터 날 관찰한 거지?"

콘 웅그르의 입은 다시 단단하게 닫혔다. 그는 한결 더 사나운 눈빛으로 그녀를 응시하다가 고개를 숙였다. 입술이 닿은 곳은 이마였다. 시선과는 달리 아주 부드럽고 깃털처럼 가벼운 촉감이었다.

"쉬어라."

다시금 수면마법이 밀려들어 왔다. 저항하고 싶었으나 레이니르는 수면 속으로 곧장 떨어졌다. 콘 웅그르가 잠든 그녀를 바라보다가 계획 중 하나를 수정했다.

4.

야를 레이니르.

20년 전에 드레카르 왕과 대륙을 구한 구국의 영웅이자 왕의 친우인 야를 하랄, 그리고 전직 예지자인 프레이야의 삼 남매 가운데 장녀. '야를' 이라는 호칭을 이름 앞에 사용할 수 있는 귀족들 가운데 가장 고귀한 태생에다가 왕과 여왕에게 친조카로 대우받는 존재. 즉, 레이니르의 혼약자가 된다는 건 핵심 권력에 가장 가까이 다가갈 수 있다는 뜻이었다. 그렇기에 아주 많은 사람들이 레이니르가 어렸을 때부터 눈독을 들였다. 더군다나 대륙 최고의 미녀니까.

사실 레이니르만큼의 미모를 자랑하는 여자는 드물지만 대륙 여기저기에 존재하긴 했다. 그런데도 레이니르가 그들보다 높은 평가를 받는 건, 그녀의 행동 덕분이었다. 섬세하고 연약한 분위기의 레이니르는 봄바람처럼 나긋나긋하면서도 살랑살랑 움직였고, 언제나 지극히 여성적으로 행동했다. 그야말로 가녀린 여성상에 꼭 맞는 사랑스러운 미인. 또한 살짝 잡아끄는 듯 속삭이는 목소리는 천상의 하프 소리처럼 지극히 아름다웠으며 무엇보다 그녀는 대륙 최고의 인기 가수였다.

이 모든 환상적인 조건 덕분에 대륙의 수많은 남자들이 그녀를 차지하고자 열심히 애썼다. 어렸을 때부터 카르탄 왕국만이 아니라 전 대륙에서 연심을 담은 편지와 선물이 쏟아졌는데, 언제나 레이니르는 선물은 가난한 고아들에게 기부했고 편지는 답장 같은 건 단 한 번도 하질 않았다. 그리고 가수로서 전 대륙을 다니면서 노래만 부를 뿐 그 이상의 행동을 한 적은 없었다. 어떤 남자도 그녀의 손조차 잡지 못한 것이었다.

그렇게 시간은 흘러 레이니르는 올해 스물다섯이 되었다. 카르탄 왕국의 평균 혼약 나이는 스물이었다. 즉, 레이니르는 혼약을 올릴 시기가 5년이나 더 지난 것이었다. 그렇기에 레이니르를 뜨겁게 사랑하는 이들은 더욱 애가 닳아 접근하려 했으나 "레이니르에게 함부로 접근해서 피해를 입히면 무거운 처벌을 내리겠다."는 드레카르 왕의 엄중한 경고에 옷깃도 잡질 못했다. 그렇게 숱한 남자들이 사모의 감정으로 끓어 넘치는 심장을 그냥 안고만 있을 때 레이니르가 사라졌다.

레이니르의 시신이 발견된 게 아닌지라 처음에는 실종됐다고 공표됐으나 사실 다들 레이니르가 죽었다고 생각했다. 왕이 레이니르를 경호하기 위해 붙여뒀다는 사람들이 살해당한데다 흥건한 피에 젖은 레이니르의 옷이 발견되었기 때문이다. 때문에 친딸처럼 레이니르를 아끼던 왕과 여왕이 더는 상처받지 않기를 바라며 직접적으로 언급하지는 않았으나, 모든 이들이 대륙 최고의 미녀 가수가 스물다섯의 나이로 사망했다고 생각하며 아주 깊이 애도했었다.

그러다 레이니르가 백하루 만에 돌아왔다. 웬 시커먼 사내와 함께.

사내가 드래곤이라는 사실을 알고 있는 몇몇 발키리들이 드레카르 왕의 명령에 의해 그들끼리만 이야기할 뿐 외부에는 입을 다물었기에 사내의 진짜 정체는 새어 나가지 않았다. 그러나 다음날 정오, 레이니르가 사내에게 안겨서 왕족들의 보금자리에 다녀온 뒤 왕은 공식적으로 발표했다. 일주일 후에 레이니르가 그동안 그녀를 간호해 준 남자와 약혼의 의식을 치를 거라고.

이 소식은 카르탄 왕국의 왕성을 시작으로 빛보다도 빠르게 대륙 전체에 퍼졌다. 드디어 대륙 최고의 미녀가 한 남자에게 매인다! 더군다나 정체를 알 수 없는 상대에게! 왕성 내부에서 일하는 시녀들에 의해 덩치가 크고 까만 머리칼을 가진 미남이라는 사실은 알려졌는데, 그 외에는 전부 베일에 가려진 상태였다.

그리하여 모든 이들은 일주일 뒤를 목이 빠져라 기다리게 되었다. 여자들은 얼마나 잘났으면 대륙 최고의 미인을 사로잡았는지 상대 남자에 대해서 끝없이 고대했다. 그러나 남자들은 대부분이 턱도 없는 질투심에 시달렸다.

감히 우리의 미녀를 데려간다니!

그들 중 몇몇은 분노를 못 이겨 파르르 떨다 못해 입에 거품을 물었다. 그리고 그런 이들을 눈여겨보는 아주 싸늘한 시선이 하나 있었다.

오늘도 눈을 뜬 레이니르를 가장 먼저 맞이한 건 구릿빛의 강건한 근육이었다. 그러나 이제 그녀는 더 이상 경악하지 않았고 상대에게 주먹을 내뻗지도 않았다.

"잘 잤나?"

마치 자기 것이라도 되는 양 그녀의 허리를 한 팔로 단단하게 두르고 있던 콘 웅그르는 미소를 지으며 인사했다. 새까만 눈동자는 한없이 상냥한 빛을 보여주었다.

"나의 약혼녀."

그는 심지어, 고개를 숙여 레이니르의 이마에 키스까지 했다. 멍하니 눈인사를 쳐다보던 레이니르는 불의의 일격에 눈을 아주 크게 뜨고야 말았다. 콘 웅그르가 한마디 했다.

"놀랐나?"

콘 웅그르는 옅게 미소까지 짓더니 손을 뻗어 레이니르의 뺨을 쓰다듬었다. 그의 손바닥은 굳은살로 그득했다.

물론 콘 웅그르의 인간 육체는 머리끝부터 발끝까지 돌 같은 근육으로 만들어지긴 했다. 찰싹 붙어 있는 상황인지라 레이니르는 분명하게 알 수 있었다.

첫째, 콘 웅그르의 몸은 정말 단단하다.

둘째, 그리고 그 부분도 그런 것 같다.

레이니르는 자신의 허벅지에 닿은 것을 두 눈으로 똑똑히 보고 싶은 충동에 시달리게 되었다. 그녀는 금방이라도 내려갈 것 같은 고개를 가만히 두기 위해 목에 잔뜩 힘을 주었다. 목이 뻣뻣할 지경이었다.

"이제 깨어났으니 좀 놔."

레이니르는 간신히 한마디 했다. 콘 웅그르는 뜻 모를 미소를 희미하게 지은 채로 잠시 그녀의 뺨을 쓰다듬고 있을 뿐이었다. 단단한 굳은살이 부드러운 뺨을 쓸어 올리는 감촉은 더없이 자극적이었다. 레이니르는 입술을 앙다문 뒤 후끈거리는 몸을 돌렸다. 다행히 콘 웅그르는 그녀를 붙잡지 않았다.

"내가 얼마나 잠들어 있었어?"

레이니르는 뒤돌아서서 옷을 걸쳤으나 콘 웅그르가 자신에게 시선을 고정하고 있다는 것을 잘 알았다. 그의 강렬한 시선 때문에 등이 따끔거렸다.

"모른다."

"모른다고? 아, 맞다. 당신 드래곤이지."

영원히 사는지라 시간관념이 전혀 없는, 시간이라는 게 아예 필요하지도 않는 존재가 바로 드래곤이었다.

내가 왜 그 사실을 잊고 있었지?

레이니르는 옷을 다 입고 뒤돌았다. 알몸으로 느긋하게 침대에 앉아 있는 콘 웅그르는 인간이 아니었다. 비록 인간의 육체를 하고 있으나 그의 근본은 드래곤이었다. 더군다나 드래곤들의 왕인 존재.

이 사내는 어째서 한낱 인간인 내게 관심을 가진 걸까?

어젯밤에 계속 물었지만 답은 없었다. 아마, 다시 질문해도 마찬가지의 반응을 얻으리라. 레이니르는 짧게 한숨을 내쉰 뒤 밑으로 내려가는 시선을 가까스로 올려 콘 웅그르의 얼굴만 보았다.

"나 씻을 거야. 여기서 기다려."

다행히 콘 웅그르는 따라오지 않고 가만히 있을 따름이었다. 레이니르는 서둘러 침실과 연결된 욕실로 갔다. 가장 드높은 신분의 손님을 위한 공간이라 침실처럼 욕실도 드넓은데다가 세 가지 온도의 욕탕도 있었다. 화려하고 사치스러운 것을 싫어하는 왕과 여왕의 취향대로 욕실 전체는 검소하고 깔끔했으나 욕탕 가장자리에는 은은한 금테가 빛을 발했다. 덕분에 조명을 끈 채 좋은 향을 풍기는 촛불 여러 개를 마법으로 허공에 띄우면 로맨틱한 분위기가 자연스럽게 우러났다. 또한 마력을 가진 사람이 마음만 먹으면 사면의 벽과 천장에 원하는 실외의 광경을 비출 수 있었다.

레이니르는 마력을 투입하려다가 관두고는 옷을 벗고 중간 온도의 욕탕에 들어가 어깨까지 묻었다. 혼자 있으니 이제야 긴장감이 스러지면서 마음이 놓였다. 그리고 머릿속이 제대로 돌아갔다.

드래곤의 왕과 약혼을 하게 됐다. 콘 웅그르가 적을 잡기 위해 그녀를 미끼로 쓰는 것.

콘 웅그르의 적, 백안의 드래곤은 드래곤이니 분명히 엄청난 힘을 가지고 있을 터였다. 그러나 레이니르는 무섭거나 두렵지 않았다. 비록 인간의 형태를 취하고는 있으나 콘 웅그르는 지상 최강의 생명체였다. 더군다나 드래곤은 약속을 잘 지키는 종족. 지켜준다 했으니 반드시 그리할 터.

나는 안전할 것이다. 그런데…….

레이니르는 눈을 감고 머리끝까지 깊은 물속으로 들어갔다. 얼마 지나자 가슴이 답답해졌으나 그녀는 최대한 견딜 수 있을 만큼 물속에 더 머무른 뒤에야 밖으로 고개를 내밀었다. 물방울이 사방으로 날리며 백금색의 머리칼이 시야를 가렸다. 가쁘게 숨을 쉬면서 레이니르는 머리카락을 뒤로 넘기며 눈을 감았다 떴다.

콘 웅그르가 욕실 안으로 들어오고 있었다. 알몸으로.

워낙 시력이 좋은지라 한순간에 모든 것을 다 보긴 했다. 하지만 시선이 한 군데에 완전히 고정될 것 같아 레이니르는 서둘러 등을 돌리며 앙칼지게 소리쳤다.

"왜 들어오는 거야!"

"나도 씻어야겠다 싶더군. 인간이라면 그래야 하지?"

"내가 다 하고 난 뒤에 하면 되잖아! 아니면 다른 욕실로 가거나!"

"아아, 그런 방법이 있군."

콘 웅그르는 느긋한 어조로 이어 내뱉었다.

"다음에는 그래야겠어."

그는 레이니르가 몸을 담그고 있는 욕탕 안으로 들어왔다. 첨벙하고 선명한 소리가 나는 동시에 솟구친 물방울이 그녀의 등을 적셨다. 따듯한 온도의 물인데도 레이니르는 온몸을 파르르 떨고야 말았다.

"춥나?"

콘 웅그르는 손으로 레이니르의 맨 어깨를 붙들었다. 굳은살로 가득한 단단한 손바닥이 어깨를 리드미컬하게 문지르다가 팔로 내려갔다. 레이니르는 정말로 소름이 돋았다.

"정말 추운가 보군."

콘 웅그르는 바싹 다가오더니 귓가에 가까이 속삭였다.

"따듯하게 해줄까?"

"콩."

레이니르는 의도적으로 이죽거렸다.

"웬 수작이야?"

그녀의 팔을 쓰다듬던 콘 웅그르의 행동이 순간 멈췄다. 레이니르는 그 틈에 바로 뒤돌아 그와 똑바로 마주 보았다. 예상한 반응이 기다리고 있었다.

"당신은 날 바라지 않아."

둘 다 알몸이긴 했다. 그러나 레이니르는 옷을 다 입은 것처럼 당당하게 가슴을 펴고 허리에 두 손을 얹은 채 콘 웅그르의 얼굴을 뚫어져라 노려보았다.

"당신은 인간이 아니지만, 정말 날 원한다면 내 알몸에 넋이 나가는 게 정상이야."

그러나 그는 그러는 대신 '콩' 이라고 불린 것 때문에 미간 사이를 찌푸리고 있었다.

"어째서 날 원하는 척 가장하는 거지? 무슨 속셈이야?"

"무슨 속셈일까?"

"대답할 생각이 없다는 거네."

물어도 소용없다는 건 잘 알았다. 짜증이 난 레이니르는 핏 비웃고는 다시 몸을 돌렸다. 콘 웅그르가 쳐다보고 있다는 건 잘 알았으나 그녀는 묵묵히 평소대로 머리끝부터 발끝까지 씻었다.

정말 개운하네. 백하루 만의 목욕이라 그런가?

정확하게 따지자면 며칠을 더 계산해야 하지만 레이니르는 대충 생각한 뒤 욕탕에서 나왔다. 허리까지 내려오는 긴 머리카락이 물에 흠뻑 젖자 무게감이 꽤 느껴졌다. 이럴 때마다 자르고 싶지만 기를 수밖에 없었다. 연약한 미녀 가수에겐 긴 머리카락이 어울리기 때문이었다.

머리카락을 전부 뒤로 넘긴 레이니르는 건조마법을 사용해서 한순간에 몸의 물기를 전부 말렸다. 곱슬거리는 머리칼이 윤기를 발하며 가벼워졌고 물방울이 또르르 흘러내리던 알몸은 방금 윤을 낸 새하얀 도자기처럼 말갛고 환한 빛을 발했다.

레이니르는 허공의 아공간에서 평소 사용하는 장미향의 크림 화장수를 꺼내 들고 침실로 돌아갔다. 콘 웅그르의 시선이 그림자처럼 따라오고 있었다.

온몸이 따끔거리다 못해 불탄 지 오래였다. 그러나 레이니르는 최선의 노력을 다해 무시한 뒤 침대에 앉아 발가락 끝부터 목까지 꼼꼼하게 바르고는 얼굴에는 여왕이 친히 선사한 최고급 화장품을 발랐다. 이어 단정하지만 육감적인 몸매가 드러나는 옷을 걸치고 제이드로 만들어진 빗으로 머리카락을 빗기 시작했다.

"그 빗은."

어느새 옷을 전부 갖춰 입은 콘 웅그르가 바로 뒤에서 다가왔다. 레이니르는 흘끔 노려보았다. 그의 긴 머리카락은 물기의 흔적이라고는 전혀 없었다. 마치, 아까 욕실에서 그녀를 희롱한 적 없었던 것처럼.

"프레이야가 물려준 것이군."

레이니르는 무시할까 싶었으나 어머니의 이름이 나오자 그럴 수 없었다. 그녀는 눈을 크게 뜨고 자리에서 벌떡 일어났다.

"어머니를 알고 있어? 만나본 적 있는 거야?"

작년 어느 날, 어머니 야를 프레이야는 오랜만에 삼 남매를 불러 모아 다정하게 저녁 식사를 함께했고, 다음날 새벽에 갑자기 숨을 거두었다. 전직 예지자다운 행동이었다.

치료마법으로 치유할 수 없는 지병 때문에 돌아가신 것으로 분명 자살은 아니었다. 그러나 레이니르는 어머니가 은연중에 죽음을 갈구해 왔다는 것을 알고 있었다. 그래야 돌아가신 아버지와 후생後生에서 다시 만날 수 있다고 생각하셨기 때문이었다.

슬프고 슬픈 일이었다. 하지만 레이니르는 어머니가 얼마나 아버지를 그리워했는지 잘 알기에 장례식 때 눈물 흘리지 않았다. 대신, 진실인지 알 수 없는 윤회설輪回說대로 언젠가 어머니와 아버지가 다른 세상에서 만나 행복을 누리기를 온 마음을 다해 기원했다.

"예지자를 모르는 드래곤은 없다. 미래를 보는 예지자는 드래곤들에게도 특별하니까. 그리고 난 프레이야와 만난 적은 없다."

콘 웅그르는 거기서 입을 다물었다. 그러나 그가 깊은 생각에 잠기듯 눈을 가늘게 뜨자 레이니르는 무언가 다른 게 있다는 사실을 알아차렸다.

“어머니와 뭔가 연결이 있는 거야?”

“연결이라고 할 수 없는 것이다. 하지만 말해주지. 네가 태어난 다음날 널 보러 갔었지. 네게 징표를 찍고 떠나는 내게 프레이야가 전갈로 부탁한 게 있다.”

“잠깐. 무슨 징표?”

“공격하지 말라는 표시를 말한다. 그래서 너는 드래곤들에게서 안전하다. 백안의 드래곤처럼 나를 거역하는 자들은 널 공격할 수 있으나 그런 자들은 거의 존재하지 않는다고 봐야 하지.”

콘 웅그르의 배려를 감사하게 생각하는 게 옳지만, 이 순간 레이니르는 무슨 말을 해야 할지 알 수가 없었다. 그녀는 원래 화제로 돌아갔다.

“어머니가 전갈로 무슨 말씀을 하신 거야?”

“무슨 말을 했을까?”

레이니르는 참을 수 없었다. 그녀는 고개를 삐딱하게 들고 이죽거렸다.

“그렇게나 오래 살아오는 동안 질문에 되묻는 걸로 답하는 게 나쁜 버릇이라고 지적한 사람, 아니, 드래곤은 없었나 보지?”

“넌 아직 준비되지 않았다.”

“뭐라고?”

“네가 나의 무엇인지 그리고 네 어머니가 내게 무어라 부탁했는지, 그 대답을 들을 준비가 되어 있지 않다.”

레이니르는 그게 무슨 말이냐는 질문을 반사적으로 할 뻔했으나 가까스로 입술을 깨무는 것으로 멈추었다. 그녀가 바닥을 쳐다보며 골똘히 생각에 잠겼을 때, 콘 웅그르는 바로 앞까지 다가왔다. 고개를 숙이고 있는 레이니르의 눈에 허리까지 내려오는 그의 까만 머리카락이 보였다. 반짝이는 윤기가 자르르 흐르는, 마치 꿀이 흘러내리는 것 같은 머릿결.

사실 레이니르는 남자의 긴 머리를 싫어했다. 지저분하고 어울리지 않으니까. 그러나 콘 웅그르의 긴 머리카락을 보면 그런 생각은 전혀 들지 않을뿐더러 손이 근질거렸다. 만져서 정말 그런 촉감인지 확인하고 싶었다.

"무슨 생각을 하는 거지?"

콘 웅그르는 두 손으로 레이니르의 뺨을 감싸 고개를 들게 했다. 레이니르는 이렇게 대응했다.

"무슨 생각을 하는 걸까?"

콘 웅그르의 입술이 살짝 움직이면서 희미하게 미소를 그렸다.

"금방 배우는군."

"스승이 워낙 뛰어나서."

레이니르는 씩 웃었으나 진지하게 물었다.

"콩이 싫으면, 이름을 새로 지어야 해. 콘 웅그르라고 할 수는 없잖아."

"안 그래도 드레카르 왕이 묻더군. 그래서 답했다. 네가 짓는 대로 따르겠다고."

"나더러 지으라고?"

"그래."

"왜?"

콘 웅그르의 입술이 다시금 미소를 지었다. 나른하고 유혹적이면서도 동시에 섹시했다. 레이니르는 갑자기 목이 탔다.

"네가 내 약혼녀니까. 그리고."

"그리고?"

"내가 관심을 가지고 있는 유일한 인간 여자니까."

인간 여자.

여자.

콘 웅그르가 고개를 가까이 숙여 속삭이듯 내뱉은 말은 레이니르의 심장을 한순간 크게 뒤흔들었다. 거꾸로 뒤집힌 기분. 레이니르는 손으로 눌러서 재빨리 심장을 원래 자리로 돌아가게 했다. 그러나 정말 그렇게 됐는지는 알 수가 없었다.

"그럼, 내가 뭐라 짓든 따르겠다는 말이지?"

"콩은 안 된다."

눈을 가늘게 뜨고 싸늘하게 내뱉는 것으로 보아 정말 싫은 모양이었다. 왠지 웃음이 나올 것 같아 레이니르는 입술을 깨문 뒤 생각을 해보았다.

"이건 어때? 버서커Berserker. 고대 드래곤 언어로—"

"작다는 뜻이지."

콘 웅그르는 팔짱을 꼈다. 셔츠를 팔꿈치까지 걷어 올린 우람한 팔뚝에 푸른 힘줄이 불끈 올라왔다.

근육이 정말 장난 아니네.

지난 시간 동안 발키리들 비롯해서 수없이 많은 전사들을 봤었다. 그들 중 몇 명은 콘 웅그르보다 더 크고 강한 몸을 가지고 있었다. 그러나 정말 근육이 돌처럼 단단한지 레이니르가 손으로 직접 확인하고픈 존재는 콘 웅그르가 처음이었다.

더군다나 다른 남자들은 덩치가 크면 우악스럽고 거칠게 느껴져서 사실 거부감만 들었었다. 그러나 콘 웅그르는 진중하고 깊은 품격을 물씬 풍기는데다가 늘씬한 허리와 길고 매끈하면서도 고상한 팔과 다리 덕분에 고매해 보였다. 그야말로 기품이 느껴지는 아우라를 가진 존재.

어떻게 이런 특별한 사람이, 아니, 드래곤이 존재할 수 있을까? 드래곤의 왕이라서 그런 건가? 아니면 내가 이 드래곤에게…….

레이니르는 떠오르는 생각을 보이지 않는 곳으로 돌리며 빙긋 웃었다.

"버서커가 싫어? 작다는 뜻만 있는 게 아니잖아."

"그래. 광포하다는 의미도 있지. 그러나 작다는 뜻이 더 강한 단어이다."

레이니르는 반걸음 앞으로 다가가 긴 속눈썹을 펄럭이면서 콘 웅그르를 올려다보았다. 모든 남자들이 홀딱 넘어가는 애교 섞인 콧소리를 낸 건 물론이었다.

"그래도 난 버서커가 마음에 드는데?"

콘 웅그르는 고개를 살짝 삐뚜름하게 만들더니 팔짱을 꼈던 손을 뻗어 레이니르의 두 뺨을 붙잡았다. 엄지손가락이 매끄러운 뺨을 살짝 긁듯이 매만지다가 부드럽게 쓸었다. 세상에서 가장 소중한 것을 대하듯 아주 다정한 손길. 동시에 그의 눈빛은 깊이 사랑하는 연인을 대하듯 끈적이면서도 뜨겁게 변했다.

콘 웅그르가 아주 천천히 레이니르의 입술 쪽으로 고개를 숙이기 시작했다. 레이니르는 깨달았다. 그는 선택할 시간을 주는 것이었다.

그를 거부할지 아니면…….

"드레카르 왕이 이 안으로 들어오겠다고 말했다."

입술이 닿기 직전, 콘 웅그르는 그 말을 했다. 레이니르는 즉각적으로 몇 걸음 뒤로 물러나 의자에 앉으며 내뱉었다.

"당장 들어오시라고 해."

곧 드레카르가 침실 안으로 들어왔다.

"왕이시여."

레이니르는 의자에서 일어나 인사를 올렸다. 겉으로는 환하게 웃었으나 그녀의 심장은 쿵쿵거리고 있었다. 마치 어린아이가 불장난을 치다가 어른에게 걸리기 직전에 그만둔 기분이었다.

"몸은 좀 어떠냐."

다행히 왕은 그녀의 마음을 눈치채지 못했는지 걱정하며 건강을 물어왔다. 냉정한 성품답지 않게 얼굴에 은은한 미소를 걸고 있었다. 그녀의 무사귀환을 기쁘게 생각하기 때문일 터.

"괜찮습니다."

미소 지으며 왕이 좋아할 만한 답을 올린 레이니르는 자신의 말이 사실임을 깨달았다. 확실히 몸이 가벼웠다. 이러다가 어느 순간에 다시 졸음이 몰려올 것 같지만 그 시간이 어제보다는 늦게 찾아올 것 같았다.

하긴, 계속 붙어 있고 잠잘 때는 알몸으로 엉켜 있으니 회복이 안 될 리 없지.

"왜 왔지?"

콘 웅그르는 드레카르를 바라본 채 빠른 어투로 말했다.

"오늘부터 둘이 함께 왕성 밖으로 외출하라는 말을 하려고 왔다. 이 안은 철통같이 경호가 되어 있어 누구도 전갈을 보낼 수가 없고 출입도 불가능하군."

"앞으로 네 접근과 전갈은 막지 않겠다."

"여왕도 막지 마라."

"알았다."

"저, 무슨 외출이요? 왕이시여, 이제 기운이 좀 돌아왔으니 오늘은 후스카를의 업무를 수행하고 싶습니다. 즈투 사건에 대해서도 다시 살펴보고 싶고요."

"즈투는 죽었다. 너와 연락이 끊긴 직후, 다른 후스카를들을 보내 무슨 상황인지 알아보게 했었다. 사지가 찢긴 즈투의 시신만 발견했지. 아마도 백안의 드래곤이 처리한 것 같더군. 그건 네가 관여할 사항이 아니라 콘 웅그르가 알아서 할 일이지. 그리고 후스카를의 업무는 잠시 멀리해 둬라."

"왕이시여, 어째서 그런 명을 내리시는 겁니까?"

"건강 회복을 우선하라는 뜻이다. 그리고 미끼로서 행동하는 것 이외의 다른 일은 하지 마라."

"하지만—"

레이니르의 표정이 어두워진 것과는 달리 드레카르는 담담한 기색으로 읊었다.

"아직 넌 건강하지 않다. 더군다나 후스카를의 업무까지 보다간 미끼로서 임할 시간이 모자랄 것이다. 네 약혼자를 궁금하게 여기는 사람들이 수도 없이 많다. 콘 웅그르, 대금을 댈 테니 보석상점으로 레이니르를 데리고 가서 약혼 예물을 사라. 후스카를의 정보에 의하면 보석상점의 여주인이 소문을 퍼뜨리는 데 아주 능하다고 하니 30분 정도만 머무르다가 나오면 될 거다."

"대금 같은 건 필요없다. 내 약혼녀에겐 내가 예물을 사줄 것이다."

레이니르에게 집중됐던 드레카르의 시선이 콘 웅그르에게 향했다. 드레카르는 눈을 가늘게 뜨고 콘 웅그르를 뜯어보았으나 곧 조용히 침실 밖으로 나갔다. 그리고 레이니르는 왕이 사라진 벽을 쳐다보다가 한숨을 길고 길게 내쉬었다.

"왜 그러지?"

"후스카를 일을 못하게 됐잖아. 완전히 회복하기 전까지 계속 못할 것 같네. 젠장. 크아아아아!"

울부짖던 레이니르는 분을 이기지 못했다. 그녀는 침대로 달려가 엎어진 뒤 주먹을 꾹 쥔 손으로 베개는 물론 시트 여기저기를 마구 내려쳤다. 베개 속에 들어 있는 하얀 깃털이 침실 허공 여기저기에서 날리는 가운데, 그래도 화가 가라앉질 않자 그녀는 바닥에 벌떡 일어서서 쿵쿵거리며 마구 발을 굴렀다.

한참을 그런 뒤에야 기분이 좀 나아졌다. 딱 그 순간, 레이니르는 침실에 혼자 있는 게 아니라는 사실을 알아차렸다. 그녀는 순간 움찔거리며 아주 천천히 돌아보았다. 콘 웅그르는 평소처럼 무심한 표정이었다.

"다 했나?"

레이니르는 주눅이 든 표정으로 아주 천천히 고개를 끄덕였다.

"네 평판을 위해서 이제까지 같이 있었다는 사실이 알려지면 안 되겠지. 밖에서 만나자."

콘 웅그르는 순식간에 사라졌다. 그리고 레이니르는 눈을 꾹 감고 주먹을 부르르 떨었다.

발작하는 모습을 보이다니! 날 대체 어떻게 생각할까?

쥐구멍이 있다면 숨어들어 며칠은 혼자 있고 싶었으나 지금은 미끼로서 임무를 수행해야 할 때였다. 온몸이 부끄러움으로 불타는 가운데 레이니르는 시간을 끌지 않고 밖으로 나갔다. 다섯 명의 발키리들이 침실 앞에서 경호를 서고 있지만 그녀의 눈에는 단 한 존재만 보였다.

콘 웅그르는 다시 깊은 사랑에 풍덩 빠진 연인이 되어 있었다. 영원한 애정이 흘러넘치는 눈빛. 온몸에서도 어서 상대를 안고 싶다는 욕망이 은연중에 우러나왔다.

그저 흉내일 뿐이었다. 콘 웅그르는 인간이 아니라 드래곤이었다. 몸은 물론이거니와 마음과 감정 자체가 완전히 다른 종족. 그런데 어째서…….

레이니르는 다른 손으로 심장을 꾹 눌렀다. 소녀가 한눈에 홀딱 반한 소년을 발견한 것처럼 펄럭이듯 뛰었으니까.

그래. 이건 성인 여성이 성인 남자에게 느끼는 게 아니야. 그냥, 색다르고 특별한 존재를 흠모하는 풋내음 나는 소녀의 것일 따름. 그것뿐이다.

"레니."

콘 웅그르는 눈웃음을 지으며 천천히 손을 뻗었다. 레이니르 또한 같은 미소를 지으며 손을 내밀었고, 그는 고개를 숙이더니 그녀의 손등에 입을 맞추었다. 그의 입술은 예상보다 훨씬 뜨거웠다.

"잘 잤나?"

콘 웅그르는 다른 손을 레이니르의 귀에 대더니 그곳에 있던 뭔가를 가져갔다. 베개의 깃털이었다.

"잘 잤나 보군."

콘 웅그르는 나른하게 미소 지으며 가까이 다가와 이번엔 레이니르의 이마에 입술을 눌렀다. 동시에 그녀의 허리를 안았다. 허리 뒤를 쓸어 올렸다가 내리는 손길은 단순히 접촉하는 게 아니라 끈적이는 애무였다. 그 이상을 원한다는 분명한 동작.

놀라서 헉 소리를 내는 건 분명 침실 앞에 있는 발키리들이었다. 충분하다 싶어 레이니르는 눈을 살짝 흘기며 콘 웅그르의 손을 찰싹 친 뒤 팔짱을 꼈다.

"어서 가요. 나 기대하고 있다고요. 뭐 사줄 거예요?"

그녀는 대외적으로 상냥하고 예의 바른 이미지이니, 겉보기에 두세 살은 더 많아 보이는 약혼자에게 존댓말을 쓰는 게 당연했다. 레이니르는 평소보다 더욱 아름답게 목소리를 내면서 그에게 찰싹 붙었다. 그런 약혼녀를 세상에서 가장 빛나는 보석처럼 바라보며 콘 웅그르는 걷기 시작했다.

목적지로 빠르게 가려면 이 자리에서 마법진을 사용하는 게 시간을 절약하는 방법이지만 대외적으로 모습을 드러내기 위한 외출이므로 레이니르와 콘 웅그르는 되도록 걸어서 다녔다. 왕성 밖으로 나가기 전까지 그들은 왕성 내에 있는 발키리들은 물론이거니와 여러 잡무를 맡아서 수행하는 시녀들 그리고 공무를 처리하기 위해 왕성에 머무르는 많은 행정관들과 마주쳤다. 다들 반응은 한결같았다. 남자는 질투심, 여자는 부러움의 표정이었다.

흠, 다른 여자들 눈에도 이 콩이 잘나 보이는 건가?

행복한 연인이라는 사실을 부러워하는 게 우선이었으나, 분명 여자들은 콘 웅그르를 보고 크게 감탄하면서 흠모하는 기색이었다. 하긴 객관적으로 봐도 멋지긴 했다. 덩치가 크지만 마냥 우락부락한 게 아니라 품위가 있어 보이는데다가 얼굴도 아주 잘생겼으니까. 차가운 느낌이 문제지만 그건 다른 이들을 바라볼 때뿐이고 그녀에겐 녹아내릴 듯 다정했다. 즉, 자기 여자에게만 따듯한 남자로 보였다. 모든 여자들의 완벽한 이상형.

실제로는 인간 흉내 잘 내는 덩치 큰 도마뱀일 따름이라고.

레이니르는 속으로는 그렇게 이죽거렸으나 겉으로는 생글생글 웃으면서 움직였다. 왕성에서 빠져나온 뒤 환영마법을 써서 콘 웅그르와 자신을 평범한 사람인 척 가장했다. 커플로 보이는 게 목적이지만, 자신이 워낙 유명한지라 군중들이 구름 떼처럼 몰리면 곤란해질 수도 있었다.

드레카르 왕이 지정한 보석상점은 카르탄 왕국 전체에서 가장 크고 화려한 곳으로, 수도 중앙에 위치한 왕성에서 30분 정도 걸어가야 했다. 오랜만에 바깥바람을 쐬고 사람 구경을 하니 가슴이 탁 트이는 기분이었다. 레이니르는 아주 천천히 걸으면서 주변을 구경했다.

한참 뒤에 도착한 보석상점 앞에는 수십 명의 사람들이 옹기종기 서 있었다. 드레카르 왕이 말한 대로 입이 가볍기로 유명한 보석상점의 주인에게서 자신과 콘 웅그르가 온다는 이야기를 듣고 호기심에 몰려온 사람들인 듯싶었다. 어차피 주인이 소문을 퍼뜨릴 게 뻔한지라 레이니르는 그들에겐 얼굴을 보여주지 않고 들어간 뒤에 환영마법을 중단했다.

"어머, 레이니르 님, 어서 오세요!"

왕이 미리 연락을 해놓은 덕분인지 내부에 다른 손님은 없었다. 보석상점의 여주인과 여직원 열 명은 말로는 레이니르에게 인사하고 있었으나 시선은 콘 웅그르에게 깊숙하게 꽂은 상태였다. 눈빛이 반짝이는 정도를 보아하니 마치 세상에서 가장 값비싼 보석을 쳐다보는 것 같았다. 가장 먹음직스러운 음식을 코앞에 두고 있는 듯, 헤벌린 입가에서는 금방이라도 침을 흘릴 것 같기도 했다.

이 콩이 그렇게나 매력적인가?

속으로는 그들을 흘겨보았으나 겉으로 레이니르는 상냥하게 웃었다.

"약혼 예물을 고르려고 왔어요."

대부분의 카르탄 왕국 사람들은 다른 나라 사람들이 보기엔 이른 나이인 스무 살에 혼약을 올렸다. 때문에 장차 혼약을 올리겠다고 미리 약속하는 약혼의 의식을 올리는 사람은 드물었다. 하지만 좀 더 시간을 두고 서로를 알아가는 게 목적인 소수의 커플은 약혼을 1년 정도 지속하곤 했는데, 약혼의 의식 때는 반지나 목걸이를 서로 교환하는 게 관례였다. 만약 혼약을 올리지 않기로 결정할 경우에는 받은 것을 돌려주었다.

"반지를 하실 건가요? 아니면 목걸이?"

여주인은 콘 웅그르에게 필요 이상으로 바싹 붙더니 손을 비볐다. 여주인의 회색 눈동자는 그야말로 눈부실 만큼 번뜩이고 있었다. 마치 엄청난 봉을 잡았다는 느낌이랄까? 훑어보는 눈길을 보아하니 콘 웅그르의 옷차림 때문이었다.

레이니르는 그제야 콘 웅그르가 걸친 검은색 셔츠와 바지가 일반적인 재질로 만든 게 아니라는 것을 깨달았다. 디자인은 단순했으나 깊은 품격이 있었고, 부들거리는 옷감은 대륙에서 가장 좋은 최고급 실크보다 훨씬 더 훌륭한 종류로 보였다. 그건 부츠도 마찬가지였다. 저 완벽한 솜씨는 인간이 아니라 더 고등한 생명체가 만든 것 같았다.

혹시, 인간 따위가 만든 건 취급하지 않겠다는 건가?

왠지 그런 느낌이 들었다. 콘 웅그르는 그동안 인간의 옷은 본척도 하지 않았으니까. 그리고…… 그러고 보니, 처음 만났을 때부터 콘 웅그르는 딱 저런 차림이었는데 왜 난 이제야 알아차린 거지?

사실 답은 뻔했다. 그가 어떤 옷을 입든 그녀가 관심 있는 건 그의 육체뿐이니까.

"레니, 뭘 원하지?"

레이니르는 방금 깨달은 사실 때문에 치솟은 짜증을 숨기며 웃었다.

"반지요. 여왕께서 예전에 살았던 곳에서는 커플이 반지를 나눠 꼈대요. 그 이야기를 들으니 나도 그러고 싶더라고요."

카르탄 왕국은 혼약을 올린 커플은 똑같은 디자인의 팔찌 한 쌍을 끼고 다녔다.

"우리도 같은 디자인을 골라봐요."

레이니르는 눈웃음을 치면서 안으로 걸어갔다. 보석상점은 오각형 모양으로 각각 10미터 길이의 한 면에는 반지, 팔찌, 목걸이, 귀고리, 발찌가 종류대로 나뉘어져 5층으로 진열되어 있었다. 보석을 완성하는 건 매우 어렵고 힘든 일인지라 보통 상점에서는 환영마법으로 이미지만 나열하곤 했으나 카르탄 왕국은 세공에 매우 능한 사람들이 많은데다가 이 상점은 부유한 사람들이 가장 많은 수도에 위치한지라 실물이 있었다. 물론 고객이 원하면 다른 디자인으로 변형해서 배달해 주기도 했다.

"이건 어때요?"

수백 개에 이르는 반지를 보다가 레이니르는 한 종류를 가리켰다. 번쩍이는 금색 링에 아주 귀여운 하트 모양의 붉은 루비가 여러 개 달린 것으로, 아주 유아틱했다.

콘 웅그르는 여전히 인심 좋은 연인의 표정이었으나 순간 짙은 눈썹이 꿈틀거렸다. 예상한 반응에 레이니르는 입술을 깨물어 웃음을 삼켰다.

"싫은가 봐요?"

"네가 좋다면."

콘 웅그르는 악문 잇새로 답하고 있었다. 레이니르는 참지 못하고 큰 소리로 웃고야 말았다.

"왜 웃지?"

콘 웅그르가 그녀만 들을 수 있게 전갈을 보내왔다. 레이니르는 손을 뻗어 그의 허리를 껴안고 올려다보았다.

"정말 귀여워서."

한순간 콘 웅그르가 굳었다.

"뭐.라.고?"

한 글자 한 글자 끊어서 전갈을 보내는 걸 보니, 정말 황당하게 느끼는 게 분명했다.

"작고 여성적인 걸 싫어하는구나, 우리 콩?"

레이니르는 콘 웅그르의 눈썹이 더 꿈틀거리기 전에 발끝을 높게 들어 턱에 쪽 소리가 나게 입을 맞추었다. 생각 같아서는 뺨에 하고 싶었으나 그가 워낙 커서 불가능했다.

곁에 있는 여주인과 직원들이 어머어머 소리를 외치면서 부러운 시선으로 바라보는 가운데 레이니르는 콘 웅그르와 손을 마주 잡았다.

"자기 취향에 맞는 걸 고를게요. 걱정 말아요. 자, 이리 와봐요."

콘 웅그르는 여전히 심기가 불편한 표정이었으나 순순히 따라왔다. 레이니르는 맨 위층에서 가장 오른쪽 끝부분에 있는 것을 가리켰다. 사실, 상점에 걸음하자마자 눈에 들어온 것이었다.

완벽한 구球 형태의 흑진주가 중앙에 자리한 은색의 링 반지였다. 일체 다른 보석이나 장식이 없어서 심플하면서도 기품이 있었다.

"이게 마음에 드나 보군."

콘 웅그르가 고갯짓을 하자 흑진주 반지는 진열대에서 내려와 레이니르의 눈앞으로 왔다. 레이니르는 만족의 미소를 지었다.

"네. 마음에 쏙 들어요. 화려하지 않으니까 자기도 하고 다닐 수 있죠?"

콘 웅그르는 답하질 않았으나 눈썹이 꿈틀거리지 않는 걸 보니 싫지 않은 모양이었다. 그렇다고 마음에 쏙 드는 것 같진 않지만.

"반지는 네가 원하는 대로 골랐으니, 다른 건 내 뜻대로 하겠다."

콘 웅그르의 목소리는 부드러웠으나 말투 자체는 여전히 명령조였다. 저 어투가 싫지만 레이니르는 그건 어떻게 안 될 거라는 생각이 들었다. 콘 웅그르는 지배하기 위해서 태어난 존재니까.

"다른 거?"

콘 웅그르는 레이니르의 손을 잡고는 맞은편 벽으로 갔다. 발찌가 진열된 곳이었다.

"나 보석 필요 없어."

레이니르는 서둘러 전갈을 보냈다.

"어째서?"

"일할 때 불편해. 그리고 왕과 여왕께 가까이 지내는 내가 사치스럽게 다니면 백성들이 뭐라고 생각하겠어?"

"참으로 충성스럽군."

감탄하는 목소리였다. 레이니르는 빙긋 웃으며 콘 웅그르의 팔짱을 꼈다.

"발찌 사주려고요?"

"그래. 그런데 딱히 마음에 드는 건 없군. 원석은 없나?"

다른 사람을 바라볼 때의 콘 웅그르는 얼음처럼 차가울 뿐이었다. 그의 냉랭한 시선을 받자 여주인은 움찔거리더니 다가왔다.

"있습니다. 어떤 걸 바라시나요?"

"흑진주, 순은."

"아, 반지와 세트를 원하시는군요."

여주인은 다른 직원들에게 손짓했다. 직원 중에서 가장 마력이 강한 사람이 허공의 아공간을 열었다. 어린아이 주먹만 한 은 덩어리 그리고 방금 레이니르가 선택한 반지에 자리한 것과 똑같은 흑진주가 나타났다.

"그걸 쓰겠다."

콘 웅그르의 말이 끝나자마자 허공에 떠 있는 은이 마치 액체처럼 방울방울 녹아내렸다. 방울은 바닥에 떨어지기 직전에 우뚝 멈춰서 서로 모여들더니 동그란 링이 되었다. 허공에 떠 있던 흑진주가 링 중앙에 박히는 것으로 변형은 끝났다.

"앉아라."

레이니르가 소파에 앉자 콘 웅그르는 발찌를 손에 들고 그녀 앞으로 왔다.

설마……?

레이니르가 멍한 눈으로 지켜보는 가운데 콘 웅그르는 한쪽 무릎을 꿇고 앉았다. 그는 왼손으로 그녀의 오른 발목을 잡았다. 굳은살로 가득한 콘 웅그르의 길고 단단한 손가락이 그녀의 얇고 매끈한 발목을 위아래로 천천히 쓰다듬었다. 레이니르는 애무하는 듯한 손길은 물론이거니와 드래곤의 왕이 그녀의 눈앞에 꿇어앉아 있다는 사실 자체에 숨을 쉴 수가 없었다.

지상 최강의 생명체가 내게, 이러다니?

발찌의 링은 꽤 컸다. 그러나 콘 웅그르가 만지자 은색으로 빛나며 더 늘어났다가 곧 레이니르의 발목보다 살짝 큰 정도로 줄어들었다.

"고마워요."

아직도 온몸이 미세하게 떨리는 기분이지만 레이니르는 상냥하게 웃으며 감사의 인사를 했다. 일어나려고 했으나 아직 끝이 아니었다. 콘 웅그르는 한쪽 무릎을 꿇은 그 자세 그대로 두 손으로 발찌를 채운 발목을 잡더니, 고개를 숙여 발등에 경건하게 입을 맞추었다.

"나의 약혼녀에게."

고개를 든 콘 웅그르는 눈웃음을 지었다. 눈초리 끝으로 살짝 주름이 잡히는 모습은 더없이 섹시했다.

두근, 두근.

심장이 다시금 빠르게 박동하기 시작했다. 이번엔 감당하기 어려울 정도였다. 그래서 레이니르는 감격한 척 두 손을 포개 심장을 꼭 누르는 것으로 대응했다. 그럼에도 심장박동 속도는 내려가질 않았다.

젠장.

"고마워요."

레이니르는 속으로는 욕을 내씹었으나 겉으로는 상냥하게 웃었다. 콘 웅그르 또한 깊게 미소 지으며 두 손을 뻗어 그녀를 소파에서 일으켜 세웠다. 폭 안기는 자세였으나 레이니르는 교묘하게 손을 콘 웅그르의 가슴에 대는 것으로 스킨십을 최소한으로 줄였다.

"30분이 됐군."

콘 웅그르는 레이니르의 이마를 입술로 훔치고는 한 손으로 허리를 감았다. 타인들에게 품 안의 여자가 그의 것임을 분명하게 주장하는 행동이었다.

"가기 전에 대금을 지불해야겠지. 뒤로 최대한 물러나라."

콘 웅그르는 뒷말은 여주인과 직원들을 향해 말했다. 그들이 의아한 기색으로 그렇게 하자, 드넓은 공간이 텅 비게 되었다. 콘 웅그르가 한 손을 내밀었다.

쿵!

보석상점 전체가 뒤흔들릴 만큼 엄청난 소리가 울리는 동시에 허공에서 무언가가 소나기처럼 쏟아졌다. 어떤 일이 있든 표정 관리를 제대로 하는 레이니르는 순간 그러지 못했다. 그만큼 어마어마한 것이 등장했기 때문이었다.

황금이었다.

손바닥만 한 크기의 바bar 형태의 황금은 진열대와 사람들이 서 있는 자리를 제외하고 보석상점의 모든 자리에 천장까지 닿을 만큼 높게 쌓였다.

생전 처음으로 레이니르는 머릿속이 텅 비고야 말았다. 말을 잃은 건 물론이거니와 호흡조차 깜빡했다. 그런 반응을 보인 건 그녀만이 아니었다. 여주인이나 직원들 열 명 모두 그랬다. 몇 명은 얼굴이 허옇게 질리기까지 했다.

"알, 알고 보니 레이니르 님의 약혼자 분께서는 엄청난 부, 부자시군요."

여주인이 아랫입술을 파들파들 떨면서 간신히 한마디 했다. 그녀의 얼굴은 보랏빛이었다.

"그, 그런데 반지 두 개와 발찌 하나의 대금으로 너, 너무 많습니다."

"난 그것들만 사는 게 아니다."

"그럼?"

콘 웅그르는 무심한 표정으로 말했다.

"전부 다."

레이니르는 자신의 청력에 이상이 있는 줄 알았다. 그런 게 아닐 리 없었다. 여주인도 같은 생각을 하는 모양이었다. 귀를 손으로 탁탁 치더니 다시 물었다.

"뭐라 그러셨습니까?"

"이 상점의 보석을 전부 사겠다고 했다."

직원들 중 하나는 오리처럼 꽥 소리를 지르고 말았다. 레이니르도 그러고 싶었다. 그녀는 입을 열었다가 괴상한 말이 신음처럼 나올 것 같아 얼른 다시 닫았다.

"저, 저기……."

여주인은 어찌할 바를 모르고 레이니르를 쳐다보았다. 불안정하게 마구 움직이는 여주인의 눈동자를 보며 레이니르는 자신이 뭔가 해야 한다는 것을 깨달았다.

"자기, 그러니까…… 이렇게까지 많이는 필요 없어요."

레이니르는 손을 뻗어 콘 웅그르의 허리에 손을 대는 척 꼬집었다. 그러나 강철 같은 근육 때문에 손톱도 잘 들어가질 않았다.

젠장.

"고른 것 말고 다른 건 하지 말아요. 응?"

"안 된다."

콘 웅그르는 그야말로 철벽 같았다.

"다른 존재도 아닌 내 약혼녀는 위치에 걸맞은 것을 가져야 한다."

어차피 진짜 약혼녀도 아닌데 보석을 하든 돌멩이를 하든 뭔 상관이야? 이 드래곤이 미쳤나?

라고 생각했으나 레이니르는 이성을 찾으려고 노력했다. 그러나 표정 관리가 도저히 불가능하자 다른 사람들이 보지 못하도록 그들에게서 등을 돌렸다. 그녀는 기분 그대로 눈을 한껏 부라리며 콘 우그르를 노려보았다. 말하면서 머릿속으로는 전갈을 쏘아붙인 건 물론이었다.

"아니에요. 괜찮다니까요."

"이봐요, 드래곤 씨. 이건 미친 짓이야!"

"어째서?"

순간 레이니르는 말이, 아니, 전갈이 막혔다. 그녀는 필사적으로 머리를 회전시켰다.

"그러니까, 이렇게 황금을 한꺼번에 많이 사용하면 대륙 전체의 경제가 어떻게 되겠어? 물가가 폭등할 거야! 인간 세상에 부정적인 영향을 미치는 거라고!"

조악하기 그지없는 표현이었으나 전체적으로 보면 사실 맞는 말이었다. 그래서 그런지 콘 웅그르는 다시 눈썹을 치켜들었지만 고개를 끄덕였다.

"알았다. 그러면 절반으로 하지."

전체나 절반이나 많은 건 마찬가지거든?

"더는 필요없다니깐요."

레이니르는 식은땀이 날 지경이었다. 십여 분 뒤, 결국 그녀는 골드 바 열 개를 주고 보석 스무 개를 더 구입하는 것으로 끝냈다. 정말이지 진이 빠졌다. 열 시간이 넘게 훈련을 한 것처럼 몸이 흐물흐물했다.

"피곤한가?"

그럼 피곤하지 기운이 넘치겠냐?

따지고 싶었지만 레이니르는 입만 아플 것 같아 콘 웅그르와 팔짱을 끼며 손끝으로 팔을 확 긁었다. 그러나 그렇게 한다고 생채기가 날 리 만무했다.

"아니야. 그러니까 걸어서 가자."

몸 상태가 별로라고 해도 간만에 나온 것이니 바깥바람을 더 쐬고 싶었다. 레이니르는 콘 웅그르와 함께 상점 밖으로 나왔다. 여름이라 바람은 눅진했으나 상점 안에서 고생을 해서 그런지 지금은 시원하고 상쾌했다.

음, 기왕 외출했으니 소문을 좀 더 내야겠어.

왕성이 얼마 남지 않았을 때, 레이니르는 환영마법을 약하게 줄였다. 이제 마력이 강한 사람들은 찰싹 붙어 다니는 뜨거운 커플이 그녀와 콘 웅그르라는 것을 알아볼 터였다. 이 정도 거리라면 사람들이 그녀에게 몰려들어도 별다른 사고 없이 바로 왕성으로 들어갈 수 있을 것 같았다.

"레이니르 님?"

레이니르가 일부러 잠시 멈춰 섰을 때 낯선 목소리가 등 뒤에서 울렸다. 돌아본 레이니르는 처음 보는 사람을 발견했다. 10대 후반으로 보이는 남자는 콘 웅그르만큼이나 큰 덩치를 자랑하고 있었다. 차이점이라면 남자는 근육이라고는 하나도 없어 그냥 거대한 살덩어리로 보인다는 것과 새하얀 얼굴은 유약한 인상이라는 것이었다.

"어머, 절 알아보셨네요."

"네. 저기…… 축, 축하드립니다!"

남자는 말과는 달리 눈에는 세상에서 가장 슬픈 일을 겪는 것처럼 눈물이 잔뜩 고여 있었다.

"하지만 정말 레이니르 님을 사, 사랑했다는 말을 전하고 싶었어요. 흑흑."

남자는 눈물을 줄줄 흘렸다. 사실, 레이니르는 질질 짜는 사람을 아주 싫어했다. 그러나 대외적인 상냥한 이미지를 유지하기 위해 이름을 물어보았다.

"이름이 어떻게 되시죠?"

"하랄입니다. 영, 영광스럽게도 구국의 영웅이신 레이니르 님의 아버님과 이름이 같습니다."

"와, 정말인가요?"

아버지와 같은 건 이름뿐이었으나 레이니르는 순간 묘한 기분이 들었다. 뭔가에 쓰이기라도 한 듯, 그녀는 평소에 하지 않는 행동을 하고야 말았다. 손을 뻗어 남자의 어깨에 살짝 얹었다.

"언젠가 하랄 님도 좋은 반려를 만나시길 기원할게요."

오해의 여지를 줄 수 있다는 걸 잘 아는지라 이제까지 어떤 남자와도 접촉을 전혀 하지 않았었다. 갑자기 이런 행동을 한 게 당황스러워 레이니르는 곧 손을 뗐다.

그러나 남자는 감격한 표정이었다.

"고맙습니다! 저, 우리 레이니르 님을 반드시 행복하게—"

콘 웅그르를 부모의 원수라도 되는 듯 노려보던 남자는 콘 웅그르의 차가운 시선에 말을 중단하고 침을 꿀꺽 삼켰다.

"—해주세요오오……. 그럼 전 이만!"

남자는 꽁무니에 불이 붙은 것마냥 그대로 내뺐다. 뭔가 기분이 좀 이상했으나 레이니르는 쿡쿡 웃은 뒤 곧 왕성으로 갔다. 그전에 왕성 앞에 있는 맛있는 고기집에 들러 고기를 잔뜩 사온 건 물론이었다.

침실에 도착하자마자 레이니르는 눈을 태양처럼 빛내며 고기를 뜯었다. 오랜만의 외출이라 피곤했으나 배를 든든하게 채우자 기운이 살아났다. 그녀는 살을 전부 발라 먹은 뼈를 아쉽게 내려놓았다. 사실, 그녀는 혼자 있을 때는 뼈를 갈라 그 속에 있는 골수까지 쪽쪽 빨아 먹곤 했다. 하지만 지금 그녀의 맞은편에는 콘 웅그르가 앉아 있었다. 안 그래도 외출하기 전에 광년이처럼 발악하는 모습을 보여줬는데 더 우악스러운 부분을 드러낼 순 없었다. 가짜 약혼자긴 하지만.

"더 먹고 싶나?"

"더 사다 주려고 묻는 거야?"

레이니르가 반가워서 묻자 콘 웅그르는 이렇게 답했다.

"난 심부름 따윈 하지 않는다."

잘나셨구만.

"그런데 왜 꼭 그 식당엘 가는 거지? 그 식당의 고기는 다른가?"

"응. 달라. 진짜 맛있— 그런데."

레이니르는 미간을 찌푸렸다.

"내가 그 식당에만 가는 걸 어떻게 알았어?"

"말했지, 네게 관심이 있다고."

몇 번을 들어도 심장이 뜨겁게 박동하는 말이었다. 열 개의 손가락 전부에 고기즙이 묻어 있기에 레이니르는 이제까지 그런 것처럼 심장을 누를 수가 없었다. 그녀는 신경질적으로 옆에 있는 수건을 집어 손을 닦기 시작했다.

"그 말인즉, 그전에 내가 뭘 하는지 지켜봤다는 말이야?"

"그래."

"얼마나 많이?"

"아주 많이."

당황스럽기도 하고 화가 나기도 했다. 성질을 이기지 못한 레이니르는 손톱으로 수건을 양쪽으로 당겼다. 곧바로 반으로 쫙 찢어졌다.

내 악력이 이렇게 셌었나?

콘 웅그르의 피와 살을 먹은 덕분이라는 사실을 깨달았으나 지금은 그의 존재가 고맙지 않았다. 그녀는 앙칼지게 외쳤다.

"내 사생활은 어쩌고?"

"네가 거북하게 생각하는 장면은 보지 않았다. 성내지 마라."

콘 웅그르는 달래듯 속삭이더니 그녀의 곁으로 와서 손을 뻗었다. 엄지손가락으로 그녀의 턱을 살짝 문지르는 손짓은 감미로웠다.

"하지만 내가 본 것 가운데 네가 화를 낼 일이 있다. 아니, 정확하게 말하자면 난 본 것에 그치지 않고 행동했지. 넌 그것을 좋게 보지 않을 거다."

레이니르도 의자에서 일어났다. 그래 봤자 콘 웅그르를 올려다봐야 하는 건 마찬가지지만.

"대체 뭔데?"

"편지를 없앴다."

"무슨 편지?"

"드래곤인 나는 시간관념 같은 건 없다. 그러나 네 삶의 날짜는 정확하게 기억하고 있지. 네가 태어난 지 15년하고도 열흘, 열두 시간 3분이 지났을 때 너는 편지를 상대방에게 주려고 했다. 전날 밤을 새면서 모든 노력을 다해 쓴 거지."

레이니르의 얼굴이 빨갛게 타오르기 시작했다. 생생하게 기억났기 때문이었다.

그 편지는 바로, 첫사랑 다어흐에게 보내는 러브레터였다. 다어흐는 당시 발키리의 십인대장으로 약혼녀가 있는 사람이었다. 사실 그녀보다 두 배나 더 나이가 많은 남자였으나 레이니르는 그에게 홀딱 반했었다. 그러나 부끄러움에 말 한마디 붙여보지 못했다가 얼마 뒤에 혼약을 올린다는 소식에 광분해서 사랑한다고, 그 약혼녀가 아니라 나와 혼약을 올려달라고 간청하는 편지를 썼었다.

편지를 전달하려고 품속에 꼭 품은 채 다어흐의 숙소 앞까지 갔었으나, 마주할 용기가 안 생겨 숙소 안으로 몰래 침투해 침대 위에 편지를 던져 두고 도망갔었다. 그러고는 밤을 새면서 다음날까지 기다렸지만, 다어흐는 그녀에게 오는 대신 약혼녀와 혼약의 의식을 치르고는 시골에 살고 있는 부모를 위해 발키리에서 은퇴한 뒤 수도 근처엔 단 한 번도 오질 않았다.

다어흐를 진정으로 사모한 게 아니라 아버지를 닮은 모습을 동경한 것뿐이긴 했다. 그러나 그 사실을 깨달은 건 몇 달이나 지난 뒤로, 그전까지 레이니르는 첫사랑의 장렬한 실패에 속으로 눈물을 삼켰었다.

그런데 내 마음이 담긴 그 편지를 없앴다고?

"그럼 다어흐 님은 내 편지를 못 읽었단 말이야?"

"그래. 다어흐는 보지 못했다. 네 마음을 알지 못했다는 뜻이다."

레이니르는 눈을 깜빡깜빡거렸다. 콘 웅그르는 두 손을 뻗어 그녀의 뺨을 양쪽으로 붙들었다. 그답지 않게 거친 손길이었다.

"아쉽나?"

콘 웅그르는 코가 거의 닿을 정도까지 고개를 숙이더니 레이니르와 눈을 똑바로 마주했다. 너무도 새까매서 한 점의 빛조차 보이지 않는 그의 눈동자를 발견한 레이니르는 순간 자신이 무슨 생각을 하고 있었는지 잊은 채 잠시 아무 말도 하지 않았다. 아니, 못했다.

한참 뒤, 콘 웅그르는 다시 질문했다.

"레이니르, 답하라. 다어흐가 네 마음을 알지 못했다는 사실이 아쉬운가?"

"맞아. 정말 아쉬워."

정신을 차린 레이니르는 바로 대답했다. 그건 솔직한 마음이니까.

"그러면 죽일까?"

들었음에도 레이니르는 되묻지 않을 수 없었다.

"죽여? 지금, 다어흐 님을 죽이겠다고 말한 거야?"

"그래."

콘 웅그르의 대답은 짧았으나 그 파장은 결코 그렇지 않았다. 레이니르는 충격 속에서 말을 잃었다. 그녀는 탐색하는 눈길로 콘 웅그르를 올려다보았다. 그는 여전히 감정을 읽을 수 없는 눈동자였다.

"왜? 어째서 다어흐 님을 죽이겠다는 거지?"

"모르겠나?"

"알면 묻겠어?"

레이니르는 저도 모르게 비아냥거리고 말았다. 정말이지, 황당하면서도 답답하기 그지없었다.

"왜냐하면."

콘 웅그르의 얼굴이 순간 시야에서 사라지더니 목에 무언가가 닿았다. 그의 치아라는 것을 인식하기 전 따끔한 아픔이 느껴졌다. 순간 얼어붙었던 레이니르는 고개를 든 콘 웅그르의 입술에서 핏방울을 발견했다.

"처음부터 너는 내 것이니까."

콘 웅그르의 눈은 여전히 감정이라고는 전혀 없었다. 그러나 그의 입가에 묻은 그녀의 피는 지독하리만치 새빨갰다. 섬뜩했다. 그리고 동시에……

짜릿했다.

어째서 이런 걸까? 어째서 난 이 남자를 무서워하지 않는 걸까?

사실 답은 알고 있었다. 생각하고 싶지 않아서 미뤄둔 것뿐이었다. 현실은 너무도 극명하니까.

"나는 인간이고 당신은 드래곤이야."

레이니르는 손을 올려 콘 웅그르의 뺨에 댔다. 구릿빛으로 그을어 피부색은 진했으나 감촉은 녹아내릴 듯 보드라웠다.

"틀렸다."

콘 웅그르는 혀를 내밀어 입술에 묻은 레이니르의 핏방울을 핥아 삼켰다. 지난번에 그의 육체가 그녀의 일부가 된 것처럼, 이번에는 그녀의 것이 그에게로 흘러들어 갔다.

"나는 일개 드래곤이 아니라 드래곤의 왕이다. 또한."

콘 웅그르의 손이 레이니르의 허리를 붙들더니 식탁 위에 앉혔다. 그녀의 다리 사이에 서서 그는 두 손으로 그녀의 뺨을 잡고 똑바로 시선을 마주했다.

"너는 내게 그냥 인간이 아니다."

"그래, 그렇겠지."

콘 웅그르는 눈을 가늘게 떴다.

"그렇다니, 무슨 생각으로 그런 말을 한 거지?"

"당신과 함께 있으니까 사실 생각을 잘 할 수가 없어. 하지만 중간중간, 짤막하게 퍼즐을 맞추듯 상황을 살펴봤지."

콘 웅그르는 세상의 흐름을 볼 줄 아는 능력이 있는데다가 그녀가 태어난 시점부터 지극한 관심을 품어왔다. 그녀가 그냥 평범한 인간에 불과했다면, 그의 삶에 아무 존재가 아니었다면 그러지 않았으리라.

결국 야를 레이니르는 탄생 자체가 드래곤의 왕에게 어떤 의미가 있는 존재라는 뜻이었다. 아마도 그 의미란 건…….

"혹 나는 당신의."

레이니르는 잠시 말을 멈추고 날카로운 눈동자로 콘 웅그르를 훑어보았다. 여전히 표정을 읽기 어려웠다. 그래서 그녀는 그냥 말해 버렸다.

"반려인가?"

콘 웅그르의 표정을 보고 싶었으나 그럴 기회가 없었다. 그가 손바닥으로 그녀의 눈을 덮어 아무것도 보지 못하게 했기 때문이었다. 항의하기 위해 레이니르는 입술을 벌렸다. 곧 그의 입술이 덮치듯 다가왔다.

콘 웅그르는 더 이상 드래곤의 왕이, 드래곤이 아니었다. 거칠게 그녀의 입술을 가르고 한번에 들어와 혀를 낚아채 격렬하게 빨아들이는 그는 남자였다. 아니, 수컷.

레이니르는 당황하지 않았다. 그가 무엇을 할지 예상하고 있었으니까. 사실, 기대하고 있었다.

입술에 키스해 주길.

육체를 만져 주기를.

손으로, 혀로 그리고 온몸으로!

욕망이 분수처럼 솟구쳤다. 갈구하니까. 마치 그녀가 당연히 자신의 소유인 양 마음껏 입안을 휘젓는 이 수컷에게 더 많은 것을 지배당하고 싶으니까. 그리고 동시에 그를 소유하고 싶었다.

내 것이다. 정말 내가 그의 반려라면 그 또한 내 것!

레이니르는 더 이상 가만히 있지 않았다. 끓어오르는 욕구와 쾌감이 그렇게 시켰고, 그녀 본인도 절실하게 원했다. 그녀는 두 팔을 쭉 뻗어 그의 목을 끌어안았고 긴 두 다리를 그의 허리에 감아

교차시켜 더욱 끌어왔다.

더 닿고 싶다! 더 만지고 싶다!

레이니르는 두 손으로 콘 웅그르의 셔츠를 잡고 그대로 양옆으로 당겼다. 섬세하게 세공된 보석 단추가 뜯어지면서 상체의 근육이 드러났다. 두 눈으로 확인하고 싶었으나, 콘 웅그르는 그녀의 입술을 깨문 채 놔주지 않았다.

레이니르는 다른 방법을 동원했다. 열 손가락을 부채처럼 한껏 펼친 채 그의 양쪽 대흉근 위에 얹었다. 내내 열렬하게 그녀의 입술만 탐하던 콘 웅그르의 행동이 멈춘 게 그때였다. 그는 레이니르의 눈을 가리던 손을 그제야 떼더니 그녀의 어깨를 거칠게 붙들어 식탁 위에 눕혔다. 그전에 보이지 않게 마력을 발휘해 식탁 위에 있는 귀찮은 물건을 없애 버린 건 물론이었다.

폐가 비명을 지르고 있었다. 레이니르는 가쁘게 호흡하며 눈을 떴다. 그녀에게 이렇게나 격렬하게 키스했는데도 여전히 얼음처럼 차가운지 확인하고 싶었다. 그러나 그럴 수가 없었다.

"앗!"

민 여왕의 짧은 비명이 들렸다. 레이니르는 콘 웅그르의 얼굴을 보려던 고개를 돌려 반사적으로 막 침실로 들어온 민을 쳐다보았다. 민은 크게 놀란 듯 눈을 동그랗게 뜨고 있었다.

"방해해서 미안해요. 그럼 나중에."

민은 곧 표정을 수습하고는 등을 돌렸다. 온몸이 부끄러움의 호수에 퐁당 빠진 느낌이었으나 충실한 신하로서 레이니르는 콘 웅그르를 떠밀고 바닥에 섰다.

"아닙니다, 여왕이시여. 괜찮습니다."

레이니르는 쏜살같이 말하며 민에게 다가갔다. 막 여왕 앞에 멈춰 섰을 때였다. 눈을 한 번 깜빡인 순간 아주 갑자기 손가락 끝부터 어깨까지 왼손 전체에 고통이 폭풍처럼 몰아닥쳤다. 마치 불이 붙은 기분이었다.

아픔을 억누르는 데 익숙했으나 너무도 격렬한 것이라 레이니르는 비명을 지를 수밖에 없었다. 그녀는 왼손을 보았고, 발견했다. 정말로 새까만 불꽃이 활활 타오르며 그녀의 팔을 태우고 있었다.

5.

콘 웅그르는 아주 빨랐다. 그는 레이니르가 고통과 경악의 비명을 지른 즉시 그녀에게 어마어마한 보호마법을 씌웠다. 그러나 검은색의 불길은 줄어드는 대신 더욱 타오르면서 레이니르의 왼팔 세포 하나하나까지 모든 것을 거칠게 공격했다.

레이니르는 차라리 기절하고 싶었다. 아니, 기절했다가 정신을 차렸는데 다시 이런 고통을 겪게 된다면, 차라리 이대로 삶을 놓아버리는 게 더 좋을 거라는 생각까지 들 만큼 격심한 고통이었다. 뜨겁게 달군 수만 개의 바늘이 팔 전체를 지지는 느낌. 거기에다 기름이 붙어 활활 타오르는 기분. 착각이겠지만 살이 타는 냄새까지 나는 것 같았다.

레이니르는 이젠 비명조차 지르지 못했다. 그런 것에 힘을 쓸 수조차 없었다. 육체는 물론 영혼까지 먼지처럼 으스러뜨리려는 사악한 고통에 짓눌려 호흡조차 제대로 할 수가 없었다.

"레니? 레니!"

레이니르가 처절한 비명을 내지르다가 기괴하게 몸을 비틀자, 민은 비명을 지르며 달려왔다.

"이게 대체 무슨 일이에요? 레니! 차라리 소리를 질러요! 참지 말고!"

레이니르가 고통을 견디기 위해 깨문 입술에서 피가 줄줄 흘러내리자 민은 보다 못해 화내듯 소리쳤다. 그러나 이제 레이니르는 듣지 못했고 보지도 못했다. 너무도 격렬한 고통 때문에 시야가 유리창에 성에가 낀 것처럼 뿌옇기도 했고 사람의 형체도 구분이 가질 않았다. 온 정신과 기운, 감각이 통증을 견디는 데 사용되고 있었다. 조금이라도 다른 것에 신경 쓴다면 그 고통에 바싹 짓눌려 다시는 고개도 들지 못하리라.

"대체!"

민은 분노를 드러낼 수밖에 없었다. 레이니르가 저리 고통스러워하는데 콘 웅그르는 그저 묵묵하게 지켜보고만 있을 뿐이었다.

"당신은 무얼 하는 건가요? 저건 대체 무엇이죠?"

이제 민은 레이니르의 왼팔 전체에 무언가 사악한 기운이 일렁이는 것을 볼 수 있었다. 태양이 없어지더라도 절대로 사라지지 않을 것 같은, 아주 지독한 그림자.

레이니르는 분명 저것 때문에 지금 온몸이 뒤흔들리는 고통을 겪고 있었다. 깨문 입술에서 붉은 피가 계속 흘러내리는 가운데 얼굴은 새하얗다 못해 회색이었다. 고통을 내리누르느라 말조차 제대로 듣지 못하고, 보지도 못하는 것 같았다.

"차라리 레니를 기절시켜요!"

민은 콘 웅그르에게 소리쳤다. 의식을 잃으면 고통도 느끼지 못하리라. 지금으로서는 그게 나아 보였다.

"불가하다. 애초에 고통 속에 빠뜨리기 위한 목적으로 창조된 마법이다. 기절할 수도 없게 설정되어 있다."

그야말로 사악한 마법.

시전자에게 불같은 분노를 느낀 민이 주먹을 쥐고 부르르 떨 때, 콘 웅그르는 이어 설명했다.

"인간은 이런 고통을 오래 버티지 못하지. 결국 미칠 것이다."

콘 웅그르의 목소리는 아주 담담했다. 감정의 고조가 전혀 느껴지지 않는 소리. 한순간 민은 콘 웅그르에게 살기를 느꼈으나 그의 새까만 눈동자가 이전처럼 고요하지 않다는 것을 깨달았다. 더없이 섬뜩하게 빛나고 있었다. 마치 보이지 않는 적을 갈기갈기 찢어버리기 위해 날카롭게 갈아둔 검날처럼.

"레이니르가 그렇게 될 거라는 말인가요?"

민의 얼굴이 새하얗게 질리기 시작했다. 딸 같은 아이가 고통 때문에 이렇게나 몸부림치는 걸 코앞에서 보자니 심장이 뭉개지는 것 같았다.

"아니, 방법은 있다. 드레카르 왕은 현재 남쪽 지방에 있군. 레이니르를 저렇게 만든 것으로 짐작되는 인간의 영상을 담아 방금 '연락의 매'를 보냈다. 내가 이 일을 다루는 동안 드레카르 왕이

범인을 처리할 것이다."

콘 웅그르는 어느새 바닥에 쓰러져 덜덜 떨고 있는 레이니르의 곁으로 가서 한쪽 무릎을 꿇고 앉았다.

"들리지 않겠지만."

콘 웅그르는 아주 조용하게 속삭였다.

"네게 약속했지, 다치지 않게 보호해 주겠노라고. 그러나 그러지 못했군."

민은 드래곤이 약속을 지키는 존재라는 것을 알았다. 비록 이행하는 과정이 인간의 생각과 다른 경우가 왕왕 있으나 결과적으로 약속은 반드시 지키는 생명체.

드래곤의 왕, 콘 웅그르는 이번에는 그러지 못했다.

"그러니 내가 대가를 치르는 게 정당하다."

콘 웅그르는 아주 부드러운 목소리였다. 아무도 보지 못하는 은밀한 곳에서 연인에게 사랑을 속삭이듯 그윽했다.

곧 콘 웅그르의 몸에서 신성하면서도 거룩하고 편안하면서 포근한 빛이 뿜어져 나왔다. 실제로는 몇 분도 흐르지 않았으나 영원히 계속될 것 같은 뼈저린 고통에 영혼까지 난도질당한 레이니르가 조금이나마 정신을 차린 건 그때였다.

레이니르는 눈을 떴다. 믿기지 않았으나 온몸에 가득 찼던 고통의 벽에 구멍이 난 것 같았다. 달궈진 바늘로 팔을 끝도 없이 후비던 통증은 빠르게 희미해져 갔다. 희열이 분수처럼 솟구쳤으나 고통이 다시 찾아올까 봐 더없이 두려워 레이니르는 한동안 몸을 웅크린 채 기다렸다. 천만다행으로, 치명적인 통증은 그녀의 팔에서 더욱 빠른 속도로 사라졌다. 마치 누군가가 뽑아내서 가져간 것처럼.

"하아아……."

레이니르는 끝없이 길고 긴 안도의 한숨을 내쉰 뒤 눈물을 흘리기 시작했다. 가녀린 이미지와는 달리 어떤 고난을 겪어도 한껏 운 적이 없었으나, 차라리 죽는 게 더 나은 통증이 완전히 사라진 순간 참을 수가 없었다. 주체할 수 없을 만큼 눈물이 줄줄 흘러내린다는 것을 깨달았을 때 낯익은 사람이 그녀를 힘껏 껴안았다.

"이제 괜찮은 거죠? 다행이에요, 레니!"

민은 레이니르의 얼굴이 정상으로 돌아오자 꼭 끌어안은 채 등을 위아래로 계속 따듯하게 쓰다듬어 주었다.

"이제 괜찮습니다. 감사합니다, 여왕이시여."

온기가 넘치는 민에게 한참 안겨 있으니 고통에 대한 격한 공포가 희미하게 흩어졌다. 눈물을 보였다는 사실이 부끄럽기도 했지만, 그 거대한 통증이 사라졌다는 안도감이 더 컸다. 레이니르는 먹먹한 시야를 바로 하기 위해 흘러넘치는 눈물을 손등으로 닦았다. 여전히 세상은 뿌연 색이었으나 이제 보이긴 했다. 너무도 아파 듣는 것과 보는 것조차 사치였던 방금과 비교하면 그야말로 황홀한 천국이었다.

"……당신?"

레이니르는 곧 콘 웅그르를 발견했다. 바로 앞에 한쪽 무릎을 꿇고 앉아 있는 그는 바닥을 바라보고 있었다. 아니, 시선이 거기로 향한 것뿐 실제로 보는 게 아니었다. 콘 웅그르의 정신은 다른 것에 집중되어 있는 것 같았고 또한 손등에는 푸른 힘줄이 올라와 있을뿐더러 창백하게 질린 얼굴은 지독하리만치 굳어 있었다. 마치 형용할 수 없는 고통을 참고 있는 것처럼.

"왜 그래? 당신도 당한 거야?"

콘 웅그르는 답을 하는 대신 이를 악물었다. 어느새 바싹 굳어버린 그의 입술은 보랏빛이었다. 등골에 소름이 끼친 레이니르가 몸을 움츠릴 때 민이 대답했다.

"아니에요. 이건 아무래도……."

민은 잠시 마른 입술을 축이며 오랜 기억을 꺼냈다. 콘 웅그르가 방금 내뿜은 그 특별한 빛은 낯이 익었다.

"드래곤만이 가지고 있는 독특한 능력이에요. 드래곤은 다른 존재가 겪고 있는 고통을 자신의 육체로 옮겨올 수 있어요. 그러면 고통을 앓던 존재는 낫게 되지요."

"그리고 드래곤은 고통을 대신 앓게 되고요?"

레이니르의 판단은 맞았으나 100퍼센트 정확한 건 아니었다. 민은 순간 망설였으나 솔직한 답을 주었다.

"대신 앓는 건 맞지만 같은 정도는 아니에요. 드래곤은…… 열 배로 겪게 돼요."

20여 년 전 드레카르그가 민의 병을 대신 가져간 적이 있었다. 민이 당시 앓았던 병은 단순히 감기몸살이었으나, 그것을 열 배로 겪은 드레카르그가 받은 타격은 엄청났다. 드레카르그가 매우 강력한 육체를 가진 드래곤 혼혈이 아니었다면 바로 절명했을 정도였다.

그런데 레이니르가 겪은 그 엄청난 고통을 열 배로 겪는다면?

"열 배요? 열 배?"

차라리 죽는 게 더 나은 그걸 열 배로 겪는다고?

레이니르는 입을 벌렸다. 미쳤냐고, 이게 대체 무슨 바보짓이냐고 귀청이 터져라 외치고 싶었다. 그러나 그녀는 즉시 충동을 내리눌렀다. 그 엄청난 고통을 열 배로 겪고 있는 존재에게 할 말이 아니었다. 그래서는 안 될 터.

"곧 드레카르그가 올 거예요. 기다려 봐요."

민은 차분하게 말하려 애썼고, 레이니르는 콘 웅그르를 훑었다. 한쪽 무릎을 꿇은 채 앉아 있는 그는 언뜻 석상처럼 보였다. 그러나 셔츠 깃 밑으로 보이는 손등의 푸른 힘줄이 불끈거렸다가 사라지는 게 여러 번으로, 꾹 감은 눈은 미미하게 떨렸고 이마에서는 땀이 줄줄 흘러내렸다.

어떻게 해야 하지? 뭘 해야 도울 수 있는 거지?

어떤 상황이든 쌩쌩 소리가 날 정도로 돌아가던 머리가 생각지도 못한 초유의 사태를 맞자 전혀 움직이질 않았다. 그냥 머릿속이 텅 비어버린 것 같았다. 레이니르가 할 수 있는 건 고작 콘 웅그르의 앞에 우두커니 서 있는 것뿐. 그러나 1초, 1초가 흐를수록 레이니르는 미칠 것 같았다. 차라리 그녀 자신이 고통받는 게 나으리라. 아니, 애초에 그랬어야 하는 일이었다. 그녀가 당한 거니까. 그런데 이게 뭐지? 대체 이 드래곤은 왜 그 끔찍한 고통을 열 배로 당하는 걸 자초한 거야?

드레카르그 왕이 침실 안으로 급하게 들어온 건 5분이 채 흐르기 전이었다. 그러나 레이니르에겐 영원과도 같았다. 그녀는 왕에게 상황을 설명할 생각이었다. 후스카를의 단장으로서 핵심만 짚어서 짤막하고 날카롭게 보고하는 건 항상 해왔던 일이니까. 그러나 레이니르는 어떤 소리도 낼 수 없었다.

"레이니르의 왼팔에 갑자기 검은 그림자가 생겼어요. 그것 때문에 레이니르는 큰 고통을 받았고 콘 웅그르 님이 대신 빨아들인 상태예요."

상황을 짧게 정리한 건 민이었다. 드레카르는 미간을 찌푸리더니 콘 웅그르가 보낸 것이라면서 레이니르의 눈앞에 영상 하나를 보여주었다. 유약한 이미지를 가진 10대 후반의 아주 뚱뚱하고 하얀 얼굴의 남자였다.

딱 한 번 본 사람이었으나 레이니르는 즉시 기억했다. 아버지와 같은 이름을 가진 하랄. 아까 보석상점 앞에서 만났던 사람이었다.

"콘 웅그르의 정보에 따르면 네가 이 남자의 어깨에 팔을 잠시 얹었다고 한다. 맞나?"

레이니르는 순간 뻣뻣하게 변한 고개를 끄덕였다.

"레이니르, 넌 원래 사람들과 접촉을 하지 않을 텐데 왜 그랬지?"

드레카르의 질문은 날카로웠으나 냉랭한 왕이라 불리는 사람답지 않게 부드러운 목소리였다. 책망하고자 묻는 게 아니라는 뜻이었다.

왕이 배려해 주고 있었지만 레이니르는 아까 고통을 당했을 때만큼이나 온몸이 욱신거렸다. 너무도 멍청한 스스로가 증오스러웠기 때문이었다.

"남자가 아버지와 같은 이름이라고 소개했기 때문입니다. 그리고 또한……."

변명으로 들릴 것 같아 한순간 망설였으나 레이니르는 가감 없이 답했다.

"갑자기 누군가가 시킨 것처럼 남자에게 손을 대게 됐습니다. 저도 저답지 않다는 생각이 들어서 바로 손을 뗐습니다."

"뭔가 다른 힘이 작용한 것 같군. 후스카를과 발키리들에게 이 남자를 수사하라고 지시하겠다. 지금은 일단 이게 우선이지."

드레카르는 천천히 콘 웅그르에게 다가가 눈을 가늘게 뜨고 훑어보았다. 그의 입술에서 저절로 감탄이 새어 나왔다. 이어 드레카르는 레이니르에게 시선을 주었다. 레이니르는 숱한 감정으로 뒤흔들리는 눈동자로 콘 웅그르를 쳐다보고 있었다. 드레카르는 짧게 한숨을 내쉰 뒤 말했다.

"괜찮을 거다."

현재 콘 웅그르의 왼팔을 보이지 않는 화염으로 태우는 고통은 더없이 사악하고 지독한 것이었다. 만약 일반 드래곤이 그랬다면 얼마 버티지 못하고 죽어버렸을 터. 하지만 콘 웅그르는 드래곤의 왕이었다. 이 세상을 통틀어 가장 강력한 존재.

"저 잔혹한 힘을 소멸시킬 수 있을 거다, 며칠 걸리겠지만."

드레카르는 콘 웅그르의 팔을 태우는 저 섬짓한 것이 분명 조금씩 소멸하고 있다는 것을 알았다.

"그전까지 만지거나 마법을 쓰지 마라. 그냥 가만히 둬라. 그리고 레이니르?"

드레카르가 어깨를 살짝 흔든 뒤에야 레이니르는 왕을 쳐다보았다. 드레카르는 한숨을 쉬었다. 레이니르의 아랫입술에는 치아 자국이 나 있고 아직도 피가 가늘게 흘러내리고 있었다.

"일단 넌 치료를 받아라. 상처는 크지 않지만 전체적으로 네 상태도 매우 좋지 못하다."

레이니르의 기운은 항상 맑고 정결했으나 현재는 완전히 흐트러졌을뿐더러 안색이 불치병을 앓는 병자처럼 어둡게 변한 상태였다. 그대로 놔둬서는 안 되었다.

"네가 할 수 있는 건 아무것도 없다. 치료받고 쉬어라."

"싫습니다."

레이니르에게 처음으로 들어보는 말이었다. 드레카르는 미간을 미미하게 찌푸렸고, 그제야 레이니르는 자신이 절대적으로 복종해야 할 왕국의 지배자에게 어떤 말을 내뱉었는지 알아차렸다. 동시에 다른 사실도 깨달았다.

진심, 이건 내 진심이다.

"분명 전 지금의 콘 웅그르를 조금도 도와줄 수 없습니다. 그러나 콘 웅그르가 저렇게 괴로워하는데 저만 치료받고 싶지 않고, 쉬고 싶지도 않습니다. 싫습니다, 싫습니다, 왕이시여."

시선은 콘 웅그르에게 못 박은 채 레이니르는 중얼거리듯 내뱉었다. 목소리는 불안정했고 발음도 또렷하진 않았다. 그러나 인간 이상의 청력을 가진 드레카르는 알아들었고, 다른 것도 알아차렸다.

"레이니르."

드레카르는 조용히 이어 내뱉었다.

"드래곤과 사랑에 빠져서는 안 된다. 드래곤은 인간을 사랑하지 않는다."

사랑하는 경우가 간혹 있긴 했다. 하지만 인간이 사망한 뒤 드래곤은 폭주하거나 미쳐서 자살하곤 했다. 때문에 그들의 왕, 콘 웅그르는 드래곤들에게 인간을 사랑하지 말라고 명령 내렸다.

"왕이시여……."

레이니르는 이렇게 답했다.

"지금 제가 바라는 건, 저 때문에 그 지옥 같은 고통을 열 배나 더 겪는 콘 웅그르의 곁에 그냥 있는 겁니다."

"원하는 대로 해요."

허락해 준 건 드레카르가 아니라 민이었다. 그녀는 천천히 다가와 따듯한 온기가 흘러넘치는 손길로 레이니르의 손을 살짝 잡았다가 놓았다. 그러고는 남편, 드레카르의 팔을 잡고 문으로 이끌었다. 아내와 함께 밖으로 모습을 완전히 감추기 전 드레카르는 길고 긴 한숨을 내쉬었다.

왕과 여왕이 사라지자 레이니르는 조용히 콘 웅그르의 앞에 두 무릎을 꿇고 앉았다. 그는 움직이지도, 말하지도 않았다. 그냥 그렇게 고통을 견디고 있을 뿐. 그래서 레이니르도 그렇게 했다. 그러나 그와 다른 것이 있었다. 시간이 흐를수록 콘 웅그르가 육체의 고통을 소멸시키고 있다면, 레이니르가 느끼는 마음의 아픔은 커져만 갔다.

콘 웅그르의 팔에서 검은 그림자가 완전히 사라진 건 꼬박 24시간이 흐른 뒤의 일이었다. 내내 숨을 죽인 채 석상처럼 앞에 앉아 지켜보던 레이니르는 기다림의 끝을 보게 되었다. 콘 웅그르의 고개가 아주 천천히 위로 들렸다. 그의 얼굴은 더 이상 창백하지 않을뿐더러 고통을 내리누르느라 군데군데 떠올랐던 푸른 핏줄은 이제 완전히 사라지고 없었다. 그러나 여전히 눈을 감은 채였다.

"……르."

24시간은 길지 않았다. 그러나 깊은 걱정으로 말라 버린 입술은 잘 움직이질 않았다. 레이니르는 왼손으로 뻣뻣해질 대로 뻣뻣해진 스스로의 목을 주무르고 혀로 입술을 축인 뒤 다시 소리를 냈다.

"콘 웅그르."

부름에 답하듯 그는 드디어 눈을 떴다. 새까만 눈동자가 모습을 드러냈고, 그녀를 비췄다.

"레이니르."

콘 웅그르는 마치 아무 일도 없었던 것 같았다. 평소의 조용하고도 차가운 표정과 그 목소리 그대로 그녀에게 물었다.

"왜 울지?"

그제야 레이니르는 자신이 눈물을 흘리고 있음을 깨달았다. 한두 방울 흐르는 정도가 아니었다. 눈물은 유리창에 붙어 흘러내리는 장맛비처럼 뺨을 타고 주르륵 흘러내려 가고 또 내려갔다.

"나를 걱정해서 그러는 건가?"

콘 웅그르는 두 손을 뻗어 레이니르의 뺨에 댔다. 그의 손은 따듯했다. 살아 있다는 증거. 그 고통을 꼬박 하루 동안 겪었는데도 죽지 않고 숨을 쉰다는 뜻.

"나는 괜찮다."

"내가 괜찮지 않아."

레이니르는 말을 할 수가 없었다. 눈물이 이제 멈출 수 없는 격한 흐느낌으로 변한지라 입을 벌렸다간 알아들을 수 없는 신음만 새어 나올 것 같았다. 그녀는 입술을 꾹 다문 채 그의 머릿속으로 전갈을 보냈다.

"내가 괜찮지 않다고. 어째서 그랬어? 어째서? 그건 내 실수야. 내가, 그 남자를 만진 탓이라고."

"네가 원해서 그런 게 아니다. 조종당한 것일 터. 그건 백안의 드래곤의 능력이니까."

아주 잠깐 콘 웅그르의 까만 눈동자가 살벌하게 번뜩였다.

"백안의 드래곤으로부터 널 완벽하게 보호하지 못한 내 잘못이다. 애초에 난 널 보호하겠다고 약속했다. 하지만 그러지 못했으니 그로 인해 일어난 일은 내가 책임져야 한다."

"백안의 드래곤은 대체 왜 당신의 적이 된 거야?"

콘 웅그르는 답을 주지 않았다. 입을 다문 채 손바닥으로 레이니르의 눈물을 쓸었다. 다정한 손짓이었다. 그의 손은 꼼꼼하게 그녀의 뺨과 턱을 닦다가 입술 가까이 갔다.

"상처는 다 나았군."

어제 고통을 참느라 레이니르는 윗니로 아랫입술을 찍듯이 깨물었었다. 상처는 크지 않았으나 24시간 만에 말끔하게 치료된 건 놀랍기 그지없는 일이었다. 엄청난 자체 치유력을 가진 드래곤의 왕에게 피와 살을 받은 덕분이리라.

레이니르는 벌써 상처가 다 나았다는 사실보다 콘 웅그르의 엄지손가락이 자신의 입술을 매만지는 게 더 신경 쓰였다. 윗입술을 옆에서 옆까지 쓸고 아랫입술을 문지르는 촉감은 짜릿했다. 그리고 더 원했다. 하지만…….

"다시는 그러지 마."

레이니르는 이제야 말이 나왔다. 목에 모래가 잔뜩 낀 것처럼 아프게 껄끄러웠다.

"아무리 내가 미끼라고 해도 날 위해 그런 고통까지 감당하지 말아줘."

"널 위해 그런 게 아니다."

콘 웅그르가 딱 잘라서 내뱉은 말은 레이니르에게 차디찬 냉기로 다가갔다. 그녀는 자신이 멋대로 그의 마음을 착각했다는 사실을 깨달았다. 곧 작은 황망함과 엷은 부끄러움 그리고 깊은 실망감이 찾아왔다. 레이니르는 고개를 돌려 콘 웅그르의 손을 떼어낸 뒤 서둘러 자리에서 일어났다.

"씻고 올게. 얼굴에 피가 묻어서……. 당신은 그동안 쉬고 있어."

레이니르가 막 등을 돌렸을 때였다. 콘 웅그르는 그녀의 손목을 잡아채 당겼다. 곧 레이니르는 그의 품에 안겼다. 그녀는 빠져나가려고 했으나 그가 허리 뒤를 눌러 더욱 압착되게 안아버리자 그럴 수가 없었다. 다리부터 목까지 그에게 달라붙은 채 고개만 간신히 들 수 있었다. 콘 웅그르가 그녀를 내려다보고 있었다. 냉정한 표정 그대로였다.

"날 위한 일이었다."

"말, 하지 않아도 돼."

그녀를 위한 마음이 없었다는 사실은 더 듣고 싶지 않았다. 레이니르는 고개를 돌리고 싶었지만 콘 웅그르에게 완전하게 포위된 상태라 그럴 수가 없었다. 그래서 그녀는 냉기 서린 눈빛을 보지 않기 위해 눈을 감아버렸다. 그러자 부드럽고 따듯한 것이 입술을 덮어왔다. 그의 입술이었다.

콘 웅그르는 레이니르에게 애정이 흘러넘치는 키스를 해주었다. 입술과 입술만 맞닿는 다정한 입맞춤.

"너의 고통은 나의 고통과도 같다. 이 일은 처음부터 끝까지 네가 고통받지 않기를 바라는 나 자신을 위한 것이었다. 그러니 마음 아파하지 마라. 그것 또한 내게 고통을 주는 일이니."

레이니르는 눈을 떴다가 콘 웅그르가 위로하듯 속삭이면서 웃음 짓는 것을 보았다. 그의 새까만 눈동자가 살짝 작아지면서 눈가에 주름이 생겨났다. 더없이 섹시하게 느껴지는 것. 레이니르가 홀린 듯이 바라볼 때, 콘 웅그르는 다시 그녀에게 입을 맞추었다. 이번에도 따스한 키스였다. 그러나 레이니르는 그것만으로 만족할 수 없었다. 그녀는 두 팔을 뻗어 그의 허리를 꼭 끌어안은 뒤 입술을 벌렸다. 초대의 의미였으나 콘 웅그르는 응하지 않았다.

"너는 쉬어야 한다."

그는 입술을 떼더니 그녀를 안아 들었다.

"계속 가만히 앉아 있었지? 지금은 눈을 뜨고 있는 것만으로도 힘들 거다."

콘 웅그르의 말은 사실이었다. 아무리 그의 피와 살을 먹어서 체력이 강화됐다고는 하나 당장 쓰러져 며칠이고 기절한 듯 자고 싶었다. 하지만 레이니르는 항의할 수밖에 없었다. 수면보다 더 바라는 게 있었다.

"괜찮아."

레이니르는 콘 웅그르의 목에 두 손을 꼭 감으며 귓가에 속닥거렸다. 얼굴에 열이 오르는 기분이었다.

"지금…… 괜찮아."

"아니다. 너는 연약한 인간이라 건강할 때도 날 감당하지 못한다."

대체 정력이 얼마나 좋기에?

떠오른 생각을 내뱉지 않은 채 레이니르는 눈만 데굴데굴 굴렸고, 콘 웅그르는 그녀를 침대 중앙에 내리고 옆에 앉았다. 푹신한 시트 위에 눕게 되자 형용할 수 없는 쾌감이 레이니르의 온몸을 찾아왔다. 그제야 그녀는 자신의 몸이 얼마나 뻣뻣한지 알게 되었다. 마디마디 안 쑤시는 곳이 없었다. 그러나 기껏해야 욱신거리는 이 통증은 하루 전날에 그녀를 습격했던 것에 비하면 새 발의 피도 아니었다.

무서웠다. 그렇게나 지옥 같은 고통이 있을 줄은 상상도 하지 못했다. 칼리 숲에서 푸른 드래곤에 의해 중상을 입었을 때도 그렇게까지 지독하진 않았었다. 그런데 어제의 그것은…….

"추운가 보군."

레이니르가 몸을 부르르 떨자 콘 웅그르는 시트를 목까지 올려 준 뒤 그녀의 어깨에 살짝 손을 얹었다. 그러자 주변 공기가 따듯하게 변하더니 또 하나의 시트처럼 온몸을 덮었다. 하지만 이것만으로는 부족했다.

"콩."

레이니르는 즉시 콘 웅그르의 짙은 눈썹이 꿈틀거리는 것을 발견했다. 저절로 웃음이 나왔다. 그녀는 빙긋이 웃으며 손을 위로 뻗어 그녀에게 몸을 숙인 채 앉아 있는 그의 눈썹을 엄지손가락으로 매만졌다. 실크처럼 보드라웠다.

머리카락도 같은 촉감일까?

레이니르는 이번엔 침대 위로 내려온 콘 웅그르의 까만 머리카락을 잡고 손끝으로 매만져 보았다. 눈썹만큼 결이 좋았다.

온몸의 털이 다 이렇게 좋다는 뜻인데…… 밑의 털도 이럴까?

레이니르는 그 부분으로 향하는 눈을 애써 위로 올렸다.

"무슨 생각을 하는데 얼굴이 달아올랐지?"

콘 웅그르는 의아한 기색이었고 레이니르는 두 손으로 자신의 뺨을 만졌다. 정말로 뜨거웠다.

"아, 아무것도 아니야."

"왜 말을 더듬지?"

느긋한 어조는 물론이거니와 눈웃음을 짓는 걸 보면 그녀를 놀리는 게 분명했다. 레이니르는 그냥 무시할 생각이었으나 천하의 콘 웅그르가 당황해서 말을 잃는 모습을 보고 싶었다. 그녀는 톡 내뱉었다.

"당신 밑의 털도 감촉이 이렇게 좋은지 궁금해서 말이야."

레이니르는 얼굴에 불이라도 붙은 것 같았지만 어차피 달아오른 상황인지라 손해날 건 없다고 생각했다. 그렇지 않은가?

"그게 궁금했군."

레이니르의 예상과는 달리 콘 웅그르는 전혀 놀란 표정이 아니었다. 그냥 일반적인 질문을 들은 것처럼 평온한 표정이더니 갑자기 침대에서 내려가 바닥에 섰다. 그런 뒤 손을 셔츠에 대고 단추를 끄르기 시작했다. 어제 레이니르가 키스할 때 단추 몇 개를 뜯었으나 아직 많이 남아 있었다. 하나, 둘, 셋…… 계속될수록 그의 육체가 드러났다. 꿈틀거리는 불룩한 대흉근, 여덟 조각으로 갈라진 완벽한 복근.

마침내 모든 단추가 사라지고 셔츠가 바닥으로 떨어지자 드넓은 어깨도 나타났다. 어깨의 삼각근이 불끈거리는 팔뚝으로 흘러내리는 라인은 매끈하면서도 강렬한 힘이 넘쳐흘렀으나 우락부락하고 거친 느낌은 전혀 없었다. 드래곤들의 왕다운 고매한 기운을 한없이 풍기는 존재이기 때문이었다.

콘 웅그르는 이제 하의로 손을 뻗었다. 바지는 손쉽게 벗을 수 있는 종류였다. 그리고 카르탄 왕국의 모든 사람들이 그러하듯, 그 밑에 아무것도 걸치지 않은 상태였다. 허벅지의 대퇴근은 그야말로 눈부실 정도였다. 통나무보다 두껍고 돌보다 더 단단해서 엄청난 힘이 뿜어져 나왔다. 그리고……

레이니르는 저도 모르게 입술을 살짝 벌리고야 말았다. 물론 이전에도 본 적이 있긴 했다. 회복하면서 그에게 알몸으로 안겼을 때, 안 보는 척하면서 사실 샅샅이 다 봤었다. 물론 그때와 지금은 기분이 달랐다.

당시 콘 웅그르는 알 수 없는 이유로 그녀를 구해준 정체불명의 드래곤일 뿐이었다. 하지만 지금의 그는 다른 존재였다. 그때에 비하면 훨씬 더 중요해졌다. 아니, 그때가 아니라 어제를 기준으로 삼아도 그랬다.

훨씬 더 소중한 존재가 되었다. 그녀의 감정에, 마음에, 영혼에. 그녀의 모든 것에.

레이니르는 이렇게 말했다.

"콩."

다시금 콘 웅그르의 눈썹이 꿈틀거렸다. 그는 눈 깜빡할 사이 다가와 그녀 위에 누웠다. 레이니르는 복부를 누르는 그것의 촉감 때문에 순간 말을 잃었다. 갑자기 아주 더워진 건 물론이었다. 또한 닿은 부분을 중심으로 쾌감이 해일처럼 일어나 온몸으로 퍼졌다. 레이니르는 입술을 벌렸다가 신음이 나올 듯싶어서 잠시 닫았다가 다시 입술을 열어 이렇게 톡 쏘았다.

"콩."

콘 웅그르는 이제 눈을 가늘게 뜨고 그녀를 쏘아보기까지 했다.

"지금, 도발하는 건가?"

"내가 뭘 어쨌다고? 난 그냥……."

레이니르는 말을 이을 수가 없었다. 콘 웅그르가 천천히 위아래로 움직였기 때문이다. 그녀의 복부를 누르던 것 또한 따라서 불길을 일으켰다.

"뭐, 뭐 하는 거야?"

레이니르는 말까지 더듬고 말았다. 이러다간 정말로 신음을 내뱉을 것 같아 그녀는 입술을 조개처럼 꼭 다물었다. 그 위로 콘 웅그르가 입을 맞추었다. 처음에는 깃털처럼 가볍고 보드라운 키스였으나 곧 그의 혀는 레이니르의 입술을 한 번에 가르고 안으로 들어왔다.

콘 웅그르는 아주 강력했다. 레이니르의 혀를 휘감더니 힘있게 빨아들였다. 레이니르는 숨이 막혔지만 두 손으로 그의 목을 끌어당기며 열렬하게 협조했다. 콘 웅그르는 몸으로 그녀를 더욱 누르면서 손을 움직이기 시작했다. 그가 목과 어깨, 등을 어루만지자 레이니르는 닿는 곳마다 산불이 일어나는 기분이었다. 곧 콘 웅그르의 손은 그녀의 엉덩이를 손자국이 남을 만큼 거칠게 움켜쥐었다. 아픔도 느껴졌으나 그런 것 따윈 아무것도 아니었다. 레이니르는 더 원했다. 더 많이 느끼고 싶었다. 그리고 더 뜨거워지고 싶었다!

"안 된다."

레이니르가 한 손으로는 그의 목을 끌어안은 채 다른 손으로는 스스로의 옷을 벗으려 할 때, 콘 웅그르가 입술을 떼며 속삭였다. 레이니르는 그와 잠시라도 떨어지고 싶지 않았다. 그녀는 그의 입술을 다시 맛보기 위해 고개를 들었으나 콘 웅그르는 허용하지 않았다. 그는 두 손으로 그녀의 어깨를 침대에 누르면서 일어나 그녀 옆에 앉았다. 레이니르는 누워서 그의 알몸을 보는 건 좋았지만, 그것만으로 만족할 수 없었다.

"왜 안 돼?"

부끄러움 같은 건 전혀 없었다. 그녀는 그를 원할 뿐이었다. 레이니르는 벌컥 화를 내듯 캐물었고, 콘 웅그르는 신중한 표정이었다.

"아까 말했지. 넌 연약한 인간이다. 건강할 때도 날 제대로 감당하지 못할 텐데, 지금은 많이 지친 상태이다. 아직 회복도 덜 됐고. 일단 오늘 밤은 쉬어라."

"그럴 거면 옷은 왜 벗었어? 키스는 왜 하고 왜 만져?"

레이니르는 꽥 소리쳤다.

"네 회복을 위해 잘 때는 원래 벗어야 하지. 그리고."

"그리고?"

콘 웅그르는 이번엔 웃었다.

"너를 놀리는 건 재미있으니까."

레이니르는 눈을 부라리며 불을 토했다.

"뭐가 어쩌고 어째?"

"그리고 네가 궁금하게 여겼으니까."

콘 웅그르는 레이니르의 오른쪽 손목을 잡더니 그의 다리 사이로 가져갔다.

"만져 봐라."

레이니르는 털이 아니라 손끝이 닿은 다른 것 때문에 순간 얼음이 되고 말았다. 콘 웅그르는 의아한 기색이었다.

"감촉이 어떤지 궁금하게 생각하더니, 어째서 가만히 있지?"

레이니르는 정말로 말을 잃고야 말았다. 아무 행동도 하지 못한 채 그냥 그렇게 얼어붙어 있었다. 그러자 콘 웅그르는 피식 웃더니, 눈을 번뜩이며 두 손을 레이니르의 옷깃에 댔다. 레이니르가 눈만 깜빡이는 사이 그는 모든 옷을 홀랑 벗겨 버렸다. 레이니르는 시트로 자신의 알몸을 가리려고 했지만 콘 웅그르가 시트를 침실 저편으로 던져 버려 그러지 못했다. 그녀는 서둘러 한 손으로는 가슴을, 다른 한 손으로는 다리 사이를 가린 채 목에 핏줄이 올라올 만큼 크게 소리 질렀다.

"이게 뭐 하는 짓이야?"

"잠들 때는 이렇게 해왔는데 왜 그렇게 당황하지? 이제까지 그래 왔다."

그거야 그랬으나 뭔가 느낌이 달랐다. 레이니르는 빨갛게 변한 얼굴로 그를 쏘아보았고 콘 웅그르는 옆에 눕더니 그녀를 마주 끌어안았다. 그는 눈을 감았으나 가만히 있는 대신 위로 솟아오른 굵은 것으로 레이니르의 복부를 문질렀다. 레이니르는 아득한 현기증을 느꼈다.

"어서 자라."

콘 웅그르는 그렇게 속삭이면서 오른손을 레이니르의 허벅지에 댔다. 굳은살로 가득한 단단한 손바닥으로 허벅지 뒷부분을 위아래로 쓸더니, 손을 앞으로 가져와 허벅지 사이에 끼워 넣었다. 레이니르가 눈을 보름달처럼 크게 떴을 때 그의 손가락이 그녀의 숲을 가볍게 쓸었다.

"나도 이 촉감이 궁금하더군."

콘 웅그르는 꼼꼼하게 숲을 매만졌고 레이니르는 온몸을 굳힌 채 가만히 있었다.

"머리카락처럼 부드럽군."

콘 웅그르는 만족한 목소리를 하더니 손을 거둬갔다. 레이니르는 안도해야 할지, 아니면 아쉬워해야 할지 알 수가 없었다. 분명한 건 다리 사이의 은밀한 부분이 아주 촉촉해졌다는 사실이었다.

"그런데 한 가지 더 궁금한 게 있다."

콘 웅그르는 눈을 뜨고 레이니르를 바라보았다. 빛이라고는 한 점도 없는 그의 새까만 눈동자는 지금 노골적인 욕망으로 번들거리고 있었다.

"맛은 어떻지?"

"무슨, 무슨 맛을 묻는 거야?"

이해할 수가 없자 레이니르는 되물었다. 사실 자신이 무슨 말을 하는지 알지 못했다.

"이곳."

콘 웅그르는 레이니르를 반듯하게 눕히고는 두 손으로 새하얀 허벅지를 잡아 양옆으로 벌렸다. 그의 눈앞에 무엇이 드러나는지 깨달은 레이니르는 저항하려 했으나 소용없었다. 그의 의도대로 다리를 벌리게 되었고, 이어 그의 손가락이 숲을 쓸다가 깊은 곳으로 들어오는 것도 막지 못했다.

콘 웅그르의 손가락은 길고 두꺼웠으며 단단했다. 단 하나뿐이었으나 아주 깊숙하게 들어와 내부를 긁었다. 이물질에 대한 거부감이 한순간에 사라지는 동시에 생전 처음 느껴보는 상상 이상의 짜릿한 쾌감이 레이니르를 습격해 왔다. 레이니르가 가쁜 숨을 몰아쉴 때 콘 웅그르는 이제 두 개의 손가락으로 그녀의 깊은 곳 내부 전체를 매만졌다. 꼼꼼하다 못해 철저하게 모든 부분을 손끝으로 맛보겠다는 강렬한 의지였다.

"내가 말한 건 이것이다."

내부에서 손가락이 사라진다 싶더니, 콘 웅그르는 레이니르의 눈앞에 보여주었다. 그의 두 손가락은 흥건하게 젖은 액체로 번들거리고 있었다. 레이니르는 미칠 것 같은 아쉬움을 느꼈다. 방금까지 깊은 곳을 매만져 주던 것이 너무도 그리웠기 때문이었다. 발끝부터 달달 떨렸다.

"해줘."

부끄럽지 않았다. 콘 웅그르를 원한다는 건 당당하게 드러낼 수 있는 사실이니까. 레이니르는 분명하게 요구했다.

"다시, 해줘."

레이니르가 버럭 화를 내기 전 콘 웅그르는 그녀와 시선을 마주한 채 손가락을 입으로 가져가 묻은 것을 혀로 길게 핥기 시작했다. 몇 센티미터 앞에서 레이니르는 그가 세상에서 가장 중독성 있는 것을 먹듯 빨아 먹는 것을 똑똑하게 지켜보게 되었다. 소리까지 들렸다.

"맛있군."

묻은 것을 꼼꼼하게 해치운 뒤, 콘 웅그르는 눈가에 주름이 퍼지는 웃음을 지었다. 이전엔 상냥하고 다정해 보였으나 지금은 그렇지 않았다. 욕망으로 타오르는 눈빛과 위로 살짝 올라간 한쪽 입술은 더없이 사악해 보였다. 물론 성적인 면에서.

"더 많이 맛보고 싶군. 그래도 되나?"

콘 웅그르는 묻기는 했으나 레이니르의 답을 기다리진 않았다. 마력으로 베개를 가져와 그녀의 엉덩이 밑에 밀어 넣더니 다시금 두 손으로 새하얀 허벅지를 꾹 잡고 얼굴을 숙였다. 레이니르가 뭐 하는 짓이냐고 비명을 지를 틈도 없었다. 그는 손가락으로 갈라진 부분을 옆으로 벌리고는 새침하게 숨어 있던 진주에 혀를 댔다.

진주는 아주 조그만 부위였다. 그러나 콘 웅그르의 축축한 혀가 게걸스럽게 핥자 순식간에 거대한 파도를 일으켰다. 레이니르는 양옆의 시트를 움켜쥐는 것으로 간신히 버텼으나 어림도 없었다. 콘 웅그르는 다시 두 개의 손가락을 아주 깊은 곳에 넣었다. 그는 흥건한 그곳을 마음껏 휘젓는 동시에 진주를 아주 살짝 깨물었다. 레이니르의 온몸에 절정의 천둥이 내리친 건 그때였다. 그녀는 허리를 활처럼 휘면서 입을 크게 벌렸다. 입술 사이로 아무 말도, 신음도 나오지 않았다.

"이제 어제의 그 고통은 잊고 푹 쉬어라."

콘 웅그르가 속삭였으나 레이니르는 듣지도 못했다. 숨소리조차 내지 못한 채, 레이니르의 의식은 아무것도 보지 못하는 세상 속으로 빠르게 흘러내려 갔다. 그리고 남은 건 콘 웅그르였다. 소름이 돋을 만큼 아주 차가운 만족의 미소를 짓는 존재.

눈동자는 새하얀 색이었다. 마치 눈雪처럼 더없이 정결하며 깨끗한 것. 그러나 눈은 인간이 그 위를 지나가면 돌이킬 수 없게 더럽혀지는 법이었다. 그리곤 다시는 깨끗해질 수 없었다. 그것이 눈의 운명.

백안의 드래곤은 거울이 비추는 자신의 모습을 흘긋 보았다. 모든 드래곤은 콘 웅그르의 허락을 받지 않은 비공식적인 방법으로 인간 세상으로 올 경우, 죽어가는 인간의 허락을 받아 그 인간의 몸을 입어야 했다. 그러나 백안의 드래곤은 그러지 않았다. 인간의 몸을 입고 싶지 않기 때문이었다. 그래서 그냥 스스로의 의지대로 인간의 형태로 변한 뒤 인간들의 세상으로 내려왔다. 그리고……

콘 웅그르의 반려. 무려, 인간인 여자.

비웃음밖에 나오질 않았다. 지상 최강의 생명체인 콘 웅그르의 반려가 인간 따위라니? 아무리 오래 살아봤자 백 년도 버티지 못하고 숨을 거두는 존재. 그것도 운이 좋은 경우였다. 보통은 몇십 년쯤 살다가 병에 걸리거나 살해당할…….

"생각하지 마."

백안의 드래곤은 거울 속의 스스로에게 명령을 내렸다. 의식이 완전히 날아가지 않으려면 반드시 이 지시에 따라야 했다.

"콘 웅그르에게 집중하자. 콘 웅그르의 여자에게."

어떻게 해야 더 많이 괴롭힐 수 있을까? 어떻게 해야 더 깊게 고통을 줄 수 있을까?

물론 이제까지 한 것만으로도 그 여자에게 어느 정도 상처를 주긴 했다. 푸른 드래곤에게 조종마법을 써서 치명타를 입혔고, 여자에게도 미약하게나마 조종마법을 직접 거는 데 성공해서 뚱뚱한 인간 남자를 만지게 함으로써 고통의 마법에 빠지게 만들었다.

그 여자, 죽었을까? 아니…… 그럴 리는 없다.

푸른 드래곤을 고문해서 알아낸 결과, 처음에 여자는 중상을 입었다고 했다. 그러나 여자는 죽지 않고 생환했다. 그건 콘 웅그르가 그의 피를 먹여서 여자를 살렸다는 뜻으로, 여자는 드래곤 왕의 피를 마셨으니 당연히 모든 능력이 최소한 몇 배는 강화되었을 터였다. 고통의 마법에 걸렸다고 해도, 미치기 직전까지 가도 결국은 이겨냈을 거라는 의미였다. 아마도 그건 사실일 터였다. 뚱뚱한 인간 남자를 이용했을 때 상황을 알기 위해 고통의 마법에 추적마법도 심어두었으니까.

고통의 마법이 사라지면 시전자인 백안의 드래곤이 알 수 있는 마법으로, 꼬박 하루만인 몇 시간 전에 고통의 마법은 소멸했다. 그러나 좀 이상한 게 있었다. 어제 고통의 마법이 발동한 지 몇 분 안 되어서 파동이 다르게 변했기 때문이다. 소멸한 건 아니었다. 일정한 파동이 그렇게 약간 어긋나게 변한 건, 이건 아마도…….

설마 콘 웅그르가 자신의 몸으로 옮겨간 건가?

깨달음의 번개가 거듭 생각을 하던 백안의 드래곤을 후려쳤다. 상상하지 못한 일이지만, 고통의 마법이 보낸 파동을 생각하면 가능성이 높은 일이었다. 그건 콘 웅그르가 여자 대신 고통을 감내했다는 뜻이었다. 무려 열 배나 더 힘들어지는데도.

이 사실이 의미하는 건 선명했다. 콘 웅그르가 여자를 진정으로 생각한다는 것이었다. 그런 게 아니라면 그럴 리 없었다.

하지만 정말로 그 여자를 마음에 품은 건가? 정말로? 인간인데?

콘 웅그르는 더없이 인간을 혐오하는 존재였다. 하지만 그런 존재에게 내정된 반려는 바로 인간이었다.

반려. 영생불멸하는 드래곤들에게 가장 중요한 존재. 그것이 죽어버린다면 아무리 드래곤이라 하더라도 치명타를 입었다. 미쳐서 폭주를 거듭하다가 자살하곤 했다.

백안의 드래곤은 콘 웅그르가 그렇게 죽어버리기를 절실하게 바랐다. 그 여자가 세상에서 가장 처참하게 찢어지면, 콘 웅그르가 아무리 이 세상 전체에서 가장 강한 존재라고 해도 어마어마한 고통에 짓눌릴 테니까. 그러나 그러기 위해서는 콘 웅그르가 반드시 인간 반려를 진심으로 사랑해야 한다는 전제조건이 필요했다.

그 냉혹함의 화신이 과연 그럴 수 있을까?

물론 콘 웅그르는 반려에게 관심이 있긴 했다. 인간이 태어난 다음날 이마에 그의 반려라는 표시를 찍어서 다른 드래곤들로부터 보호한 게 그 증거였다. 더군다나 이후로도 그는 인간을 끊임없이 관찰하고 지켜보았다.

하지만 백안의 드래곤은 그런 행동이 관심 이상은 아니라고 생각했었다. 진심으로 흥미가 있다면, 다가가는 게 맞으니까. 그러나 그러지 않았기에 그녀가 직접 행동에 나섰다.

사실 백안의 드래곤이 저번에 즈투라는 인간을 비롯해서 푸른 드래곤까지 움직인 건, 야를 레이니르를 죽이기 위해서가 아니었다. 콘 웅그르를 불러내서 레이니르의 곁에 머무르게 하는 게 진짜 목적으로, 백안의 드래곤은 그때 레이니르를 죽일 생각은 없었다. 당시의 레이니르는 콘 웅그르에게 크게 중요한 존재가 아니었으니까.

백안의 드래곤이 절실하게 바라는 건, 콘 웅그르가 레이니르 곁에 머물다가 사랑에 빠지는 것이었다. 그렇게 된 뒤에 레이니르가 죽어야 콘 웅그르가 타격을 받을 테니까.

그러나 백안의 드래곤은 콘 웅그르가 어떤 성품의 소유자인지 모르지 않았다. 영혼까지 차가운 존재답게, 그냥 사랑하는 척 가장해서 자신이 모습을 드러내길 기다리는 것일 가능성이 높았다. 충분히 그러고도 남을 만한 존재니까.

그런데 여자를 대신해서 고통의 마법을 대신 앓았다? 아무리 드래곤의 왕이라도 고통의 마법을 열 배로 당하는 건 차라리 죽는 게 나을 터였다. 그런데 그런 짓을 감수해?

정말로 반려를 마음에 품은 건가? 인간 따위를?

황망함과 놀라움보다 분노가 더 컸다. 당장 달려가 멱살을 쥐고 어떻게 당신이 그럴 수 있냐고 따져 묻고 싶었다.

"다른 드래곤도 아니고 어떻게 당신이…… 어떻게 당신이!"

백안의 드래곤은 절규를 내질렀다. 조절하지 못한 마력 때문에 눈앞의 거울은 한순간에 먼지가 되어버렸다. 그러나 백안의 드래곤은 참지 못했다. 새하얀 마력이 제멋대로 칼날 모양으로 뻗어 나가더니 몇 분 전에 그녀에게 얻어맞아 숨이 끊어진 인간을 잔인하게 난도질하기 시작했다. 사지가 절단되고 뼈가 부서지고 살이 찢어지자, 피가 사방으로 튀었다.

"더러워……."

거울은 이제 없었으나 백안의 드래곤은 자신에게도 피가 묻었다는 걸 잘 알았다. 하등한 인간의 붉은 피 따윈, 정말 더러웠다. 언제나 그렇게 생각해 왔다. 그러다가…….

"생각하지 말자. 그리고…… 피를 보자."

주변에 아무도 없었으나 백안의 드래곤은 눈을 질끈 감아 슬픔을 숨겼다. 생각하고 싶지 않았고 그래서도 안 되었다. 복수에 집중할 때였다. 콘 웅그르에게 가장 깊은 상처를 줘야 했다. 그 인간 반려의 피를 봐야 했다!

확인이 필요하다.

물론 콘 웅그르의 이번 행동도 의미가 깊긴 했다. 그러나 백안의 드래곤은 더 굵은 글씨로 반짝이는 명백한 증거를 원했다. 기회는 두 번 이상 찾아오지 않을 테니, 아무리 확인해도 모자랐다.

반드시 복수할 것이다, 반드시!

세상에서 가장 격렬한 마음으로 백안의 드래곤은 맹세하고 또 맹세하며 주먹을 불끈 쥐었다. 삐죽삐죽한 손톱이 손바닥 살을 뚫자 죽음처럼 새까만 피가 바닥으로 뚝뚝 흘러내렸다.

6.

간지러웠다. 발바닥을 누군가가 깃털로 문지르는 기분. 레이니르는 웃음이 나올 것 같았으나 이상하다는 생각이 들어 그러지 못했다. 자신은 잠을 자는 중이기 때문이었다. 더군다나 이상한 점은 하나 더 있었다. 분명 침대에서 잠들었는데 마치 물속에 들어가 있는 것 같은 느낌이 들었다. 마법을 쓰지 않았으니 물 안에서 이렇게 자연스럽게 호흡할 수 없는 법. 그러니 이건 꿈이었다.

하지만 웃음을 참을 수가 없었다. 깃털이 이번엔 발가락 사이를 간질였기 때문이다. 레이니르가 결국 까르르 웃음을 터뜨렸을 때, 깃털은 축축하게 변하더니 이젠 발가락을 핥기도 했다. 그러다가 더 단단한 것이 등장하더니 발가락을 살짝 깨물었다. 그제야 레이니르는 꿈이 아니라는 것을 깨닫고 눈을 번쩍 떴다.

보이는 투명한 액체는 분명 물이었다. 레이니르는 자신이 물에 빠졌다는 사실을 깨닫고 당황해서 당장 빠져나가려고 했으나, 곧 눈이 아프지 않고 호흡이 힘들지도 않다는 것을 깨달았다. 누군가가 이미 호흡마법을 걸어준 덕분이리라. 그리고 누군가는 지금, 그녀의 엄지발가락과 검지발가락 사이를 핥고 있었다.

"간지러워!"

물속이라 말을 할 수가 없을 것 같아 레이니르는 전갈로 외치며 발을 빼려고 했다. 하지만 콘 웅그르는 발목을 잡은 채 놔주질 않았다. 그는 옴찔거리는 레이니르의 자그마한 발가락을 하나하나 쪽쪽 빨았다. 장난스럽고도 애정이 넘치는 애무였다. 더군다나 그녀를 바라보는 콘 웅그르는 눈가에 즐거운 미소를 담뿍 담고 있었다. 레이니르는 활짝 웃었다.

아, 이런 느낌이구나. 함께 밤을 보낸 다음날 아침은 이렇게 즐거운 거구나.

대륙 최고의 미인이라 불리지만 레이니르는 스물다섯 살이 될 때까지 연애 한 번 해본 적이 없었다. 후스카를의 일이 정말 즐겁고 바쁜데다가 매력적인 남자를 단 한 명도 발견하지 못했기 때문이었다. 물론 그렇다고 관심이 전혀 없는 건 아닌지라 이래저래 생각해 봤었다. 사랑 나누기에 대해서 상상할 때, 그 일을 하고 난 다음날 아침에는 서로 볼장 다 봤으니 좀 당황스러울 거라고 예상했었으나, 현실은 그렇지 않았다.

부끄러움이나 어색함 같은 건 전혀 없이, 그저 즐겁고 기분 좋았다. 천국에 온 느낌. 그리고 같은 기분인 콘 웅그르를 보니 레이니르는 온몸에 전율이 일었고 다리 사이가 촉촉해졌다.

"잘 쉬었나?"

물속인데 콘 웅그르는 잘도 말했다. 그러고 보니 그의 애무도 촉감이 생생하게 느껴졌다. 이런 마법을 처음 접하기 때문에 매우 신기했으나 곧 레이니르는 수긍했다. 이 남자는 드래곤의 왕이었다. 상상할 수 없는 힘을 가진 자.

"물 밖처럼 대화할 수 있네."

레이니르는 실제로 말을 해서 확인한 뒤 몸을 일으켜 바닥에 앉았다. 바닥의 익숙한 타일을 보니 적당히 따듯한 온도의 가장 깊고 큰 욕탕 안이었다. 높이가 2미터 정도이고 열 명이 들어가도 될 정도로 커서 가끔 레이니르는 이 안에서 수영을 하곤 했었다.

"예전부터 이곳을 자주 이용하더군."

콘 웅그르는 그녀의 옆으로 왔다. 레이니르는 그의 허벅지 사이의 것에 눈을 주지 않으려고 노력하며 손으로 허벅지를 잡았다. 잠시 매만진 뒤 손가락 끝으로 눌렀으나 손끝도 잘 들어가지 않을 만큼 단단하고 팽팽했다.

"그래서 이곳에 와보고 싶었지."

그녀가 허벅지를 쓰다듬을 때 콘 웅그르는 전혀 흔들리지 않는 어투로 말했다. 레이니르는 그게 짜증 났다. 그녀는 그가 조금이라도 만지면 호흡이 가빠지는데, 이 남자는 어째서 같은 반응을 보이지 않는단 말인가?

레이니르는 아주 잠깐 망설이다가 손을 더 뻗어 다리 사이의 그것을 쥐었다. 마치, 뜨겁게 달궈진 칼날을 쥐는 기분이었다. 이대로 계속 잡고 있으면 손을 베거나 화상을 입을 것 같았다. 그러나 동시에 벨벳처럼 보드라워 레이니르는 유혹을 이기지 못하고 이번엔 두 손으로 쥐었다.

"그 말은, 내가 이곳을 많이 이용하는 걸 봤다는 뜻인데."

레이니르는 그의 남성을 들고 있지 않은 것처럼 평상시와 같은 어조로 말했다. 아니, 그녀는 그렇게 생각했으나 호흡이 가빠지는 지라 실제로는 아닐지도 몰랐다.

"널 지켜봤다고 말했지. 너에 관해 모르는 건 없다. 넌 목욕을 좋아하지. 아, 목욕보다 고기를 더 좋아하지?"

레이니르는 고개를 들어 콘 웅그르를 흘겨보았다. 그의 남성을 잡고 있는 손에 아주 살짝 힘이 들어갔으나 콘 웅그르는 전혀 영향을 받지 않는 표정이었다.

"그리고 넌 화가 나면 발을 마구 구르고 팔을 흔들면서 기분이 풀릴 때까지 온몸을 부르르 떠는 발광을 하지."

벌건 얼굴로 레이니르는 이를 악물었다. 그녀는 악문 잇새로 내뱉었다.

"내 손에 뭐가 잡혀 있는지 몰라?"

"거기에 문제가 생기면 아쉬운 건 너일 텐데."

레이니르는 뭐라 답을 해야 할지 알 수 없었다. 어디 가서 말로 진 적은 없는데 항상 콘 웅그르에겐 당하는 게 짜증 났다. 그녀는 부글거리는 속을 안고 그를 매섭게 쏘아보았다. 그러나 콘 웅그르는 왜 그러냐는 표정이었다. 레이니르는 그의 얼굴이 확 달라지는 걸 보고 싶었다. 그녀는 조심스럽게 손끝으로 그것의 위아래를 쓸어내렸다. 여전히 콘 웅그르는 얼굴에 변화는 없었으나 하늘로 솟구친 것은 좀 더 커졌다.

이거…… 너무 커지는데?

레이니르는 저도 모르게 눈을 동그랗게 뜬 채 행동을 우뚝 멈추었다. 안 그래도 크고 두꺼운데, 여기서 더 그렇게 되면…….

어젯밤에 콘 웅그르는 그녀가 건강할 때도 감당하기 힘들다고 했었다. 이제야 그 말이 완벽하게 이해되었다. 이런 게 몸 안으로 들어오는 건 그야말로 고문일 터. 물속이었으나 레이니르는 식은 땀을 흘리고야 말았다.

"갑자기 왜 그러는 거지?"

그녀가 행동을 딱 멈추고 손을 뒤로 빼자 콘 웅그르는 의아한 표정이었다. 레이니르는 바닥을 힘껏 차서 욕탕 위로 올라갔다. 수면 위로 고개를 내밀자 신선한 공기가 다가왔다.

"배고파."

그러고 보니, 정말로 출출했다. 그 고통에 시달린 이후로 제대로 식사를 한 적 없다는 사실이 떠올랐다. 이전이라면 뱃가죽이 등골에 붙는 기분일 텐데 그 정도는 아닌 걸 보니 신체 능력이 강화된 덕분일 터였다.

"나도 배고프다."

콘 웅그르는 따라 일어나더니 그녀의 손목을 잡고 앞으로 밀었다. 레이니르는 욕탕의 벽과 콘 웅그르의 사이에 납작 눌리게 되었다. 그는 그녀를 뒤에서 껴안은 채 손을 움직였다. 작은 틈을 파고들어 그녀의 잘록한 허리를 매만진 뒤 가슴으로 올라왔다. 동시에 고개를 숙여 레이니르의 긴 목을 게걸스럽게 핥다가 깨물었다. 레이니르는 그제야 그가 무엇을 고파하는지 알아차렸다.

"난, 난 음식을 먹고 싶어."

"정확하게 말하자면 고기겠지."

콘 웅그르는 그녀의 귓가에 입술을 대고는 느긋하게 내뱉었다. 뜨거운 숨결이 귓속으로 들어오자 레이니르는 몸을 떨다가 간신히 한마디 했다.

"내가 고기만 먹는 줄 알아? 가끔 과일도 먹……."

풍만한 그녀의 가슴을 더듬던 단단한 손이 정점에서 솟아 있는 유두를 정확하게 꼬집자 레이니르는 말 뒤에 짧은 신음을 내뱉었다. 이어 콘 웅그르는 더 커진 그것을 그녀의 등 뒤에서 거칠게 문질렀다. 레이니르는 앞뒤에서 공격당하는 기분이었으나 저항하고픈 마음은 전혀 없었다. 온몸에 쾌락이 퍼지자 더없이 흥분해서 온몸을 그에게 내맡겼다. 하지만 바로 그때, 콘 웅그르는 손을 떼고 뒤로 물러났다. 레이니르는 벌컥 화가 나서 뒤돌아보았다. 그는 어느새 무릎을 꿇고 있었다.

순간적인 분노는 사라지고 없었다. 지상 최강의 생명체가 그녀의 앞에 두 무릎을 꿇었다는 사실이 그녀를 전율케 했다. 레이니르가 숨을 멈춘 채 가만히 서 있을 때, 콘 웅그르는 앉은 채로 입술 끝을 들어올리는 미소를 지었다. 그는 물속에 잠긴 상태였으나 레이니르는 똑똑히 볼 수 있었다. 저 미소는 원하던 사냥감을 발견한 짐승의 것이었다. 레이니르는 도망가기 위해 몸을 돌리려 했다. 그러나 그가 더 빨랐다.

콘 웅그르는 두 손을 뻗어 서 있는 레이니르의 다리를 벌리게 한 다음 새하얀 허벅지를 손자국이 남을 만큼 거칠게 틀어쥐었다. 레이니르는 다리를 오므리려고 했으나 워낙 그의 힘이 센지라 그럴 수가 없었다. 곧 그의 얼굴이 다리 사이로 쏜살같이 다가왔다. 그는 레이니르의 머리카락처럼 백금색의 숲을 코로 문질렀다. 그 작은 자극조차 레이니르에겐 크게 다가왔다. 그녀가 몸을 움찔거릴 때, 콘 웅그르는 허벅지를 붙든 손으로 허벅지 안쪽의 여린 살을 쓰다듬었다. 단단한 굳은살이 일으키는 마찰은 짜릿했다. 그러나 그 자극은 그의 길고 두꺼운 검지가 한 번에 그녀의 깊은 곳으로 들어온 것에 비하면 아무것도 아니었다. 손가락이 어떤 지점을 정확하게 누르다가 긁자, 레이니르는 온몸에 쾌락의 천둥을 맞고 말았다. 그녀는 후들거리는 두 손을 꿈틀거리다가 욕탕의 벽을 양옆으로 붙들었다. 그래야 버틸 수 있을 것 같았다. 그러나 그건 착각이었다.

콘 웅그르는 이번엔 두 개의 손가락을 썼다. 어떤 지점을 자극하는 힘이 더욱 거세졌고, 레이니르는 참을 수가 없었다. 그녀는 천장을 보며 깨물고 있던 입술을 벌렸다. 그러나 소리 대신 거친 호흡만 터져 나왔고 천장도 보이질 않았다.

레이니르는 다리에서 힘이 빠졌다. 마치 하체가 없어진 기분이었다. 손으로 벽을 붙들고 있었으나 버틸 수가 없었다. 그러나 보이지 않는 마력이 그녀를 단단하게 받쳐서 서 있을 수 있게 해주었다. 동시에 콘 웅그르는 때로는 빠르게, 때로는 느리게 손가락을 깊게 넣었다가 빼는 동작을 반복했다. 레이니르는 미칠 것 같았다. 그리고 더 원했다. 더 크고, 더 강력한 것!

"콩."

신음처럼 내뱉자, 콘 웅그르는 움찔거리더니 행동을 멈추었다. 레이니르는 눈에 띄게 후들거리는 손을 뻗어 그의 검은 머리카락을 살짝 쥐었다. 그녀를 올려다보는 콘 웅그르는 미간을 살짝 찌푸리고 있었다. 그러나 분명한 건, 그의 새까만 눈동자는 욕망으로 더없이 번들거리고 있다는 사실이었다.

"넣어줘."

노골적인 색욕이 드러나는 말이었으나 레이니르는 부끄럽지 않았다. 원했다. 지금 당장 저 두꺼운 것을 삼키고 싶었다. 그녀의 여성은 흥건하게 흘러넘치고 있으니, 충분히 저 거대한 남성을 맞이할 수 있을 터.

"안 된다."

그러나 콘 웅그르는 싸늘하게 답했다. 레이니르가 막 성질을 내려고 할 때, 그는 일어서더니 그녀의 손을 붙들어 그의 것을 만지게 했다. 레이니르는 깨달았다.

"아까보다…… 더 커졌네?"

"감당할 수 있겠나?"

그녀가 우두커니 서 있기만 하자 콘 웅그르는 놀리듯 내뱉었다. 레이니르는 입안이 바싹 마르는 기분이었다. 동시에 쾌락 덕분에 흐물흐물하게 변했던 정신이 조금 돌아왔다. 다시금 온몸에 식은 땀이 났다. 이런 게 몸에 들어온다면……

"정말, 넣어줄까?"

콘 웅그르는 정말 그럴 것처럼 더 가까이 다가왔고, 순간적으로 공포에 질린 레이니르는 저도 모르게 꺅 소리 지르며 그를 떠밀었다. 그러나 그가 뒤로 밀려날 리 없었다. 콘 웅그르는 그녀를 꼭 끌어안은 뒤 마찰시켜 그의 것이 얼마나 큰지 확실하게 느낄 수 있게 해주었다.

"좀 더 커져야 한다."

"뭐? 거기서 더 커져야 한다고?"

레이니르는 경악의 비명을 내질렀다. 콘 웅그르는 그녀의 어깨에 머리를 묻었다. 레이니르는 그가 웃음을 참고 있다는 걸 몇 초 뒤에 깨달았다. 레이니르는 주먹을 꾹 쥐고 그의 등을 쳤다. 그러나 온몸이 쾌감 때문에 흐물거리는지라 힘이 안 들어가져서 세게 때리지도 못했다.

"나 말고 너 말이다."

콘 웅그르는 그녀를 안은 채로 움직였다. 욕탕 밖으로 나가서 그녀를 맨바닥에 눕혔다. 레이니르는 일어날 생각이었으나 그가 허벅지를 벌려 그녀의 다리 사이 깊숙한 곳에 다시 손가락 두 개를 집어넣자 그럴 수가 없었다.

"이곳 말이다."

콘 웅그르의 손가락은 아주 세차게 움직였다. 넓게 만들겠다는 일념에 휩싸인 것처럼 구석구석을 꼼꼼하다 못해 철저하게 어루만졌다. 그 행동 전체가 그녀를 더욱 빠르고 흠뻑 젖게 만들었다.

"많이 하다 보면 커질 거다. 아, 넓어진다는 말이 더 알맞군."

그게 가능한 일이야?

레이니르는 빽 소리 지르고 싶었으나 그럴 수가 없었다. 그가 모든 것을 다 빼앗아간 듯, 온몸에 힘이라고는 하나도 없었다. 그녀의 육체에 있는 거라고는 빠른 속도로 높아지는 환희였다. 그러나 괴로웠다. 점점 더 높은 온도로 들끓는 쾌락은 해방구가 없었다. 아직까지는.

콘 웅그르는 그녀의 말없는 외침을 들은 것처럼 움직이기 시작했다. 그녀의 다리 사이로 얼굴을 숙이더니 오른손으로는 여전히 그녀의 깊은 곳을 격렬하게 자극했고, 동시에 왼손으로는 숲을 매만지더니 숨어 있는 진주를 찾아냈다. 그리곤 며칠 굶은 짐승이 먹잇감을 흡입하듯 탐욕스럽게 빨기 시작했다. 절정의 번개가 레이니르를 내리친 건 그때였다. 그녀는 눈을 감았다. 세상은 어두웠으나 그녀에겐 아무것도 보이지 않았다. 오로지 느낄 뿐이었다.

"레이니르……."

그녀는 자신이 깨어 있는지 알 수 없었다. 그러나 그의 부름에 눈을 떴다. 환희의 여진餘震 때문에 아직도 세상은 뿌옇고 제대로 보이는 건 없었으나, 콘 웅그르가 그녀의 곁에 있다는 것은 알 수 있었다.

반려인 존재. 생의 반쪽.

"콩……."

나는 당신을, 당신을…….

레이니르는 더 말하지 못했다. 그가 예민해질 대로 예민해진 진주를 깨물었기 때문이다. 레이니르는 다시금 몰려오는 파도 속에 떠밀려 또다시 절정의 하늘 속으로 날아갔다. 그 사실을 확인한 뒤에야 콘 웅그르는 그녀에게서 손을 떼고 물러났다. 그때 그의 표정이 어땠는지, 이번에도 레이니르는 보지 못했다.

레이니르는 눈을 뜨기 전에 알아차린 건 냄새였다. 적당히 잘 구워진 고기 냄새!

그녀가 눈을 번쩍 떴을 때, 입술에 따듯한 고기가 닿았다. 반사적으로 입을 벌리자 고기가 쏙 들어왔다. 레이니르는 열심히 씹으면서 몸을 일으켜 앉았다.

김이 흘러나오는 고기가 가득 쌓여 있는 접시가 허공에 떠 있었다. 콘 웅그르는 한 손에 쥔 포크로 가장 위에 있는 고기를 찍고 있었다. 그는 여전히 알몸이었다. 그 부분이 노골적으로 서 있는 것을 본 레이니르는 고기와 함께 침을 꿀꺽 삼켰다.

콘 웅그르는 다시 두툼한 고기를 내밀었다. 레이니르는 이번에도 날름 먹으며 주변을 둘러보았다. 어느새 침실로 돌아와 있었다. 침대는 푹신했으나 여기저기가 욱신거렸다. 엉덩이가 그런 건 욕실 바닥에 누워 있었던 탓인 듯싶었고, 다리 사이가 따끔거리는 건……

"왜 그러지?"

콘 웅그르는 세 번째 조각을 먹여주면서 그녀가 가자미눈을 하고 노려보자 물어보았다. 레이니르는 답하는 대신 고기만 씹었고, 콘 웅그르는 네 번째 조각을 포크에 찍어 내밀었다. 레이니르는 입을 벌렸지만 이번엔 고기가 안으로 들어오지 않았다. 그녀는 한쪽 눈썹을 치켜들었다.

"나 포악해지는 거 보고 싶어?"

"이미 많이 봤다."

레이니르는 더 발끈하고야 말았다.

"동의 없이 훔쳐보는 거, 범죄인 거 알아?"

"그 말은 권한 없는 자에게나 해당되는 거다. 내 것을 내가 보는 건, 훔쳐보는 게 아니다."

콘 웅그르는 지극히 진중하게 답했다. 레이니르는 꽤나 당혹스러웠다. 이상하게도 화가 나지 않으니까. 정말로 그에게 그럴 권한이 있는 것 같았다.

"그럼, 나도 당신을 볼 권리가 있는 거야?"

콘 웅그르는 대답하지 않은 채 포크를 내밀었다. 레이니르가 씹느라 말을 하지 못할 때 그가 천천히 말했다.

"방금 드레카르 왕이 전갈을 보내왔다. 4일이나 지났으니 이제 그만 나오라고 하더군. 우리가 외부에 모습을 안 보이니까 인간들이 수군거리고 있다던데."

막 목으로 넘긴 고기가 딱 걸리는 느낌이었다. 레이니르는 간신히 삼켰다.

"혹시, 우리가 뭘 했는지 왕께 말씀드린 건 아니지?"

"아무 말도 하지 않았다. 하지만 드레카르 왕은 바보가 아니다."

레이니르는 두 손으로 얼굴을 가린 채 신음했다.

"왜 그러지?"

"그게…… 아니야."

어차피 설명해도 못 알아들을 터. 레이니르는 잠시 한숨만 폭 내쉬었다.

"그나저나 4일이라고? 당신은 하루 만에 의식을 회복했었고 그 뒤로……. 음, 생각보다 시간이 많이 흘렀네."

"네가 오랜 시간 잠들어 있었다. 버거웠나 보군. 오늘부터는 좀 부드럽게 해주지. 그래도 꾸준히 해야 자궁이 넓어질 거다."

아무렇지도 않게 저런 말을 하는 존재에겐 대체 어떤 반응을 보여야 하는지 알 수가 없었다. 레이니르는 열기가 오른 얼굴로 고기만 마냥 씹었다. 콘 웅그르는 그녀가 접시를 다 비울 때까지 계속 먹여주었다.

"그런데 고기가 그렇게 맛있나? 고기만 보면 눈이 반짝거리던데, 신기하더군. 그런데 왜 다른 이들한테는 채소를 좋아하고 고기는 싫어하는 척 가장하지?"

콘 웅그르는 정말로 궁금하게 생각하는 표정이었다. 레이니르는 입을 딱 다물고 계속 노려보았다.

"왜 그런 눈을 하지?"

하여간 이 남자는 인간이 아니라니깐.

레이니르는 흘겨보다가 입을 열었다. 관념이 인간과 완전히 다른 드래곤에겐 자세하게 설명해야 옳을 터.

"가수로만 알려진 내 이미지 관리를 하는 거야. 피 뚝뚝 떨어지는 고기에 환장하는 육식주의자는 연약한 이미지에 안 맞으니까. 그리고 고기보다 채소가 몸에 좋잖아. 왕국민들이 날 따라서 채소를 먹으면 조금이라도 더 건강해지는 거지. 그 외에도 물가 문제가 있어. 여러 이유로 폭락할 때가 있는데, 그러면 해당 채소를 기른 농민들이 경제적으로 힘들어지잖아. 그럴 때 내가 그 채소를 섭취해서 피부가 좋아졌다고 말하거나 직접 먹는 모습을 보여주면 사람들이 많이 사서 먹어. 일종의 경제 홍보 활동인 거지."

"네 위치를 잘 이용하는군."

"그래야 한다고 생각하니까. 물론 끊임없이 노력하고 있지만 기본적으로 난 많은 것을 타고났어."

환상적인 외모는 물론이거니와 가수로서 완벽한 목소리, 탁월한 마법 실력 등등까지 자신은 정말로 많은 축복을 받고 태어난 존재였다. 그런 만큼 사회의 공익을 위해 투신할 의무가 있었다.

"난 강하고 많은 걸 가지고 있으니까, 이 특별한 힘을 나보다 가진 게 없고 약한 사람들을 위해 쓸 거야. 마땅히 그렇게 해야 된다고 배웠어."

돌아가신 아버지께서 하신 말씀이었다. 그리고 존경하는 드레카르 왕과 민 여왕 또한 언제나 그런 생각으로 공무에 임하고 계셨다.

"너처럼 생각하고 행동하는 인간은 매우 드물다. 인간은 그런 종족이 아니니까."

레이니르는 콘 웅그르의 말이 칭찬인지 냉소인지 알 수가 없었다. 레이니르는 직접적으로 물었다.

"당신, 인간을 낮게 보는 거지? 혹시 혐오하는 거야?"

콘 웅그르는 이렇게 답했다.

"내가 관심을 갖고 있는 인간은 너뿐이다. 내게 특별한 인간은 너뿐."

적절한 답은 아니었다. 그러나 레이니르는 그의 말에 온몸이 흐물흐물 변하자 정신을 차리려고 노력하며 얼른 다른 말을 내뱉었다.

"당신은 이만 당신 침실로 가. 그래야 이제까지 우리가 같이 있었다고 짐작하는 사람들을 입 다물게 만들지."

레이니르는 아공간을 열어 옷을 꺼냈다. 막 입으려고 했으나 콘 웅그르가 옷을 붙들었다.

"입지 마라."

"나가지 말라는 말이야?"

"아니다."

"뭐야, 그럼 벗고 나가라는 거야?"

"그래."

레이니르는 눈이 튀어나올 뻔했다. 콘 웅그르는 아주 친절하게 제안했다.

"내가 마법으로 가려주지. 다른 이들은 누구도 보지 못할 거다. 나만 네 알몸을 볼 수 있다."

레이니르의 답은 이랬다.

"이 변태야!"

"싫다는 말인가?"

콘 웅그르는 고개를 갸우뚱거렸다. 레이니르는 벌컥 소리 질렀다.

"당연히 싫다는 말이지! 이 변태 도마뱀 왕아!"

레이니르는 콘 웅그르의 눈썹이 두 개 다 꿈틀거리는 것을 본 뒤에야 실수했음을 깨달았다. 그녀가 덜컥 겁을 집어먹었을 때, 그는 씩 웃었다.

"인간의 사전 어휘에 따르면 변태變態라는 건 정상이 아닌 성욕이나 그 행위를 말하지. 난 변태는 아니다. 하지만 그런 말을 들으니 갑자기 흥분되는군."

"왕께서 부르셨으니 이만 나가 봐야—"

레이니르는 말을 더 하지 못했다. 그녀는 눈 깜짝할 사이 다시 침대로 쓰러졌다. 그의 단단한 손이 허벅지를 잡고 벌리자 두 다리를 활짝 펼친 채 그의 게걸스러운 혀를 맞이하게 되었다. 그러고는 말 그대로 그에게 먹혀 버렸다.

"……르? 레이니르?"

드레카르 왕의 목소리였다. 수면 속으로 잠시 한발을 담갔던 레이니르는 깜짝 놀라 눈을 크게 떴다. 왕이 맞은편 의자에서 미간을 찌푸린 채 그녀를 쳐다보고 있었다. 레이니르는 자신이 옆에 앉은 콘 웅그르의 어깨에 머리를 기댄 채 깜빡 졸았다는 사실을 깨달았다.

"부, 부르셨습니까?"

얼굴을 붉게 물들인 레이니르는 서둘러 고개를 들면서 등을 펴고 반듯하게 앉았다. 침이 흘러내렸다는 사실을 깨달은 그녀는 즉시 닦았다가 왕의 옆에 앉아 있는 민 여왕이 손으로 입을 가리는 것을 보았다. 웃음을 참는 행동이었다.

아아, 부끄러워.

"그래, 불렀다. 이야기는 못 들었지?"

드레카르 왕의 목소리에선 짜증이 묻어나왔다. 레이니르는 얼른 고개를 숙이며 사죄했다. 감히 왕이 이야기할 때 무엄하게 졸아버리다니! 레이니르는 스스로의 실수에 식은땀이 절로 났다.

"죄송합니다!"

"괜찮아요. 내일 있을 약혼의 의식에 대해서 이야기를 나누고 있었어요."

내일이라는 말에 레이니르는 눈을 동그랗게 떴다.

내 기억으로는 이틀 뒤였는데? 벌써 내일이란 말이야? 지난 하루 동안 내가 뭘 한 거야?

빠르게 기억이 찾아왔다. 콘 웅그르는 아직도 얼얼한 통증이 느껴지는 그녀의 다리 사이에 머리를 박고는 며칠이고 갈증에 시달린 사람처럼 끝없이 핥아 먹었다. 나중에는 그녀의 꿀물을 몸 여기저기에 묻혀놓고 빨아 먹는데, 정말 레이니르는 흥분하다가 미치는 줄 알았다. 거기에다 콘 웅그르가 자궁을 넓혀야 된다면서 손가락을 여러 개 넣었다가 빼면서 열심히 연구한 건 물론이었다. 십여 번만 더 하면 될 거라는 말을 덧붙이면서.

젠장.

기억을 떠올리자 레이니르는 다리 사이가 다시 축축해지고 온몸이 달아올랐다. 그녀는 정신을 바로잡으려고 노력하며 기억을 저 멀리로 내던져 버렸다. 왕과 여왕 앞에서 이럴 수는 없는 법이니까. 하지만 계속 잠을 못 자면서 콘 웅그르에게 시달릴 대로 시달린 터라 곧바로 쓰러지고 싶을 만큼 피곤했다. 거기다 다리 사이를 포함해서 몸 여기저기가 무척이나 쑤시고 쓰라렸다. 그런데 그녀와 달리 콘 웅그르는 아주 멀쩡했다. 사실, 드디어 휴식을 취하려는 찰나 이만 왕과 여왕을 만나봐야 된다면서 끌고 나온 건 그였다.

나쁜 자식.

주먹으로 한 대 치고 싶었으나 왕과 여왕 앞인지라 레이니르는 발만 움직여서 콘 웅그르의 발을 밟았다. 그러나 돌덩이를 대하는 기분이라 오히려 그녀의 발바닥이 아팠다.

에효.

레이니르는 속으로 한숨을 내쉬며 나중을 기약했다. 그녀는 일단 민 여왕의 말에 정신을 집중하려고 노력했다.

"약혼의 의식, 계획대로 하는 게 아닌가요?"

"그렇다. 그러나 네가 당한 것 때문에 염려가 된다. 네가 만졌던 그 사내, 자기 이름이 하랄이라고 밝혔었지."

드레카르 왕은 손을 옆으로 뻗었다. 그러자 6일 전에 보석상점 앞에서 만난 뚱뚱한 10대 후반의 남자가 영상화되어 실물 크기로 나타났다.

"실제 이름은 비그이다. 후스카를과 발키리를 동원해서 추적했고 두 시간 만에 찾아냈다. 시신이 되어 있더군. 콘 웅그르, 당신의 적인 백안의 드래곤이 한 짓이겠지. 그렇게 잔인하게 난도질할 수 있는 비위를 가진 인간은 거의 없으니까."

드레카르의 뒷말은 비꼬는 게 분명했다. 레이니르는 대체 어느 정도인지 궁금했고, 말없는 질문에 답하듯 드레카르는 발키리가 목격한 비그의 시신을 영상화해서 보여주었다. 그나마 얼굴은 반쯤 남아 있어 신원 확인은 가능했으나 시신 전체가 칼날의 태풍에 당한 듯 그야말로 갈가리 찢어진 상태였다. 온갖 것을 다 봐서 잔인한 것에 익숙한 레이니르조차 살짝 얼굴을 찡그리고야 말았다.

"백안의 드래곤은 조종마법을 쓸 수 있다. 저 인간도 그렇게 조종한 것이다. 레이니르가 저 인간의 어깨를 잡아서 고통의 마법에 걸린 것도 백안의 드래곤이 조종한 짓이지."

콘 웅그르의 설명에 드레카르는 더욱 싸늘한 표정이 되었다.

"어째서 레이니르를 보호하지 못했지? 고통의 마법을 미리 감지하지 못한 건가?"

"그렇다. 나는 미리 알 수 없었다. 앞으로도 그럴 터."

"어째서?"

콘 웅그르는 그 어느 때보다 차가운 표정이었다. 보기만 해도 얼어버릴 것 같은 냉기가 뿜어져 나와, 옆에 앉아 그를 바라보던 레이니르를 순간 빙석으로 만들어 버렸다.

"인간 반려를 잃고 백안의 드래곤이 미쳐 버렸기 때문이다. 때문에 내 영향권에서 완전히 사라졌지."

콘 웅그르의 말 한 글자 한 글자에서도 똑같은 냉기가 뚝뚝 떨어졌다. 드레카르는 즉시 반문했다.

"백안의 드래곤이 인간 반려를 잃었다고?"

콘 웅그르는 마치 질문을 듣지 못한 것처럼, 다른 부분을 길게 설명하기 시작했다.

"백안의 드래곤은 여러 희귀한 마법을 쓸 수 있지. 고통의 마법은 실제로 발현하는 게 매우 어렵다. 레이니르에게 한 것처럼 다른 사람을 통해서 접촉을 하게 만들어야 한다. 그렇게 해서 마법을 거는 데 성공하더라도, 그 작용으로 시전자의 육체 회복이 아주 느려지는 큰 후유증이 있다. 또한 조종마법은 쓸수록 육체가 망가지지. 드래곤들은 기본적으로 강한 자체 치유력을 타고나기에 큰 타격은 아니지만, 그래도 계속 쓸수록 문제가 생긴다. 더군다나 고통의 마법까지 같이 사용한다면 아무리 드래곤이라도 자살 행위이다. 예전에 백안의 드래곤은 자신이 미치지 않은 이상 고통의 마법과 조종마법을 동시에 사용하지 않을 거라고 했었다. 하지만 지금, 백안의 드래곤은 실제로 그렇게 하고 있지. 정말로 인간 반려의 죽음 때문에 정신이 나갔다는 뜻이다."

콘 웅그르가 내뿜는 극렬한 불쾌감은 말이 끝난 뒤에도 사라지지 않고 한참 동안 남아 있었다.

갑자기, 레이니르는 매우 기분이 이상했다. 콘 웅그르가 백안의 드래곤이 미쳐 버린 이유를 비웃는 것 같기 때문이었다. 즉, 인간 반려를 무시하는 것 같았다.

다른 드래곤의 인간 반려를 저렇게 하잘것없다고 생각하다니? 그렇다면, 나는 어떻게 생각할까? 혹시 나도 혐오하는 건…… 아니, 나는 다르다. 콘 웅그르는 나를 다르게 대한다. 그러니 이런 생각을 품는 건 옳지 않아.

레이니르가 서둘러 생각을 저버리며 콘 웅그르를 신뢰의 눈으로 바라볼 때였다. 드레카르가 입을 열었다.

"인간 반려 이야기가 나왔으니, 할 말이 있다."

"듣지 않겠다."

단박에 말을 자르는 콘 웅그르를 향해 드레카르는 한쪽 눈썹을 치켜올렸다. 문득, 레이니르는 콘 웅그르와 드레카르가 말투는 물론이거니와 얼굴과 몸을 비롯한 전체 외모가 흡사하다는 것을 깨달았다. 거대한 덩치에 검은색의 머리칼과 눈동자, 거친 외곽 선이 아주 비슷했다. 차이점이라면 콘 웅그르는 마냥 거칠어 보이는 드레카르와는 달리 우아하고 세련된 분위기를 풍기며 머리카락과 눈이 좀 더 새까맣다는 사실이었다. 그리고 짧은 머리카락의 드레카르와는 달리 콘 웅그르는 허리까지 긴 머리카락을 늘어뜨린 채 다녔다.

"콩, 드레카르 왕님과 혈연관계인 거야?"

심각한 분위기임에도 콩이라는 단어가 울리자 민은 웃음을 참지 못했다. 콘 웅그르는 방금 드레카르가 한쪽 눈썹을 치켜올린 표정 그대로 민을 흘긋 보다가 레이니르를 쳐다보았다.

"그렇다. 드레카르 왕의 생부는 황금의 드래곤이고, 황금의 드래곤은 백안의 드래곤의 직계 핏줄이지. 그리고 백안의 드래곤은……."

콘 웅그르는 아주 잠깐 말을 멈추었다가 이었다.

"나의 쌍둥이 누이니까."

잠시 방 안에 침묵이 내려왔다. 드레카르는 조용히 내뱉었다.

"그러니까, 당신은 나의 진외종조부陳外從祖父라 그거로군. 백안의 드래곤은 당신의 쌍둥이 누이인 동시에 내 조모이고."

"그렇다. 내 직계 혈통과 연결되기에 네가 특히 강한 것이다. 드래곤과 인간의 혼혈 중에서 너만큼 강한 존재는 없지."

콘 웅그르의 말대로라면 감사할 일이었다. 덕분에 카르탄 왕국을 지켜왔으니까. 그러나 드레카르는 감사의 말 대신 비아냥거리듯 다른 것을 입에 올렸다.

"그러니까, 당신의 그 강력한 혈통에 가장 가깝기 때문에 백안의 드래곤이 아주 강한 거로군. 세상에서 두 번째로 강한 거지? 그런 존재가 미쳤다는 뜻이고."

"대체 이렇게나 중요한 정보를 왜 이제야 알려준 거야?"

내지르듯 질문을 쏘아낸 건 레이니르였다. 답을 한 건 드레카르였다.

"중요한 정보가 아니니까. 핏줄이 어떻든 저들에겐 의미가 없다. 레이니르, 드래곤과 인간은 매우 다른 종족이다. 아니, 완전히 다른 종족이다. 드래곤은 인간과 사랑에 빠질 수 있는 생명체가 아니다. 물론 그렇게 되는 경우가 있기는 하지. 하지만 그건 엄격하게 금지된 일이다. 인간은 백 년도 살지 못하고 늙어 죽지만 드래곤은 영생불멸하니까. 망각이라는 것을 모르는 드래곤은 사랑하는 인간이 죽으면 미쳐 버린다. 그래서 드래곤의 왕, 콘 웅그르는 드래곤들에게 인간과 사랑에 빠지지 말라는 엄명을 내렸다."

드레카르는 마치 콘 웅그르가 이 자리에 없는 것처럼 말했다. 이미 잘 알고 있는 사실을 드레카르가 다시금 이렇게 내뱉는 게 무슨 뜻인지 레이니르는 모르지 않았다. 온몸이 미세하게 떨리는 동시에 추웠다. 생각하지 않으려고 애쓰던 한파가 스멀스멀 발끝부터 올라오기 시작했다.

"그런 존재가 인간과 사랑에 빠질 리 없다. 결코 그럴 리 없다."

레이니르의 얼굴이 창백하게 질리는 것을 보았으나 드레카르는 못을 박듯 한마디를 더 던졌다. 콘 웅그르가 이렇게 말을 받았다.

"나는 드래곤의 왕이다. 내가 내린 모든 규칙은 내 휘하의 드래곤들에게만 적용되지. 나는 드래곤들이 지켜야 할 철칙에서 자유롭다."

"그래서? 레이니르를 사랑한다 그 말인가? 그래, 사랑한다고 치자. 그 뒤에는? 레이니르는 백 년도 살지 못하는데 그 뒤에 당신은 어쩔 거지? 당신의 쌍둥이 누이도 인간 반려를 잃고 미쳤지 않나? 레이니르가 훗날 사망한 뒤 당신은 멀쩡하리라고 보는 건가? 지상 최강의 생명체가 정신이 나가 버리면 이 세상 전체가 어떻게 될 거라고 생각하는 건가? 그건 무책임한 짓이다!"

콘 웅그르는 불끈 쥐고 있던 오른손으로 앞의 테이블을 내려쳤다. 그러자 테이블은 처절한 비명을 내지르더니 뚜렷한 손자국을 내고는 조각조각 갈라졌다.

"혼혈 주제에 감히 드래곤의 왕인 나를 비난하는 건가?"

콘 웅그르의 목소리는 얼굴만큼이나 아무 변화가 없어 일상적인 인사말을 하듯 그야말로 담담했다. 그러나 그가 내뿜는 기운은 무시무시했다. 레이니르는 본능적으로 가장 강력한 보호마법을 왕과 여왕에게 두른 뒤 자신에게도 쳤다. 그러나 그렇게 했는데도 숨을 쉬기 힘들었다. 레이니르가 두 손으로 갑갑해진 목을 움켜쥐었을 때, 콘 웅그르는 그녀 쪽으로 시선을 돌렸다. 그의 험악한 기운은 언제 그랬냐는 듯 완전히 사라졌다.

"콘 웅그르, 당신은 이 세상에서 가장 강력한 자다! 강한 힘을 가진 존재는 그만큼 무거운 책임을 지는 게 당연하다! 누구보다도 그 사실을 잘 아는 존재가 이게 대체 무슨 짓인가!"

드레카르는 콘 웅그르의 협박 아닌 협박을 무시한 채 계속 비난했다. 한 왕국의 지배자로서, 그리고 이 대륙 전체를 대표하는 인간으로서 그는 그렇게 따질 수밖에 없었다. 최악의 경우 세상에 종말이 강림할지도 모르니까.

세상의 끝. 완전한 파괴.

드래곤의 왕은 한 손으로 그렇게 하고도 남을 만한 존재였다.

"나는 미치지 않는다."

콘 웅그르는 조용하게 내뱉었다. 그러나 확신으로 가득한 목소리였다.

"나는 다른 드래곤들과 다르다. 그 어떤 생명체와도 다르지. 나는 완전한 존재 그 자체이다. 어떤 일이 일어나든 정신을 놓을 수 없다. 세상은 내 영향력 아래 질서를 유지할 것이다."

드레카르는 가늘게 뜬 눈으로 말했다.

"당신을 믿어야 할지 모르겠군."

"그러든 말든 너와 네 왕국은 내게 협조해야 한다. 그러지 않으면 미친 백안의 드래곤이 인간들을 전부 살해할 테니까."

"콘 웅그르 님."

그를 정중하게 부른 건 조용히 침묵을 지키던 민이었다.

"백안의 드래곤의 인간 반려는 왜 죽은 거죠? 대답해 주실 수 있나요?"

"내가 죽였다."

레이니르는 뻣뻣한 고개를 아주 천천히 돌려 그를 바라보았다. 드레카르에게 고정된 콘 웅그르의 얼굴은 차갑기만 할 뿐 다른 감정은 드러나지 않았다.

"백안의 드래곤은 그렇게 생각하고 있지. 사실, 나도 동의하는 바이다."

"어째서?"

세 음절의 이 짧은 말을 하는데도 목이 아팠다. 레이니르는 목을 손으로 감쌌고, 콘 웅그르는 손을 뻗어 레이니르의 뒷목을 살짝 주물러 주었다. 뻣뻣한 긴장이 풀리자 레이니르는 짧게 한숨을 내쉬었고, 콘 웅그르는 그녀의 뺨에 한 손을 대고 속삭이듯 말했다.

"백안의 드래곤이 인간 반려와 사랑에 빠지자 난 그녀에게 반려를 떠나라고 명령했다. 백안의 드래곤은 내 지시에 따랐고, 얼마 뒤 반려는 도적들에게 살해당했지. 백안의 드래곤이 곁에 있었다면 반려는 살았을 거다."

"그건…… 당신 잘못이 아니잖아."

"근본적인 원인을 따지자면 내 탓이다. 백안의 드래곤이 떠나지 않았다면, 반려는 죽지 않았겠지."

"그렇게 근본 원인을 따지면 끝이 없어."

"물론 그건 알고 있다. 그러나 나는 콘 웅그르이다. 모든 일에 책임을 져야 하지."

"어이가 없네. 그럼 내가 코 파다가 코피 흘리는 것도 당신 탓이야?"

레이니르는 민의 웃음소리를 들은 뒤에야 자신이 무슨 말을 했는지 깨달았다. 그녀는 부끄러움에 눈을 굴리며 괜히 목기침을 했다.

"백안의 드래곤이 레이니르 네게 고통의 마법을 쓴 이유는 명백하군. 똑같이 반려를 죽이겠다는 거겠어."

드레카르는 사실을 지적했고, 콘 웅그르는 말을 보탰다.

"그냥 죽이겠다는 게 아니라 최대한 고통을 줘서 죽이는 게 목표일 거다. 어차피 백안의 드래곤은 날 죽이지 못하니까. 일반적인 상황이라면 누구도 내게 상처조차 입힐 수 없다."

콘 웅그르는 해가 동쪽에서 떠오른다는 일상적인 사실을 말하듯 아주 담담하게 내뱉었다. 지독한 자신감이었으나 레이니르는 거부감을 느끼기보다 그냥 인정하게 되었다. 그리고 다행스럽게 생각했다.

"그래. 당신은 드래곤의 왕이니 강하겠지. 그런데 어째서 백안의 드래곤이 어디에 있는지 찾을 수 없는 거지? 아무리 당신의 영향권 밖으로 나갔다고 해도 그 정도는 알아내야 하지 않나?"

콘 웅그르는 미간을 미미하게 찌푸렸다. 불쾌감을 느끼는 게 분명했다.

"아까 말했지. 내 쌍둥이 누이라고. 나보다는 미약하게 창조되었지만, 다른 드래곤들과는 비교조차 할 수 없을 만큼 강하다. 더군다나 백안의 드래곤은 추적마법을 피하는 능력도 가지고 있다.

때문에 나도 백안의 드래곤은 찾아낼 수 없다. 푸른 드래곤을 이용해 볼까 싶었지만, 푸른 드래곤에게도 추적마법을 피할 수 있게 해놓았군."

길게 설명하는 콘 웅그르의 목소리는 차가운 짜증으로 그득했다. 드레카르는 이렇게 내뱉었다.

"상대가 얼마나 강하든 사랑하는 여자를 미끼로 삼는 건 남자로서 할 짓이 아니다. 그렇지 않은가?"

콘 웅그르와 드레카르가 주고받는 말은 높낮이가 없이 고요했으나 말속에 담겨 있는 가시는 그 어떤 무기보다 날카로웠다. 레이니르는 참다못해 나섰다.

"저도 동의한 일입니다, 왕이시여."

"나도 처음에는 동의했지. 그러나 네 눈빛을 보니 걱정이 되는구나. 더군다나……."

드레카르는 드래곤도 인간도 아닌 자신의 영혼이 얼마나 어두운지 잘 알고 있었다. 그러나 진외종조부이자 드래곤의 왕인 콘 웅그르는 상상 이상이었다. 눈빛이나 머리카락만이 아니라 영혼조차 시커멓게 보였다. 빛이라고는 조금도 보이지 않는, 아니, 감히 빛이 접근조차 할 수 없는 어둠의 핵심 그 자체.

저번 만남에서는 이런 느낌은 없었다. 그러나 이젠 생생하게 보였다. 어째서 이렇게 다 보이는 거지?

정확한 답은 알 수 없었으나 드레카르는 레이니르와 연관되어 있다는 것 하나는 알 수 있었다. 레이니르와 사이가 깊어지자 본래 성품이 드러나는 건가?

콘 웅그르의 감정이 움직인다는 뜻이었다. 이건 레이니르에게 진심이라는 의미가 될 수도 있지만, 뭔가 이상했다. 그런 거라면 저리도 시커멓게 보일 리 없기 때문이었다. 소름 끼칠 정도로 차가운 빛깔.

아주, 이상했다.

드레카르는 직설적으로 캐물을 수밖에 없었다.

"당신, 진심인가? 아니면 레이니르를 이용하는 건가?"

"드레카르."

민이 입을 열었다. 그녀는 남편의 손등 위에 손을 얹었다. 언제나 그러하듯 아내의 온기는 드레카르에게 평정심을 안겨주었다. 민은 잠시 드레카르의 손등을 매만지다가 맑은 목소리로 입을 열었다.

"우리, 내일 있을 약혼의 의식 이야기를 해요. 레이니르, 아까 못 들었죠?"

마흔이 넘었으나 민의 목소리는 영롱하고 밝았다. 듣는 이를 편안하게 만들어주고 경직된 분위기를 풀어주는 것이었다.

"모든 사람들을 초청해서 공개된 장소에서 할 예정이었지만 백안의 드래곤이 일반 백성들을 조종해서 레이니르를 공격할 수도 있겠다 싶어요. 장소를 옮기고 참석자들도 최대한 줄일 생각이에요."

"아닙니다. 원래대로 하는 게 좋을 듯합니다."

레이니르는 굳건하게 의견을 피력했다. 고통의 마법, 그 엄청난 것이 두렵지만 의무는 의무였다. 백안의 드래곤에 의해 멸망할 수도 있는 왕국을 구하는 길이니 무엇이든 해야 옳았다.

"전 원래 미끼로서 이 일에 참여한 겁니다. 제 의무이니 마땅히 수행하겠습니다."

"아니다."

레이니르는 고개를 돌려 콘 웅그르를 바라보았다. 그는 진중한 눈빛으로 그녀를 바라보고 있었다.

"아무리 네가 미끼로 이 일에 참여했다고는 하나, 고통의 마법에 또 당할 수도 있다. 그런 큰 위험에 노출시킬 수는 없다. 참석자도 일반인은 제외하고 장소도 더 안전한 곳으로 옮겼으면 좋겠군."

"하지만—"

레이니르는 더 말하지 못했다. 콘 웅그르가 그녀의 입술을 자신의 입술로 막았기 때문이다. 따스한 애정이 느껴졌다.

"중요한 건 너다, 레이니르."

콘 웅그르는 주름이 살짝 보이는 웃음을 지었다. 이번에도 레이니르는 녹아내릴 것 같았다.

"네가 또 다쳐선 안 된다."

"그건 당연한 일이지."

끼어든 건 드레카르였다. 그는 못마땅한 눈으로 대놓고 콘 웅그르를 쏘아보고는 이만 나가라고 손짓했다. 레이니르는 발갛게 변한 얼굴로 콘 웅그르와 함께 일어섰다. 문에 다다랐을 때 드레카르가 짜증이 가득한 얼굴로 내뱉었다.

"레이니르, 넌 잠시 남아 있어라."

"네."

레이니르는 재깍 고개를 끄덕이며 드레카르에게 다시 다가갔다. 콘 웅그르가 나가기 직전 드레카르가 내뱉었다.

"훔쳐 듣지 마라."

콘 웅그르는 무심한 얼굴로 드레카르를 쳐다보더니 밖으로 사라졌다. 드레카르는 사정없이 미간을 찌푸렸다.

"저건 전갈을 써도 훔쳐 듣겠다는 뜻이로군. 어차피 들을 테니 말로 하겠다."

전갈은 상대방과 단둘이 은밀하게 말을 주고받는 것이지만 마력이 더 강한 존재는 엿들을 수도 있었다. 콘 웅그르라면 세상의 모든 전갈을 들을 수 있을 터.

레이니르는 의자에 앉지 않고 부동자세로 섰다. 후스카를의 단장으로서 언제나 그래 왔다. 드레카르는 자리에서 일어나 레이니르 앞으로 걸어가 섰다.

"하명하십시오, 왕이시여."

"왕이 아니라 네 아버지의 친구로서, 그리고 네 아버지를 대신하는 사람으로서 말하겠다."

드레카르는 손을 올려 레이니르의 양 어깨를 붙잡았다. 작고 여리지만 드레카르는 그 안에 담긴 엄청난 힘을 느낄 수 있었다. 원래도 레이니르는 강했으나 이 정도까지 올라선 건 콘 웅그르의 피와 살을 먹은 덕분이었다. 하지만 백안의 드래곤에겐 한주먹거리도 안 될 터. 혼혈이라면 몰라도, 인간은 아무리 강해도 드래곤을 이길 수 없는 법이니까.

드래곤은 인간과는 완전히 다른 존재였다. 드래곤이 인간의 형체를 취한 채 인간 세상에서 살아가는 일이 왕왕 있지만, 수명이 정해진 인간과 영생불멸하는 드래곤은 근본적으로 물과 기름처럼 서로 융합할 수 없는 종족이었다. 결코 함께 걸어갈 수 없는 존재.

그렇기에 드레카르는 분명하게 말할 수밖에 없었다.

"콘 웅그르는 겉보기와는 많이 다른 존재다. 너를 이용하는 것뿐이다. 속지 마라."

레이니르는 그의 친우인 하랄과 외모적으로는 전혀 닮지 않았다. 대륙에서 손꼽히는 미인인 어머니, 프레이야를 쏙 빼닮았기 때문이다. 그러나 성격적으로 레이니르는 아버지인 하랄과 흡사했다. 특히 누구보다도 강인한 의지력과 투명한 마음이 그랬다.

"너만 상처 입는다. 나는 네가 다치지 않았으면 좋겠구나. 사랑에 빠지지 말거라."

레이니르는 드레카르와 시선을 마주했다. 호흡이 가빠졌다. 이렇게 마음속의 뜨거운 진심을 내뱉는 건 처음이기 때문이었다. 그녀는 마른 입술을 축인 뒤 가늘게 떨리는 목소리로, 그러나 분명하게 말했다.

"이미 늦었습니다."

드레카르는 입을 닫았다. 그는 그럴 수밖에 없었다. 레이니르는 한 걸음 뒤로 물러나 아주 깊게 허리를 숙였다.

"죄송합니다."

몸을 편 레이니르는 왕의 눈에 실망감이 떠오른 것을 보았다. 그리고 그보다 더 깊은 걱정이 담겨 있다는 것을 모르지 않았다.

그녀는 조용히 몸을 돌려 사라졌다.

밖에 콘 웅그르가 서 있었다. 온몸이 후끈거려 레이니르는 그의 얼굴을 볼 수가 없었다. 그녀는 고개를 바닥으로 떨어뜨린 채 걸었고, 콘 웅그르는 그녀를 침실 앞까지 데려다 준 뒤 사라졌다. 그녀가 침실로 들어가 침대에 앉자 마법진을 통해 이동해 왔다.

"아까, 대화 들었지?"

여전히 바닥만 바라본 채 레이니르가 물었다. 콘 웅그르는 그녀의 옆에 앉았다.

"그렇다."

레이니르는 고개를 들어 콘 웅그르의 얼굴을 보았다. 새까만 눈동자와 시선을 마주하게 되자, 척추에 짜릿한 전율이 이는 동시에 머릿속이 텅 비는 느낌이었다. 하지만 레이니르는 질문을 기억했다.

"당신의 답은?"

"나는 사랑이라는 게 무엇인지 모른다."

더없이 아픈 실망감이 찾아오기 전 콘 웅그르는 고개를 숙여 레이니르에게 입을 맞추었다. 짧지만 따듯한 키스였다.

"그러나."

이번에는 길고 열정적인 키스였다. 레이니르는 거친 호흡을 가다듬으며 콘 웅그르를 보았다. 녹아내릴 것 같은 눈웃음을 짓고 있었다.

"너를 이 세상에서 가장 아낀다. 확신할 수는 없지만, 이게 네가 말하는 사랑일지도 모르지."

"부족해. 그것만으로는 부족해. 그러니 말해줘."

부탁도 아닌 애걸이었다. 그러나 레이니르는 조금도 부끄럽지 않았다. 원하니까. 더없이 간절하게 바라니까.

"날 사랑한다고 말해줘."

"사랑한다."

콘 웅그르는 천천히 레이니르를 침대에 눕힌 뒤 옷을 벗겼다. 그는 그 유혹적인 미소를 계속 얼굴에 걸고 있었다.

"네가 원하면 몇 번이든 말해줄 수 있다. 사랑한다, 사랑한다, 레이니르. 사랑한다."

세상에서 가장 달콤한 말이었다. 레이니르는 뜨겁게 안아오는 콘 웅그르를 기쁘게 맞았다. 그가 진정으로 어떤 생각을 하는지는 알 수 없지만…….

7.

레이니르와 콘 웅그르의 약혼의 의식은 원래 왕성 앞에 있는 거대한 광장에서 열기로 했었다. 되도록이면 공개적으로 일을 진행해서 이 약혼이 진짜라는 것을 대대적으로 광고하기 위해서였다. 그러나 약혼의 의식이 열리기 전날 장소는 갑자기 다른 곳으로 바뀌었다.

레이니르가 어린 시절에 보낸, 남쪽 지방에 있는 바닷가에 자리 잡은 아주 작은 마을. 총인구가 백 명도 되지 않는데다가 완전히 시골이라 영구적인 마법진이 하나도 없어서 그곳으로 가려면 마법진이 있는 가장 가까운 다른 마을에서 날개가 달린 말을 타고 한 시간은 더 날아가야 했다. 이동하기 힘든 장소. 그러나 하루 전에 장소를 바꿨다는 사실을 사람들이 이상하게 여길 게 뻔한지라 이곳을 고를 수밖에 없었다. 레이니르가 어린 시절을 보낸 곳이자 어머니와 아버지의 유골이 뿌려진 바닷가에서 약혼의 의식을 올리고 싶은 마음이 생겼다고 둘러대면 되기 때문이었다.

약혼의 의식에 참석하기로 한 사람들은 처음에는 약간 놀랐으나, 바뀐 이유를 듣고는 수긍한 뒤 서둘러 움직이기 시작했다. 마을에 도착하기까지 꽤 많은 시간이 걸릴 거라고 예상했기 때문이었다. 그러나 드레카르 왕이 특별히 왕성 내에 거대한 임시 마법진을 만들어준 덕분에 즉시 이동할 수 있게 되었다.

역시 왕과 여왕에게 사랑받는 사람이 치르는 약혼의 의식답다고 생각하며 수백 명의 사람들은 작은 바닷가 마을로 속속들이 모여들었다. 전날 오후에 갑자기 장소가 바뀐 터라 제대로 준비가 되어 있지 않을 거라고 예상했으나 그렇지 않았다.

보이는 곳곳마다 발목 높이의 새파란 물이 흐르고 있었다. 바닷물처럼 보였으나 실제 물이 아니라 환영마법이었다. 그러나 색이 선명하고 시냇물처럼 졸졸 흐르는 듯한 소리까지 나서 진짜 물처럼 보였다. 참석자들이 감탄한 건 마을의 바닥만이 아니었다.

약혼의 의식은 해가 진 뒤에 열리게 되어 있었다. 주홍빛의 태양이 마을 끝에 자리한 푸른 바다의 수평선 저편으로 넘어가는 가운데, 수많은 새하얀 양초가 마을 여기저기의 허공에 두둥실 떠 있었다. 날이 어두워지자 양초는 은색으로 빛을 발하더니 촛불이 켜졌다. 촛불은 황금색의 로맨틱한 빛을 뿌리면서 사람들 사이를 날아다녔으며 은은한 음악까지 흘렀다.

바닥의 새파란 물이 황금빛과 은빛의 촛불을 반사하며 한 방향으로 조금 빠르게 흐르기 시작했다. 사람들은 그곳으로 오라는 뜻임을 알아듣고 움직이기 시작했다. 마을의 끝인 바다였다. 고운 모래사장이 끝없이 펼쳐진 곳 위에는 드레카르 왕과 민 여왕이 십여 명의 시녀와 백여 명의 발키리들을 거느린 채 원형으로 서 있었다. 그들 중앙의 바닥에는 한 사람이 이동할 수 있는 마법진이 그려져 있었다.

수백 명의 사람들은 질서정연하게 걸어가서 적당히 자리를 잡은 뒤 허리를 숙여 왕과 여왕에게 경건하게 인사하고는 몸을 바로 했다. 주변을 날아다니는 황금의 촛불이 더욱 선명해지면서 크게 타올랐다. 해가 완전히 졌기 때문이었다.

촛불 덕분에 마치 낮처럼 밝으면서도 바닥에 진한 그림자가 생기기 시작했다. 은은했던 음악이 농염하게 바뀌자 모든 이들은 숨을 죽인 채 기다렸다. 침묵을 지키던 왕이 드디어 입을 열었다.

"나의 친우, 야를 하랄과 야를 프레이야의 장녀인 야를 레이니르의 약혼의 의식을 거행한다."

드레카르 왕의 목소리는 크지 않았다. 그러나 주변에 서 있는 모든 이들의 귓가에 또렷하게 들어갔다.

"모두들 레이니르의 상대를 궁금하게 여겼을 것이다. 그의 이름은 야를 버서커. 야를 세르파의 양자이다."

야를 세르파는 신분에 상관없이 능력만으로 인물을 기용하는 왕과 여왕에게 발굴되어 높은 지위까지 올랐기에 왕족들에게 대단히 충성심이 높았다. 보석을 주로 다루는 엄청난 부자인 동시에 평생 가난한 이들을 위해 살아온 사람이기도 했다.

드레카르는 콘 웅그르가 보석상점에서 엄청난 양의 금덩어리를 선보였다는 사실에 착안해서 세르파에게 콘 웅그르를 버서커라는 이름으로 소개했다. 세르파는 왕의 제안대로 버서커를 양자로 받아들였고, 원석을 캐러 다니는 직업을 붙여주었다.

물론 세르파는 버서커의 진짜 정체에 대해서는 몰랐다. 왕족 대우를 받는 고귀한 레이니르와 어울리는 신분을 만들어주기 위해 왕이 그렇게 꾸민 것으로 생각하고 있었다. 그렇기에 세르파는 실제 버서커의 신분이 보잘것없으리라 짐작했고, 세르파의 양자가 갑자기 등장했다는 사실을 이상하게 생각하는 몇몇 눈치 빠른 이들도 같은 생각을 하고 있었다.

그러나 대부분의 사람들은 별 의심을 하지 않은 채 버서커를 기대에 찬 눈으로 기다렸다. 대륙 최고의 미인을 차지한 남자가 아주 크고 잘생겼다는 소문이 진짜인지 직접 두 눈으로 확인하고 싶기 때문이었다.

바닥에 그려진 작은 마법진이 빛을 내뿜었다. 눈부신 광휘가 일어나자 사람들은 잠시 손으로 눈을 가렸다가 뗐다. 한 사내가 마법진 위에 나타났다.

사내가 걸친 정장은 상의에 카르탄 왕국의 상징인 승천하는 황금의 드래곤이 금실로 수놓아진 새하얀 예복이었다. 왕족만 걸칠 수 있는 것이기에 왕족이 아닌 자가 입는 건 엄청난 영광이었다. 사람들이 드높은 영예를 허락받은 사내에게 보낸 부러움의 눈길은 곧 경탄으로 바뀌었다. 남자가 얼마나 강건한 육체를 가지고 있는지, 공기처럼 몸에 두르고 다니는 공기가 얼마나 고급스럽고 드높아 보이는지 선명하게 보였기 때문이다.

물론, 근본적으로 남자 자체가 매우 독특한 존재였다. 허리까지 내려오는 검은색의 결이 좋은 머리카락은 그 어떤 보석보다도 고귀했다. 각진 턱이나 얼굴의 이목구비 자체는 사내다운 굵은 선으로 이루어졌으나 거친 느낌보다는 아름답고 고매했다. 또한 새까만 눈빛은 그야말로 한 점의 빛도 없었다. 어둠 자체로 보이는 색깔. 그러나 동시에 끝을 짐작할 수 없는 엄청난 깊이가 느껴졌다.

혹시…… 인간이 아닌 건가?

수백 명의 참석자 가운데 날카로운 눈을 가진 몇몇 이들은 그런 생각을 할 수밖에 없었다. 드래곤과 인간의 혼혈인 드레카르 왕도 범상치 않은 기운을 뿌리는 존재였으나, 눈앞에 나타난 남자는 그 이상이었다. 완전히 다른 세상 속의 존재 같았다. 감히 인간 따위는 손을 뻗을 수도 없는 드높은 공간 속에 자리한 생명체.

상황을 짐작한 몇몇 이들이 두려움과 경악 속에서 침묵을 지키는 가운데, 콘 웅그르가 마법진 밖으로 나오자 다시 마법진이 빛을 발했다. 이번에는 레이니르가 나타났다. 그녀 또한 예복을 입고 있었다.

남자 왕족이 걸치는 예복이 정장이라면 여자 왕족이 입는 옷은 드레스였다. 레이니르가 선택한 건 목 위와 손목 아래, 발목 아래의 치맛단은 짙은 레이스로 덮여 살결이 조금도 드러나지 않는 새하얀 원피스였다.

레이스 이외의 부분은 눈처럼 하얀 실크로, 언뜻 수수해 보였으나 순결한 아름다움의 극치로 보였다. 동시에 풍만한 가슴과 잘록한 허리, 둥근 엉덩이로 이어지는 유혹적인 라인이 고스란히 드러나 도발적인 미가 드러났다. 그러나 몇 가닥 앞으로 내린 백금발의 반짝이는 머리카락과 사파이어처럼 푸르른 눈동자는 지극히 순수했다.

그중에서도 가장 백미인 것은, 긴장한 듯 파르르 떨리는 긴 속눈썹과 수줍은 듯 장밋빛으로 물든 뺨이었다. 순진한 얼굴과 섹시한 육체가 공존하는 완벽한 아름다움.

수백 명의 참석자들, 특히 남자들은 완전히 넋이 나가고야 말았다. 몇몇은 침까지 주르르 흘리는 가운데 또 다른 몇몇은 레이니르를 채가는 남자에게 엄청난 질투심을 느꼈다. 살의까지 솟았지만, 그들은 콘 웅그르를 보는 순간 감정을 딱 내던지게 되었다. 그냥 서 있는 것만으로도 어마어마한 기운이 느껴지는 존재에게 감히 그런 마음을 먹었다간 그대로 으스러질 것 같았다.

"야를 레이니르."

콘 웅그르는 미소 지었다. 눈이 살짝 작아지면서 눈가에 주름이 생기는 모습은 아주 달콤했다. 레이니르는 물론이거니와 이 자리에 모인 모든 여자들이 순간 녹아내리는 기분이었다.

"세상에서 가장 아름다운 그대에게 내 약혼녀가 되어주길 청합니다."

"……야를 버서커."

레이니르의 말은 조금 늦게 흘러나왔다. 다른 이들은 그녀가 긴장한 탓이라고 생각하겠지만, 그건 사실이 아니었다. 마음에 들지 않았기 때문이다. 레이니르는 그의 진짜 이름이 아니라 가짜를 내뱉는 게 싫었다. 하지만 어쩔 수 없는 일.

"세상에서 가장 멋진……."

심술이 난 나머지 레이니르는 잠시 말을 멈췄다가 전갈로 쏘아붙였다.

"콩에게."

"그대에게 내 약혼자가 되어주길 청합니다."

콘 웅그르는 한쪽 눈썹을 살짝 들었다가 내렸다. 그는 곧 약혼의 의식 순서대로 키스로 말을 봉인할 때가 되자 레이니르 앞으로 바싹 다가섰다. 그녀를 품으로 끌어당기고는 고개를 숙여 입술을 강탈했다. 레이니르는 허리를 뒤로 젖힌 채 잡아먹을 듯 입술 안으로 침입하는 거친 키스를 받을 수밖에 없었다. 마치 그의 소유라는 것을 주장하듯 아무렇지도 않게 입안을 유린하는 콘 웅그르의 뜨겁고 축축한 혀는 레이니르에겐 대단히 위험하게 느껴졌다. 수백 명이 쳐다보고 있든 말든 이 자리에서 콘 웅그르의 옷을 찢어버린 채 갖고 싶으니까.

사실, 레이니르는 꽤나 흥분한 상태였다. 고개를 바닥에 숙인 건 쑥스러워서가 아니라 멋진 예복 덕분에 더욱 섹시하게 느껴지는 콘 웅그르에게 덤벼들지 않기 위해서였다.

한참 키스하다가 콘 웅그르가 입술을 놓은 뒤에도 레이니르는 조신한 척 행동했다. 예물인 반지를 서로 교환해서 낀 뒤, 그에게 거머리처럼 찰싹 달라붙고 싶은 마음을 참고 겉으로는 두 손으로 얼굴을 가리며 눈을 더욱 내리깔았다.

"축하합니다!"

"혼약을 기대할게요!"

수백 명의 사람들이 약혼을 축하하는 말을 한두 마디씩 내뱉을 때, 그들 앞에 크리스털로 만들어진 투명한 잔이 나타났다. 잔을 손에 쥐자 저절로 잔 안에 황금빛의 액체가 나타났다. 최상급의 벌꿀술이었다.

"모두 건배하지. 레이니르와 약혼자의 행복한 미래를 위해."

드레카르 왕이 잔을 하늘 높이 들며 한마디 했다. 레이니르는 왕이 의도적으로 콘 웅그르의 가짜 이름을 내뱉지 않았다는 것을 깨달았다.

"행복한 미래를 위해!"

수백 명의 사람들이 외치는 말은 거대한 울림이 되어 주변으로, 조그만 마을 전체로, 저 지평선 너머의 세상으로 퍼져 나갔다.

행복한 미래라…….

이상하게도 아무 상상이 떠오르질 않았다. 레이니르는 겉으로는 웃으면서 벌꿀술을 한 번에 비웠다. 매우 좋아하는 최상급 술인데도 맛을 잘 느낄 수가 없었다.

"레이니르."

콘 웅그르는 고개를 숙여 그녀의 귓가에 입술을 댔다. 뜨거운 숨결은 귀를 파고들더니 레이니르의 몸 전체로 퍼져 나갔다.

"목이 마른가?"

그는 레이니르만 들을 수 있게 자그맣게 속삭였다.

"나도 목이 마르다."

"마시면 되잖아."

귀를 시작으로 온몸이 뜨겁게 욱신거렸다. 다리 사이가 축축해지자 레이니르는 작은 목소리로 짜증 내듯 톡 쏘며 손으로 그의 잔을 가리켰다. 벌꿀술은 그대로 남아 있었다.

"이게 아니라 더 맛있고 귀한 것을 마시고 싶군."

"그게 뭔……."

질문은 완성되지 않았다. 깨달은 레이니르는 발간 얼굴로 흘겨보았다. 콘 웅그르는 느긋하게 물었다.

"싫은가 보군. 마시지 말까?"

"아냐! 안 싫어!"

애타는 마음에 레이니르는 저도 모르게 소리 지르고야 말았다. 꽤 큰 소리였던지라 주변에 삼삼오오 모여서 벌꿀술을 마시던 이들은 무슨 일인가 싶어 레이니르를 쳐다보았다. 도망갈 수도 없고, 물론 설명도 할 수 없는지라 레이니르는 콘 웅그르의 품으로 파고들어 새빨갛게 타오르는 얼굴을 숨겼다.

"우리 레니가 부끄러움을 많이 타는군요."

민 여왕이 한마디 했다. 자애롭게 웃고 있었으나 콘 웅그르를 바라보는 민의 눈빛은 강렬했다.

"행복하게 잘 보살펴 줄 거라고 믿어요."

"그럴 겁니다, 여왕이시여."

아무리 수많은 사람들이 바로 옆에 존재하는 상황이라도 콘 웅그르가 여왕에게 존댓말을 쓸 리 만무했다. 그래서 레이니르가 대신 말을 했고, 콘 웅그르는 그녀의 정수리 끝에 가볍게 키스하며 손으로는 목 뒤를 가볍게 쓰다듬었다. 레이니르는 온몸에 소름이 돋았다.

"레이니르 님, 피곤하신가 봐요."

곁에 서 있는 참석자들은 걱정하는 표정이었다.

"조금요."

대답하며 레이니르는 콘 웅그르를 흘긋 보았다. 그는 끄떡도 없는 표정인지라 짜증이 치밀어 올랐다. 새벽까지 그녀를 재우지 않고 괴롭힌 범인이 바로 그이기 때문이었다. 레이니르는 몇 시간을 못 자고 깨어난데다가 약혼의 의식 준비 때문에 시녀들에게 계속 시달렸기에 사실 꽤나 피로했다. 콘 웅그르의 피와 살을 먹은 뒤 신체 능력이 강화되지 않았다면, 약혼의 의식은 치르지도 못하고 기절했을 터.

"약혼의 의식이란 게 정말 간단하지만 확실히 피곤한 일이에요. 하지만 혼약은 더해요. 그것도 단순하고 빨리 끝나지만 기운이 빠지더라고요. 혼약은 언제 올릴 계획이세요?"

"두 분 정말 잘 어울립니다! 버서커 님, 정말 잘생기셨어요. 혹시 형제 분이 있나요? 그분은 미혼이신가요?"

"보금자리는 어디에 꾸밀 생각이세요? 계속 왕성에 머무르실 건가요? 레이니르 님은 앞으로도 가수 일을 하실 건가요?"

참석자들의 말을 한번 받아주자 거대한 양동이의 물이 한꺼번에 쏟아지듯 질문이 와르르 내려왔다. 레이니르는 눈이 핑핑 도는 것 같았다. 그녀가 살짝 비틀거리자 콘 웅그르는 한 번에 안아 들었다. 남자들은 질투심의, 여자들은 부러움의 눈빛으로 그들을 바라보았다.

"레니가 피곤해하니, 이만."

콘 웅그르는 반말을 사용했으나 교묘하게 끊고는 근처에 있는 마법진으로 걸어가 마력을 주입했다. 약혼의 의식 주인공이 사라지자 순간 참석자들은 크게 당황하고 말았다. 민 여왕은 바로 박수를 쳐서 사람들의 시선을 끌었다.

"막 약혼의 의식을 올린 커플이니 이해해 줘요. 우린 우리끼리 연회를 즐겨봐요. 드레카르?"

민은 한 손을 내밀었다. 못마땅한 것을 본 드레카르는 미간을 찌푸리고 있었으나 아내가 원하는 대로 다가가 허리를 숙인 뒤 손등 위에 입을 맞추고는 끌어당겼다. 작은 민은 언제나 그러하듯 그의 품에 쏙 들어왔다.

"음악."

드레카르가 한마디 하자 마법의 촛불이 반응했다. 밝고 경쾌한 음악이 울리면서 카르탄 왕국의 왕과 여왕은 춤을 추기 시작했다. 그리고 그들의 춤이 끝난 뒤 다른 사람들도 너도나도 웃음을 머금은 채 춤을 추며 바닷가를 떠들썩하게 만들었다. 그러나 모든 이들이 즐거움을 느낀 건 아니었다. 약혼의 의식이 열린 바닷가에서 아주 먼 곳에 있지만 무슨 일이 있었는지 똑똑히 지켜본 백안의 드래곤은 결코 기분이 좋지 않았다. 그녀는 조용히 누군가를 불러냈다.

레이니르는 천천히 눈을 떴다. 자신을 꼭 껴안은 채 눈을 감고 있는 콘 웅그르가 보였다. 그러나 레이니르는 그가 잠들어 있는 게 아니라는 걸 알았다. 그녀는 눈을 비비면서 몸을 일으켜 앉았고, 콘 웅그르도 그렇게 했다. 그의 알몸은 굉장히 유혹적이었으나 레이니르는 덤벼드는 대신 물었다.

"어떻게 된 거야?"

약혼의 의식이 열린 바닷가에서 콘 웅그르가 자신을 안아 올린 것까지만 기억났다.

"네가 많이 피곤한 듯싶어서 수면마법을 썼다. 인간의 기준으로 12시간이 지났군."

"인간의 기준이 어떻다느니, 그런 말은 안 하면 안 돼?"

레이니르는 생각보다 날카롭게 말했다는 것을 깨달았으나 콘 웅그르의 표정은 다를 게 없었다.

"알았다. 네가 원하는 거라면 뭐든."

콘 웅그르는 고개를 숙여 그녀의 이마에 입을 맞추었다. 그의 입술은 더없이 보드라웠지만 레이니르는 이상하게 불쾌했다. 그녀는 어린아이가 투정 부리듯 한마디 하고야 말했다.

"키스해 줘."

"싫다."

그녀는 눈을 부릅떴다.

"내가 원하는 거라면 뭐든, 이라고 한 게 10초 전인데?"

"10초가 아니라 7초다."

이 남자가 진짜!

"그렇게 계속 쏘아보면 사시가 된다."

레이니르는 눈을 질끈 감고 길고 긴 한숨을 내쉬었다. 머리가 아팠다.

"키스는 왜 안 하겠다는 말이야?"

"시작하면 끝까지 갈 테니까. 일단 넌 음식을, 아니, **고기**를 먹어서 기운을 보충해야 한다."

"……고기라는 단어가 크게 들리는데 일부러 그렇게 발음한 거야?"

"알아맞혔군."

레이니르는 다시 콘 웅그르를 노려보았다가 사시 생각이 나자 눈에서 힘을 푼 뒤 조그맣게 중얼거렸다.

"나쁜 놈."

"나는 청력이 매우 좋다."

미리 준비하고 있었는지 허공의 아공간에서 갓 구운 고기가 가득 쌓여 있는 접시를 꺼낸 콘 웅그르는 그렇게 내뱉었고, 레이니르는 가슴이 뜨끔거렸다. 그는 침대에 앉은 뒤 포크로 고기를 찍어 그녀의 입술 안에 넣어주었다. 레이니르는 아기새가 어미새가 주는 먹이를 먹는 것처럼 쏙쏙 받아먹었다.

"진짜 맛있다."

전부 해치운 레이니르는 부른 배를 쓰다듬으며 침대에 대자로 누웠다. 콘 웅그르는 알몸으로 그녀를 덮으며 속삭였다. 솟구친 그의 것이 그녀의 복부를 살짝 눌렀다. 맛있는 고기보다 더 큰 쾌감이 레이니르를 휘감았다.

"나는 네가 더 맛있다."

"인간도 아니고 드래곤이면서 야한 말을 왜 그렇게 잘해?"

레이니르는 얼굴을 살짝 붉히며 앙탈하듯 내뱉었고, 이번에도 콘 웅그르는 담담하게 말했다.

"야한 말이 아니다. 그냥 사실이지."

"그렇게 눈썹 하나 까딱하지 않고 말하는 게 더 야해."

"정말 야한 게 뭔지 보여줄까?"

곧 콘 웅그르는 말을 실행했다. 뜨겁게 신음하며 절정에 올라섰다가 내려온 뒤, 레이니르는 그가 만족한 표정을 짓는 것을 보았다. 더없이 기뻤다. 저 얼굴은 진심일 테니까. 물론 드레카르 왕은 콘 웅그르가 자신을 이용하는 것뿐이라고 했지만…….

하늘 높은 곳까지 올라간 기분이 갑자기 바닥으로 추락하는 기분이었다. 레이니르는 욱신거리는 몸을 일으켰다.

"나 씻고 올게."

"같이."

콘 웅그르는 그녀를 번쩍 안아 들고 욕실로 갔다. 그에게 몸을 기댄 채 따듯한 물속에 있으니 레이니르는 온몸이 녹아내릴 것 같은 느낌이 들었다. 그리고 기분도 서서히 풀어졌다.

"뭘 입지? 아, 맞다."

만족스럽게 목욕을 마치고 다시 침실로 돌아온 뒤, 옷을 고민하던 레이니르는 한 가지를 떠올렸다.

"내 드레스 어디 갔어? 약혼의 의식 때 입었던 것 말이야."

콘 웅그르가 손바닥을 펼치자 그녀의 눈앞에 드레스가 나타났다. 레이니르는 천천히 드레스를 손에 들었다. 딱히 옷에는 큰 관심이 없으나 새하얀 실크로 된 이 단순한 예복은 정말 마음에 들었다.

"그런 옷을 좋아하나?"

레이니르가 기쁜 낯빛으로 조심스럽게 드레스를 쓰다듬자 콘 웅그르가 물어왔다.

"아니, 이 드레스만 좋아."

아무리 가짜라지만 혼약을 약속하는 약혼의 의식을 실제로 올렸다는 증거니까.

"아, 그 바다도 좋았는데. 이 드레스를 입고 밤바다를 걸어보고 싶었거든. 사실 그렇게 하고 싶었는데 어젠 너무 피곤했어."

"옷 입어라. 지금 가면 되니까."

"지금은 낮인데?"

"나는 콘 웅그르이다."

레이니르는 드레스를 입으면서 입술을 삐죽거렸다.

"콩 웅그르가 어쨌다고?"

콘 웅그르의 눈썹이 다시 꿈틀거렸다. 그는 그녀가 드레스를 다 입자 손목을 가로채듯 붙잡았다. 순식간에 그들은 어젯밤에 약혼의 의식을 열었던 그 바닷가로 이동했다.

전날에 아무 일도 없었던 것처럼 바닷가는 고요하기 그지없었다. 참석했던 수백 명의 사람들의 그림자는 물론 벌꿀술조차 단 한 방울도 모래사장에 남아 있지 않았다.

높은 하늘 위에 떠서 뜨거운 빛을 발하는 태양을 보고 있자니 약혼의 의식이 거행되는 내내 그녀를 따듯하게 비추었던 어젯밤의 달빛이 정말 존재했었는지 믿을 수가 없었다.

약혼의 의식을 올리지 않은 기분이었다. 아무 일도 없었던 것 같은 느낌.

날씨는 춥지 않았다. 그러나 레이니르는 온몸이 오싹해지는 동시에 혹독한 추위를 느꼈다. 그녀는 콘 웅그르에게 몸을 붙였고, 그는 그녀를 가까이 안는 동시에 보드랍게 키스했다.

"밤바다를 원했지?"

레이니르가 대답하기 전, 풍경이 손바닥 뒤집히듯 한 번에 바뀌었다. 한낮의 태양 대신 어젯밤의 보름달이 떠올랐으며 하늘 또한 검은색으로 물든 상태였다. 바람 또한 햇살이 담긴 낮의 것이 아니라 냉기가 살짝 실린 밤의 것이 되어 슬며시 레이니르를 감쌌다.

"자, 걷지."

콘 웅그르는 놀란 나머지 우두커니 서 있는 그녀와 깍지를 낀 채 바닷속으로 무릎까지 들어가 걷기 시작했다. 드레스가 젖지 않을뿐더러 레이니르는 평지를 걷듯 쉽게 움직일 수 있었다. 이 작은 배려도 콘 웅그르의 마법일 터였다.

"더 원하는 건?"

"음……. 눈? 눈 내리는 겨울바다가 더 멋진 것 같아서. 근데 그건 불가능……."

레이니르의 말이 끝나기도 전에 눈송이가 하늘하늘 내려왔다. 레이니르는 자리에서 멈춰 선 채 하늘을 올려다보며 입을 벌렸다. 혀끝에 눈이 닿은 즉시 녹아내렸다. 그제야 레이니르는 깨달았다. 가짜가 아니라 진짜 눈이었다. 진짜 눈!

"환영마법을 쓴 게 아니라 시간과 기후를 바꾼 거야?"

"반경 1km 정도만. 범위를 더 넓히면 대륙 전체에 큰 파장이 일 테니 이 정도로 만족하라."

반경 1km이든 100미터이든 날씨를 이렇게 바꾸는 건 있을 수 없는 일이었다. 이런 마법이 존재하다니?

"이게, 이게 가능한 일이었어?"

"나는 콘 웅그르이다. 이 세상의 왕이지."

"알고 있는 사실이지만…… 정말…… 정말 대단하다."

레이니르는 더듬거리듯 말하면서 눈을 부릅떴고, 콘 웅그르는 이렇게 말했다.

"사시된다."

레이니르는 주먹으로 그의 가슴을 때리고야 말았다. 하지만 아픈 건 그녀의 주먹이었다. 콘 웅그르는 그녀의 주먹을 두 손으로 감싸 쥐고는 입술을 눌렀다.

"조심해라. 네가 다치면 나도 아프니까."

왠지 레이니르는 눈물이 나올 것 같았다. 그녀는 그대로 그를 끌어안았다. 근육 때문에 돌처럼 딱딱하지만 뜨거웠다. 그녀를 완벽하게 감싸는 체온.

한참 동안 레이니르는 미소 지으며 그를 안고 있었다. 콘 웅그르가 그녀만을 위해 만든 공간 속에 이렇게 있자니 더없이 행복했다.

"저기, 보이지? 어딘지 알아?"

바닷가에서 가장 가까운 집은 벼랑 위에 서 있었다. 위치 때문에 아슬아슬한 느낌이 들지만 실제로는 지반에 단단하게 고정되어 있어 그 어떤 장소보다 안전했다. 겉보기에 크지는 않지만 어머니와 동생 두 명까지 네 명이서 살기에 충분한 공간이었다.

비록 아버지는 없었으나 행복하고 화목한 시간을 보낸 장소라 언제나 레이니르는 저 집에 향수를 느꼈다. 후스카를의 일원이 된 뒤로는 한 달에 겨우 한두 번 방문할 뿐이지만 정말 아끼는 곳이었다. 요 1년 사이엔 더 자주 가보았는데, 그건 작년에 돌아가신 어머니가 그리울 때마다 찾아갔기 때문이었다. 어머니의 흔적이 고스란히 남아 있는 그리운 곳.

집은 콘 웅그르가 마법을 펼친 1㎞ 끄트머리에 있는지라 지붕 위로 눈이 내리고 있었다. 레이니르는 가슴이 뭉클거렸다. 그녀를 위한 그의 깊은 마음이 행복한 어린 시절을 어루만지는 기분.

"안다. 저긴 네가 어린 시절을 보낸 곳이지."

역시 알고 있군. 훔쳐봐서 그런 거겠지.

레이니르는 콘 웅그르를 살짝 흘겨보았다.

"콩."

그가 꿈틀거리는 것 같았다. 레이니르는 웃음을 참고는, 다시 그의 품에 얼굴을 묻은 채 속삭였다.

"사랑해."

"나도 사랑한다, 레이니르."

아주 작은 소리였으나 그녀의 말을 들은 콘 웅그르는 즉시 답을 주었다. 레이니르는 이 세 음절의 말을 하는 게 숨이 막힐 만큼 힘들고 온몸의 내장이 입 밖으로 튀어나올 것처럼 긴장되었다. 그러나 그녀와는 달리, 콘 웅그르는 아주 손쉽게 답을 했다. 그래서 레이니르는 의문을 품을 수밖에 없었다.

"그런데 어째서."

레이니르는 반걸음 물러나면서 콘 웅그르의 가슴 중앙, 심장이 있는 곳에 손을 대보았다. 그대로였다.

"당신의 심장은 전혀 변화가 없지?"

"그러면 안 되나?"

"안 돼. 사랑에 빠졌다면 나처럼 빨리 뛰는 게 정상이야!"

레이니르는 절규하듯 소리쳤고, 콘 웅그르는 손을 내밀어 그녀의 심장에 댔다. 곧 그는 고개를 끄덕였다.

"그런 거로군."

곧 콘 웅그르의 심장은 그녀처럼 더없이 빠르게 질주하기 시작했다. 레이니르는 어떤 말을 해야 할지 알 수가 없었다.

이게 대체 뭐지? 이 남자는 정말로…….

"당신은 정말 인간이 아니구나."

기운을 다 잃은 사람처럼 허탈하게 내뱉은 그녀의 말에 콘 웅그르는 이해할 수 없다는 눈빛이 되었다.

"나는 드래곤이다. 드래곤의 왕이지. 잘 알고 있는 사실, 아닌가?"

"맞아. 알고 있어. 하지만…… 있지, 난 백 년도 살지 못하는 인간이야. 늙어서 죽어버릴 거야."

"나도 늙을 수 있다. 노화老化 정도는 조절 가능하다. 그래, 죽지는 않지. 하지만."

"하지만?"

"너를 기다릴 수는 있다."

이해할 수 없었다. 레이니르는 노려보며 요구했다.

"무슨 말이야? 설명해."

"나는 세상의 흐름을 볼 수 있지. 모든 생명체는 환생을 거듭한다."

"윤회설이 진짜였구나."

그렇다면 어머니는 정말로 후생에서 아버지를 만날 수 있겠구나! 언젠가 두 분이 다시 행복해질 수도!

순간 정신이 아찔할 정도로 거대한 안도감이 치솟았다. 답을 영영 알 수 없을 줄 알았는데!

"저기, 혹시 말이야."

레이니르가 조급한 마음으로 입을 열었을 때였다. 콘 웅그르는 그녀의 마음을 알아차렸는지 빠른 어투로 아주 엄격하게 내뱉었다.

"레이니르, 다른 생명의 핵심적인 비밀을 알아서는 안 된다. 나 외에 다른 생명체에게는 허락되지 않는 일이다. 네 영혼이 찢어질 거다. 그렇게 되는 건 비밀이 노출된 생명도 마찬가지이다."

"아……."

눈을 빛냈던 레이니르는 곧 침울한 기분에 짓눌렸다. 그러나 어쩔 수 없는 일이었다. 아니, 혹 엿볼 기회가 생겨도 알아서는 안 될 터.

행복하시기를.

다시 한 번 부모님을 위해 간절하게 기도를 올린 뒤, 레이니르는 고민 끝에 아주 조심스러운 어조로 물었다.

"윤회설에 대해서는 더 질문해도 돼?"

"너에 대해서는 답을 줄 수 있다. 하지만 다 말해줄 수 있는 건 아니다."

"음, 조금만 물어볼게. 난 다음 생에서 인간으로 태어날 수 있어?"

"모든 생명체가 반드시 그런 건 아니다. 그러나 너는 나의 반려. 특별한 영혼의 소유자는 항상 인간으로 환생한다. 내가 남자이기 때문에 너는 언제나 여자로 태어날 것이다. 나는 반려인 네가 다시 태어날 때까지 기다릴 수 있다. 그리고."

"그리고?"

콘 웅그르는 레이니르의 허리를 휘어잡고 끌어안았다. 레이니르는 1㎝ 앞에서 그와 시선을 마주하게 되었다. 빛이라고는 전혀 없어 그야말로 새까만 눈동자. 그러나 이 순간, 눈동자 전체에 그녀만을 담고 있었다. 이 세상에 보이는 건 야를 레이니르 단 하나뿐인 것처럼.

"다시 사랑할 수 있다."

콘 웅그르는 두 손으로 레이니르의 뺨을 쓰다듬으며 키스했다. 아주 고귀한 것을 만지는 것처럼 조심스럽고 부드러운 손길과 입술이었다.

"다시, 다시, 다시…… 끝없이 사랑할 수 있다. 영원히 사랑할 수 있다. 현재는 대륙 최고의 미인인 야를 레이니르라고 불리지만 넌 다음 생애에서는 다른 외모와 다른 이름이 되겠지. 그러나 나는 너를 알아볼 수 있다. 네 영혼을 사랑할 수 있다. 오로지 너만을, 영원히."

레이니르는 녹아내릴 것 같았다. 뜨겁고 깊은 행위가 아니라 단순한 몇 마디의 말 때문에 완전히 온몸이, 아니, 영혼이 흐물흐물해져 그대로 없어져 버릴 것 같은 느낌. 그러고는 다시 태어나는 기분. 인간 야를 레이니르가 아니라 여자로서, 오로지 한 사내의 반려로서만 호흡하기 시작한 것 같았다.

"그러니 말해달라."

명령이 아니었다. 이 세상에서 가장 강력한 존재인 콘 웅그르가 지금 부탁을 하고 있었다. 연약한 인간 여자에게.

"사랑한다고 말해달라."

"그래."

방금 한 키스는 전혀 거칠지 않았다. 그러나 가장 격렬한 키스를 나눈 것처럼, 가장 뜨거운 사랑을 나눈 것처럼 레이니르는 숨이 더없이 가빴다. 호흡하기 힘들었다. 오직 반려만을 위한 여자로 갓 태어났기 때문이었다.

"사랑해. 사랑해. 당신을, 사랑—"

사랑 고백은 계속되지 않았다. 콘 웅그르가 이번에는 아주 거칠게 키스해 왔기 때문이다. 그녀의 입안은 물론 폐까지 들어간 공기도 전부 빼내고 싶다는 듯, 그녀의 혀를 물고 필사적으로 빨았다. 혀가 뽑혀 나가는 느낌이었다. 아프고 괴로웠다. 그러나 레이니르는 두 손으로 그를 떠미는 대신 더욱 가까이 끌어안았다.

놓치고 싶지 않다. 절대, 놓지 않으리라. 절대!

레이니르는 다짐하고 또 다짐하며 콘 웅그르에게 몸을 더욱 바싹 붙였다. 동시에 한 손으로는 그를 끌어안고 다른 한 손으로는 그의 셔츠를 쥐어뜯었다. 그의 살결을 만지지 못하게 방해하는 이따위 천, 정말 싫었다.

막 레이니르가 셔츠를 벌렸을 때였다. 콘 웅그르는 갑자기 행동을 멈추더니 그녀의 손목을 붙들었다. 레이니르가 미처 반응하기 전 그는 그녀를 등 뒤로 데려가 방패처럼 앞을 가로막았다. 엄청난 공격마법이 쏜살같이 날아온다는 사실을 레이니르가 감지한 건 몇 초가 지난 뒤의 일이었다.

쿠구구쿵!

마치 십 층짜리 건물이 무너져 내리는 듯한 엄청난 소리가 터지는 동시에 파도가 일어났다. 레이니르가 목을 뒤로 한껏 젖혔으나 끝을 볼 수가 없을 만큼 콘 웅그르 앞의 파도는 높았다. 누군가 위쪽을 잡고 있는 것처럼 어마어마한 높이까지 올라갔던 파도는 한순간에 그녀를 향해 뚝 떨어졌다. 레이니르는 자신이 그대로 납작 눌릴 줄 알았으나, 단단한 벽처럼 버티고 있는 콘 웅그르 덕분에 제자리에 서 있을 수 있었다.

"내게서 떨어지지 마라."

콘 웅그르의 전갈이 레이니르의 머릿속에 울리는 즉시 그녀의 주변으로 엄청난 방어마법이 켜켜이 쌓였다. 레이니르는 어떤 공격도 능히 막아낼 수 있는 철벽의 요새 안에 들어간 느낌이었다.

"나를 위해서, 절대로 다쳐선 안 된다, 레이니르."

레이니르가 미처 감동을 표현할 틈이 없었다. 끝없이 그들을 내리친 파도가 사라지자마자 얼음으로 된 수백 개의 화살이 저 멀리에서 날아왔다. 레이니르는 마력을 운용하기 시작했다. 방어마법을 두꺼운 방패처럼 만들어 콘 웅그르 앞에 형성했다.

겉보기에 마력은 거의 없으나 실제로는 수많은 마법을 무한으로 쓸 수 있는 레이니르는 대륙에서 손꼽히는 강자였다. 드레카르 왕과 그의 드래곤 피를 이어받은 엘 공주와 본디 왕자, 틸랴 국의 국왕이자 레이니르의 매제인 틸랴 크노르 정도가 그녀보다 강했다. 즉, 인간들 가운데 그녀에게 이길 수 있는 상대는 거의 없다고 봐도 무방했다. 더군다나 드래곤의 왕 콘 웅그르의 피와 살을 먹어 현재는 인간 이상의 힘을 갖게 된 상황이었다.

그러나 지금, 레이니르가 모든 힘을 내뿜어 만든 방패는 날카로운 칼 앞에 자리한 종이 한 장처럼 아주 손쉽게 찢어지고 말았다. 다행히 얼음 화살은 콘 웅그르가 만든 벽을 뚫지 못하고 스러졌으나 레이니르는 큰 충격을 받고야 말았다.

이게 인간과 드래곤의 차이인가? 내가 아무리 강해도, 인간인 이상 드래곤을 이길 수 없다는 뜻인가?

분기가 치솟았으나 지금은 감정을 표현할 때가 아니었다. 아무리 미약한 인간이라도 할 수 있는 건 해야 하는 상황. 레이니르는 검집 역할을 하는 팔찌에서 단검을 꺼내며 두 손에 들었다. 콘 웅그르의 부탁대로 다치지 말자고 다짐하면서, 그녀는 가늘게 눈을 뜨고 앞에 나타난 것에 집중했다. 높은 허공에 떠 있는 한 사람이 보였다.

낯이 익었다. 얼굴을 반쯤 가리는 긴 모자가 달려 있는 더럽고 낡은 망토를 걸친 여자. 턱 아래는 현재는 매끈했지만 레이니르는 넉 달 전에 저 부위가 조각난 적이 있다는 것을 잘 알았다. 그때 자신을 죽음 직전까지 떠밀었던 푸른 드래곤이니까.

"백안의 드래곤."

등 뒤에 서 있기에 레이니르는 콘 웅그르의 표정을 볼 수 없었다. 그러나 분노로 들끓는 목소리를 통해 충분히 그의 감정을 느낄 수 있었다.

"예상은 했지만 푸른 드래곤을 정말로 또다시 조종하다니, 정말 미쳤군."

혹한의 냉기로 무장한 칼날 같은 바람이 콘 웅그르를 중심으로 뿜어져 나왔다. 닿기만 하면 그대로 빙석이 되어버릴 것처럼 무시무시한 기운. 그러나 레이니르에겐 그의 분노가 서린 힘이 조금도 전달되지 않았다. 보호하겠다는 철저한 의사 표명이었다.

"그 정도까지 조종마법을 쓴다면 넌 얼마 살지 못할 거다."

"나는 이미 죽었다."

레이니르는 저 목소리가 이전에 칼리 숲에서 푸른 드래곤이 자신에게 보냈던 전갈과 같은 것이라는 사실을 알아차렸다. 당시 푸른 드래곤은 저 목소리로 전갈을 보냈다가 콘 웅그르가 등장한 뒤 조종마법에서 벗어나 진짜 목소리를 냈었다. 즉, 또다시 백안의 드래곤은 푸른 드래곤의 육체를 이용해 자신의 목소리를 내는 것이었다.

"네가 내 반려를 죽였을 때 나도 죽었지!"

콘 웅그르를 코앞에 두고 있어서 그런지 백안의 드래곤의 목소리는 마냥 건조했던 저번과는 달리 감정으로 끓어오르고 있었다.

"콘 웅그르가 죽인 게 아니야."

레이니르의 입술이 자동으로 열렸다.

"당신의 반려가 죽은 건 안타까운 일이야. 하지만 콘 웅그르가 직접 죽인 게 아니잖아. 도적들이 살해한 거라고."

"나도 알고 있다. 그네들은 마땅한 대가를 치렀지."

광기를 발하며 폭주할 줄 알았으나 예상외로 백안의 드래곤은 그러지 않았다. 그러나 레이니르는 그녀가 반려를 죽인 자에게 어떤 앙갚음을 했는지 충분히 상상할 수 있었다. 아니, 예상을 훨씬 초과하는 일이 벌어졌을지도 몰랐다.

"그러나 콘 웅그르가 내게 돌아오라고 하지 않았다면, 그는 그렇게 허무하게 죽지 않았을 것이다. 나는 완전한 복수를 원한다. 관련자들을 전부 죽이고 싶다!"

"쓸데없이 말만 많군."

백안의 드래곤의 전갈을 자른 건 콘 웅그르였다. 짜증으로 들끓는 목소리로 그는 한 손을 위로 뻗었다. 그러자 높은 곳에 떠 있던 푸른 드래곤의 몸이 무언가에 붙들린 것처럼 밑으로 끌려 내려오기 시작했다. 콘 웅그르에게 1미터 정도 남겨둔 순간이었다. 푸른 드래곤은 저항하듯 몸을 뒤틀더니 인간에서 드래곤으로 변신하기 시작했다.

등에서 치솟은 건 레이니르의 시야를 전부 가릴 만큼 엄청난 크기를 자랑하는 두 장의 날개였다. 새처럼 털로 된 것이 아니라 박

쥐의 것처럼 날카로운 뼈가 보이는 기다란 것. 가늘었던 몸 또한 웬만한 통나무보다 두꺼워지더니 손과 발이 네 개의 다리로 변했다. 손가락과 발가락이 있던 자리를 비수보다 더욱 잔인하게 번뜩이는 가시 같은 발톱이 대신 차지한 건 물론이었다.

온통 푸른색이었다. 평범한 인간에서 한순간에 날개를 제외한 몸체의 길이만 해도 20미터가 넘는 거대한 드래곤으로 변한 형체는 온통 새파란 비늘로 그득했다. 그러나 파충류의 것처럼 위로 길게 찢어진 눈은 흰색과 검은색이었다. 사람 주먹만 한 크기의 동공을 코앞에서 목격한 레이니르는 한순간 머릿속이 하얗게 탈색되는 기분이었다.

드래곤이다. 드래곤!

카르탄 왕국의 상징은 승천하는 드래곤이었다. 실제로 천 년도 전에 카르탄 왕국을 세운 건국왕이 황금의 드래곤을 생부로 두고 있는 혼혈이기 때문으로, 모든 인간들은 드래곤을 숭상하는 동시에 두려워했다. 엄청난 힘을 가진 영생불멸의 존재이므로 그들 하나가 대륙에 살고 있는 사람들을 전부 멸절시킬 수 있기 때문이었다.

현재 카르탄 왕국을 다스리는 드레카르 왕은 물론이거니와 그의 딸이자 후계자인 엘 공주, 본디 왕자 또한 드래곤으로 변할 수 있긴 했다. 그러나 사람들에게 혼란을 줄 수 있는지라 그들은 항상 인간의 모습으로 지낼 뿐 드래곤으로서의 모습은 거의 보인 적이 없었다. 왕족들의 최측근인 레이니르는 왕족들의 드래곤 모습을 몇 번 본 적이 있지만 그때마다 왕국의 시조를 만나는 것 같아

마음이 크게 떨렸었다. 그런데 지금, 드래곤이 눈앞에 등장했다!

아주 잠깐 레이니르는 감격했다. 그러나 그건 말 그대로 아주 잠깐일 뿐이었다. 불과 몇 미터 앞에 있는 세로로 찢어진 검은색의 눈동자가 격렬한 살기로 그녀를 쏘아보았기 때문이다. 주둥이가 벌어지더니 날카로운 이가 번뜩였다. 손가락만 한 크기의 이빨을 본 레이니르는 육식동물 앞에 선 것 같은 소름 끼치는 느낌에 단검을 더 단단히 잡았다. 그러나 그녀가 단검을 휘두를 틈은 없었다. 콘 웅그르는 불쑥 앞으로 걸어가더니 손을 푸른 드래곤의 벌린 입에 집어넣었다. 레이니르가 경악과 걱정의 비명을 지르기 전, 콘 웅그르는 땅에서 잡초를 뽑듯이 아주 손쉽게 푸른 드래곤의 혀를 뽑아버렸다.

"크아아아아!"

새빨간 피가 분수처럼 터지는 동시에 찢어질 듯한 비명이 울렸다. 이번에는 백안의 드래곤이 아니라 푸른 드래곤의 목소리였다.

"푸른 드래곤."

그리고 이건 콘 웅그르의 목소리였다. 듣기만 해도 온몸이 얼어버릴 것 같은 지독한 냉기가 뿜어져 나오는 것. 엄청난 보호마법이 자신을 단단하게 감싸고 있다는 건 잘 알았으나 레이니르는 저도 모르게 몸을 떨었다. 동시에 그녀는 깨달았다. 저건 콘 웅그르의 인간으로서의 목소리가 아니라 드래곤 본체로 있을 때의 소리였다.

"백안의 드래곤에게 또 조종을 당하다니, 역시 한심하구나."

콘 웅그르는 다시 한 손을 뻗었다. 펼친 다섯 개의 손가락은 푸른 드래곤의 오른쪽 눈 주변에 박히더니, 주먹만 한 크기의 안구를 그대로 뽑아냈다. 지독히도 붉은 피가 안구에 연결된 핏줄을 타고 뚝뚝 흘러내렸다.

"와, 왕이시여...... 이, 이제 정신 들었습니다."

또 한 번의 비명이 울리더니, 정신을 차렸는지 푸른 드래곤이 애걸하는 목소리를 냈다.

"그러니 살려주십시오!"

콘 웅그르는 말없이 안구를 쥐고 있는 오른손에 힘을 주었다. 안구는 삶은 계란이 으깨지는 것처럼 그대로 터져 버렸다. 콘 웅그르가 손가락을 펴자 조각나고 짓눌린 살덩이가 드러났다. 푸른 드래곤이 공포로 그득한 하나의 눈으로 쳐다볼 때 터진 안구는 먼지로 변하더니 흔적도 없이 사라져 버렸다.

레이니르는 강력한 자체 치유력을 가진 드래곤은 어떤 상처를 입든 재생이 가능하다는 걸 알고 있었다. 그러나 저런 식으로 완전히 가루가 되어버리면 다시는 복구하지 못한다고 들었다. 즉, 남은 영원한 삶 동안 푸른 드래곤은 한쪽 눈 없이 살아야 한다는 뜻이었다.

그 치명적인 사실에도 푸른 드래곤은 아무 말도 하지 못했다. 숨소리조차 내지 못한 채 콘 웅그르를 주시하고 있을 뿐이었다. 거대한 몸은 엄청난 두려움으로 부들부들 떨리고 있었다. 레이니르는 콘 웅그르가 그들의 왕이란 사실을 새삼 깨달았다. 이 세상에서 가장 강력한 존재. 일반 드래곤들과는, 인간 따위와는 비교할 수조차 없는 지고한 생명체.

다르다. 나와는 완전히 다르다. 완전히…….

"그래, 살려는 주마."

콘 웅그르의 목소리는 여전히 냉기로 그득했으나 동시에 느긋했다. 푸른 드래곤이 하나 남은 눈에 생기를 비추기 전이었다.

"하지만 감히 내게 대든 대가는 치러야 하지."

"저는, 저는 그저 이용당한 것뿐—"

푸른 드래곤은 말을 잇지 못했다. 콘 웅그르가 더 가까이 다가왔기 때문이다. 콘 웅그르는 푸른 드래곤의 오른쪽 첫 번째 다리 바로 앞에 선 뒤 발등을 밟았다. 그 부분은 엄청난 힘에 짓눌려서 말 그대로 없어지고 말았다.

"으아아아아아!"

푸른 드래곤은 귀가 찢어질 듯한 비명을 내질렀다. 거대한 육체가 고통으로 뒤틀리는 가운데 콘 웅그르는 무심하게 내뱉었다.

"시끄럽다."

그는 이번엔 두 손을 뻗더니 발등을 짓눌러 없앤 다리가 몸통과 닿는 부분을 붙들었다.

부우욱!

두꺼운 기둥 같은 거대한 다리는 두꺼운 종이가 찢어지는 소리를 내며 뼈와 함께 그대로 뜯겨 나갔다. 사방으로 터진 피는 뒤에 가만히 서 있는 레이니르에게도 튀었다. 그녀에게 닿은 새빨간 피는 뼈가 시릴 만큼 차가웠다.

"한마디만 더 내뱉으면 정말 죽여 버리겠다."

콘 웅그르는 희미하게 짜증을 내뱉었다. 뜯어낸 푸른 드래곤의 다리 하나는 그의 몸과 두께가 비슷하고 길이는 더 길었으나 콘 웅그르는 무게감을 전혀 느끼지 못하는 것 같았다. 곧 다리는 안구처럼 먼지로 변했다. 푸른 드래곤은 이제 영원히, 눈은 물론 다리 하나 없이 살아가게 되리라.

그러나 콘 웅그르는 만족하지 못한 듯했다. 그는 앞으로 더 걸어가 다른 다리를 잡고 다시 아주 손쉽게 뜯어냈다. 푸른 드래곤은 이번에는 비명조차 지르지 못했다. 신음이라도 흘리면 콘 웅그르에게 죽임을 당할 게 뻔하기 때문이었다. 그러나 거대한 육체가 사시나무처럼 떨리는 동시에 하나 남은 눈동자에는 눈물이 잔뜩 고였다. 격렬한 고통과 절망감 때문이리라.

"그만해."

레이니르의 말에 천천히, 콘 웅그르가 뒤돌았다. 레이니르는 그의 몸이 붉은 피로 흥건한 것을 똑똑히 보게 되었다. 살덩이와 핏줄 몇 가닥 또한 묻어 있었다. 그러나 콘 웅그르는 아무렇지도 않은 표정이었다. 종족을 고문하는 동시에 불구로 만드는 지독한 일을 하는 게 아니라 그냥 밤바다를 거니는 것처럼 일상적인 행동을 하는 태도였다.

그런 건가? 저 남자에겐 이런 잔인한 일이 특별하지 않은 건가?

지난 15년 동안 후스카를의 일원으로 임하면서 레이니르는 사람도 여럿 죽여봤고 정보를 캐내게 위해 고문도 가한 적이 있었다. 그러나 하늘에 맹세코 그 모든 일은 왕국과 대륙의 평화를 위해서였다. 결코 눈앞의 콘 웅그르처럼 저리도 잔혹하게 행동한 적은 없었다. 스스로의 의지로 한 것도 아니고 남에게 조종당한 자에게 단순히 시끄럽고 불쾌하다는 이유로 신음마저 내지 말라고 명령한 적은 없었다. 저렇게, 아무렇지도 않은 표정으로 상대를 불구로 만들면서 잔인하게 고문을 가한 적은 단 한 번도 없었다.

다르다. 정말로 다른 존재.

"그만하라고?"

콘 웅그르는 의아한 목소리였다. 레이니르는 고개를 끄덕였다. 머리가 아주 무거웠다.

"그래. 그만하면, 됐어."

"난 충분하다고 생각하지 않는다. 감히 일개 드래곤 따위가 왕에게 덤벼든 것이니."

콘 웅그르의 눈빛이 잠시 잔혹하게 번뜩였다. 주변 공기가 또다시 이 세상 그 어떤 빙하보다 더 차갑게 얼어붙었다. 레이니르는 새삼 알게 되었다.

아무리 왕이라지만 같은 종족인 드래곤도 저렇게 깔보는데, 인간은 대체 얼마나 낮춰 보는 걸까?

예전에 나눴던 대화가 떠올랐다. 많은 것을 타고난 만큼 베풀어야 한다는 그녀의 말에 콘 웅그르는 냉소적인 어조로 그런 인간은 흔치 않다고 했었다. 또한 인간을 혐오하느냐는 그녀의 질문에 답을 하질 않았었다.

정말로 혐오하는 건가? 동정하고 도와줘야 하는 더 약한 존재를, 인간을 그렇게 생각하는 건가?

"의도가 아니잖아. 조종당한 거야. 푸른 드래곤은 오히려 피해자라고."

"그런 것 따윈 상관없다. 내게 거역했다는 게 문제지."

그 어떤 금속보다도 단단한 목소리였다. 그러나 콘 웅그르는 들고 있는 푸른 드래곤의 다리를 먼지로 만드는 대신 그냥 떨어뜨렸다.

"하지만 네가 원한다면 그만하지."

푸른 드래곤의 다리가 무릎까지 오는 바다에 떨어지자 첨벙 소리가 났다. 푸른 바다는 다리에서 물컹 흘러나오는 피에 의해 핏빛으로 물들어갔다. 레이니르는 거미줄 같은 붉은 것을 피해서 뒷걸음질쳤다. 레이니르의 몸짓을 본 콘 웅그르는 눈을 가늘게 떴다.

"왜 그러지?"

레이니르는 손으로 입을 가렸다. 이리도 잔혹한 당신이 무섭고 두렵다는 말이 튀어나올 것 같으니까. 하지만 내뱉을 수는 없었다.

그를 사랑하니까. 그래도, 사랑하니까.

"……아니야."

레이니르는 고개를 저은 뒤 콘 웅그르에게 다가가 허리에 두 팔을 두르고 꼭 껴안았다. 그가 온몸에 뒤집어쓴 피는 역겨운 비린내를 사방에 풍기고 있었다. 그러나 레이니르는 그를 놓지 않았다. 그러고픈 충동 때문에 손끝이 떨릴 지경이지만.

"콘 웅그르."

그의 직위이자 이름인 것. 드래곤들 가운데 유일하게 이름을 가질 권리, 아니, 권력을 가진 자. 이 이름으로 부르는 건 처음이 아니지만 갑자기 굉장히 낯설었다. 마치 세상에서 가장 길고 어려운 단어를 발음하는 것 같았다. 또한 '콩'이라고 그녀가 놀리듯 부른 말이 얼마나 쉽고 단순한 것인지 깨달았다. 그러나 지금은 그러고 싶지 않았다. 그건 애칭愛稱인데 지금은 마음이 담기질 않았다.

"이만 가도록 놓아주자."

레이니르는 고개를 돌려 푸른 드래곤을 바라보았다. 강력한 마력을 지닌 존재답게 푸른 드래곤은 이미 상처가 재생되고 있었다. 잘린 다리는 붙일 수 있을 것이다. 그러나 한 눈과 다리 하나는 완전히 잃어버린 상태였다. 아무리 마력이 강하더라도 영원을 살아가는 드래곤에게는 큰 고통이 되리라.

"다시는 조종당하지 마. 내 앞에 나타나지도 마. 그땐 콘 웅그르가 정말 용서하지 않을 거야."

레이니르는 또 이런 일이 벌어지면 자신이 아무리 말려도 콘 웅그르가 처절한 보복을 가할 거라는 걸 확신했다. 그렇기에 그녀는 거칠게 경고했고, 푸른 드래곤은 알아들었다는 듯 하나 남은 눈을 깜빡여 보였다. 곧 푸른 드래곤은 발밑에 마법진을 만들더니 그대로 사라져 버렸다. 그러나 엄청난 양의 피가 바다에 아직 남아 있었다. 레이니르의 눈에는 푸른색이 아니라 핏빛만 보였다. 지독하리만치 어두운 색깔.

레이니르는 서둘러 모래사장으로 달려가기 시작했다. 바다 안이지만 대지에 있는 것처럼 자유롭게 다닐 수 있는 마법을 받고 있었다. 그러나 지금은 바다가 그녀의 발목을 무겁게 잡아끄는 느낌이었다.

곧 피로 그득한 바다에서 빠져나왔으나 레이니르는 다른 것을 보게 되었다. 푸른 드래곤의 붉은 피가 순결한 느낌을 주던 새하얀 약혼 드레스 여기저기를 더럽힌 상황이었다. 얼마나 세탁하든 지독한 핏자국은 사라지지 않으리라. 이 드레스는 그냥 쓰레기통에 처박아야 할 터.

가슴을 가르고 지나가는 통증을 참기 위해 레이니르는 주먹을 꾹 쥐었다. 콘 웅그르가 천천히 다가오고 있었다. 그녀는 길게 숨을 내쉬며 머릿속에서 헝클어진 생각 하나를 빼냈다.

"푸른 드래곤은 또 조종당할까?"

"그렇다. 하지만 가능성은 희박하다. 조종마법을 쓸수록 백안의 드래곤은 육체가 망가진다. 더군다나 같은 상대에게 다시 조종마법을 걸 때마다 육체의 훼손 깊이와 범위는 더 확장된다. 아무리 자체 치유력이 강하더라도 계속되면 육체 자체가 붕괴할 수도 있지. 백안의 드래곤은 이미 한계치를 넘겼을 거다."

콘 웅그르는 답하면서 뒤에서 그녀를 안았다. 품은 따듯했지만, 이상하게도 레이니르는 냉기로 그득한 한겨울의 호수 속에 한 발을 걸친 기분이었다.

"왜 처음부터 내게 조종마법을 더 강하게 써서 자살하게 만들지 않았을까?"

"내가 너를 관심 있게 보긴 했지만, 그때 너는 내게 큰 의미가 없었다. 그리고 지금은 내가 너를 보호하고 있지. 저번에 시도해서 그 인간 남자의 어깨를 만지게 만들었지만 그 정도가 고작일 거다."

다행이었으나 걱정이 들지 않는 건 아니었다. 만약 그녀가 사랑하고 아끼는 사람들을 조종한다면…….

콘 웅그르는 마치 그녀의 마음을 읽은 것처럼 이런 답을 주었다.

"백안의 드래곤은 네 가족들이나 왕족들에게 강한 조종마법을 사용할 수 없다. 나는 그들 또한 보호하고 있다. 걱정 마라, 레이니르."

"고마워."

레이니르는 길고 긴 안도의 한숨을 내쉬었다. 한결 마음이 편해졌다. 하지만 무거운 찌꺼기는 심장 깊숙한 곳에 남아 있었다.

"푸른 드래곤이든 사람이든 간에 이용당하는 존재는 죽이지 마. 그렇게…… 공격하지도 말고. 피해자잖아."

"네가 원한다면."

콘 웅그르는 즉시 답했다. 그의 목소리는 진중했으나 레이니르의 마음속에는 작은 의구심이 싹을 틔운 상황이었다. 실제로 그는 얼마든지 마음대로 할 수 있으니까. 무엇을 하는지 그녀는 알아낼 능력이 없었다.

그래도 믿어야겠지? 날 진심으로 사랑하는 남자니까.

"레이니르."

콘 웅그르는 달콤하게 그녀를 불렀다. 불구로 만든 존재의 피를 흠뻑 뒤집어쓴 이 상황에 전혀 어울리지 않았다. 그러나 그는 그 사실을 모르는 모양이었다.

"이만 돌아갈까?"

그녀의 귓가에 뜨거운 숨을 불어넣는 콘 웅그르는 왕성의 침실로 돌아가자마자 무엇을 할 것인지 노골적으로 암시하고 있었다.

"아니면 이곳에서? 다른 이들이 보지 못하도록 할 테니 염려 말아라."

"……이상하지 않아?"

레이니르는 콘 웅그르의 유혹에 답하는 대신 머릿속에 찜찜하게 떠오른 것을 꺼냈다.

"푸른 드래곤은 당신에게 상대가 안 돼. 그런데 백안의 드래곤은 어째서 육체 훼손을 각오하면서까지 푸른 드래곤을 보낸 거지?"

안개처럼 뿌옇고 흐릿했던 생각은 말을 내뱉자 정확한 의심으로 만들어졌다. 레이니르는 몸을 돌려 콘 웅그르와 시선을 마주하며 심각하게 이어 말했다.

"푸른 드래곤은 그냥 미끼이고 뭔가 다른 음모를 꾸민 게 아닐까? 뭔가 불길해. 어서 이곳에서 빠져나가자."

"그러지 않아도 된다. 별일 없을 거다. 미쳤으니 백안의 드래곤은 아무 생각 없이 행동하는 것일 터."

"하지만—"

콘 웅그르는 입술로 그녀의 말을 막았다. 언제나처럼 달콤했으나 비릿한 맛 또한 레이니르의 혀끝에 닿았다. 콘 웅그르의 입술에 푸른 드래곤의 피가 묻어 있었으니까.

"걱정 마라, 레이니르."

역겨운 피 맛 때문에 레이니르가 반사적으로 그를 떠밀기 직전,

콘 웅그르는 이 세상의 모든 설탕보다 더 달콤한 목소리로 속삭였다. 또한 얼굴에는 그녀가 보기만 해도 녹아내리는 웃음이 걸려 있었다. 그러나 그의 얼굴에서는 여전히 시뻘건 피가 흐르고 있었다.

"내 목숨을 걸고, 무슨 일이 있더라도 반드시 너를 지켜주겠다."

콘 웅그르는 레이니르를 품에 꼭 껴안았다. 또다시 피의 축축하고 끈끈한 촉감과 비린내가 그녀를 무섭도록 포박해 왔다. 그러나 그의 말은 또 다른 감동을 주었다.

절대 죽지 않는 지고의 생명체가 그녀를 위해 생명을 포기할 수도 있다는 뜻. 영원히 권력과 젊음을 즐길 수 있는 힘을 포기할 수도 있다는 의미. 그건 그만큼 그녀를 중히 여긴다는 증거였다.

진실로 사랑한다는 뜻.

"그러니 이곳에 네가 원하는 만큼 있다가 가도 된다. 아니면 네가 어린 시절을 보낸 저곳에 가볼까?"

콘 웅그르는 그녀를 품에 안은 채 손으로 벼랑 위에 서 있는 집을 가리켰다. 그녀를 위하는 그의 마음에 레이니르는 다시 심장이 뭉클거렸다. 하지만 그녀는 순서를 알았다.

"집에 가기 전에, 씻자."

레이니르는 그의 뺨에 한 손을 댔다. 이제 피가 거의 말라붙은 상황이었다. 이러면 깨끗하게 씻어내는 게 어려울 터. 하지만 레이니르는 피가 묻은 적이 없었던 것처럼 그를 닦아줄 생각이었다.

"여기서 바닷물로 닦고 가자. 내가 해줄게."

레이니르는 눈웃음을 치면서 그의 셔츠에 손을 댔다. 콘 웅그르의 눈빛이 욕망으로 물들었을 때였다. 그가 순간, 돌처럼 굳어버렸다. 찰나의 순간이었으나 레이니르에게 경각심을 주기엔 충분했다. 그녀가 강력한 보호마법을 주변에 둘렀을 때였다.

8.

바다를 점령하듯 넓게 퍼져 있는 푸른 드래곤의 검붉은 피 전부가 물과 기름처럼 바다에서 분리되어 허공으로 솟구쳤다. 콘 웅그르가 온몸으로 그녀를 더욱 단단하게 껴안을 때, 피는 한 방울씩 흩어지더니 수천, 아니, 수만 개의 아주 작은 구슬처럼 변했다. 그런 뒤 움직이기 시작했다.

피의 구슬은 태풍을 타고 옆으로 들이닥치는 소나기처럼 쏜살같이 날아왔다. 차이점이라면 소나기는 사람의 몸이나 방어마법에 부딪히면 그냥 사라지는 데 반해 피의 구슬은 레이니르의 두꺼운 방어마법을 아무것도 아닌 양 그냥 뚫고 들어왔다. 그리고 그 뒤에 자리한 콘 웅그르의 방어막마저 찢어버리기 위해 끊임없이 파고들어 왔다.

퉁퉁퉁퉁!

액체로 만들어진 것인데도 방어막에 부딪히는 소리는 마치 강철 구슬이 단단한 벽돌에 꽂혔다가 튕겨나는 소리와 같았다. 소리는 끊이지 않았다. 끝없이 방어막을 향해 달려들고 또 달려들었기 때문이다. 무슨 일이 있더라도 반드시 뚫고 들어가 안에 있는 사람들을 찢어놓고 말겠다는 지독한 의지가 이글거렸다.

방어막 안에 안전하게 있었으나 레이니르는 소리 때문에 고막이 터질 것 같았다. 그만큼 엄청난 숫자의 구슬이 달려들고 있었다. 그녀는 서둘러 마력으로 바닥에 마법진을 그리기 시작했다. 차라리 이 자리를 피하는 게 더 이로울 거라는 생각이 들었다.

곧 마법진은 완성되었으나 이동할 수가 없었다. 거대한 마력이 이동하지 못하게끔 주변을 억제하고 있었다. 피의 구슬이 내뿜는 작용이리라.

콘 웅그르는 잘 막고 있었다. 수만 개의 피구슬이 들이닥치는데도 방어막은 더없이 굳건하니까. 그러나 아무리 기다려도 공격은 끝나질 않았다. 달려든 피구슬이 꽂혔다가 튕겨나더니 다시 죽어라고 달려들었기 때문이다. 움직임은 약해지기는커녕 갈수록 더욱 격렬해지고 있었다.

왜 가만히 있는 거지?

콘 웅그르는 방어막만 친 채 그녀를 껴안고 있을 따름이었다. 그게 이상했다. 피의 구슬이 마법진을 사용하지 못하게 만든 상황이니 콘 웅그르라면 피를 전부 없애 버리는 게 정상이었다. 그런데 어째서 가만히 있는 거지?

레이니르는 무슨 일이냐고 말이나 전갈을 보내려고 했으나 피구슬이 부딪히는 소리가 너무 컸고 마법 사용이 갈수록 억제되어 전갈조차 보낼 수가 없었다. 그가 너무도 세게 그녀를 껴안아서 완전히 압착된지라 쉽지 않았으나 레이니르는 간신히 턱을 들 수 있었다.

한 방울의 액체가 레이니르의 눈동자로 떨어졌다. 레이니르는 반사적으로 눈을 몇 번 감았다 뜨면서 고개를 아주 살짝 옆으로 틀었다. 그러자 이어 떨어지는 액체가 그녀의 뺨을 타고 밑으로 사라졌다.

그들을 찢어버리려고 돌진하는 구슬의 것, 즉 푸른 드래곤의 피가 아니었다. 콘 웅그르가 흘리는 것이었다. 아까 푸른 드래곤의 피가 닿았던 모든 부분에서 붉다 못해 새까만 피가 새어 나왔다.

쿤 웅그르의 얼굴 어디에도 상처는 없었지만 피가 흘러나오는 속도는 갈수록 빨라졌고 양 또한 많아졌다. 그러자 안색이 창백해지기 시작했다. 여전히 콘 웅그르의 표정은 차가울 정도로 무심했으나 집중하기 위해 바닥에 박혀 있던 눈동자가 흔들렸다. 엄청난 고통을 겪고 있는 게 분명했다.

왜 나는 아프지 않은 거지?

푸른 드래곤의 피는 그녀가 걸친 드레스는 물론이거니와 얼굴과 손에도 튀었었다. 또한 아까 콘 웅그르가 그녀를 껴안고 키스하면서 여기저기에 묻었었다. 그러나 콘 웅그르와 달리 그녀는 전혀 통증을 느낄 수 없었다. 대신 낯익은 포근하고도 신성한 빛이 희미하게 보였다. 고통의 마법에 걸렸을 당시 콘 웅그르가 그녀의 고통을 가져갔을 때 보았던 그 빛.

설마…… 내게 있던 푸른 드래곤의 피도 콘 웅그르가 가져가 버린 건가? 내가 미처 고통받기 전에, 열 배로 앓는 것을 각오하고 대신 가져간 건가?

심장이 찢어지는 것 같았고, 깊은 마음이 고마움과 미안함 그리고 분노의 지진으로 발전했다. 레이니르는 목 놓아 울고 싶었다. 하지만 지금은 그럴 때가 아니라는 걸 아주 잘 알았다.

레이니르는 모든 힘을 쥐어짜 내 콘 웅그르에게 보호마법을 걸었다. 그러나 소용없었다. 보호가 더 잘 되기는커녕 오히려 콘 웅그르의 방어막이 서서히 뚫리기 시작했다. 피의 구슬의 엄청난 공격에 방어막은 유리에 금이 가듯 조금씩 갈라졌다. 레이니르는 팔찌에서 단검을 꺼내려고 했으나 콘 웅그르가 그녀를 놔주질 않았다. 그는 오히려 그녀를 품속에 완전히 가둔 채로 바닥으로 쓰러졌다.

레이니르는 온몸을 덮는 콘 웅그르의 육중한 무게감은 느끼지 못했다. 그가 왜 이러는지 깨달은 충격이 더 컸다.

보호하기 위해서였다. 방어막이 뚫린 뒤, 몸을 찢어버리고자 끊임없이 덤벼드는 피의 구슬에 의해 그녀가 조금이라도 다치지 않도록 이러는 것일 터였다. 대신 그가 다치겠다는 선언이기도 했다.

"비켜! 비키라고!"

구슬이 보호막을 강타하는 소리가 워낙 크고 포위된 것처럼 온몸이 짓눌린 상황인지라 비명을 내질러도 콘 웅그르는 듣지 못할 터였다. 그러나 레이니르는 소리라도 지르지 않으면 미칠 것 같았다.

"차라리 내가 죽겠어! 당신이 나 때문에 다치는 걸 보느니 내가 죽어버리는 게 더 나아!"

레이니르는 온 힘을 끌어 모아 마법도 썼고 그를 떠밀기도 했다. 그러나 마법은 여전히 효과가 없었고, 콘 웅그르는 돌처럼 꿈쩍도 하지 않았다. 그때였다.

파직!

콘 웅그르의 거대한 몸에 갇힌 레이니르는 볼 수 없었다. 그러나 이건 분명 방어막이 얇은 나무판처럼 부서지는 소리였다. 그리고 곧, 다른 소리도 났다.

피슉! 퍽!

피의 구슬이 어딘가에 깊이 박히는 소리와 더불어 아주 단단한 것이 부러지는 소름 끼치는 소리도 울렸다. 레이니르는 깨달았다. 피의 구슬이 콘 웅그르의 살과 뼈에 파고들고 또 파고드는 소리였다.

아아…….

레이니르는 더 이상의 말 없이 숨을 죽였다. 콘 웅그르의 몸은 이제 석상이 아니었다. 아주 미세하지만 분명 흔들리고 있었다. 움찔거리기도 했고 살짝 움직이기도 했다. 그러나 분명한 건, 레이니르를 완전히 감싼 채 굳건하게 버티고 있다는 사실이었다. 그녀가 조금도 상처 입지 않도록, 안전하게 보호하기 위해 고통을 감내하고 또 감내하는 중이었다.

콘 웅그르의 품속에서 레이니르는 눈을 똑바로 뜨며 귀를 더 열었다. 목 놓아 흐느끼고 싶었으나 그럴 때가 아니었다. 결코 그래서는 안 되었다. 보이는 건 까만색의 셔츠뿐이고 들리는 건 피의 구슬이 콘 웅그르를 고문하는 잔혹한 소리뿐이었다. 그러나 똑똑히 들어야 했다. 그녀를 위해 그가 고통을 감내하는 소리를 분명히 듣고 기억해야 했다.

그래야 다시는 이런 일을 당하지 않으리라.

물론 상대는 드래곤이었다. 그것도 콘 웅그르 다음으로, 지상에서 두 번째로 강한 존재. 콘 웅그르가 없다면 그녀는 속절없이 살해당하리라. 그러나 무슨 수를 쓰더라도 레이니르는 백안의 드래곤에게 복수할 생각이었다. 감히 그녀의 남자에게 이리도 잔인한 고통을 주는 존재에게 그만한 대가를 치르게 할 심산이었다. 반드시!

공격이 계속되는 동안 레이니르는 주먹을 쥐고 입술을 깨물었다. 손톱 끝이 손바닥에 파고들어 피가 새어 나오는 것도 알지 못했다. 너무 심하게 깨물어 아랫입술이 너덜너덜해졌다는 것도 몰랐다. 그녀가 느끼는 건 콘 웅그르를 고문하는 격심한 고통이었다. 그는 어떤 신음도 내뱉지 않았다. 수천, 아니, 수만 개의 구슬이 온몸에 박히는 통증은 지옥처럼 끔찍할 텐데도.

레이니르는 빌고 또 빌었다. 어서 멈추기를. 어서 그가 이 고통에서 빠져나오기를.

그녀의 기도가 통한 건 한참 뒤의 일이었다. 마음속으로 시간을 헤아린 레이니르는 거의 정확하게 알 수 있었다.

한 시간하고 19분. 방어막이 뚫린 뒤 수만 개의 구슬이 콘 웅그르의 육체를 침탈하고 또 침탈한 시간. 그가 격심한 고통의 늪에 끝없이 가라앉아 있던 시간. 그녀를 위해, 단지 인간인 그녀를 위해 희생한 시간.

"……레이니르."

피의 구슬이 온몸을 쑤시고 들어오는 소리가 없어진 몇 분 뒤까지도 레이니르는 아무 말도 하지 못한 채 몸을 떨고 있었다. 너무도 두려웠기 때문이었다. 그가 얼마나 다쳤을지 확인하는 게 더없이 겁났다.

하지만 콘 웅그르의 목소리는 사랑을 속삭이는 것처럼 다정했다. 그리고 애정으로 가득했다. 걱정의 마음이 담뿍 담긴 건 물론이었다.

"다치지 않았나?"

콘 웅그르는 천천히 몸을 일으켰다. 레이니르는 몸을 묵직하게 누르던 것이 사라지자 순간 적응하지 못했다. 그리고 눈이 부셨다. 콘 웅그르는 엄청난 능력의 소유자답게 수만 개의 피의 구슬을 맞았는데도 치유는 이미 끝나서 상처 자국은 어디에도 없었다.

레이니르는 마치 태양을 보는 기분이었다. 세상에 단 하나뿐인 존재. 인간인 그녀가 살아가기 위해서 꼭 필요한 것. 가장 밝고 가장 거대하며 가장 강한 물체. 물론 콘 웅그르는 살아 있는 생물이었다. 드래곤이지만 인간의 육체를 지닌 자. 그녀를 위해 피를 흘린 남자. 남자, 사랑하는 남자. 앞으로도 영원히 사랑할 남자.

남자 그리고 반려, 운명.

"이런, 다쳤군."

콘 웅그르는 멍하니 누워서 올려다보는 레이니르를 꼼꼼히 살펴보더니 미간을 살짝 찌푸렸다. 레이니르는 그가 오른쪽 어깨에 가볍게 손을 댄 뒤에야 아픔을 느낄 수 있었다. 피의 구슬이 아주 깊숙하게 파고들었는지 가슴까지 아팠다. 어떤 통증이든 꽤나 잘 참았으나 순간 레이니르는 저도 모르게 비명이 지를 뻔했다가 입술을 깨무는 것으로 가까스로 참아냈다. 그러자 입술도 상당히 아팠다.

"참느라 입술도 찢어졌군. 손바닥도……. 조금만 기다려라."

콘 웅그르는 고개를 내려 레이니르와 이마를 맞댔다. 그녀가 반응을 보일 틈도 없었다. 순식간에 입술의 따가움과 어깨의 고통, 손바닥의 쓰라림이 증발했다. 레이니르는 깨달았다. 그가 또다시 그녀의 상처를 가져간 것이었다. 무려 열 배로 앓는데도!

콘 웅그르는 눈을 질끈 감고 땀을 한 방울 흘렸다. 레이니르는 기다렸고, 그가 1분 뒤 눈을 뜨자 그때 입을 열었다.

"그러지 마."

레이니르는 더 길게 말하고 싶었지만 그렇게 한마디가 나온 즉시 목이 메었다. 보이지 않는 뭔가가 틀어막은 것처럼 목소리도 나오질 않았다. 대신 흘러나온 건, 누르고 눌러놓았던 눈물이었다.

이래선 안 된다. 거의 다치지도 않은 내가 지옥 같은 고통에 온몸이 찢어진 이 남자 앞에서 눈물 따윈 보여서는 안 된다. 내가 작은 통증조차 느끼지 못하도록 자신의 몸으로 옮겨가 대신 고통받은 이 남자 앞에서 이런 약한 마음을 드러내선 안 된다.

하지만, 하지만…….

“왜 울지? 더 아픈 곳이 있나?”

콘 웅그르는 옆에 앉아 그녀의 온몸을 훑어보았다. 레이니르는 고개를 저으며 몸을 일으켜 그의 뺨을 두 손으로 감쌌다. 흠 하나 없이 매끈한 피부였으나 흘린 피 때문에 온통 붉었다.

“아픈 게 아니면 왜 그러지?”

콘 웅그르의 물음에 레이니르는 이렇게 답했다. 무릎을 꿇고 앉아 그의 이마에 입을 맞췄다. 피 맛이 났지만 더 이상 역겹지 않았다.

“……해.”

아직 목이 막혀 있었다. 풀어내지 못한 감정 때문이었다. 미안함, 고마움, 분노 등등 이 모든 것은 단 한 가지의 근원적인 감정에서 흘러나왔다.

“사랑해.”

전갈로라도 내뱉고 나니 목이 트이는 기분이었다. 그래서 레이니르는 쥐어짜 냈다. 이런 말조차 못할 수는 없었다. 이 남자를 위해서라면 세 음절의 말 따윈 얼마든지 해줘야 했다.

“사랑해.”

레이니르는 콘 웅그르의 새까만 눈동자를 직시하며 속삭였다. 아니, 사실은 작게 말한 게 아니라 소리친 것이었다. 아주 크게 고함을 내질렀다.

“사랑해, 콘 웅그르. 사랑해, 사랑해, 진심으로 사랑해…….”

시야가 뿌옇게 변했다. 레이니르는 그제야 깨달았다. 자신이 흐느끼고 있다는 것을. 그래선 안 되지만, 눈물을 세차게 뿌리고 있음을.

"나도…… 사랑한다."

잠깐, 그야말로 아주 잠깐 콘 웅그르의 말이 중간에 멈추었다. 그러나 그는 그녀처럼 마음을 고백해 왔다. 눈물 때문에 레이니르는 그의 표정과 눈빛을 보지 못했다. 하지만 더없이 기뻐하는 목소리는 들을 수 있었다.

콘 웅그르는 이전에 이미 사랑한다고 말했었다. 사랑이라는 게 뭔지 모르겠다고 했으나 그녀의 바람대로 사랑한다고 속삭여 주었었다. 그때도 진중했지만, 지금과는 비교할 수 없었다. 그만큼 현재 그의 목소리는 거대한 즐거움과 만족감으로 가득했다. 희열이 느껴질 정도였다.

어째서 그러는 거지?

그건 아마도 그녀의 마음이 고맙고 감동적이기 때문일 터였다. 다른 이유가 있을 리 없다.

"사랑해, 사랑해, 사랑해……."

레이니르는 다시금 속삭이며 콘 웅그르에게 키스했다. 가벼운 입맞춤은 곧 뜨겁고 격정적이며 소유욕 강한 키스로 변했다.

바란다. 원한다. 너무도, 너무도 필요하다!

레이니르는 두 손으로 그의 목을 휘감은 뒤 압착하듯 몸을 밀어붙였다. 가지라는 뜻이었다. 이 육체는 당신의 것이니 머리끝부터 발끝까지 집어삼키라는 극명한 의사 표현.

콘 웅그르는 눈치가 아주 빠른 남자였다. 그는 레이니르를 모래사장에 쓰러뜨리듯 눕혔다. 레이니르는 그의 등 뒤로 하늘을 보았다. 새파란 하늘에는 뜨거운 열기를 뿜는 정오의 해가 아주 높이 떠 있었다. 이글이글거리는 거대한 존재.

레이니르는 하늘을 향해 손을 들어 콘 웅그르의 어깨를 붙들었다. 태양은 본디 잡을 수 없는 것이었다. 그러나 현재 그는 그녀의 손에 닿아 있었다. 만질 수 있고, 가질 수 있다. 그리고 사랑할 수 있다. 그 또한 그녀를 사랑한다. 진정으로.

"찢지 마."

콘 웅그르의 손이 화급하게 움직이고 있었다. 그는 그녀가 짧게 외친 대로 드레스를 없애는 대신 위로 걷어 올렸다. 발아래까지 내려오는 드레스의 치맛단이 거침없이 위로 올라가자 발목부터 무릎, 허벅지까지 시원해졌다. 곧 그의 두껍고 긴 손가락 하나가 다리 사이로 바로 들어와 쾌락을 요구하는 진주를 정열적으로 어루만졌다.

여성의 핵심인 깊은 다리 사이가 곧바로 촉촉해졌다. 그리고 갈구하기 시작했다. 여성으로서 남성을 만나기를.

"넣어줘."

레이니르는 당당하게 요구했다. 그러나 콘 웅그르는 고개를 저었다.

"아직은 아니다."

하지만 레이니르는 물러서지 않았다.

"원해. 그러니 해줘. 아무리 고통스럽더라도 생생하게 느끼고 싶어. 이 고통은 절대 가져가지 마."

욕망으로 번뜩였던 콘 웅그르의 눈빛이 한순간 차가워졌다. 그러나 그건 아주 잠깐 동안의 일이었다. 쾌감으로 온몸이 욱신거리기 시작한 레이니르는 그의 어깨를 손톱으로 긁으며 강한 목소리로 외쳤다.

"어서 들어와!"

콘 웅그르는 그렇게 했다. 그리고 레이니르는 짧지만 분명한 비명을 지르고야 말았다. 거대하고 두꺼운 몽둥이가 아주 예민하고 연약한 부위를 무식하게 푹 쑤시고 들어온 상황이었다. 너무도, 너무도 아팠다. 전투 중에 입는 상처와는 다른 종류의 고통이었다. 이 세상에서 그녀만 느낄 수 있는, 오로지 그녀 혼자만 겪어야 되는 그런 고문.

"빼, 빼줘."

결국 레이니르는 몇 초 만에 굴복했다. 그를 너무도 갖고 싶고 진정한 모습으로 하나가 되고 싶었으나, 이건 섣부른 실수였다. 그녀는 아주 얇은 단검의 검집을 갖고 있는데 콘 웅그르는 두꺼운 장검을 소유하고 있었다. 계속 이러다간 완전히 찢어질, 아니, 터져 버릴 것 같았다. 상상만 해도 아찔한 일이 아닐 수 없었다.

"그러게 내가 경고했는데."

콘 웅그르는 즉시 물러나면서 짧게 한숨을 쉬었다. 맞는 말이지만 기분이 상한 레이니르는 그를 흘겨보고야 말았다. 콘 웅그르는 미소 지었다.

"그러면 사시된다. 그래도 아름답겠지만."

콘 웅그르가 열정적으로 키스하자 레이니르는 열렬하게 응했다. 그가 빠져나가자 그제야 살 것 같았지만 안 쓰던 근육이 갑자기 엄청나게 늘어난 것 같아 아주 기분이 이상했다. 형용할 수 없는 아픔은 아직 남아 있었다.

"귀엽군."

레이니르가 안도의 한숨을 팍팍 쉬자 콘 웅그르는 미소를 지었다. 여전히 그의 얼굴은 새빨간 피로 범벅이었다. 그러나 레이니르는 그것마저도 사랑했다. 이 충만한 마음은 말하지 않을 수가 없었다.

"사랑해."

콘 웅그르는 그녀의 다리 사이로 다시 손을 뻗었다. 숲 사이로 새침하게 모습을 드러낸 진주를 열정적으로 매만졌다. 레이니르에겐 그의 능숙한 손짓도 엄청난 쾌락이었다. 그러나 더욱 짜릿한 건 다른 것이었다.

"나도 사랑한다, 레이니르. 사랑한다, 사랑한다."

끝없이 사랑을 고백하는 저 목소리. 절절하게 끓어 넘치는 마음.

레이니르는 세상에서 가장 행복한 여인이 되어 절정에 올랐다.

"사랑해, 사랑해……."

엄청난 환희를 감당하지 못하고 잠시 의식을 잃으면서도 레이니르는 끝없이 속삭였다. 그리곤 눈을 감느라 콘 웅그르가 얼마나 거대한 만족의 미소를 지었는지 보지 못했다. 아주 먼 곳에서 그들을 지켜보는 존재를 의식하는 그가 얼마나 냉혹한 눈빛을 하고 있는지도.

카르탄 왕국, 아니, 대륙 역사상 가장 훌륭한 군주로 칭송받는 카르탄 드레카르 왕의 얼굴은 수심으로 그득했다. 드레카르는 원체 냉정한 성품인지라 표정 또한 딱히 부드러운 적은 없었다. 그러나 20년 전 대륙을 집어삼키려는 붉은 드래곤과 마지막 결전을 벌였던 이후로 얼굴에 근심이 이렇게까지 드러난 적은 없었다. 아니, 딱 세 번 있긴 했다. 사랑하는 여왕이 첫째 엘 공주와 둘째 본디 왕자를 출산하느라 고통을 겪고 있을 때, 그리고 2년 전에 레이니르의 동생인 이아의 혼약 문제가 불거졌을 때 바로 그러했다.

그러나 그때에도 지금처럼 저리 심각하지는 않았다. 최근, 드레카르의 얼굴에 짙게 자리 잡은 그림자는 사라질 줄 몰랐다.

드레카르 왕을 완벽하게 보좌하고, 내부 정무는 왕보다 더 훌륭하게 처리한다는 평가도 받는 카르탄 민 여왕은 서류에 집중하려고 했다. 그러나 아침에 본 남편의 얼굴이 눈앞에서 지워지지 않았다.

"왕께선 어디 계시지요? 일정대로 제1집무실에 계신가요?"

민은 곁에 서 있는 보좌관에게 물었다. 그녀는 다른 차원에서 건너온 사람인지라 마력이 없어 위치를 직접 파악할 수가 없었다.

"네, 그곳에 계십니다."

"잠시 업무를 미룰게요."

민은 서류를 내려놓고 의자에서 일어났다. 언제나 충실하게 여왕으로서의 의무를 수행하는 사람답지 않은 일이기에 주변 수행원들은 크게 놀라는 얼굴이었다. 그러나 그들이 어떤 표정을 짓든 민의 눈에는 들어오지 않았다.

여왕이 사용하는 제2집무실과 왕의 제1집무실은 가까웠다. 여왕이 등장하자 십여 명의 집무실 직원들은 허리를 숙여 인사를 올렸다. 민은 의자에서 일어나 아내를 맞는 드레카르의 얼굴이 잠시 밝아졌으나 곧 어두워졌다는 것을 알아차렸다.

"모두 잠시만요."

여왕의 말에 다들 일을 멈추고 사라졌다. 드넓은 내부 안에는 이제 왕과 여왕만 남았다. 드레카르는 의아한 눈빛을 했고, 민은 서 있는 남편의 허리에 두 손을 두르고 꼭 끌어안았다.

"민? 무슨 일이 있나?"

"아니에요. 그냥, 보고 싶어서요."

민은 드레카르의 가슴에 얼굴을 묻은 채 잠시 껴안고 있었다. 그녀가 손으로 등을 위아래로 매만져 주자 드레카르는 위로의 손길이라는 것을 깨달았다. 그는 아내의 정수리에 입을 맞추었다.

"나의 여왕, 고맙다."

드레카르의 목소리는 한결 가벼워졌으나 고개를 든 민은 남편의 얼굴빛이 여전히 좋지 못하다는 사실을 발견했다. 그녀는 조그만 주먹으로 그의 가슴을 콩콩 쳤다. 고개를 숙여달라는 요청이었다. 드레카르는 미소 지으며 그렇게 했고, 민은 남편에게 따듯하게 키스해 주었다.

"괜찮을 거라는 말은…… 나도 할 수가 없네요. 그런 거죠?"

드레카르는 고개를 끄덕였다. 그는 의자에 앉아 아내를 무릎에 앉혔다. 마흔세 살이지만 아직도 아담하고 날씬한 민은 깃털처럼 가벼웠다. 그러나 그녀의 존재 자체는 결코 그렇지 않았다. 그녀는 그의 '카르탄', 즉 고대 드래곤 언어로 모든 것이었다.

"난 콘 웅그르가 레이니르를 이용하는 거라고 생각한다. 레이니르는…… 아주 크게 상처받겠지."

하랄의 딸이 다치는 것이었다. 그를 위해 희생한 친우의 딸이 크나큰 아픔을 겪는 것.

생각할수록 드레카르는 마음이 어지러웠다. 평생 소중하게 지켜주겠다고 맹세한 딸 같은 아이를 방치할 수밖에 없게 된 것.

"정말 이용하는 걸까요? 드레카르, 난……."

민은 남편의 가슴에 한 손을 댔다. 드레카르는 드래곤의 피를 이어받은 존재지만 심장이 분명하게 박동하고 있었다. 콘 웅그르도 그러리라.

"진심이라고 생각해요. 레니를 바라보는 콘 웅그르 님의 눈빛은 당신이 날 쳐다볼 때와 같은걸요."

진실로 사랑하는 여자를 바라보는 시선. 세상에서 유일한 동아줄을 쳐다보는 듯한 그 절실한 눈빛.

누구보다도 민은 그것을 잘 알았다. 언제나 드레카르가 그녀를 그렇게 바라보기 때문이었다.

"그건 진짜가 아니다. 날 흉내 낸 거겠지. 내가 민 당신을 바라보는 모습을 그대로 베낀 것뿐. 드래곤들은 그렇다. 인간이 아니기에 그들은 인간의 감정을 알지 못해. 인간들 속에서 살아가야 하기에 완벽하게 따라 하는 것뿐이지. 그건 그들 고유의 능력이다."

영생불멸하는 드래곤은 때때로 인간의 모습을 한 채 인간들의 세상 속에서 살아가곤 했다. 살아 있다는 사실을 생생하게 체감할 수 있는 유일한 길이기 때문이었다. 그렇게 하지 않으면 미쳐서 자살하곤 하니까.

문제는, 감정이라고는 거의 없는 드래곤과 달리 인간은 감정이 풍부하고 변화도 극심하다는 사실이었다. 그래서 모든 드래곤들은 인간들의 세상으로 파고들 때 드래곤 특유의 흉내 능력으로 인간인 척 완벽하게 가장했다. 때문에 마력이 강한 드레카르조차 인간의 모습을 입은 드래곤을 잘 알아보지 못했다.

가끔 인간인 척 제대로 꾸며내지 못하는 드래곤도 있으나, 그건 말 그대로 아주 소수로 대부분의 드래곤은 인간의 모습을 입었을 때는 완벽한 인간으로 보였다. 그리고 다시 드래곤으로 돌아간 뒤에는 인간일 때 느낀 모든 감정을 깨끗하게 버렸다. 그것이 드래곤이었다.

"드래곤들 가운데 그들의 왕인 콘 웅그르는 그런 능력이 가장 탁월할 터. 그는 그저, 레이니르를 가지고 노는 것뿐이다. 셀 수 없을 만큼 긴 시간을 무미건조하게 보낸 그에게 이번 일은 아주 재미있는 흥밋거리일 뿐. 레이니르는 그냥……."

장난감일 터였다. 매우 손쉬운.

드레카르는 차마 말을 내뱉지 못했으나 민은 알아차렸다. 그녀는 남편의 가슴에 머리를 댔다. 갑자기 몸이 무거워진 느낌이었다.

“드레카르, 내가 실수한 걸까요? 약혼 이야기는 하지 말았어야 했나요?”

“아니다. 약혼하지 않았더라도 레이니르는 콘 웅그르에게 빠져들었을 터. 자책 마라.”

드레카르의 말투는 딱딱했지만 목소리만큼은 다정하기 그지없었다. 그는 아까 아내가 그랬던 것처럼 등을 위아래로 부드럽게 쓰다듬어 주었다. 후회가 되었다.

애초에 내가 콘 웅그르의 요청을 거절했다면…….

하지만 그럴 수는 없었다. 한 나라의 왕으로서 그는 백성들을 지켜야 할 의무가 있었다. 백 번을 더 생각해도 콘 웅그르에게 적극적으로 협조하는 게 옳은 일이었다. 그러나 분명한 건, 레이니르의 미래가 결코 밝지 않다는 사실이었다.

죽지는 않을 것이다. 드레카르는 콘 웅그르의 능력을 믿었다. 하지만 레이니르가 정신적으로 얼마나 큰 타격을 받을지 알 수가 없었다. 레이니르는 진심으로, 아주 많이 콘 웅그르를 사랑하니까.

그렇게 믿고 아끼는데, 알고 보니 자신을 가지고 놀았다는 비참한 사실을 알게 되면……. 더군다나 상대는 그냥 남자가 아니라 반려였다. 운명적인 짝. 그런 존재에게 버림받는 건 일반 남자의 노리갯감이 되는 것과는 차원이 다른 일이었다.

영혼이 완전히 조각나리라. 그리하여 누구도 사랑하지 못하게 되어, 평생 불행하게 살아갈 터였다. 윤회설이 진짜라면 후생에도 영향을 끼칠 터.

드레카르의 얼굴에 짙은 괴로움이 떠올랐다. 민 또한 마찬가지였다. 그러나 그녀는 반드시 그런 미래가 닥칠 거라고 생각하지 않았다. 남편을 믿지 못하는 건 아니었다. 그녀는 그저 레이니르를 믿었다. 그 아이는 자기 힘으로 미래를 만들어가는 의지 굳은 사람이니까.

하지만 만약…… 그게 아니라면? 그렇게 할 수도 없을 만큼 철저하게 망가진다면?

민은 머릿속에 떠오른 소름 끼치는 미래를 밀어내며 다른 것을 입에 올렸다.

"엘이 계속 관찰했지만 콘 웅그르 님이 어떤지는 알 수가 없다고 하더군요."

그들의 딸이자 왕국의 후계자이며 공주인 엘은 특별한 능력의 소유자였다. 다른 세상에서 살고 있는 드레카르의 동생, 카르탄 발데르처럼 상대가 어떤 사람인지 알아보는 혜안慧眼을 가지고 있었다. 인간에게만 발휘되는 능력이지만 상대가 드래곤이라도 인간의 형체를 취하고 있다면 어느 정도 알아낼 수 있었다.

그러나 엘은 콘 웅그르만큼은 어떤 존재인지 알 수 없다고 했다. 지독하리만치 새까만 암흑을 보는 느낌이 드는 동시에 뼛속이 얼어붙을 만큼 차갑다면서 엘은 콘 웅그르와 마주하는 것 자체를 매우 혐오했다.

"엘이 그렇게 싫어하는 건 콘 웅그르가 부정적인 영혼의 소유자라는 뜻이다. 영혼이 있다면 말이지."

드레카르는 비아냥거렸고, 민은 깊은 한숨을 내쉬며 굳은 몸의 남편을 부드럽게 껴안았다. 안타깝게도 지금 그녀가 할 수 있는 건 그것뿐이었다. 아니, 한 가지가 더 있었다. 마음속 깊이 간절하게 기도하는 것.

제발, 레이니르가 다치지 않기를.

꿈이다. 레이니르는 자신이 꿈을 꾸고 있다는 것을 알았다.

몇 걸음 앞에 아이가 보였다. 세 살쯤 됐을까. 하지만 종종거리며 뛰어다니는 다리는 아이답지 않게 길었다. 아직 어린데도 팔 또한 길고 우아해서 눈길이 절로 향했다.

아이는 아주 아름다웠다. 어깨까지 내려오는 새까만 머리카락은 결이 좋아 보석처럼 반짝거렸다. 피부는 도자기처럼 뽀얘서 빛이 날 정도였다. 섬세하면서도 또렷한 이목구비 가운데 앙증맞은 분홍빛 입술과 눈은 그야말로 광채가 뿜어져 나왔다. 특히, 새파란 눈동자는 세상에서 가장 크고 아름다운 사파이어 같았다.

낯이 익었다. 저 눈동자와 피부는 어디선가에서 본 적이 있는 것이었다. 자주 본 것. 매일 본…….

레이니르는 천둥을 맞은 것 같은 충격 속에서 깨달았다. 그녀 자신의 것이었다. 거울 속에서 항상 보는 모습.

어째서 저 아이는 날 쏙 빼닮은 거지?

질문이 떠오른 순간이었다. 몇 걸음 떨어지지 않은 곳에서 뛰어다니던 아이가 레이니르에게로 고개를 돌렸다. 사랑스러운 아이의 눈동자가 초롱초롱하게 빛나더니 두 팔을 번쩍 쳐들며 레이니르에게 달려왔다. 환하게 웃는 아이의 입이 움직이며 두 음절의 말을 했다.

들리지는 않았다. 그러나 레이니르는 아이가 무슨 말을 했는지 입술 모양으로 읽어낼 수 있었다. 바로 그래서 그녀는 얼어붙었다.

지금 날 뭐라고 부른 거지? 뭐라고…….

"레이니르, 레이니르."

현실 속의 부름에 답해 레이니르는 눈을 떴다. 콘 웅그르가 걱정하는 표정으로 그녀를 내려다보고 있었다. 그는 다정하게 그녀의 뺨을 어루만지며 이마에 키스했다.

"악몽을 꿨나? 불편해 보였다."

레이니르는 눈을 몇 번 깜빡였다. 꿈속에서 본 아이의 머리카락이 눈앞에 있었다. 콘 웅그르의 것.

레이니르는 손을 뻗어 콘 웅그르의 머리카락 끝을 만졌다. 모발은 굵었으나 최고급 실크보다 더 부드러웠다. 분명 그 아이의 것도 이럴 터.

"……아니야. 악몽, 아니었어."

레이니르는 몸을 일으켜 콘 웅그르를 끌어안았다. 알몸과 알몸이 마주하자 불꽃은 금세 타올랐지만 이 순간 레이니르는 든든한 안정감을 찾아 매달리듯 콘 웅그르를 꼭 안고만 있었다. 그는 그녀의 등을 따듯하게 어루만졌고 레이니르는 그의 어깨와 목이 연결되는 부분에 이마를 댄 채 눈을 감았다. 하지만 잠은 오지 않았고, 설사 수면에 들더라도 아까 꾼 꿈이 다시 찾아올 것 같진 않았다. 그건 그냥 일장춘몽一場春夢이었다.

아니, 정말 헛된 꿈에 불과할까? 혹시…….

"물어볼 게 있어."

레이니르는 고개를 들어 콘 웅그르와 시선을 마주했다. 머리카락만큼이나 까만 눈동자는 그의 감정을 숨김없이 드러내는 대신 그녀를 반사했다. 레이니르는 직설적으로 물어보았다.

"당신, 아이 있어?"

"아니."

레이니르는 믿을 수가 없었다.

"이 대륙이 생긴 때부터 쳐도 최소한 천 년은 살아왔잖아. 그런데 한 명도 없다고?"

모래알처럼 수없이 많은 인간에 비해 드래곤은 숫자가 아주 적었다. 드래곤들 대부분이 후손에게 관심이 없는 탓이지만 그건 일반 드래곤의 경우로, 그들의 왕인 콘 웅그르는 달랐다.

"당신은 모든 드래곤들에게 되도록 후손을 많이 만들라고 명령했잖아? 그렇게 지시한 장본인이 아이가 없다고? 당신, 핏줄에 관심이 많은 거 아니었어?"

드레카르 왕이 이전에 레이니르에게 알려준 정보에 따르면, 콘 웅그르는 모든 드래곤들에게 가능한 많은 후손을 가지라고 직접적으로 명령했다고 한다. 드래곤끼리든 아니면 인간과의 사이에서든 혼혈을 가져도 괜찮다고 장려했다. 드래곤의 피가 퍼지는 게 중요하다면서.

"왕으로서 종족의 미래를 생각해야 하므로 그렇게 명령을 내린 건 사실이다. 하지만 내 명령을 수행해야 하는 건 내 종족들이지

내가 아니다. 나는 무엇이든 내 의사대로 할 수 있지. 그들의 왕이니까."

오만하기 그지없는 말이었으나 콘 웅그르는 일상적인 인사처럼 내뱉고 있었다.

"내 직계 핏줄 같은 건 관심 없다. 그래서 아이는 생각한 적 없고, 가진 적도 없다."

콘 웅그르는 피와 살을 이어받은 소중한 존재가 아니라 지나가는 돌멩이를 언급하는 것처럼 말하고 있었다. 하지만 그의 무심한 눈빛이 변했다. 레이니르가 실망한 표정으로 그를 바라본 직후의 일이었다.

"더군다나 사랑하는 여자를 만난 적이 없으니까."

콘 웅그르는 눈웃음을 지었다.

"하지만 너를 발견했지."

레이니르는 말을 할 수가 없었다. 사랑이 넘쳐흐르는 그의 목소리가 주는 감동은 대단히 컸다. 물론 그의 존재 자체가 그녀에게 깊고 깊은 즐거움이었다. 더군다나 지난 일주일간 콘 웅그르는 더없이 지극하게 그녀를 보살펴 주었다.

7일 전 약혼의 의식을 올린 바닷가에서 푸른 드래곤의 피로 공격받았을 때 콘 웅그르는 그녀를 온몸으로 보호해 주었고 작은 고통조차 느끼지 않도록 가져가서 대신 아파했다. 그 뒤에도 마찬가지였다. 모래사장에서 빠르게 사랑을 나눈 직후, 콘 웅그르는 왕성의 침실로 돌아와 손수 그녀의 몸에 묻은 피를 전부 씻겨준 뒤 잠을 재워주었다. 그 후에도 마찬가지였다. 언제나 콘 웅그르는 레이니르를 아주 소중하고 고귀한 도자기처럼 다뤘다. 때때로 씻겨주고 옷도 입혀줬으며 매번 음식도 먹여준 것.

이 세상에서 가장 강력한 권력을 지닌 자가 하인처럼 시중을 들어준 것이었다. 물론, 그녀와 사랑을 나눌 때는 그러지 않았다. 수컷으로서 거칠고 뜨겁게 머리끝부터 발끝까지 레이니르를 삼켰다. 그럼에도 아직 본격적으로 하나가 된 경험은 없지만.

"사랑한다, 레이니르."

콘 웅그르는 고개를 숙여 그녀의 입술에 입을 맞추었다.

"그러니 네가 원한다면, 아이에 대해서 생각해 보겠다."

레이니르는 달콤하고 낭만적인 말속의 뜻을 깨달았다.

"당신은 원치 않는다는 말이야?"

"네가 바라는 게 곧 내가 바라는 것이다."

콘 웅그르는 능숙하게 말을 받았다. 하지만 레이니르는 의구심을 품을 수밖에 없었다. 따지는 것 같았으나 캐물었다.

"정말은, 원치 않는다는 거지?"

"그 말은 맞지 않다. 생각해 본 적이 없다는 게 정답이다. 그리고 난 내가 사랑하는 네 의견을 존중한다."

콘 웅그르는 찬찬히 말을 다시 해주었고 레이니르는 그게 사실이라는 것을 알아차렸다. 말 그대로일 터. 그녀는 짧게 한숨을 쉬며 말했다.

"캐물어서 미안해. 사실 나도 딱히 생각해 본 적은 없어. 하지만 꿈에서……."

"꿈에서 뭘 본 건가?"

레이니르는 고개를 끄덕였다.

"하지만 그건 그냥 꿈일 따름이야. 난 예지력이 없는 걸."

작년에 돌아가신 어머니, 야를 프레이야는 대륙에서 가장 강한 예지력을 가진 예지자로 27년 전에 카르탄 왕국을 괴롭힌 악독한 지배자, 찬탈왕에게 두 눈이 뽑히기 전까지 수많은 미래를 보셨다. 그 뒤로는 예지력을 잃고 평범하게 사셨으나 그전까지 본 미래에 대해서 한두 마디 흘리시곤 했었다.

그러고 보니, 어머니는 내 사랑에 대해서도 말씀을 해주셨지?

어떤 일이 생길 거라고 구체적으로 말하신 건 아니었다. 2년 전에 삼 남매 중 둘째인 이아가 혼약 때문에 고난을 겪을 때 어머니는 레이니르에겐 사랑에 관해서 어떤 선택을 하든 존중한다고 말씀하셨었다.

그냥 듣기엔 별말이 아닌 것 같지만, 당시 상황을 비추어 보면 레이니르도 이아처럼 남자 때문에 고생할 거라는 뜻이었다.

하지만 현재, 그녀는 고생을 하지 않고 있었다. 물론 여러 사건을 겪었으나 그저 행복할 뿐이었다. 백안의 드래곤이 아직 수면 아래에서 그녀를 노리고 있으니 어떤 일이 더 벌어질지 알 수 없지만.

"그래, 그건 꿈이다. 네겐 예지력이 없어. 저번에도 말했지. 예지자는 인간이지만 예지의 형태로 세상의 흐름을 볼 수 있기에 드래곤들에게도 특별하다. 우리는 예지자를 감지할 수 있지."

문득 레이니르의 머릿속에 떠오르는 게 있었다.

"예전에 내가 태어난 다음날에 날 보러 왔다가 어머니에게 전갈을 받은 적이 있다고 했잖아. 어머니가 당신한테 뭐라고 하셨어?"

콘 웅그르는 입을 다문 채 미소를 지었다. 레이니르는 그를 흘겨보았다.

"알려줘."

그의 입술은 철옹성처럼 열리질 않았다. 그래서 레이니르는 손을 뻗어 겨드랑이에 대고 간질여 보았다. 그러나 그는 태산처럼 끄떡도 하지 않았고, 의아한 기색으로 그녀를 쳐다보았다.

"뭐 하는 거지?"

레이니르는 눈을 흘기다가 고개를 들어 짧게 키스했다.

"씻을래. 오늘은 외출 좀 하자."

캐묻는다고 알려줄 사람이, 아니, 드래곤이 아니니 포기하는 게 기운을 낭비하지 않는 길이었다. 레이니르는 침대에서 일어났다.

약혼의 의식 후 남들이 보기엔 콘 웅그르는 점심때만 그녀의 침실을 방문했다가 저녁때는 그의 침실로 돌아갔다. 그러나 실제로 그는 하루 종일 그녀의 곁에 있었다.

콘 웅그르와 24시간 붙어 있는 게 싫은 건 아니었다. 아니, 오히려 좋았다. 이대로 영원히 그러고 싶을 뿐. 그러나 미끼로서 충실하게 활동하기 위해서 이제는 외부로 걸음하는 게 좋을 것 같았다. 어서 빨리 백안의 드래곤을 처단한 뒤 콘 웅그르와 행복하고 안전하게 사랑을 나누고 싶었다.

"어딜 갈 생각이지?"

콘 웅그르는 욕실로 따라왔다. 그는 그녀가 들어온 욕탕에 몸을 담갔다. 얼굴로 튀어 오른 물을 레이니르가 닦기 전, 콘 웅그르가 고개를 숙여 입술로 물 자국을 닦아냈다. 이어 그는 깊게 키스해 왔다. 레이니르는 본능적으로 쾌락을 찾아 그에게 가까이 갔고, 능숙하고도 뜨거운 애무에 녹아들어 이제는 익숙해진 절정으로 달려갔다.

"어디지?"

한참 뒤, 침실에서 콘 웅그르가 레이니르의 옷을 입혀주며 미소 지었다. 아직 온몸에 열기가 남아 있는 레이니르는 멍하니 되물었다.

"응? 뭐 말이야?"

"네가 외출할 곳. 아까 어딜 갈 거냐고 물어봤었지."

정한 게 있었는데 잊고야 말았다. 레이니르는 눈을 굴리며 생각한 뒤에야 기억해 냈다.

"오늘은 봉사를 하러 갈까 싶어."

"봉사? 노래 부르는 것 말인가?"

어떻게 알았냐고 물어볼 필요는 없었다. 분명 지난날 그녀를 훔쳐보면서 여러 가지를 봤을 테니까.

"누구에게 갈 거지? 고아들? 장애인들? 봉사자들?"

레이니르는 대륙 최고의 미인이자 가수로 그녀에게 한 곡이라도 듣고 싶어 하는 사람은 셀 수 없을 정도였다. 그러나 그녀는 힘들게 살아가고 가난한 사회의 약자들을 우선시 여기며 그들에게는 무료로 노래를 불러주었다.

"아니면 부자들에게서 돈을 뜯을 건가?"

레이니르는 모르는 게 없는 콘 웅그르를 흘겨보았다. 아주 가끔 부자들에게 개인적으로 노래를 불러주곤 했는데, 그때마다 엄청난 돈을 대가로 요구했고 그 돈은 가난한 이들에게 주었다. 사실 레이니르는 그녀가 자신들을 위해 노래하는 걸 특권인 양 행동하는 부자들을 속으로 아주 비웃었다. 최대한 돈을 뜯어내는 것도 정말 재미있어했고.

"아무리 날 지켜봤다고 해도 그건 또 어떻게 알아낸 거야? 내 속마음까지 읽어?"

"너에 대해 모르는 건 없다. 표정만 봐도 무슨 생각을 하는지 잘 알지."

콘 웅그르는 레이니르의 오른쪽 입술 끝을 검지로 톡 건드렸다.

"이 부분이 올라가면서 웃을 때는 마음에 없는 미소지. 반대로."

그는 이번엔 왼쪽 입술 끝을 만졌다.

"이 부분이 웃을 때는 진심이지."

레이니르는 입을 열었지만 말을 할 수가 없었다. 그녀를 너무도 잘 알고 있는 남자를 감탄해야 할지 아니면 소름 끼쳐야 할지 알 수가 없기 때문이었다.

"너를 알고 싶었다. 그래서 그랬지."

레이니르의 얼굴에 복잡한 그림자가 내려앉자 콘 웅그르는 고개를 숙여 키스했다. 따듯하고 애정이 넘쳐흘렀다. 그래서 레이니르는 그림자를 지울 수 있었다.

"사랑한다, 레이니르."

"나도 사랑해."

레이니르는 자동적으로 답하며 그를 껴안았다. 콘 웅그르는 돌보다 더 단단하지만 그녀와 함께 있을 때면 뜨거웠다. 그리고 이젠 심장 또한 그녀처럼 빠르게 박동했다. 사랑의 증거.

"사실, 나가기 싫어."

후스카를의 일도 금지당한지라 그녀는 미끼로서만 임해야 했다. 그러기 위한 일환으로 외출을 해야 할 터. 하지만 사실은 싫었다.

"당신하고만 이렇게 단둘이 있고 싶어."

레이니르는 솔직한 마음을 털어놓았다.

"남은 평생 이러고 싶어."

"네가 원한다면."

콘 웅그르는 사르르 녹아내릴 것 같은 눈웃음을 지었다. 잠시 홀렸으나 레이니르는 곧 정신을 차렸다.

"백안의 드래곤은 어쩌고? 내가 미끼로 행동해야 백안의 드래곤을 잡을 수 있는 거잖아?"

"백안의 드래곤은 중요하다. 하지만 네가 더 소중하지. 네가 다치지 않아야 한다."

콘 웅그르는 레이니르의 손을 들어 손가락 마디마디에 다정하게 입을 맞추었다.

"사실, 널 미끼로 내세운 걸 후회하는 중이다. 위험에 처할 수도 있으니까. 일주일 전의 일도 있고……."

콘 웅그르의 눈이 날카롭게 가늘어졌다.

"백안의 드래곤이 무슨 짓을 할지 알 수 없다. 미끼 짓은 하지 말고 이대로 모습을 감추는 게 네 안전을 위해 좋은 일 같다."

그의 제안은 빠져들고 싶은 유혹이었다. 그냥 숨어버리면 백안의 드래곤은 그녀에게 손을 대지 못할 테고, 그러면 그녀를 보호하다가 콘 웅그르가 다치는 일이 없을 테니까. 며칠이고 아무것도 마시지 못한 목마른 자에게 건네는 시원한 물처럼 달콤한 제안. 하지만 레이니르는 힘 있게 고개를 가로저었다.

"이건 나 하나만의 일이 아니라 대륙 전체가 걸려 있는 일이야. 내가 피한다고 백안의 드래곤이 가만히 있을 것 같지는 않아. 오히려 나와 당신이 사라진 틈을 타서 왕국을 공격하지 않을까? 왕과 여왕께 미끼로 임하겠다고 약속드렸는데 그걸 깰 수는 없어. 더군다나 더 걱정하고 싶지 않아. 빨리 매듭짓고 싶어. 당신이 다칠지도 몰라서 전전긍긍하는 이 마음을 어서…… 없애 버리고 싶어."

레이니르는 마지막 말은 가까스로 내뱉었다. 눈물이 나올 것 같았다.

"난 괜찮다. 이길 것이다. 죽지 않을 것이다. 걱정하지 말고 눈물짓지도 마라."

콘 웅그르는 안타까운 어조로 말하더니 그녀를 꼭 끌어안았다. 레이니르는 그의 드넓은 가슴에 얼굴을 묻은 뒤 눈물을 흘리지 않으려고 노력했다.

"네가 걱정을 이리 많이 하니, 백안의 드래곤을 어서 잡아내야겠군. 그렇지?"

콘 웅그르는 은근하게 속삭였고 레이니르는 고개를 연신 끄덕였다.

"그리고 그래야 네가 후스카를의 단장 자리에 더 빨리 복귀할 수 있을 것이다."

콘 웅그르의 말은 맞았다. 그동안 멀어졌던 그 빛나는 자리를 떠올린 레이니르는 더 깊게 고갯짓을 했다. 콘 웅그르는 그녀의 정수리에 입을 맞추면서 머리카락을 부드럽게 쓰다듬었다.

"그래. 최대한 빠르게 백안의 드래곤을 잡아내겠다. 널 위해서. 그러니 너도 준비하라. 내일 정오에 행사가 있으니 거길 가면 될 것 같군."

"무슨 행사?"

"칼리 시의 도서관 개관 행사."

레이니르는 그제야 기억을 떠올렸다. 왠지 바보가 된 기분이었다.

책을 아주 중요시 여기는 민 여왕은 정책적으로 책 제작과 도서관에 많은 혜택을 주었으며, 개관 행사에도 반드시 참석하곤 했다. 레이니르 또한 책을 매우 좋아하는데다가 지식이 곧 무기라는 여왕의 생각에 동의하기에 행사 때마다 빠지지 않고 동행했다. 대륙 최고의 미인을 두 눈으로 보고자 책에 관심 없는 사람들까지 몰려들기 때문이었는데, 레이니르는 그들에게 책의 내용을 알기 쉬운 노래로 개사해 불러주곤 했다.

"그걸 깜빡하다니!"

레이니르는 포옹을 풀고 침대에 얼굴을 푹 파묻었다. 아무리 미끼로서 행동하는 게 현재의 의무라고 해도, 그 중요한 행사를 까맣게 잊고 있었다니! 아니, 사실은 사랑 놀음에 빠져 있던 것이었다. 콘 웅그르에게 흠뻑 취해 아무것도 하지 않은 것.

이래선 안 돼.

레이니르는 찡그렸던 얼굴을 펴고는 벌떡 일어나 앉았다. 주먹을 쥔 두 팔을 하늘로 뻗어 소리 질렀다.

“으샤! 일에 집중하자!”

“그래, 일에 집중해라.”

콘 웅그르가 무덤덤하게 내뱉었다. 레이니르는 뭔가를 느끼고야 말았다.

“마음에 안 들어?”

콘 웅그르는 답하지 않고 일어나 알몸에 옷을 걸쳤다. 언제나 그러하듯 검은색의 셔츠와 바지는 강력한 근육으로 그득한 그의 멋진 실루엣을 강조했다. 물론 레이니르는 콘 웅그르의 알몸이 더 눈부시다는 건 잘 알지만, 외출할 때는 당연히 옷을 입어야 했다. 더군다나 다른 여자가 콘 웅그르의 알몸을 보는 건 절대 용납할 수 없었다.

“내가 일에 집중하는 게 왜 싫은 거야?”

레이니르는 연거푸 물었으나 콘 웅그르는 답을 피했다.

“밖에서 보지.”

곧 그는 마법진을 구현하더니 사라져 버렸다. 레이니르는 눈을 굴리다가 머리칼을 단정하게 뒤통수에 묶고 간단하게 화장한 뒤 침실 밖으로 나갔다.

"안녕하세요, 레이니르 님."

침실 앞을 지키는 발키리들은 레이니르에게 깍듯하게 인사했다. 언제나 그러하듯 그녀의 환상적인 미모에 감탄하는 건 물론이었다. 사실 왕과 여왕을 수호하는 발키리들은 언제나 엄격한 태도를 고수해야 하지만, 레이니르에겐 다들 그러질 못했다.

"안녕하세요."

레이니르는 눈웃음을 지으며 수줍게 인사했다. 발키리들이 넋을 잃었을 때였다.

"레니."

콘 웅그르는 다정하게 속삭이며 번개처럼 다가와 레이니르의 잘록한 허리를 휘감고 확 끌어안은 뒤 입술에 뜨겁게 키스했다. 레이니르가 자동적으로 그에게 폭 안기며 열렬하게 응답한 건 물론이었다.

오랜 키스를 한 뒤 레이니르는 그를 발가벗기고 싶어서 온몸이 욱신거렸다.

"이만 가지."

콘 웅그르는 더없이 만족하는 목소리였다. 그러나 발키리들이 질투와 부러움이 뚝뚝 떨어지는 표정을 지었을 때, 그의 눈빛은 갈수록 더 차갑게 변했다. 곧 콘 웅그르가 내뿜는 시선은 냉혹한 것을 넘어서 흉포한 살인마의 것이 되었다. 그리고 레이니르는, 기뻤다.

내가 미쳤지.

레이니르는 그런 생각을 할 수밖에 없었다. 아무리 콘 웅그르라고 해도 왕국의 굳건한 기둥인 발키리들을 향해 살기 같은 건 내뿜어선 안 되었다. 그러나 지금 그녀는 더없이 기쁠 뿐이었다. 저 행동은 그녀를 완전하게 그의 것으로 도장 찍는 일이니까.

나 정말 사랑에 빠진 거구나. 그리고 이 남자도 날 사랑하고.

레이니르는 발끝을 들고 껑충 뛰어서 콘 웅그르의 뺨에 뽀뽀한 뒤 긴 속눈썹을 파닥거렸다.

"어서 가요, 자기."

콧소리까지 내서 덧붙인 말 덕분인지 콘 웅그르의 얼굴에 가득한 살기가 스러졌다. 레이니르는 환하게 미소 지은 뒤 그의 손을 깍지 낀 뒤 앞으로 당겼다.

"왕과 여왕께 칼리 시의 행사에 대해 허락받으러 가요."

"콩, 내가 일이 아니라 당신한테 집중하길 바란 거구나?"

레이니르는 콘 웅그르와 손을 꼭 잡고 여왕이 머무르고 있는 집무실로 가면서 놀리듯 전갈을 보냈다. 발키리들에게 질투심을 드러내는 걸 보니, 아무래도 그런 것 같았다.

"난 당신도 사랑하고, 후스카를의 단장 자리도 사랑해."

"그래서?"

콘 웅그르는 좀 삐딱한 목소리였다. 레이니르는 달콤하게 속삭이듯 전갈을 보냈다.

"그래서 당신도 사랑하면서 후스카를의 단장으로서 일하려고."

"그래?"

"그래. 백안의 드래곤을 처리한 뒤에 나 일할 때 같이 다니자, 응? 그럼 일을 더 빨리 끝낼 수 있잖아. 당신이랑도 안 떨어지고."

"지금, 드래곤의 왕인 나에게 인간들의 잡무를 하라는 건가?"

콘 웅그르는 걸음을 우뚝 멈추더니 레이니르를 쳐다보았다. 험악하거나 차가운 시선은 아니었다. 그냥, 낯설었다. 전혀 모르는 사람을 마주할 때의 눈빛이랄까.

레이니르는 가슴이 서늘하고 무섭기도 했다. 저런 시선을 받은 것뿐인데 이리도 기분이 가라앉다니? 만약 그에게 더한 냉대를 받는다면……?

레이니르는 황급히 콘 웅그르의 가슴에 손을 올려 부드럽게 톡톡 치면서 쏜살같이 전갈을 보냈다.

"그랬으면 좋겠다는 거지, 반드시 그래야 한다는 건 아니야."

"레이니르, 선을 넘지 마라."

싸늘하다 못해 뼛속 깊이 냉기가 느껴지는 경고였다. 싫더라도 부드럽게 이야기하지 않는 그가 야속했으나 레이니르는 자신이 잘못한 거라는 사실을 잘 알았다. 콘 웅그르는 그녀를 위해 봉사해 주고 있지만, 그건 남자로서였지 콘 웅그르로서는 아니었다.

"미안해. 다시는 안 그럴게."

레이니르는 서둘러 내뱉었다. 그가 화낼까 봐 마음이 울렁거렸다.

"아니다. 사랑한다, 레이니르."

콘 웅그르는 부드럽게 속삭이듯 전갈을 보냈다. 사랑한다는 말 한마디에 속상했던 마음이 입안의 솜사탕처럼 스르륵 사라졌다. 레이니르는 콘 웅그르의 허리에 손을 감았고 그도 팔과 가슴 사이에 그녀를 껴안듯이 안고는 걸었다. 마주치는 사람들 모두 눈을 크게 뜨고 그들을 쳐다보았다. 하지만 레이니르는 당당하게 다녔다.

곧 제1집무실에 도착했다. 문 앞에 있는 스무 명의 발키리들도 약간 당황한 기색이었다. 남자 발키리 몇몇은 질투하는 기색이었으나 콘 웅그르의 냉혹한 시선에 감정을 숨길 수밖에 없었다. 하지만 한 명은 그러지 못했다.

"정말 아름다우시네요. 날이 갈수록 더 예뻐지십니다. 눈이 부셔요."

발키리는 끝없이 찬사를 내뱉으려고 했다. 그러나 콘 웅그르가 그의 앞으로 걸어가서 내려다보자 석상처럼 우뚝 굳어버리고야 말았다. 발키리들은 카르탄 왕국에서 가장 막강한 천 명의 전사만 소속될 수 있는지라 다들 대단히 용감할뿐더러 굉장히 강했다. 그러나 콘 웅그르의 검은 그림자가 얼굴에 내려앉자 발키리는 저도 모르게 뒤로 물러서고야 말았다.

레이니르는 창백한 얼굴의 발키리가 검집 역할을 하는 팔찌에 손을 대는 것을 보았다. 저항해야 한다는 본능 때문이리라. 팔찌에서 금방이라도 검을 빼내 콘 웅그르에게 덤벼들 것 같았다. 그러나 감히 그랬다간 즉시 사지가 찢어지리라.

레이니르가 서둘러 콘 웅그르의 손목을 잡고 뒤로 당길 때였다. 드레카르 왕과 민 여왕이 밖으로 나왔다. 레이니르는 공손하게 허리를 깊게 숙였지만 콘 웅그르는 고개도 까닥이지 않았다. 발키리들은 분노했지만 왕이 손짓하자 아무 말도 하지 않았다.

"무슨 일이지?"

드레카르는 콘 웅그르는 무시한 채 레이니르에게 물었다. 왕은 차가운 성품의 소유자답지 않게 레이니르에겐 언제나 다정했으나 지금은 다소 딱딱했다. 깊은 걱정 때문이리라.

왕이시여, 저는 괜찮을 거예요. 이 남자는 저를 진심으로 사랑하니까요.

레이니르는 마음속으로 그렇게 말했지만, 실제 입으로는 내뱉지 않았다. 굳이 말할 필요도 없었다. 백안의 드래곤을 처단한 뒤에도 콘 웅그르와 알콩달콩 사랑하면 충분할 터.

"내일 정오에 있을 칼리 시의 도서관 개관 행사에 저도 참여하고 싶어 허락을 구할까 합니다."

"물론 환영이에요."

민은 자애롭게 웃으면서 레이니르의 어깨에 살짝 손을 얹었다.

"마침 잘 오긴 했다. 레이니르, 들어와라."

드레카르는 다시 집무실로 들어갔고, 조용히 대화를 나누자는 말임을 알아들은 레이니르는 걸음을 옮겼다. 그러나 그전에 콘 웅그르의 가슴에 손을 댔다.

"자기는 여기서 기다려 줘요."

어차피 대화를 엿들을 게 뻔하지만 레이니르는 일단 부탁했다. 콘 웅그르는 고개를 끄덕이거나 말도 하지 않았으나 그 자리에 섰다. 레이니르는 그에게 살풋 미소를 지어준 뒤, 여왕과 함께 집무실 안으로 걸음했다.

내부는 매우 넓었으나 레이니르는 좁디좁은 골방에 들어선 기분이었다. 더군다나 드레카르 왕이 바로 앞에서 뒷짐을 지고 내려다보자 레이니르는 키가 절반 정도로 줄어든 느낌에 사로잡혔다.

"길게 이야기하지 않겠다."

드레카르는 거기까지 말한 뒤 잠시 입을 다물고 바닥을 쳐다보았다. 레이니르는 야단맞기 직전의 장난꾸러기가 된 기분으로 기다렸다.

"드레카르."

민이 조용히 부른 뒤에야 드레카르는 고개를 들어 레이니르를 바라보았다. 그는 여러 가지 복잡한 얼굴로 손을 뻗어 레이니의 어깨를 살짝 잡았다.

"네가 걱정된다. 더없이. 미래가 너무도 선명하게 보이니까. 그러나 무슨 일이 있더라도 우리가 널 지지할 거라는 건 기억하려무나."

"……감사합니다."

레이니르는 다른 말을 하고 싶었다. 콘 웅그르는 그녀에게 진심이고, 왕과 여왕이 염려하는 일 같은 건 일어나지 않을 거라고. 하지만 갑자기 목이 아팠다.

레이니르는 결국 거기서 입을 다물었다. 더없이 걱정하는 음울한 눈빛으로 레이니르를 내려다보던 드레카르가 그녀의 뒤를 보았다. 콘 웅그르가 집무실로 들어오며 입을 열었다.

"백안의 드래곤이 나타났다가 사라졌다."

레이니르가 빠르게 몸을 돌려 콘 웅그르를 바라보았다. 드레카르 또한 날카로운 시선으로 콘 웅그르를 쏘아보며 물었다.

"어디에?"

"칼리 시."

레이니르는 곧바로 판단했다.

"도서관 개관 행사가 벌어질 때를 노리고 있는 걸까? 하지만 내가 그곳에 간다는 걸 백안의 드래곤이 어떻게 알았지?"

"넌 이제까지 모든 도서관 개관 행사에 참여했으니까 백안의 드래곤도 짐작했겠지. 방금 잠시 등장했던 건 널 잡을 함정을 파기 위해서가 틀림없다. 흔적을 잡지 못할 줄 알았는데 이렇게 아주 잠깐이나마 내 탐색마법에 걸린 걸 보니 역시 상태가 그리 좋지 못한 것 같군."

콘 웅그르는 싸늘하게 내뱉었고, 드레카르는 즉시 레이니르에게 명령을 내렸다.

"칼리 시로 가지 말고 왕성에 있어라."

레이니르는 왕의 걱정을 잘 알았다. 하지만 이런 의견을 내놓을 수밖에 없었다.

"아닙니다. 백안의 드래곤의 상태가 나쁘다면 잡을 수 있는 좋은 기회일 겁니다."

"위험도가 더 높다. 개관 행사에 많은 사람들이 몰릴 텐데 누가 조종당할지 알 수 없다."

드레카르는 아내에게 이어 말했다.

"민, 당신도 가지 마라."

그는 손을 뻗어 아내를 끌어온 뒤 품에 안았다. 왕은 언제나 냉랭하지만, 여왕과 함께 있을 때면 새까만 눈은 부드러운 눈웃음을 그렸다. 지극한 사랑의 증거.

"다쳐선 안 된다."

드레카르는 여왕의 이마에 입술을 깊게 눌렀다. 민을 잃은 뒤를 상상한 그의 얼굴은 형용할 수 없는 슬픔으로 무너졌다. 남편의 생각을 읽은 민은 미소 지으며 꼭 끌어안은 뒤 등을 매만졌다. 괜찮다고, 다치지 않겠다고 약속하는 손짓이었다.

왕과 여왕은 대륙 전체에 잘 알려진 대로 금슬이 정말 좋은 부부였다. 그 사실을 잘 알고 있었으나 레이니르는 이 순간만큼 이 두 사람이 진실로 사랑한다는 사실을 실감한 적이 없었다.

더없이 부러웠다.

"나와 레이니르가 가지 않더라도 개관 행사는 진행하라고 할게요."

민은 속삭이듯 드레카르에게 말했다. 드레카르는 고개를 끄덕이며 아내를 더욱 가까이 끌어안은 뒤 콘 웅그르에게 시선을 돌렸다. 여왕을 바라볼 때가 따듯한 봄빛이라면, 콘 웅그르를 쳐다볼 때는 냉혹한 겨울의 눈보라였다.

"콘 웅그르, 당신도 나가지 말고 레이니르를 지켜라."

"뒤의 것은 네가 말하지 않아도 할 것이다. 그러나 앞의 것은, 그렇지 않다."

알아들은 드레카르의 눈빛이 비수처럼 날카롭게 변했다.

"나가겠다고?"

"그래. 레이니르와 약속했다. 어서 빨리 백안의 드래곤을 잡겠다고. 나가야 한다."

분명 콘 웅그르의 말은 맞았다. 그가 안전한 곳에 있자고 했는데 반해 백안의 드래곤을 잡는 데 더 집중하자고 한 건 그녀였다. 그러나 이 순간 레이니르는 뭔가가 어긋나는 느낌이었다. 드레카르 왕은 백안의 드래곤의 직접적인 목표물도 아닌 민 여왕을 보호하려고 저렇게 나서는데…….

"함정이지만, 지켜줄 것이다."

콘 웅그르는 한 손으로 그녀의 턱을 잡아 자신과 눈을 마주하게 했다. 그의 새까만 눈동자는 그의 감정을 보여주지 않고 그녀를 그대로 반사할 뿐이었다.

"안전할 거다."

콘 웅그르의 목소리는 사랑을 속삭이는 것처럼 아주 유혹적이었다. 넘어가지 않을 수 없는 그윽한 목소리.

마음 한구석에서 어떤 소리가 들리는 것 같았다. 아무리 콘 웅그르가 지켜준다고 해도 분명 위험할 거라고. 무슨 일이 벌어질지 알 수 없으니 이번만큼은 안전한 왕성에 있는 게 나을 것 같다고.

하지만 레이니르는 결정했다. 콘 웅그르를 신뢰하니까. 그가 그녀를 사랑한다는 말을, 더없이 믿으니까.

"갈게."

당신을 위해, 그럴게.

9.

왕위를 부당하게 찬탈했다 해서 찬탈왕이라 불린 자는 잠시 카르탄 왕국을 다스릴 때 백성들이 똑똑해지는 것을 경계해 책을 전부 불태워 버렸다. 찬탈왕을 응징하고 27년 전에 즉위한 드레카르왕은 지식의 보고寶庫인 책을 늘리려고 애썼으나, 진행 속도는 매우 느렸다. 그러다가 20년 전 민 여왕이 가지고 온 다른 세상의 수많은 지식 덕분에 책은 폭발적으로 숫자가 증가했을뿐더러 그 질도 대단히 높아졌다.

인구수 3만마다 도서관 하나. 1인당 장서수 1권.

그게 민 여왕이 적극적으로 펼친 정책으로, 사실 책이라는 게 거의 남아 있지 않은 당시 상황에서는 불가능한 일과 다를 바 없었다. 그러나 20년이 흐른 현재, 이 정책은 성공적으로 실현되고 있었다.

지역별로 공평하게 도서관 개축을 시작해서 현재 딱 한 도시만 남겨두고 도서관이 건립된 상태였다. 그곳은 바로 왕국 남쪽에서 가장 큰 도시인 칼리로, 원래 계획대로라면 5년 전에 지어졌어야 하지만 공사 도중에 화재 사고와 건축 자재 이상 등으로 두 차례나 거의 완공될 즈음에 무너지는 사건이 발생했다. 이 때문에 공사가 자꾸 늦어져서 시민들이 안타까워하자 민은 인구 증가에 맞춰서 아예 도서관을 더 크게 짓는 것으로 계획을 바꾸었다. 그게 3년 전으로, 드디어 수도를 제외한 곳에서 가장 큰 도서관이 건립된 것이었다.

인상 깊은 건물이었다. 겉으로 보이는 전체 디자인은 직사각형으로 단순함 그 자체였으나 모든 벽면에 곱게 굳어 있는 새하얀 대리석 가루 덕분에 은은하면서도 정갈해 보였다. 그러나 접근하기 어렵기보다는 더 가까이 다가가서 바라보고 싶은 마음이 들었다. 직사각형의 거대한 사면에 각각 투영된 장면은 다가갈수록 더 자세하게 보이기 때문이었다. 공식 행사에 나타난 왕족들의 모습이나 다른 지방에서 열리는 축제, 행사, 왕국과 대륙 전체에 어떤 일이 일어나고 있는지 등등의 영상이었다. 일반 서민들은 평소 접하기 어려운 소식들이었다.

이렇듯 도서관의 벽은 여러 귀한 정보를 주었다. 한파가 몰아닥치기 전에 추위를 조심하라는 글씨가 벽면 가득 뜨거나 전염병이 발생할 시 주의할 점, 건강에 좋은 음식 등등. 즉, 지식을 쉽고 빠르게 전달하는 능력을 수행했다.

도서관은 건물 내부적으로도 아주 중요한 장소였다. 지난 20년 동안 여왕이 정책적으로 키워낸 인재들이 집필한 모든 지식이 총망라된 책이 그득한 곳으로, 바로 옆에 위치한 학교와 연계되어 학생들의 공부를 최대한 도왔다. 또한 일반 시민들에게도 계속 지식을 전달하고 가르치는 평생 교육기관으로 작용했다.

때문에 도서관의 개관은 그 도시만이 아니라 근처 지역에도 아주 큰 행사였다. 더군다나 모든 왕국민들이 사랑하고 한 번쯤 만나고 싶어 하는 여왕이 반드시 참석하는지라 행사 시작은 정오였으나 다들 아침부터 모여들었다. 물론 사람들은 대륙 최고의 미인이자 가수인 레이니르에게도 아주 큰 관심을 가지고 있었다. 더군다나 이번 행사에는 또 다른 구경거리가 있었다.

야를 버서커. 거부 야를 세르파의 알려지지 않은 양자이자 레이니르의 약혼자인 남자.

사람들은 버서커의 신분 가운데 전자보다는 후자에 더 관심이 많았다. 대륙의 모든 사람들은 최고의 미인인 레이니르가 누구와 혼약을 올릴 건지 관심이 매우 지극했다. 그렇게나 아름답고 상냥하며 혈통도 고귀한 여자가 평균 혼약 나이인 스무 살에서 다섯 살이나 더 먹었는데 이제까지 어떤 염문설도 없었기 때문이다. 그런데 갑자기 나타난 남자와 약혼의 의식을 치렀다. 그건 그만큼 뜨거운 사랑에 빠졌기 때문일 터.

대체 얼마나 멋진 남자이기에?

사람들 대부분은 그런 기대감을 안고 있었다. 양아버지인 세르파를 능가하는 갑부이자 엄청난 미남자로 소문이 난 버서커의 얼굴을 볼 수 있을까 싶어 다들 눈을 초롱초롱하게 빛낸 건 물론이었다.

모두가 애타게 기다린 정오가 되었다. 도서관 앞에 있는 거대한 영구 마법진이 빛을 발하더니, 한 사람을 이동시켜 왔다.

아주 큰 사내였다. 카르탄 왕국의 남자들은 대부분이 거대한 덩치를 자랑하지만 이 사내는 특히나 더 컸다. 우람한 어깨와 두꺼운 팔다리까지, 육체 전체가 돌보다 더 단단한 근육이었다. 그럼에도 특이한 건, 마냥 거칠어 보이지 않는다는 점이었다. 우아하고도 고매한 분위기가 깊게 풍겨 나왔다.

단단하다 못해 딱딱한 입매와 빛 한 점 비추지 않는 새까만 눈동자는 매우 오만해하면서도 얼음처럼 차갑게 보였다. 그러나 섬세하면서도 시원시원하게 선이 굵은 이목구비는 멀리서 보기에도 감탄이 절로 나올 만큼 훌륭했다.

"우와, 멋지다!"

"진짜 잘생겼다. 몸도 끝내주네?"

많은 남자들은 갑자기 나타나 최고 미녀인 레이니르를 빼앗아 간 괴사내에게 앙심을 품고 있었다. 그러나 눈앞에서 레이니르의 약혼자를 보게 되자 들끓던 질투심을 가라앉힐 수밖에 없었다. 멀리서 보기에도 범상치 않은 존재라는 것을 깨달았기 때문이었다. 더군다나 버서커라 불리는 사내가 뿜어내는 기운은 어마어마했다. 마력이 강한 소수의 사람들은 서서 똑바로 바라볼 수 있었으나 대부분의 평범한 사람들은 고개를 들고 있는 게 매우 힘들었다. 그러나 마법진을 통해 레이니르가 등장하자, 다들 무거운 머리를 쳐들고 눈을 크게 떴다.

"이상 없다."

먼저 이동해서 위험한지 살폈던 콘 웅그르는 전갈을 보내며 손을 내밀었다. 레이니르는 그의 손을 잡아 깍지를 끼며 환하게 웃었다. 세상에서 가장 아름다운 꽃이 만개한 것 같은 미소에 주변인들은 숨을 멈추고야 말았다.

원래도 대륙에서 가장 아름다웠으나 레이니르는 사랑에 흠뻑 빠진 지금, 그야말로 환상적이었다. 자연스럽게 늘어뜨린 반곱슬의 긴 백금발은 가장 뜨거운 태양보다 더 빛났고 사파이어 같은 푸르른 눈빛의 광채는 눈부실 정도였다. 곱디고운 피부 또한 지극히 투명하게 반짝였으며 사랑하는 남자를 바라보는 얼굴에는 여태껏 한 번도 보여주지 않은 애교가 흘러넘쳤다.

레이니르가 약혼자에게 몸을 찰싹 붙이자 많은 남자들은 울분을 느끼고야 말았다. 그러나 레이니르가 내뿜는 뜨겁도록 환한 기운은 그녀가 얼마나 행복해하는지 주변에 분명하게 알리고 있는데다가, 버서커라 불리는 사내는 외적으로 빠지는 점이 단 하나도 없었다. 더군다나 굉장히 강력한 존재였기에 다들 다시 고개를 수그리게 되었다.

이런 남자들과는 달리, 여자들은 레이니르가 남자 복이 있다고 생각하며 큰 부러움을 느끼고 있었다. 그런 감정은 얼음보다 더 차가운 미남자가 레이니르에게만 상냥한 눈웃음을 부여주자 더욱 커졌다.

"시끄럽군."

도서관 주변에 모여든 남자들은 땅이 꺼져라 실망의 한숨을 내쉬고 여자들은 짧은 감탄과 부러움의 신음을 내뱉었다. 다들 말로 직접 내뱉은 건 아니었으나 이천여 명의 소리는 꽤나 컸다. 인간 이상의 청력을 지닌 드래곤답게 사람들이 입으로 웅얼거리는 소리까지 전부 들었는지 콘 웅그르는 미간을 찌푸렸다.

"다들 당신이 부러운 거야."

레이니르는 그가 짜증을 느낀다는 사실을 깨닫고 달래듯 내뱉었다.

"나 같은 미인이랑 약혼한 게 얼마나 부럽겠어?"

"나는 네 외모가 뛰어난지 모른다."

내용 자체는 메마른 것이었으나 콘 웅그르는 다정하게 속삭였다.

"하지만 네 영혼이 얼마나 아름다운지는 안다. 그리고 외모 자체는 모르지만, 이것."

콘 웅그르는 레이니르의 머리카락 몇 가닥을 손에 쥐고 입으로 가져가 경건하게 키스했다.

"은빛과 황금이 절묘하게 반짝이는 이 빛깔은 나를 언제나 유혹하지. 예전에 말했지. 이것은 정말 아름답다."

욕망으로 그득한 콘 웅그르의 시선에 레이니르는 숨이 막혔다. 온몸이 떨렸다. 당장에라도 그의 옷을 찢어버리고 탐하고플 따름. 하지만 지금 그들은 많은 사람들이 지켜보고 있는 칼리 시의 도서관 앞에 있었다. 더군다나 일반적인 상황이 아니었다.

"나중에."

콘 웅그르는 레이니르의 일렁이는 눈빛을 보고 약속했다. 레이니르는 아랫입술을 핥으며 답을 보냈다.

"오늘은 반드시, 당신이랑 완벽한 하나가 될 거야."

당당한 선언이었다. 콘 웅그르는 한쪽 눈썹을 살짝 들어올리더니 피식 웃었다. 비웃는 것 같아 레이니르가 그를 흘겨볼 때였다. 도서관의 관장으로 임명된 50대 후반의 여자가 다가왔다.

"어서 오십시오, 야를 레이니르 님. 그리고 이분은……."

"제 약혼자인 야를 버서커입니다."

"역시 그러시군요."

관장을 포함해서 관장 뒤에 서 있는 여자 직원들은 다들 눈을 하트로 만들었다. 레이니르는 그들의 눈을 가려 버리고 싶었다. 아니, 사실 더한 짓을 하고 싶을 따름이었다.

"저, 그런데 여왕께서는……?"

"안타깝지만 여왕께선 오지 못하셨습니다."

도서관을 매우 중요하게 여기는지라 어떤 일이 생겨도 개관 행사에 참여했던 존재가 갑자기 불참한다는 소식에 관장을 비롯해서 주변 사람들은 다들 크게 당황하고 말았다. 레이니르는 서둘러 이어 말했다.

"가벼운 감기몸살에 걸리셨습니다. 심각한 병은 절대 아니지만, 조심하는 게 좋겠다는 치료장의 조언에 나오지 못하셨습니다. 대신 사과 말씀을 전해달라 이르셨습니다."

"정말 감기가 맞으시지요?"

"심각한 게 아닌 거죠?"

질문하는 사람들의 얼굴과 목소리는 깊은 걱정으로 그득했다. 레이니르는 열심히 고개를 끄덕였다.

"정말 그런 게 아닙니다. 최근 업무가 과중하신지라 쉬셔야 해서 못 나오신 거예요. 염려하지 않으셔도 됩니다. 다음에 기회가 되면 따로 방문하시겠다고 하셨습니다."

레이니르가 몇 번이나 말을 반복한 뒤에야 사람들의 걱정이 조금 걷혔다. 레이니르는 안 좋은 소문이 퍼질 것을 저어해 신경을 분산시킬 말을 꺼냈다.

"여왕께서 미안하다고 말씀하시면서 개관 행사에 참석하는 사람들을 위해 식사를 보내셨습니다. 잠깐 자리를 내주세요."

사람들은 기대감에 귀를 종긋하며 마법진에서 완전히 비켜섰다. 그러자 곧 왕성 요리사 열 명이 나타났다. 그들은 덮개가 덮인 큰 접시를 각자 하나씩 들고 있었다.

접시는 총 열 개뿐으로 언뜻 보기엔 도서관 근처에 모여 있는 이천 명의 사람들이 식사하기엔 한참 부족해 보였다. 그러나 접시는 왕성의 부엌과 연결되어 끝없이 음식이 나오는 것이었다.

"도서관의 식당으로 가지요. 자, 천천히 차례를 지켜서요."

레이니르는 빙긋 웃으면서 뒷말을 강조했고, 사람들은 왕성 음식에 대한 기대감으로 따라갔다. 오백 명의 사람들이 한 번에 식사할 수 있을 만큼 넓은 식당은 도서관의 1층에 있었다.

미리 도착해 있던 왕성의 보조 요리사 서른 명과 잡무 담당 시녀 오십 명이 바로 식사할 수 있게 준비를 마친 상황이었다. 레이니르는 노약자를 추려 먼저 식사할 수 있도록 도와준 뒤 나머지 사람들 사이를 돌아다니며 눈웃음을 보여주며 인사했고, 잘 모르고 부모를 따라온 아이들에게는 도서관에 대해서 설명을 해주거나 쉽고 재미있는 책을 읽어주었다.

레이니르는 모든 이들에게 햇살과도 같은 환한 미소를 보여주며 상냥하게 대했다. 상대가 신분이 높은 귀족이거나 돈이 많은 자라고 해도 레이니르는 다르게 대하지 않았다. 아니, 오히려 그들에겐 시간을 덜 내주었고 허름한 차림의 가난한 이들과 더 오랜 시간을 보냈다.

많은 사람들이 그녀에게 온갖 요구를 다 하고 무례하게 굴기도 했으나 레이니르는 항상 그랬던 것처럼, 아니, 평소보다 더 행복한 웃음을 담아 대했다. 깊은 사랑에 빠진 사람이라면 세상이 전부 분홍빛으로 보일 테니 응당 이러는 법이니까.

레이니르는 식사 차례를 기다리는 아이들에게 책을 읽어주기 위해 의자에 앉았다. 시선을 밑으로 고정한지라 도서관에 등장한 순간부터 옆을 떠나지 않는 콘 웅그르의 발을 슬쩍 볼 수 있었다.

발도 잘생겼단 말이지.

보이는 건 부츠뿐이긴 했다. 그러나 레이니르는 콘 웅그르의 알몸을 머리끝부터 발끝까지 아주 잘 알았다. 물론, 인간으로서의 몸이지만.

"콩."

입으로는 책을 읽어 내려갔으나 레이니르는 머릿속으로는 그런 전갈을 날렸다. 콘 웅그르는 돌처럼 전혀 움직이질 않고 있었다. 하지만 그녀는 그가 무엇을 하는 중인지 잘 알았다.

철저한 보호.

콘 웅그르는 이 칼리 시에 등장한 직후부터 레이니르의 안전에 촉각을 내세우고 있었다. 레이니르는 그가 엄청난 마력을 사용하고 있다는 것을 잘 알았다. 그는 칼리 시 전체를 탐색하고 있었다. 조금이라도 수상한 마법이 튀어 오른다면 즉시 알아차릴 수 있으리라. 백안의 드래곤을 붙잡을 수 있다는 뜻.

레이니르는 마음이 놓였다. 어제, 백안의 드래곤이 이곳에 나타나 함정을 판 게 분명했다. 그래서 여왕은 왕의 만류에 걸음하지 않았으나 그녀는 왔다. 어느 정도 위험을 각오한 것이지만 이렇게 완벽한 보호를 해준다면 별일은 없으리라.

그러나 레이니르는 잘 알고 있었다. 사랑에 빠진 두 남자, 드레카르와 콘 웅그르의 태도가 확연히 다르다는 것을. 물론 민 여왕과 그녀가 처한 상황은 같지 않았다. 백안의 드래곤의 목표는 그녀이지 여왕이 아니니까. 하지만 분명한 건 콘 웅그르는 사랑하는 여자를 미끼로 내놓았다는 사실이었다.

나도 동의한 일. 그러나 어째서 이렇게 계속 신경 쓰이는 걸까? 심장 한구석에 돌조각 같은 게 남아 있는 것 같았다.

"왜 불렀나?"

콩이라 불러서 그런지 목소리가 약간 딱딱했다. 레이니르는 속으로 웃음을 참았다.

"드래곤으로 있을 때는 어떤 모습이야?"

"글쎄."

레이니르는 책을 내려다보느라 목이 아픈 척 주무르면서 고개를 들어 콘 웅그르를 올려다보았다. 그의 얼굴은 무심해 보였다. 그러나 레이니르와 시선을 마주하게 되자 곧바로 주름이 살짝 잡히는 웃음을 지어주었고 고개를 숙여 레이니르의 이마에 다정하게 입을 맞추었다.

"어머, 어머."

옆에 서 있는 여자들은 감탄사를 마구 발하며 눈을 하트로 만들었다.

"약혼 말고 혼약식을 올리지 그러셨어요?"

"정말 부럽네요. 두 분, 혼약은 언제 올리실 건가요?"

온몸을 질문으로 무장한 사람들이 한두 마디씩 보태기 시작했다. 귀가 따가울 정도가 되었을 때, 콘 웅그르가 레이니르 앞에 나섰다. 그는 한마디도 하지 않았다. 대신 한 사람씩 쳐다볼 뿐이었다.

레이니르는 뒤에 있느라 콘 웅그르가 어떤 표정을 지었는지 알지 못했다. 그러나 짧게나마 그의 눈빛을 받은 사람들이 허옇게 질려서 뒷걸음질을 치는 것을 보게 되었다.

"사람들한테 겁주지 마."

레이니르는 서둘러 전갈을 내뱉고는 콘 웅그르의 팔을 잡고 뒤로 끌어당기는 동시에 들고 있는 책을 더 큰 목소리로 읽어 내렸다. 그녀의 노력을 알아차렸는지 콘 웅그르는 미간을 찌푸렸으나 그 뒤로는 눈빛을 다르게 만들지 않았다. 그냥 무심한 표정으로 석상처럼 옆에 가만히 서 있을 뿐이었다. 하지만 사람들은 어지간히 무서웠는지 더 이상 그에게 접근하질 않았다.

레이니르는 속으로 한숨을 내쉬었으나 더욱 상냥하게 행동하면서 식사를 마친 사람들에게는 카르탄 왕국의 역사를 간단하게 요약한 노래를 시작으로 가수로서의 능력을 아낌없이 발휘해 주었다.

공식적인 개관 행사가 완전히 끝난 건 시작한 지 아홉 시간이 흐른 뒤였다. 밤 9시가 넘자 모든 사람들이 짙은 아쉬움의 한숨을 내쉬며 도서관에서 빠져나갔다. 관장을 비롯한 도서관의 모든 직원들은 허리를 깊게 숙여 레이니르에게 감사의 마음을 전했다.

"정말 고맙습니다, 레이니르 님."

"덕분에 오늘 행사가 성공리에 끝났습니다."

그들의 얼굴은 피곤하지만 뿌듯한 빛으로 환했다. 레이니르는 빙긋 웃으며 마주 허리를 숙였다.

"아닙니다. 여러분들 덕분에 잘 끝난 거예요. 내일부터 본격적으로 업무를 보게 되실 텐데, 여왕님께서 잘 부탁드린다고 말씀하셨습니다. 조만간 왕림하실 겁니다."

"여왕님께 쾌유를 간절히 바라고 있다는 말 꼭 전해주세요."

직원들은 한두 마디씩 여왕을 걱정하는 말을 입에 올렸고, 레이니르는 한 명씩 답을 해주고는 도서관을 전체적으로 다시 확인했다. 그리하여 그녀가 도서관을 나선 건 한 시간이나 더 지난 뒤의 일이었다.

레이니르는 온몸이 쑤시고 결렸다. 열 시간 동안 내내 봉사했기 때문은 아니었다. 원래도 체력이 아주 좋은데다가 콘 웅그르의 피와 살을 먹은 뒤로는 인간 이상의 힘을 갖게 되어 그런 것쯤 아무것도 아니었다. 그러나 옆에 바싹 붙어 있는 콘 웅그르를 쳐다보고픈 마음에 저항하느라, 그에게 때때로 키스하고 더 진한 스킨십도 하고픈 충동을 억누르느라 온몸에 힘을 수십 차례 준 건 꽤나 피곤한 일이었다.

"결국 아무 일 없었네."

레이니르는 도서관 후문에 있는 작은 영구 마법진 위로 올라섰다. 올 때는 정문의 마법진을 이용했으나 그건 의도적으로 그녀의 등장을 과시하기 위한 일이었고, 지금은 피곤해서 어서 왕성으로 돌아가고 싶은 마음뿐이었다.

"돌아가서 일단 씻고……."

곁을 따라오던 콘 웅그르에게 전갈을 보내며 돌아본 레이니르는 말을 끝낼 수가 없었다. 그가 보이지 않았기 때문이었다. 등골이 서늘했다.

"콘?"

레이니르는 전갈로 다시 불렀다. 그러나 전갈은 목적지로 가지 못하고 모래알처럼 흩어져 버렸다. 전갈을 받을 사람이 근처에 없기 때문이었다.

레이니르는 온몸을 뻣뻣하게 굳히면서 탐색마법으로 주변을 샅샅이 살피기 시작했다. 이미 해가 완전히 사라진 밤하늘은 새까만 어둠으로 그득했다. 짙게 드리워진 먹구름 때문에 별빛조차 없기에 자그만 마법진에서 십여 미터 떨어진 곳에 서 있는 건물이 어떤 것인지 식별하는 것도 어려웠다.

물론, 칼리 시의 전체 지도를 외우고 있는 레이니르는 그곳이 학교라는 건 잘 알았다. 목 뒤의 솜털이 곤두서는 소름 끼치는 상황 속에서 그녀는 서둘러 마법진에 마력을 집어넣었다. 콘 웅그르가 갑자기 어디로 사라졌는지 알 수 없으나 레이니르는 가장 중요한 게 자신의 안전이라는 것을 잘 알았다. 즉시 안전한 왕성으로 가야 했다.

마법진은 순식간에 레이니르를 이동시켜 주었다. 그러나 레이니르는 안심할 수가 없었다. 왕성으로 온 게 아니니까.

처음 보는 곳이었다. 아니, 본다는 말 자체가 맞지 않는 것 같았다. 모든 것이 새까맸다. 희미한 바람이 느껴지는 걸로 봐서는 외부인 것 같았으나 벽이 몇 미터 거리에 있는지, 천장이 어디인지조차 알 수가 없었다.

불길한 암흑 자체인 공간.

레이니르는 한 번에 여러 마법을 사용했다. 그러나 콘 웅그르의 이름을 부르는 전갈은 상대가 존재하지 않는 양 그냥 스러져 버렸고, 공간 밖으로 나가기 위해 시도한 마법진은 생성 자체가 되지 않았다. 또한 공간 내부조차 탐지가 되질 않았다. 검은 안개 속에 파묻힌 기분이었다.

더없이 심장이 뛰었다. 공포가 아니라 미안함 때문이었다. 그녀가 다치거나 만약 죽는다면…… 콘 웅그르는 헤어 나올 수 없는 슬픔과 고통의 늪에 빠질 테니까.

대체 어디로 간 걸까? 무슨 일이 생긴 걸까?

백안의 드래곤을 발견했다면 콘 웅그르는 그녀에게 아무 말도 않은 채 사라질 존재가 아니었다. 최소한 한마디는 남기고 그녀에게 수많은 보호마법을 건 뒤 움직일 존재였다. 그런데 어째서 이렇게 갑자기 없어진 거지? 혹시, 위험에 빠진 걸까?

수많은 의문이 줄기에 달린 감자처럼 끝없이 떠올랐으나 더 생각할 여력이 없었다. 10여 미터 앞에 누군가가 등장했기 때문이었다. 레이니르는 즉시 팔찌에서 단검을 뽑아 들어 겨냥했다.

생각과는 달랐다. 레이니르는 백안의 드래곤이 콘 웅그르의 쌍둥이 누이니까 오빠처럼 선명한 이목구비에 차갑지만 고매한 분위기를 가지고 있을 줄 알았다. 눈처럼 새하얀 머리카락과 눈동자 또한 아주 아름다울 거라고 짐작했으나, 실제는 완전히 달랐다.

백안의 드래곤은 거대한 몸을 가진 콘 웅그르와 닮은 점이 전혀 없었다. 몸집은 햇볕에 바싹 마른 대나무처럼 아주 가늘었으며 이목구비는 얇고도 매끈했다. 언뜻 보기엔 평범한 얼굴과 마른 몸매의 소유자로 특별할 것 없는 존재. 그러나 발끝까지 내려오는데다가 태풍이라도 겪은 듯 헝클어진 긴 머리카락은 꽤 이상했다. 특히 색깔이 그랬다. 하얀색과 푸른색이 엉망으로 섞인 듯한 혼탁한 하늘색은 매우 불길하면서 기괴했다. 눈동자의 색도 그랬다.

더 이상 백안의 드래곤이라 불러서는 안 될 것 같았다. 그렇다고 푸른 드래곤이라 부를 수도 없지만…….

레이니르는 천둥을 맞은 듯한 충격에 사로잡히고야 말았다. 어떤 가능성 하나가 떠올랐기 때문이었다. 생각조차 하고 싶지 않은 것. 하지만 묻지 않을 수 없었다.

"설마, 설마…… 푸른 드래곤을……."

"그래."

백안의 드래곤은 드래곤 특유의 기괴한 목소리로 이어 읊었다.

"먹었다."

레이니르는 손으로 입을 막았다. 구역질이 나올 것 같으니까. 물론 그녀도 콘 웅그르의 살과 피를 먹었으나, 외모가 변할 정도로 많은 양이 아니었으며 그녀가 의도한 것도 아니었다. 하지만 저렇게나 달라진 걸 보면 백안의 드래곤은 푸른 드래곤을 머리끝부터 발끝까지 전부 삼켜 버린 게 분명했다.

드래곤이 다른 드래곤을 먹어버렸다니? 식인. 대륙에서 가장 금기시되는 추악한 범죄. 그런데 인간보다 훨씬 고결한 존재가 그딴 짓을 저질렀다고?

"푸른 드래곤은 아무 죄도 없는데 어째서 그런 거지?"

이런 입에 담기도 불결한 짓까지 저지른 건 그만큼 복수심이 강하다는 뜻이었다. 그러나 레이니르는 근본적으로 백안의 드래곤이 푸른 드래곤을 이렇게까지 이용한 게 이상했다. 뭔가 연결 고리가 있는 게 분명했다.

"콘 웅그르에게 가장 충실한 드래곤이니까."

그런 존재인데, 저번에 콘 웅그르는 백안의 드래곤에게 이용당했다는 이유 하나만으로 푸른 드래곤을 불구로 만든 건가? 그만큼 콘 웅그르가 잔혹하고 냉랭하다는 뜻인가?

순간 그런 생각이 머릿속을 스치고 지나갔으나 레이니르는 무시했다. 그런 걸 떠올려선 안 되었다. 그리고 백안의 드래곤을 믿어서도 안 되었다.

"하지만 그 긴 세월 동안 충성했어도 그자는 푸른 드래곤에게 조금의 아량도 베풀지 않았지. 그자는 그렇게 감정이라고는 전혀 없는 존재다."

"네 말이 맞다고 해도 콘 웅그르는 푸른 드래곤을 먹어치우지는 않았어."

레이니르가 한마디를 날리자 백안의 드래곤은 한쪽 입술 끝을 삐뚜름하게 올렸다. 재미를 느끼는 게 분명했다.

"아름 레이니르, 나 또한 너를 오랜 시간 지켜보았다. 얼마든지 편하고 호화롭게 살 수 있을 텐데 약자들을 위해 애쓰는 너 같은 인간은 흔치 않지. 나는 네가 꽤 마음에 든다."

"아, 그래서 고통의 마법을 걸었고 피의 구슬 마법으로 공격한 거구나?"

목숨이 경각에 달린 위급한 상황이라는 건 잘 알았다. 그러나 레이니르는 비아냥거림을 멈출 수 없었다. 죽을 때 죽더라도 비굴한 모습을 보일 생각은 추호도 없었다.

"그건 사과하지."

코앞에서 인간이 비꼬는데도 백안의 드래곤은 아주 덤덤했다.

"하지만 나로선 어쩔 수 없었다. 확인이 필요했으니까. 그자가 널 진심으로 마음에 품었는지 알아야 했다."

"그래서 답은 얻었어?"

솟아오른 식은땀 때문에 손바닥이 흥건한지라 미끄러웠다. 레이니르는 단검을 잡은 손에 힘을 주었다. 동시에 어떻게 해야 시간을 더 끌 수 있을지 빠르게 궁리했다. 콘 웅그르가 오기 전까지 버텨야 했다.

그런데 콘 웅그르는 대체 어디로 간 걸까? 이 공간으로 이동한 지 벌써 5분은 지난 상황이었다. 지고의 존재가 그녀를 찾아내기엔 충분한 시간이었다. 그런데 어째서 못 오는 거지? 푸른 드래곤을 먹은 백안의 드래곤이 아주 강해져서 그를 방해하고 있는 건가?

"그래, 원하는 대로 답을 얻었다."

답변과는 달리 백안의 드래곤은 불만으로 들끓는 목소리였다. 만족을 느끼지 못한 자의 것. 백안의 드래곤은 그런 어조로 툭 내던졌다.

"그자는 널 마음에 두지 않았다."

"아니야!"

레이니르는 저도 모르게 크게 비명을 내질렀다. 그녀의 목소리는 온통 새까만 세상 전체로 퍼지지 못하고 허무하게 스러져 버렸다.

"아니라고 생각하는군."

"그래! 콘 웅그르는 진심으로 나를—"

"아니다. 그자는 널 그냥 이용한 것이다. 그래, 나조차 잠시 현혹되긴 했지. 인간 따위와 약혼의 의식을 올리고 더없이 사랑하는 모습을 보여준데다가 고통을 열 배로 겪는데도 대신 앓은 것을 보고 진실로 마음에 품은 거라고 짐작했다. 거기다가 피의 구슬을 대신 맞는 것을 보면서, 정말로 인간인 널 사랑하는 줄 알았지. 그러나."

백안의 드래곤은 안타까운 어조였다.

"그자는 그냥 즐긴 것뿐이다. 세상이 창조된 순간부터 지금까지 너무도 오랜 시간을 살아와 어떤 일에든 흥미를 느끼지 못한다. 그런 그에게 이번 일은 아주 오랜만에 즐기는 재미있는 놀이일 뿐이었다. 너는 그저 장난감일 따름."

"반려를 잃고 미쳤다더니 진짜로군."

콘 웅그르가 오기까지 시간을 끌어야 하므로, 아무리 당당하게 행동하고 싶다고 해도 이런 식으로 조롱을 퍼부어서는 안 되었다. 그러나 레이니르는 참을 수가 없었다. 그녀는 단검의 날카로운 끝으로 백안의 드래곤을 겨냥했다.

"그건 사실이 아니야! 내가 콘 웅그르에게 아무 존재도 아니라면!"

레이니르는 말을 한 번에 할 수가 없었다. 그녀는 잠시 마른침을 삼켰다.

"당신이 왜 이렇게 함정까지 파서 날 노리는 거지? 말이 안 되잖아?"

"다른 방법이 없다."

백안의 드래곤이 그렇게 말을 하자마자 새까만 공간에 바람이 불기 시작했다. 어디서 솟아난 것인지는 알 수 없는 차가운 공기는 발끝까지 내려오는 백안의 드래곤의 긴 머리카락을 흩날리게 만들었다.

머리카락은 백안의 드래곤의 머리에 붙어 있지 않았다. 바람을 따라 움직이더니 힘없이 그냥 끊어져서 사방으로 흩어졌다. 그뿐만이 아니었다. 백안의 드래곤의 왼쪽 손목 아랫부분은 앙상한 뼈만 남기고 살덩이가 바닥으로 뚝뚝 떨어졌다. 젤리처럼 뭉개진 살은 끔찍한 냄새를 퍼뜨렸다.

"시간이 없으니까."

괴이하고도 충격적인 상황이 펼쳐지고 있는데도 백안의 드래곤은 이맛살을 찌푸릴 뿐 큰 반응은 보이지 않았다.

"왜 몸이 그런 거지? 푸른 드래곤을 먹은 부작용인가?"

"아니다. 푸른 드래곤을 먹어서 그나마 버티는 거지."

조종마법을 걸면 갈수록 육체가 망가지고 고통의 마법을 쓰면 회복이 느려진다고 했다. 즉, 죽음의 벼랑으로 떨어지는 길.

"두 사악한 마법의 부작용이지? 몸 상태가 심각하네?"

"그래. 남용했더니 이 모양이 됐지. 힘도 불안정해졌고. 그래서 어제 큰 웅그르에게 내가 칼리 시에 오는 걸 들키고 말았지. 그가 나타나기 전에 사라질 수는 있었지만."

백안의 드래곤은 꼬박꼬박 답을 주었다. 그러나 레이니르는 경각심을 더 높일 수밖에 없었다.

시간을 끄는 게 내 목적이라는 걸 알고 있을 텐데, 어째서 저러는 거지?

이 의문까지 물을 수는 없었다. 혹시라도 바로 덤벼들 수 있기 때문이었다. 하지만 백안의 드래곤은 마치 레이니르의 생각을 읽은 사람처럼 이렇게 물어왔다.

"궁금하지 않나? 그자가 널 사랑하지 않는다는 사실을 내가 어떻게 눈치챘는지?"

레이니르는 내쉽듯이 말했다.

"관심 없어. 사실이 아니니까."

"안됐구나. 그렇게나 믿다니. 하지만 생각해 봐라. 함정을 파놓은 게 분명한 장소에 왜 나타났지? 그자는 널 미끼로 삼은 게 분명하다."

민 여왕을 왕성에서 보호하기로 결정한 드레카르 왕이 다시 한 번 머릿속에 떠올랐으나 레이니르는 큰 소리로 반론을 표했다.

"어서 일을 끝내자고 미끼를 자처한 건 나야!"

"애초에 널 미끼로 만든 건 그자이다. 지금, 내가 어떻게 너와 함께 있다고 생각하는 거지? 그자가 곁에 계속 있었다면 나는 널 이렇게 붙잡지 못했을 터. 그는 자신이 네 곁에 있으면 내가 나타나지 않을 거라는 사실을 잘 알기에 이렇게 널 놔둔 채 사라진 거다. 날 잡기 위해 널 그냥 던져 버린 거지."

"아니야! 콘 웅그르는 그런 존재가 아니야!"

"아무리 부정해도 그건 사실이다. 난 그저 네가 불쌍할 뿐. 그래서 이렇게 시간을 들여 설명해 주는 것이다. 어차피 넌 죽을 테니까."

백안의 드래곤은 쯧쯧 소리까지 내며 혀를 찼다. 레이니르는 저 모욕을 더 참기 힘들었다.

"시간을 끌어보려는 네 노력이 가상해서 이리 대응해 주는 것도 있지. 물론 내 죽음 때문도 있다."

본인의 죽음을 언급하는 백안의 드래곤은 전혀 애석하지 않은 표정이었다. 아니, 희미하지만 기쁨도 엿보였다.

내심 죽음을 갈구하는 건가?

"내가 만든 이 결계는 시간이 지날수록 강해진다. 내가 풀기 전에는 누구도 들어오지 못하지. 하지만 단점이 있는데, 그건 이 결계를 사용한 뒤에 난 한동안 마법진을 쓰지 못한다는 점이다. 즉, 이 결계가 사라지면 난 다른 곳으로 도망치지 못하고 그자에게 살해당할 것이다. 어차피 몸이 망가진 터라 더 버텨도 결국에는 죽어버리겠지만."

길게 읊조리듯 설명까지 해주는 백안의 드래곤은 빙그러니 웃었다. 그러나 혼탁한 하늘색으로 번뜩이는 눈동자의 흰자위는 핏빛으로 물들고 있었다. 육체의 붕괴 작용이었다.

"어차피 살아 있을 수 있는 시간은 얼마 없으니, 그자에게 죽임을 당하든 당하지 않든 상관없어. 더군다나 난 죽고 싶거든. 그래야 내 반려를 언젠가 만날 수 있으니까. 물론 죽기 전에 복수해야 해. 그자가 미끼로 내놓은 것을 취해야 하지. 그래서 넌 이렇게."

레이니르가 눈을 한 번 깜빡하는 사이, 백안의 드래곤은 바로 코앞으로 이동해 왔다. 레이니르가 단검을 휘두르거나 마법을 발할 시간조차 없었다. 백안의 드래곤은 오른손을 뻗어 레이니르의 가는 목을 움켜쥐었다.

"내 손에 잡힌 거다."

백안의 드래곤은 언뜻 보기에 레이니르보다 한 뼘은 더 작고 몸집도 3분의 2 정도일 뿐이었다. 그러나 종이 한 장을 든 것처럼 아주 손쉽게 레이니르를 위로 들어 올렸다. 허공에 대롱대롱 매달리게 된 레이니르는 단검과 함께 공격마법을 썼다.

단검은 백안의 드래곤의 팔에 꽂히긴 했다. 그러나 백안의 드래곤은 무심한 얼굴로 왼팔로 오른손에 박힌 단검을 도로 뽑아내 아무렇게나 옆으로 던졌고, 공격마법은 거울에 반사된 햇빛처럼 그대로 튕겨 나왔다.

숨이 막혔다. 목을 죄어오는 손바닥의 거친 힘 때문에, 최선을 다한 공격이 조금도 통하지 않는다는 사실 때문에 레이니르는 순간 호흡이 불가능했다.

"불쌍하구나. 역시 넌 그냥 콘 웅그르에게 장난감이지."

백안의 드래곤은 진정으로 안타깝다는 어조였다. 하얀색과 푸른색이 어지럽게 섞인 눈동자는 깊은 동정심으로 흔들리고 있었다.

"하지만 지금의 내겐 그것만으로도 충분하다. 어찌 됐거나 넌 공식적으로 콘 웅그르의 반려이지. 그 사실은 그냥 껍데기에 불과하지만 너라도 처리를 해야겠어. 그자가 내 반려를 죽였으니, 나도 그리 하는 게 정당한 도리일 테니. 환생도 못하게 영혼까지 완전히 소멸시킬 수도 있지만…… 그자가 널 진짜 사랑하는 것도 아닌데 그건 못할 짓이지. 그건 하지 않으마."

백안의 드래곤은 이제 짧게 한숨을 내쉬었다.

"난 인간을 좋아한다. 더군다나 이 카르탄 왕국은 내 직계 핏줄인 카르탄 드레카르가 다스리는 곳이고 넌 카르탄 드레카르가 아끼는 존재지."

분명, 콘 웅그르는 그녀와 드레카르 왕에게 협조하지 않으면 백안의 드래곤이 인간을 전부 살해할 거라고 장담했었다.

백안의 드래곤에게 벗어나려고 모든 힘을 집중한 상황이었으나, 레이니르는 백안의 드래곤이 진심이라는 것을 깨달았다. 아무리 미쳤다지만 백안의 드래곤은 진심으로 인간을 좋게 보는 게 분명했다. 전부 죽일 생각은 없어 보였다.

그렇다면, 설마 콘 웅그르가 거짓말을 한 건가?

"고통을 줘서 미안하다."

백안의 드래곤은 갓난아기에게 그러하듯 다정하게 속삭이고는 팔을 굽혔다. 레이니르는 백안의 드래곤이 가까워지자 발로 차서 밀려고 했으나 소용없었다. 백안의 드래곤은 레이니르의 공격을 손쉽게 제압하고는 뺨과 뺨을 맞댔다.

"머릿결이 정말 아름답군. 그자도 이것을 좋아하지? 하지만 난."

살덩이가 바닥으로 흘러내리는 일이 계속 진행되고 있기에 백안의 드래곤의 왼쪽 팔은 이제 팔꿈치 아래가 뼈만 남은 상황이었다. 그러나 다섯 개의 손가락뼈는 충실하게 작동해서 레이니르의 머리카락을 뒤로 넘겼다. 연인을 어루만지는 것처럼 다정한 손길이었다.

"네 살결에 더 끌리는군."

백안의 드래곤의 차가운 숨결이 레이니르의 뺨에 오소소 내려앉았다. 레이니르의 온몸으로 뼛속까지 시린 냉기가 퍼지기 전, 백안의 드래곤은 입을 벌려 치아를 레이니르의 어깨에 박아 넣었다.

살결이 뜯어지는 소리는 천이 찢어지는 소리와 같았으나 레이니르는 들을 정신이 없었다. 그녀는 그저 고통과 비명을 가까스로 참아낼 뿐이었다.

"음, 대단해."

백안의 드래곤은 레이니르 앞으로 고개를 돌리더니 시선을 마주했다. 격심한 고통 때문에 시야가 뿌옇게 변한 레이니르는 백안의 드래곤의 입이 온통 시뻘겋다는 것을 희미하게나마 볼 수 있었다.

"신음 한마디 안 내뱉다니, 인내심이 대단하군. 그리고…… 맛이 아주 좋아."

백안의 드래곤은 진심으로 감탄하는 목소리였다. 고통은 여전했으나 레이니르는 백안의 드래곤이 입안에 머금은 자신의 살덩이를 고귀한 천상의 음식처럼 씹어 먹는 소리를 똑똑히 듣게 되었다.

진짜 미친 건가? 식인을 다시 하다니!

극심한 고통 속에서도 레이니르는 상황을 판단했다. 그러나 곧 깨닫게 되었다. 자신은 콘 웅그르의 피와 살을 먹은 상태였다. 인간치고 상당한 마력을 가진 존재. 백안의 드래곤은 자신을 먹으면 더 강한 힘을 갖게 될 수 있을 터였다. 더군다나 먹는 과정에서 지독하디지독한 고통을 안겨줄 수 있을 테니 일거양득이었다.

다시 한 번 마력을 모아 레이니르는 백안의 드래곤을 멀리 떨치려고 노력했다. 그러나 이번에도 통하지 않는 건 물론이었다. 뼈저린 절망과 함께 거대한 공포가 레이니르를 빠르게 집어삼켰다.

콘, 대체 어디 있는 거야?

이 순간, 레이니르는 단 한 존재를 애타게 부를 수밖에 없었다. 또한 피어난 의구심이 먹구름처럼 그녀의 시야를 어지럽혔다.

대체 왜 갑자기 사라져서 나타나지 않는 거지? 정말 날 진짜 미끼로 내놓은 걸까? 백안의 드래곤을 잡기 위해 날 그냥 던져 버린 걸까?

10.

"처음부터 너는 내 것이니까."

"다시, 다시, 다시…… 끝없이 사랑할 수 있다. 영원히 사랑할 수 있다."

"나도 사랑한다, 레이니르. 사랑한다, 사랑한다."

레이니르의 머릿속에 콘 웅그르의 말이, 기억이 메아리쳤다. 강력한 소유욕으로 그득한 선언, 절절하게 끓어 넘치는 마음의 고백.

거짓일 리 없다. 그런 것일 리 없다. 콘 웅그르는 나를 사랑한다. 진심으로. 그러니, 아니다. 날 진짜 미끼로 삼았을 리 없다! 그러니, 그러니 콘! 어서 나타나 줘!

레이니르가 마음속으로 부르짖을 때였다. 살을 꼼꼼하게 씹어서 삼킨 백안의 드래곤은 한순간 석상이 된 것처럼 굳어버리고 말았다. 붙잡고 있던 레이니르의 목을 내던지듯 뿌리치더니, 두 손으로 자신의 목을 움켜쥐었다.

목을 붙잡혀 허공에 매달려 있던 충격도 컸고 어깨 살을 뜯긴 고통에다가 바닥에 아무렇게나 내던져진 통증도 굉장히 컸다. 레이니르는 간신히 의식을 잃지 않을 수 있었으나 엎어진 자세 그대로 잠시 동안 온몸을 떨고만 있었다. 조금이나마 고통이 가신 뒤에야, 아니, 고통에 적응한 뒤에야 고개를 들 수 있었다.

눈앞은 붉었다. 레이니르는 오른편에 고여 있는 커다란 피 웅덩이가 자신의 것이라는 사실을 깨달았다.

너무 많았다. 오래 버티지 못할 터. 기껏해야 10분? 그 뒤에는…….

레이니르의 머릿속에 가장 먼저 떠오른 건 콘 웅그르였다.

죽으면, 그를 다시는 보지 못한다. 다시는 그를 만나지 못한다! 그리고…….

콘 웅그르는 끝없는 슬픔과 절망에 짓밟힐 것이다. 굳은 약속과는 달리 사랑하는 여자를 지켜주지 못했다는 자괴감에 빠져 심장이 찢어지고 영혼이 조각나리라.

분명 콘 웅그르는 다른 문제 때문에 못 오는 것일 터. 그런 게 아닐 리 없다. 그녀를 무엇보다 사랑하니까.

콘 웅그르를 위해, 살아남아야 한다. 그를 위해서 무슨 수를 써서라도 반드시 살아남아야 한다!

레이니르는 사시나무처럼 더없이 떨리는 왼손을 움직여 오른쪽 어깨의 상처에 댔다. 뼈가 드러날 정도로 살이 전부 뜯어졌다는 사실을 애써 무시한 뒤, 모든 마력을 집중했다. 원래 치료마법을 가진 사람이 아닌 이상 스스로를 치료할 수 없지만, 그녀는 지고의 존재인 콘 웅그르에게 피와 살을 받아 자체 치유력도 강화되었다.

레이니르가 정신을 집중하자 출혈은 금세 멈췄고 뜯어진 부위가 느린 속도지만 재생되기 시작했다. 그러나 레이니르는 한계가 있다는 걸 잘 알았다. 재생까지 최소한 몇 시간은 걸릴 텐데, 그동안 백안의 드래곤이 가만있을 리 없으니까. 하지만 예상외로 백안의 드래곤은 그녀를 그대로 두고 있었다.

여전히 몸을 일으킬 힘은 없었으나 레이니르는 엎드린 채 간신히 고개만 조금 더 들었다. 치료 덕분에 더 이상 백안의 드래곤이 두 개로 보이지 않았고, 무엇을 하고 있는지도 제대로 보였다.

백안의 드래곤은 바닥에 쓰러지듯 앉아 있었다. 왼손은 이제 살덩이가 어깨 밑까지 사라진 상황으로, 시뻘건 피로 물든 왼손 뼈와 멀쩡한 오른손이 무언가가 걸린 듯한 목을 움켜쥐고 있었다. 푸른 힘줄이 얼기설기 돋은 얼굴은 고통으로 일그러져 있을뿐더러 처절한 신음 같은 소리도 간헐적으로 내뱉고 있었다.

내 살 때문인가?

불현듯 그런 생각이 들었다. 백안의 드래곤의 입안에 들어간 건 그녀의 살밖에 없었기 때문이다.

혹시 내 몸속에 있는 콘 웅그르의 피와 살이 독으로 작용하는 건가?

정확한 답은 알 수 없었으나 레이니르는 절호의 기회라는 건 잘 알았다. 도망칠 수 있는 기회!

레이니르는 다시 한 번 마법진을 생성하려 했으나 실패했다. 또 다시 절망이 온몸을 짓누르기 전, 그녀는 뜯긴 어깨를 만졌던 손으로 바닥을 짚고 일어나 앉았다. 바닥에서 손을 뗀 순간 레이니르는 자신의 피가 묻었다가 지워진 결계의 바닥 부분이 까맣지 않다는 것을 깨달았다.

혹, 내 피가 결계를 뚫는 건가?

머릿속을 번개처럼 번뜩 스치고 지나가는 생각에 레이니르는 바로 앞에 있는 피 웅덩이를 손으로 닦아보았다. 결계가 아니라 칼리 시의 학교 앞에 깔려 있는 잘 다듬어진 도로가 보였다.

레이니르는 바람마법을 일으켜 자신이 흘린 모든 피를 허공으로 한데 모았다. 결계는 굉장히 넓었으나 운 좋게도 가장 가까운 벽은 5미터도 떨어지지 않는 곳에 있었다.

레이니르가 모은 피는 벽에 부딪쳐 주변으로 흠뻑 튀었다. 벽을 타고 피가 흘러내리는 곳에 즉시 구멍이 났고, 낯익은 광경이 보였다. 칼리 시의 도서관 후문이었다. 레이니르는 바로 바람마법을 타고 날아가기 시작했다.

"어딜!"

백안의 드래곤은 여전히 바닥에 무릎을 꿇고 앉아 두 손으로 목을 움켜쥐고 있었으나 레이니르의 행동을 기민하게 지켜보고 있었다. 레이니르가 막 결계 밖으로 몸을 내뺐을 때, 채찍 형태로 구현된 백안의 드래곤의 마법에 붙들려 안으로 도로 끌려갔다.

코앞에서 탈출의 기회를 놓쳤지만 레이니르는 절망하지 않았다. 백안의 드래곤 바로 앞에 다시 쓰러진 그녀는 반격을 위해 마주 보았다. 지금, 백안의 드래곤은 레이니르를 쳐다보지 않고 있었다. 레이니르의 피 때문에 생긴 결계의 구멍을 통해 보이는 존재에게 시선을 꽂은 상태였다.

백안의 드래곤은 아무 말도 하지 않았지만, 몸으로 모든 감정을 내뿜고 있었다. 세상이 끝날 때까지 가장 잔인하게 고문하고픈 상대를 보는 얼굴. 자신의 생명을 희생해서라도 반드시 복수하고픈 상대에게 내비치는 격렬한 증오심의 눈빛. 금방이라도 달려들어 으스러뜨리다 못해 갈가리 찢고 싶은 충동에 휩싸여 떨리는 손끝.

백안의 드래곤은 눈 깜짝할 사이에 변신했다. 목을 막아서 거대한 고통을 안겨줬던 레이니르의 살덩이를 혼신의 힘을 다해 토해낸 뒤, 뼈만 남은 왼쪽 팔과 아직 멀쩡한 오른팔, 두 다리는 네 개의 거대한 기둥 같은 드래곤의 발이 되었다. 발톱은 물론 치아는 피를 부르는 비수처럼 날카로운 무기로 변해서 잔인하게 번뜩였다. 비쩍 마르고 작은 인간의 몸통이 10층짜리 건물 이상으로 불어난 건 물론이었다.

짓밟히면 그대로 으스러지리라. 레이니르는 백안의 드래곤이 변신한다는 것을 깨닫자마자 본능적으로 몸을 옆으로 날려 멀어졌다.

쿠쿵!

백안의 드래곤이 방금까지 레이니르가 있던 자리에 두 앞발을 내려놓는 소리는 지진이 난 것처럼 아주 컸다. 그러나 큰 소리는 그것만이 아니었다.

"콘 웅그르! 콘 웅그르!"

백안의 드래곤이 입을 크게 벌려 포효하는 소리는 귀청이 터져 나갈 만큼 어마어마했다. 오른쪽 어깨의 상처 때문에 팔이 너무 아파 레이니르는 왼손으로만 왼쪽 귀를 막을 수 있었다. 보호마법 덕분에 고막은 나가지 않았으나 그녀는 한순간 오른쪽 귀가 멍했다.

이런 상황이 더없이 아쉬웠다. 이렇게 귀가 이상하지 않다면 콘 웅그르는 그녀에게 다정한 말을 해줄 테니까. 이제 자신이 왔으니 괜찮을 거라고, 늦게 와서 미안하다고, 앞으로는 털끝 하나 다치지 않게 보호해 주겠다는 말을 속삭여 줄 텐데, 귀가 아파서 들을 수가 없었다.

레이니르는 고통으로 얼룩진 몸을 움직여 비스듬하게 앉은 뒤 결계의 구멍 안으로 들어오는 콘 웅그르를 쳐다보았다. 그의 등 뒤에 존재하는 구멍은 빠르게 작아지더니 곧 완전히 없어져서 결계 속의 세상은 다시 온통 새까만 색이 되었다. 그러나 레이니르는 그건 큰 문제가 아니라는 걸 알았다. 백안의 드래곤이 죽으면 결계 또한 스러질 테니까.

레이니르는 입을 벌려 말할 생각이었다. 난 괜찮다고, 이깟 상처는 아무것도 아니니 자책하지 말라고 서둘러 내뱉어 그를 위로할 생각이었다. 하지만 콘 웅그르는 전혀 위로가 필요한 얼굴이 아니었다.

콘 웅그르의 몸 전체에서는 오랫동안 소원한 장난감을 선물받은 어린아이 같은 순수한 기쁨이 뿜어져 나오고 있었다. 손끝에 분명하게 잡힐 것 같은 즐거움은 얼굴에도 그득했다. 딱딱하다 못해 시리도록 냉철했던 얼굴은 태양보다 환했다. 입은 다물고 있으나 며칠이고 굶주렸다가 세상에서 가장 만족스러운 식사를 끝낸 사람 같은 미소가 맺혀 있었다. 그리고 눈.

빛 한 점 침입할 수 없을 만큼 너무도 새까만 눈동자는 지금, 더없이 찬란한 희열로 번뜩이고 있었다. 세상에서 가장 흥미롭고 즐거우며 재미있는 놀이를 발견한 존재만이 내뿜을 수 있는 것.

나를 발견해서 그런 건가?

콘 웅그르가 안도감이나 기쁨을 느끼는 건 당연했다. 이제까지 결계에 갇혀 있던 그녀를 끝없이 걱정하며 찾아다니느라 심장이 수십 번도 더 찢어졌을 테니까. 그러나 이상했다. 뭔가, 달랐다. 저렇게나 환한 미소는 그야말로 순수한 즐거움을 느낀 사람만이 내보일 수 있는 것이니까. 그녀를 발견하기 전까지 걱정의 늪에 처박혔을 존재가 지을 만한 표정이 아니었다.

"콘 웅그르?"

아직도 귀가 먹먹했기에 레이니르는 전갈을 보내보았다. 그녀는 자신의 고막이 문제지만 그가 뭔가 말을 하고자 마음먹었다면 전갈로도 충분히 가능했다는 것을 그제야 깨달았다. 전갈은 머릿속에 직접 울리니까. 레이니르는 이제야 떠올린 자신의 멍청함을 탓할 시간조차 없었다. 콘 웅그르가 그녀의 전갈을 그대로 튕겨냈기 때문이었다.

들었는데 답을 하지 않은 게 아니었다. 콘 웅그르는 그냥 벽을 세워 막아버렸다. 즉, 전갈을 보내지 말라고, 나는 네 말을 듣지 않겠다고 분명하게 의사를 밝힌 것이었다.

어째서? 어째서?

레이니르가 순간 텅 비어버린 머리를 애써 회전시킬 때였다. 백 안의 드래곤은 쩍 벌린 아가리에서 파란색과 하얀색이 치열하게 엉긴 듯한 혼탁한 하늘색의 얼음을 쏟아냈다. 얼음은 세상에서 가장 날카로운 창 모양으로 번뜩이면서 단숨에 꿰뚫어 버릴 듯한 기세로 콘 웅그르에게 똑바로 날아갔다. 레이니르가 경고를 날리거나 방어마법을 쓸 틈도 없었다. 얼음은 그대로 콘 웅그르의 몸통에 박혔다.

공포에 압도당한 레이니르는 비명조차 지를 수 없었으나 곧 그런 감정을 느낄 필요가 없다는 것을 알게 되었다. 얼음은 그의 몸을 꿰뚫은 게 아니기 때문이었다. 아니, 애초에 닿은 적도 없었다. 얼핏 얼음의 상당 부분이 몸에 박힌 것처럼 보였으나 사실은 그냥 없어진 것이었다.

"이것뿐인가?"

콘 웅그르가 드래곤 본체로 있을 때의 목소리로 입을 열었다. 타들어갈 것 같은 뜨거운 열에 시달리는 사람이라도 한 번 들으면 그대로 얼어버릴 것처럼 차디찬 소리.

"푸른 드래곤까지 먹어놓고, 겨우 이것뿐?"

명백한 조롱이었다. 콘 웅그르는 비웃음으로 철철 흘러넘치는 얼굴이 되었고, 레이니르는 그가 감정을 이렇게나 크게 드러내는 건 처음이라는 사실을 깨달았다. 물론 콘 웅그르는 그동안 딱딱하고 차갑게 행동하면서도 그녀에게 사랑한다고 속삭일 때는 얼굴 가득 뜨거운 감정을 흘렸었다. 그러나 그 상황과 비교할 수조차 없을 만큼 지금은 감정이 매우 또렷하게 우러나왔다. 그냥 쳐다보기만 해도, 진심으로 그렇게 생각해서 행동한다는 느낌이 물씬 풍겨 나왔다.

그 말은즉…… 내게 그런 건 진심이 아니었다는 뜻인가?

레이니르가 천둥처럼 그녀의 온몸에 내리꽂힌 충격적인 사실을 의문점으로 떠올렸을 때, 백안의 드래곤은 다시 한 번 거칠게 포효하면서 더 격렬하게 얼음을 토해냈다. 그러나 이번에도 그대로 없어질 뿐이었다.

"쯧쯧."

콘 웅그르는 대놓고 혀를 찼다.

"푸른 드래곤만이 아니라 다른 드래곤을 더 던져 줄까? 하지만 얼마나 먹든 소용없겠어. 나의 쌍둥이 누이라지만 결국 넌 그따위로 허약할 따름이야. 실망이다. 조금이라도 나를 상처 입힐 수 있을 거라고 기대했는데."

콘 웅그르는 진심으로 안타까워하고 있었다. 레이니르는 알아차렸다. 콘 웅그르는 백안의 드래곤이 그에게 가장 충실한 푸른 드래곤을 먹어치우는 걸 방조한 것이었다. 백안의 드래곤이 조금이라도 더 강해져서 덤벼들기를 바라기 때문에…….

어째서? 어째서 그런 거지?

레이니르는 곧바로 질문의 답을 알 수 있게 되었다. 콘 웅그르가 아쉬움의 한숨을 뚝뚝 흘리며 말했기 때문이었다.

"그러면 재미있었을 텐데."

재미? 재미라고? 겨우 그것 때문에 가장 충성스러운 부하가 먹혀 버리는 걸 방치한 거라고?

경악스런 사실을 깨달은 레이니르의 머릿속에 백안의 드래곤이 십여 분 전에 한 말이 떠올랐다.

"그자는 그냥 즐긴 것뿐이다. 세상이 창조된 순간부터 지금까지 너무도 오랜 시간을 살아와 어떤 일에든 흥미를 느끼지 못한다. 그런 그에게 이번 일은 아주 오랜만에 즐기는 재미있는 놀이일 뿐이었다. 너는 그저 장난감일 따름."

즐거운 놀이? 분명 백안의 드래곤을 마주한 콘 웅그르의 얼굴은 그랬다. 적막하리만치 지루한 세상 속에 살고 있는 사람이 고대하고 고대하던 재미난 것을 발견한 표정이었다. 지금도 그건 비슷했다. 실망한 기색이 역력하긴 했으나 그래도 콘 웅그르는 꽤나 즐거운 소풍에 참석한 것 같았다.

"그래도 아주 나쁘진 않군. 처음부터 끝까지 나름대로 재미있었어. 여러 흉내도 내보고 말이야."

콘 웅그르의 시선은 여전히 백안의 드래곤에게 고정되어 있었다. 그러나 레이니르는 그가 자신과의 일을 말하는 것 같다는 느낌을 강하게 받았다. 그리고 동시에 깨닫고야 말았다.

콘 웅그르는 자신을 철저하게 무시하고 있었다.

이건…… 이 냉대는…… 설마, 설마…….

"좀 더 놀고 싶지만, 이제 완전히 뿌리를 뽑아야겠지. 인간의 형체로 있는 시간이 길어지니 불쾌하거든."

콘 웅그르는 웃었다. 태양처럼 아주 환했으나 눈빛만큼은 이 세상에서 가장 잔혹하게 번뜩이고 있었다.

"인간 반려 따위 때문에 감히 왕을 배반했으니, 대가를 치러야지?"

콘 웅그르의 목소리는 은근했으나 행동은 결코 그렇지 않았다. 증오의 분노로 활활 타오르는 백안의 드래곤은 다시 한 번 어마어마한 파괴력이 실린 얼음을 내쏘고는 비수 같은 발톱이 솟은 두 개의 앞발을 내밀었다. 그러나 얼음은 존재한 적 없는 것처럼 사라졌고 다리는 콘 웅그르가 뻗은 두 팔에 붙들렸다.

콘 웅그르의 인간 형체가 크다고는 하나 10층짜리 건물 이상으로 거대한 백안의 드래곤에 비하면 아무것도 아닌지라 덩치를 보면 둘은 힘의 차이가 엄청날 것 같았다. 그러나 콘 웅그르는 짓눌리기는커녕 각각 한 손에 백안의 드래곤의 앞 발톱 하나씩을 아주 가볍게 붙잡았다. 마치 어른이 갓난아기가 내뻗은 앙증맞은 주먹을 쥔 것 같았다. 곧 콘 웅그르는 손목을 살짝 튕겼다.

"크아아아아아!"

콘 웅그르가 발톱을 그대로 뽑자 백안의 드래곤은 고통에 찬 비명을 질렀다. 하지만 백안의 드래곤은 복수심으로 흰자가 시뻘겋게 변한 눈을 더욱 크게 뜨더니 아가리를 쩍 벌려 콘 웅그르를 삼키려 했다. 그러나 콘 웅그르가 양손으로 각각 윗 아가리와 아래 턱을 잡자 그럴 수가 없게 되었다. 이번에도 콘 웅그르는 붙잡은 부분을 아주 손쉽게 부숴 버렸다.

퍼석.

지상 최강의 존재인 드래곤의 뼈가 부서지는 소리는 둔탁하기 그지없었다. 새까만 결계의 바닥으로 뼛조각과 흥건한 피가 툭툭 튀었다. 그 끔찍한 소리만큼이나 통증은 엄청난 모양이었다. 백안의 드래곤은 두 눈을 까뒤집고 엄청난 몸을 파르르 떨었다.

"나의 누이, 허약하구나."

다정한 목소리만 들어보면, 연약한 가족을 진심으로 걱정하는 것 같았다. 그러나 현실은 완전히 달랐다. 콘 웅그르는 백안의 드래곤의 피로 붉게 물든 두 손으로 이번엔 두꺼운 혀를 잡았다. 백안의 드래곤이 미처 저항하기 전, 손안의 혀 부분을 삶은 감자처럼 으깨 버렸다.

백안의 드래곤은 다시 비명을 지르며 몸부림쳤다. 그러나 콘 웅그르는 진정 재미있는 장난을 치는 것처럼 만면 가득 미소를 지은 채 두 손을 놀려 나머지 혀를 뿌리까지 뽑아내서 등 뒤로 아무렇게나 내던졌다. 휙 날아간 것은 새까만 결계의 벽에도 닿지 못하고 그냥 먼지가 되어버리고야 말았다.

백안의 드래곤은 영생불멸하는 생물체였으나 앞으로 혀 없이 살게 되리라. 아니, 아니다. 레이니르는 해가 동쪽에서 떠오른다는 당연한 사실만큼이나 잘 알았다. 백안의 드래곤은 살지 못할 것이다. 고통의 마법과 조종마법을 쓴 후유증 때문에 육체가 무너져서가 아니라 콘 웅그르 때문이었다. 그에게 이 자리에서 죽임당할 테니까. 그것도 엄청난 고문을 당하면서.

콘 웅그르는 이번엔 손을 올려 백안의 드래곤의 안구를 뽑아냈다. 매끈한 살덩이가 물컹거리는 사소한 소리 따윈 레이니르는 듣지 못했다. 그녀의 귀로 들리는 소리는 백안의 드래곤의 처절한 비명이었다. 차라리 죽음을 원할 만큼 엄청난 고통을 겪고 있는 존재가 본능적으로 내지르는 소리.

"시끄럽군."

인간 이상의 시력을 가지게 된 레이니르는 온몸에 피칠갑을 한 콘 웅그르가 미간을 살짝 찌푸리는 것을 볼 수 있었다. 이어 콘 웅그르의 몸에서 안개 같은 회색의 마력이 뿜어져 나오더니 백안의 드래곤의 거대한 온몸을 덮었다. 그러자 비명 소리는 그야말로 뚝 그치고야 말았다. 그 뒤부터는 다른 소리가 레이니르의 귀를 내리쳤다.

최강의 방어막이라 불리는 드래곤의 비늘이 뜯어지고, 쇠기둥보다 더 단단하고 두꺼운 뼈가 나무젓가락처럼 아주 쉽게 부러지면서 으스러지는 소리. 그리고 철저하게 파괴된 육체가 고요하게 먼지로 변하며 사라지는 무음의 비명.

레이니르는 들었다. 그렇게, 백안의 드래곤이 비명조차 지르지 못한 채 처절한 고통에 완벽하게 짓눌리는 소리를. 레이니르는 보았다. 그렇게, 백안의 드래곤이 갈기갈기 찢어지다 못해 완전히 소멸하는 것을.

수천 년, 아니, 어쩌면 수만 년 이상을 살아온 드래곤이 처참하게 최후를 맞기까지 오래 걸리지 않았다. 머리부터 날개, 발과 꼬리까지 뇌를 제외한 모든 부위가 가장 끔찍한 고통으로 찢어져 완전히 먼지로 변하기까지 고작 한 시간 정도가 필요할 뿐이었다. 이제 죽음이 코앞이었다. 아니, 콘 웅그르가 반역자에게 가하는 형벌의 끝은 죽음이 아닌 것 같았다.

이제 뇌만이 남았다. 어지러운 회색의 그것은 생명력이 완전히 꺼지지 않았는지 길고 많은 주름의 부위부위가 움찔거리고 있었다. 그렇게 백안의 드래곤의 뇌를 허공에 띄운 콘 웅그르는 온몸을 피로 떡칠한 상태였다. 그는 입을 벌려 웃었다. 고른 치아가 새하얗게 번뜩였다.

"반역자에게 쉬이 죽음의 안식을 내릴 순 없지. 넌 이제 영원히 이 상태로 네 반려가 죽은 장소 근처에 처박힌 채 고문당할 것이다. 그곳에 오래 숨어 있었지? 그 장소에서 끊임없이 되새겨라. 네 반려가 죽었다는 사실을, 만날 수 없다는 사실을. 누구도 너를 구할 수 없을 것이다. 마력이 있는 자는 너를 꺼낼 수 없을 테니까."

백안의 드래곤의 뇌는 고통을 느끼는지 주름의 모든 면이 끔찍하게 꿈틀거렸다. 그러나 가장 격심하게 떨린 건 반려에 대한 콘 웅그르의 언급이 울린 뒤였다. 아무 소리도 나지 않았다. 그러나 레이니르는 이 세상에서 가장 깊은 고통을 느끼는 존재의 비명을 들은 것 같았다.

"……르."

레이니르는 말이 나오질 않았다. 지난 시간 동안 너무도 끔찍한 것을 코앞에서 보았기 때문이다. 머리끝부터 발끝까지 철저하게 백안의 드래곤을 찢어발기는 모습. 콘 웅그르가 머리끝부터 발끝까지 철저하게 백안의 드래곤을 찢어발기는 모습. 그러나 그녀가 더욱 공포에 질린 건, 행위가 아니라 콘 웅그르 자체 때문이었다.

백안의 드래곤이 반역을 저지른 건 사실이었다. 그리고 푸른 드래곤까지 먹어치우는 식인의 죄도 저질렀다. 금기 중의 금기를 어긴 것. 그러나 콘 웅그르는 식인 따윈 전혀 신경 쓰지 않는 모양이었다. 그가 이런 처참한 처벌을 내린 건 그에게 반기를 들었다는 사실 하나 때문인 듯싶었다. 감히 왕에게 대들었다는 그 이유 하나만으로 이리로 잔인하게 나선 것.

드래곤 왕으로서 엄청난 권위를 내세우는 존재. 그리고 충성스러운 부하도 눈 하나 깜짝하지 않고 서슴없이 해치우는 냉혈한.

"콘 웅그르……."

레이니르는 다시 한 번 제대로 내뱉었다. 부르기 위해 말한 것이었으나 확인이 되었다는 것을 깨달았다. 정말로 잔혹하고 냉철한 존재라는 현실에 대한 확인.

하지만, 하지만 그 이상은 아닐 것이다. 백안의 드래곤이 비웃으면서 장담한 것처럼 그녀를 노리갯감으로 삼은 건 아닐 것이다. 진심으로 그녀를 사랑하는 것이다. 분명, 그럴 것이다!

"콘 웅그르!"

레이니르는 발작하듯 다시 소리치고야 말았다. 크게 불렀는데도 여전히 그녀를 외면한 채 백안의 드래곤의 뇌만 쳐다보고 있는 그에게 답을 듣기 위해서였다. 그러나 이번에도 여전했다. 콘 웅그르는 등을 돌린 채로 철저하게 그녀를 무시하면서 펼친 손을 움켜쥐었다. 곧 손바닥 위에 떠 있던 뇌가 사라졌다. 아까 내뱉은 장소에 처박기 전에 일단 아공간에 넣어둔 것 같았다.

이제, 위험 요소는 사라졌다. 레이니르는 안도해야 한다는 걸 잘 알았다. 하지만 그럴 수가 없었다.

이렇게 그녀를 무시하는 건…….

레이니르는 자리에서 벌떡 일어났다. 참혹하게 뜯긴 왼쪽 어깨의 살은 거의 치료된 상황이었다. 그러나 마력을 많이 소모한 탓에 온몸에 힘이 잘 들어가질 않았고 한 시간 동안 콘 웅그르가 백안의 드래곤을 해체하는 것을 꼼짝없이 지켜보고 있었던 탓에 격심한 피로가 정신을 괴롭히는 상황이었다. 하지만 레이니르는 기력을 다해 달려가 아직도 등을 돌리고 있는 콘 웅그르의 어깨에 손을 얹었다.

말을 할 시간도 없었다. 콘 웅그르의 어깨에 손이 닿자마자 레이니르는 그대로 떠밀렸다. 아니, 그 정도가 아니라 보이지 않는 어떤 것에 의해 강타당한 것처럼 엄청난 충격과 함께 뒤로 한참이나 날아갔다. 낙법대로 덜 다치는 자세로 착지할 정신도 없었다. 레이니르는 바닥에 고꾸라지듯 처박힌 채, 온몸을 습격한 격심한 통증이 더욱 거센 산불로 번지지 않도록 모든 정신을 집중할 뿐이었다.

"으윽……."

최대한 고통을 억눌렀으나 완전히 그럴 수는 없었다. 깨문 입술 사이로 저절로 신음이 새어 나갈 만큼 통증은 너무도 심했다. 레이니르는 그제야 몸에 짓눌린 왼팔이 심하게 부러졌다는 사실을 깨달았다. 그러나 육체의 고통 따윈 방금 깨달은 사실에 비하면 아무것도 아니었다.

콘 웅그르가 그녀의 접촉을 거부했다. 아니, 그 정도에 그치지 않고 날려 버렸다. 마치…… 더러운 벌레를 튕겨내듯이.

"어째서, 설마, 정말로, 당신은……."

입을 벌렸으나 말은 두서없이 튀어나올 뿐, 제대로 된 문장을 말할 수조차 없었다. 레이니르는 파르르 떨리는 입술을 다물며 고개를 들어 콘 웅그르를 바라보았다. 무시하듯 등을 돌리고 있던 방금과는 달리 그는 그녀를 바라보고 있었으나, 레이니르는 기뻐할 수 없었다. 전혀 모르는 존재를 보는 기분이니까.

몇 시간 전까지만 해도 깊은 사랑이 흘러넘치는 눈빛으로 그녀를 쳐다보던 남자는 이제 더 이상 존재하지 않았다. 현재 콘 웅그르는 철저하게 감정이 없는 얼굴이었다. 아니, 표정이 있긴 했다. 시린 냉기로 꽁꽁 무장한 눈빛 그리고……

혐오감.

콘 웅그르의 눈은 이전보다 더 새까맸다. 빛이 조금도 침범하지 못하는, 그러려고 노력했다간 빛마저도 그대로 빨려들어 영원히 소멸할 것 같은 느낌. 그런 눈동자 위에는 분명한 증오심이 떠올라 있었다. 믿을 수 없었으나 레이니르는 정말로 깨달았다. 그는 미워하고 싫어하는 것을 보는 눈빛으로 그녀를 응시하고 있었다.

"고맙다."

콘 웅그르는 드래곤의 목소리로 입을 열었다.

"덕분에 백안의 드래곤을 처리할 수 있었다. 그리고……."

그는 고개를 삐딱하게 옆으로 세웠다. 감사를 표하는 말의 내용과는 달리 목소리는 뼛속까지 시린 냉기를 뿜었다.

"재미있었다."

그녀를 향해 콘 웅그르가 다가오기 시작했다. 백안의 드래곤이 만든 결계는 아직 굳건했으나 그의 발이 닿는 곳마다 구멍이 생겼다. 학교 근처의 반듯한 도로가 드러났지만 레이니르는 그것을 볼 정신이 없었다. 그녀는 엎어져서 고개만 간신히 든 상태로 콘 웅그르를 올려다보았다.

"아주 오랜만에 날 즐겁게 해줬으니, 상을 내리겠다."

바로 앞에 도착한 콘 웅그르는 여전히 혐오감을 눈에 선명하게 띠운 채 그녀를 내려다보았다. 눈빛 외의 표정은 돌덩어리 같았다. 어떤 감정도 느끼지 못하는 무형의 생명체랄까.

"죽이지 않겠다."

세상에서 가장 큰 은혜를 베푸는 자의 목소리였다.

"너는 인간 주제에 날 우롱하고 수백 번도 더 선을 넘었다. 내게 인간 따위의 육체를 품게 했지. 아니, 그건 즐겁긴 했다. 나도 수컷인지라. 그리고 인간의 외모는 보지 않지만 넌 대륙이 생성된 이래 최고의 미인이니까."

마지막 말은 칭찬인 게 분명했으나 레이니르는 결코 그렇게 들을 수 없었다. 그전에 들은 말이 주는 충격 때문이었다. 도저히 이해할 수 없었다. 도저히 소화할 수 없었다. 도저히, 도저히, 도저히!

"더군다나 이 머리칼은 정말 아름답다."

콘 웅그르는 감탄하는 어조로 몸을 숙이더니 오른손에 레이니르의 머리카락 몇 가닥을 쥐고 그대로 뽑아냈다. 상대를 전혀 배려하지 않는 거친 손길에 레이니르는 또 다른 통증을 느끼고야 말았다. 그러나 육체의 상처는 아무것도 아니었다. 지금 그녀를 사정없이 난도질하는 건 마음의 고통이었다.

"나는……."

레이니르는 바보가 아니었다. 굳이 묻지 않더라도 이미 대답은 나온 상황이었다. 그러나 100퍼센트짜리 확인이 필요했다. 그러지 않을 수가 없었다.

"나는 그저 당신의…… 당신의…… 장난감이었어?"

레이니르는 콘 웅그르의 눈을 똑바로 응시하려 했다. 그녀는 엎드린 자세로 쓰러진 상황인데다가 그는 워낙 키가 크기에 쉬운 일이 아니었다. 그러나 간신히 콘 웅그르의 눈과 마주할 수 있었다. 그는 눈가에 주름이 살짝 퍼지는, 그녀가 더없이 사랑하는 그 매력적인 눈웃음을 지으며 답했다.

"그래."

레이니르가 참지 못한 건 그 시점이었다. 그녀는 쏟아내듯 소리쳤다.

"날 사랑한다고 했잖아! 나와 함께 늙다가 내가 죽은 뒤에는 날 기다린다고 했잖아! 영원히 그러겠다고 했잖아! 나를 위해! 날 사랑한다고! 다치지 말라고! 무엇보다 내가 소중하다고! 내가 반려라고! 당신의 반려니까—"

"거짓말이었다."

콘 웅그르는 두 음절의 단어를 이어 내뱉었다.

"전부."

"드래곤은 거짓말을 하지 않는다고…… 약속을 어기지 않는다고……."

"드래곤들에게 그러라고 명령을 내린 건 나다. 하지만 나는 내가 내세운 명령 따윈 지키지 않는다. 나는 드래곤들의 왕이니까. 약속 따윈 깨지라고 있는 것이지."

너무도 오만해서 치가 떨릴 정도였다. 아니, 레이니르는 그 이상을 느꼈다. 그녀는 그 이하가 될 수 없었다.

"난 당신을 사랑해."

"나는 너를 사랑하지 않는다. 나는 인간 따위를 마음에 품지 않는다. 나는 콘 웅그르. 이 세상의 지존이다. 너 따위를."

콘 웅그르를 줄줄 내뱉었다. 훨씬 더 격렬하게 변한 혐오감을 안고 그녀를 뚫어져라 쏘아보았다.

"사랑하지 않는다."

"정말, 그런 거야?"

"정말 그런 것이다."

콘 웅그르는 확인 도장을 찍듯 내뱉고는 한 걸음 뒤로 물러났다. 여전히 경멸하는 눈빛으로 그녀를 노려보았으나 이제 그의 얼굴은 차디찼다.

"귀찮은 백안의 드래곤을 처리할 수 있게 도운 상으로 죽이지 않을 테니 감사하게 여겨라. 아, 상으로 하나 더 알려주지. 궁금하게 여겼지? 네가 태어난 다음날에 네 어머니, 야를 프레이야가 내게 무슨 전갈을 보냈는지?"

레이니르는 답하지 않았다. 그녀는 그냥, 그를 쳐다보고 있을 뿐이었다. 콘 웅그르가 무슨 말을 하는지 귀에 잘 들어오질 않을 뿐더러 자신이 숨을 쉬는지조차 알 수가 없었다. 고통이 너무도 격심해서 레이니르는 자신이 이미 죽어서 세상에서 가장 잔혹한 지옥의 바닥에 내던져진 줄 알았다. 너무도 아파서 심장이 터질 것 같았다. 아니, 이미 찢어진 뒤인가? 형체를 알아볼 수 없을 만큼 갈기갈기?

"네게 잔인하게 굴지 말라고 하더군. 후회할 거라고. 지독히도 후회할 거라고."

콘 웅그르의 한쪽 입술 끝이 삐뚜름하게 치솟았다. 명백한 비웃음이었다.

"나는 후회 따윈 하지 않는 드래곤들의 왕인데 말이다. 아주, 재미있는 말이었다."

"가."

레이니르는 내뱉었다. 자신이 무슨 말을 했는지 처음에는 알지 못했으나 곧 깨달았다. 물론 이렇게 말하지 않더라도 콘 웅그르는 사라질 터였다. 그리곤 그녀가 나이 들어 죽을 때까지 나타나지 않겠지.

콘 웅그르를 다시 보지 못한다, 다시는.

그런 미래를 상상하자 온몸의 고통이 들불처럼 더욱 거세게 일어났다. 이건 또 다른 고문이었다. 그러나 레이니르는 잘 알았다. 지금 아무리 아프더라도 썩은 환부를 도려내지 않으면 상처가 더욱 커질 거라는 걸. 그리고 이 고통은 그녀를 완전히 집어삼켜, 먼지로 만들어 버릴 것이다.

안 된다. 굴복할 순 없다. 이런 거짓된 일에, 나 자신을 포기할 수는 없다. 그러니 콘 웅그르를 완전히…….

시야가 뿌옇게 변했다. 눈을 꾹 감았다가 뜬 레이니르는 자신이 눈물을 흘리고 있다는 사실을 그제야 깨달았다. 마음 같아서는 몇 줄기의 눈물이 아니라 엉엉 목 놓아 울고 싶었다. 이 세상이 없어진 것처럼, 땅을 치고 마음껏 울어버리고 싶었다. 하지만 아직은 그럴 때가 아니었다. 아직은.

"나는 이제, 당신을 사랑하지 않겠어."

마음먹은 길로 감정이 움직이는 건 아니었으나 레이니르는 결심, 아니, 맹세하면서 통보하듯 내뱉었다.

"가버려. 내 인생에서 완전히 사라져 버려."

이건 스스로 걸어가는 선택의 길이다. 그녀를 갖고 논 콘 웅그르에게 보여주는 선택. 그리고 옳은 일이기도 했다. 그러나 눈물은 계속해서, 아니, 더 많이 흘러내렸다. 레이니르는 소망했다. 이렇게 빠져나가는 수분만큼 고통도 스러지기를. 그렇게 되기를.

"네가 그리 말하지 않더라도 물론 그럴 거다."

콘 웅그르는 가소롭다는 표정으로 픽 웃었다. 그런 뒤 바닥으로 시선을 주었다. 결계의 힘이 아직 작동하고 있는지 바닥은 여전히 새까만 색이었으나 콘 웅그르의 마법진은 만들어졌다. 동시에 레이니르는 눈을 꾹 감고야 말았다.

차마 볼 수가 없었다. 콘 웅그르가 그녀의 인생에서 완전히 나가 버리는 두려운 사실을, 두 눈으로 확인할 수가 없었다. 레이니르는 한참 뒤에나 눈을 떴다. 그가 사라졌을 거라고 생각하면서. 그러나 예상외였다. 콘 웅그르는 마법진 위에 그대로 서 있었다.

"어째서……?"

그는 의아한 기색으로 마법진을 쳐다보았다. 레이니르는 마법진에 이상이 생긴 거라고 생각했으나 그게 아닌 모양이었다. 고개를 든 콘 웅그르의 눈동자에 의문이 그대로 남아 있었지만, 곧 달라졌다. 레이니르를 쳐다보는 그의 눈이 확신으로 바뀌었다. 그는 차디찬 얼굴을 일그러뜨린 채, 살인하고도 남을 것 같은 격렬한 눈빛으로 그녀를 쏘아보았다.

"이건 네가…… 네가……!"

콘 웅그르는 날카로운 송곳니를 내보이며 입을 열어 고함질렀다. 그러나 레이니르는 그게 무슨 뜻인지 알 수 없었다. 제대로 생각할 수도 없고, 잘 보이지도 않았다.

레이니르는 더없이 힘들었다. 의식을 차리고 싶지만, 동시에 정신을 놓고 싶기도 했다. 이 엄청난 고통을 더는 견디기 힘들었다. 차라리 이대로 기절한다면…….

레이니르가 파도처럼 밀려드는 무의식에 몸을 내맡기기 전이었다. 세상에서 가장 참을 수 없는 것을 쳐다보듯 레이니르를 노려보던 콘 웅그르는 고개를 휙 돌려 주변을 둘러보았다. 공간 전체가 외부에서 날아온 공격마법에 두들겨 맞는 것처럼 쿵쿵거리며 뒤흔들리기 시작했다.

상처가 자극되자 통증 때문에 레이니르는 완전히 정신을 잃지 않았다. 그러나 고개를 들고 있을 힘조차 없었다. 한쪽 뺨을 바닥에 댄 채 완전히 누운 그녀는 눈을 감고 싶었다. 그래야 더 이상 콘 웅그르를 보지 않을 수 있으니까. 그러나 아직 마음 한 부분은 그녀에게 계속해서 그를 보라고 강요하고 있었다. 그래서 이렇게 말할 수밖에 없었다.

"더 이상."

짙은 안개 속에 갇힌 시야 속에서도 콘 웅그르를 똑바로 응시하며 레이니르는 내뱉었다.

"당신을."

맹세했다.

"사랑하지 않아."

그 말을 하자마자 콘 웅그르의 뒤편에 쾅 하는 소리가 나더니 이어 쩌적 하고 벽이 갈라지는 소리가 났다. 선은 처음에는 가늘었으나 곧 굵어졌다. 콘 웅그르가 다시 입을 연 건 그때였다.

"정말로 가봐야 할 시간이로군. 그런데……."

아주 잠깐 동안, 콘 웅그르는 그대로 입을 열고 있었다. 뭔가 할 말이 있는 것 같았다. 그러나 곧 다물더니 아주 크고 선명한 비웃음을 내뱉었다. 마치, 기막혀하는 것 같았다.

어째서?

질문을 내뱉을 틈이 없었다. 콘 웅그르는 다시 한 번 레이니르를 혐오감이 그득한 눈으로 쏘아본 뒤, 마법진을 발동시켜 사라졌다. 결계의 벽이 완전히 부서진 건 그때였다.

콰쾅!

무겁고 두꺼운 벽돌이 무너지는 소리가 나더니, 결계의 조각난 새까만 부분이 밑으로 떨어지면서 없어졌다. 눈 깜짝할 사이에 결계 자체가 사라져 버렸고, 결계가 가렸던 다른 것이 드러났다.

어두운 밤하늘과 희미하지만 분명한 빛을 머금은 별, 차갑지만 신선한 공기, 몇 미터 앞에 있는 칼리 시의 학교 그리고 수많은 발키리들과 드레카르 왕.

"레이니르!"

드레카르 왕의 외침은 비명과도 같았다. 어떤 일이 있어도 침착하고 차갑게 행동하는 사람답지 않았다.

내가 왕께서 저렇게 경악하실 만큼 크게 다친 건가?

물론 레이니르는 잘 알았다. 육체의 상처가 심각하다는 것을. 하지만 정신의 고통은…….

왕의 표정은 보이질 않았다. 쏜살같이 그녀 앞으로 달려오는 익숙한 형체만 뿌옇게 보일 뿐이었다. 왕의 옆으로는 치료사임을 의미하는 새하얀 정복을 입은 사람들과 발키리들이 있었다. 다른 사람은, 콘 웅그르는…….

없다. 가버렸다.

레이니르는 알았다. 아까 눈앞에서 똑똑히 봤지만, 이제야 손끝에 잡히는 것처럼 생생하게 느껴 버렸다.

콘 웅그르가 떠났다.

떠났다.

"레이니르? 정신 차려라. 정신 차려!"

드레카르 왕이 절규하는 소리가 얼핏 들렸다. 그러나 레이니르는 도저히 왕의 명을 수행할 수가 없었다. 그녀는 그대로 의식을 놓아버렸다. 콘 웅그르가 그녀를 두고 가버렸다는 사실을 생각하지 않기 위해.

2 부

HEART OF DRAGON

1.

바람風은 움직이기 시작했다.

동쪽과 서쪽, 남쪽과 북쪽까지 세상의 모든 방향 그리고 대륙에서 가장 높은 꼭대기와 가장 깊은 지하까지 모든 장소를 구석구석 다니면서 찾고 또 찾아보았다.

시커먼 하늘과 음산한 먹구름, 을씨년스러운 숲, 스산하게 흐르는 강줄기, 거칠고 견고한 암석까지 온 세상은 빛을 완전히 잃은 상태였다. 자정이 갓 지난 암흑의 시간이기 때문이었다. 태양은 소멸했고 달 또한 짓눌렸으며 별마저 숨어버린 때.

이런 시간마다 찾아오는 어둠이 갑자기 지겨웠다. 밝은 것이 보고 싶을 따름. 바람은 오늘따라 솟아오른 이 이상한 충동에 굴복해 세상 곳곳을 한참 헤맸고, 카르탄 왕국의 북쪽 구역에 있는 어느 무성한 숲 한가운데에서 목표물을 발견했다.

한 명의 인간 여자.

기실, 이 대륙에서 인간은 가장 흔한 생물이었다. 무형의 자연自然으로서 원하는 모든 공간을 다니는 바람은 인간을 셀 수 없을 만큼 많이 보았다. 그럴 수밖에 없는 게, 인간이란 어쩌다가 가끔 나타나는 드래곤에 비하면 해변의 모래알처럼 정말로 많은 객체이기 때문이었다. 그리고 그 숫자만큼이나 다양한 성격과 외모를 가진 족속. 그래서 흥미롭지만 대부분 귀찮은 것들.

하지만 이 여자는 그렇지 않았다. 아주 특별하니까.

모든 여자들 중에서 가장 아름다운 존재. 물론 헤아릴 수 없을 만큼 긴 시간 동안 존재한 바람에게 기껏해야 몇십 년도 가지 못하는 인간의 외형은 아무것도 아니었다. 그러나 이 여자는 달랐다. 영혼으로도 광채를 내뿜는 몇 안 되는 고귀한 존재이기 때문이었다.

이 여자 같은 인간의 영혼은 반짝반짝 빛나며 세상을 밝혔다. 때때로 세상 속에 넘실거리는 사악한 기운을 선량한 것으로 정화시키는 존재. 물론 여자는 눈에 보이는 것을 중요하게 생각하는 인간들이 넋을 잃을 만큼 외모도 대단하긴 했다. 또한 여자는 영혼도 사랑스러운……

아니, 아니다. 바람은 여자의 곁을 맴돌며 자세하게 살펴본 뒤에야 깨달았다. 여자는 몇 년 전에 봤을 때와 같지 않았다.

영혼이 달라졌다. 물론 여전히 투명한 샘물처럼 맑고 농도 짙은 꿀물처럼 깊으며 그 어떤 보석보다 더 환하게 반짝이긴 했다. 그러나 심장 부분은 까맣게 재가 된 상태였다.

인간의 영혼은 외모와 동일한 크기로 각 부분마다 연결된 것이 있었다. 심장은 사랑을 뜻하는 부위였다. 즉, 여자는 사랑하는 남자를 완전히 잃었다는 의미였다. 아니면 회생 가능성이 없을 만큼 처절하게…… 배신당했거나.

어떤 것이 답이든 심장의 모든 부분이 까맣게 변한 이상 여자는 이제 다시는 사랑을 하기 힘들 터였다. 아주 미세하게 빛이 남아 있긴 하지만, 남은 평생 동안 진저리나는 고독에 시달리게 되리라.

그런 불행한 삶을 살게 됐다니!

바람이 동정심을 느끼며 잠시 한자리에 머물러 있을 때였다. 여자는 눈을 감았다. 아름다운 미간이 한순간 일그러지더니 길고 풍성한 속눈썹에 한 방울의 눈물이 맺혔다. 바람이 해석할 수 없는 감정이 담긴 투명한 액체는 매끄러운 뺨을 지나 턱으로 내려갔다.

"……다시는."

인간이라면 듣지 못할 만큼 너무도 작은 소리였다. 그러나 바람은 들을 수 있었고, 세 음절의 말에 얼마나 굳건한 의지가 실려 있는지도 알 수 있었다. 이건 결코 깨지지 않을 맹세였다. 목숨을 걸고서라도 지키고 말겠다는 강력한 의사 표명.

다시는? 그다음에 대체 무슨 말을 하고 싶은 걸까?

바람은 주변을 맴돌면서 기다렸으나 여자는 입술을 굳게 다물고 있을 뿐이었다. 길게 흘렀던 한 방울의 눈물 또한 완전히 증발해서 이젠 흔적조차 없었다. 아무 일도 없었던 것처럼.

왜 저러는 걸까? 대체 어떤 사고를 겪었던 거지?

바람은 그동안 여자를 아주 가끔 스쳐 지나간 것뿐, 항상 곁에 머물렀던 건 아니었다. 바람이 지난 일을 궁금하게 여길 때, 여자는 왼손으로 허리까지 오는 긴 머리카락을 뒤통수 아래에 한데 모아 쥐었고, 오른손으로 왼쪽 손목에 찬 팔찌에서 단검을 꺼냈다. 입술을 질끈 깨물더니 오른손을 움직였다.

암흑 속에서도 환상적인 빛을 흘리는 아름다운 머리카락이 귀밑에서 한 번에 잘려 나갔다. 풍성한 숱은 경악한 바람의 보이지 않는 손에 의해 한 가닥씩 끊겨 힘없이 바닥으로 스러졌다. 그 모습을 바라보는 여자의 경직된 얼굴은 아쉬움이 아니라 후련한 기색으로 그득했다. 마치 온몸을 결박했던 지긋지긋하고 무거운 사슬을 드디어 끊어낸 듯한 표정. 그러나 미세하게 떨리는 온몸에서는 고통이 흘러나왔다. 머리카락을 잘라내는 행동 정도로는 완전히 떨쳐 버릴 수 없는 뿌리 깊은 아픔.

대체 무슨 일이 있었던 거지?

바람은 한동안 여자의 곁을 지키면서 소리 없이 물어보았다. 그러나 여자는 인간답게 바람의 존재를 눈치채지 못한 채 그 자리에서서 영혼을 저미는 고통을 견뎌낼 뿐이었다. 셀 수 없는 시간이 흐른 뒤에야 여자는 어딘가로 걸음을 옮겼다. 바람은 여자를 따라갈 생각이었지만 그럴 수 없게 되었다.

여자가 완전히 사라진 순간, 어둠을 뚫고 그 '존재'가 갑자기 나타났으니까.

그 '존재'는 감히 이름으로 부를 수조차 없는 상대였다. 너무도 잔혹한 성품의 소유자인지라, 조금이라도 심기에 거슬리면 상대가 누구든 처절한 보복을 가하기 때문이었다. 아무리 자신이 자연의 일부인 바람이라고 해도 갈가리 찢어질 게 뻔했다.

오금이 저린 바람은 그냥 사라질 생각이었다. 그러나 아주 이상했다. 저 '존재'는 드래곤이 아니라 인간의 모습을 한 상태니까.

어째서 경멸하고 혐오하는 생명체로 변한 거지?

더군다나 저 '존재'는 방금 여자가 머리카락을 잘라낸 그 자리에 가더니 한동안 우두커니 서 있었다. 이해할 수 없는 행동이었다. 인간을 워낙 경멸하는지라 인간의 육체가 닿은 장소는 바람이 정화하기 전에는 걸음하지 않기 때문이었다.

또한 저 '존재'는 주변의 어둠에 동화한 상태였다. 존재감을 철저하게 숨기는 행동이었다. 숨조차 쉬지 않는지라 생물이 아니라 석상처럼 보이는 상태. 그러나 새나 벌레 등은 절대 저 '존재'에게 다가설 수 없었다. 감히 그랬다간…….

바람이 있지도 않은 몸을 덜덜 떨 때였다. 저 '존재'는 아무 감정도 드러나지 않는 새까만 눈동자를 밑으로 내렸다. 그러자 바닥에 아무렇게나 버려져 있는 것이 허공으로 떠올랐다.

여자가 미련을 떨치듯 한 치의 망설임도 없이 싹둑 자른 긴 백금발.

황금과 은이 절묘하게 섞인 머리카락은 생명을 주던 주인에게 버림받은데다가 음침한 시간인데도 그 환한 빛을 아직 간직하고 있었다. 곱고 섬세한 결도 그대로인지라 실크보다 부드러운 촉감은 달라지지 않았으리라. 그러나 그 '존재'는 이렇게 말했다.

"……아름답지 않아."

드래곤으로서의 목소리는 지극히 무미건조했다. 아무 감정도 없는, 그냥 소리에 불과한 것. 그러나 바람은 그 '존재'가 느끼는 황망한 기분을 희미하게나마 읽을 수 있었다.

"역시 이건……."

그 '존재'는 한 손을 뻗었다. 여자가 잘라 버린 머리카락이 손바닥 위로 깃털처럼 내려앉았다. '존재'의 표정이 달라진 게 이 순간이었다. 아무 느낌도 없이 텅 비어 있던 얼굴이 구겨지고 찢어진 종잇조각처럼 지독하게 일그러졌다.

"역시 죽였어야……."

그 '존재'는 말을 내뱉다 말고 이를 악물었다. 송곳니가 세상 모든 생명체를 살해하고도 남을 만큼 거대한 살기로 번뜩였다.

설마, 방금 그 여자를 죽이겠다는 그런 말인가?

바람은 등골이 서늘해졌다. 그리고 더없이 안타까웠다. 물론 그 여자는 인간이니만큼 백 년도 살지 못하고 스러질 생명이긴 했다. 하지만 영혼이 빛나는 아름다운 존재이니 기왕이면 오래 사는 걸 보고 싶은데…….

그러나 저 '존재'에게 그런 말을 들었으니 이제 죽은 목숨이었다. 아니, 그냥 죽으면 차라리 다행이리라. 입에 담을 수도 없는 온갖 고문을 겪으면서 차라리 죽임을 당하는 게 더 나은 상황에 처할 수도 있었다.

저 '존재'는 왜 한낱 인간에게 관심을 가지는 거지? 대체 무슨 일이 있었기에? 혹시 여자의 심장 부분이 죽은 건 이 '존재'와 관련이 있는 건가?

호기심이 무럭무럭 자랐다. 더 지켜보고 싶기도 했다. 앞으로 무슨 일이 벌어질지, 그리고 그전에 저 '존재'가 이렇듯 이상하게 행동하는 이유가 무엇인지 캐내고 싶었다.

하지만.

'존재'가 입술 끝을 들어올려 웃었다. 즐거움에서 우러난 미소가 아닌, 보는 이를 공포의 늪에 강제로 처넣는 종류였다. 그 미소가 향하는 대상은 바로, 바람이었다.

"감히 나를 엿보다니!"

생명체가 아니라 자연의 일부이건만 바람은 '존재'의 의지대로 되었다. 바람은 형용할 수 없는 고문을 당하게 되었다. 차라리 죽어버리는 게 더 낫다는 생각을 한 직후 소멸되었다.

세상이 유지되는 기본 작용에 의해 새로운 바람이 창조된 건 몇 시간 뒤의 일이었다. 이전의 바람이 누구를 훔쳐보다 죽어버렸는지 알지 못했지만, 새로운 바람은 본능적으로 그 '존재'에게 공포를 느끼며 아주 먼 곳으로 달아났다. 때문에 이전 바람이 감탄하는 동시에 걱정했던 그 여자를 보지 못했다. 그 '존재'가 보이지 않게 여자를 따라갔으니까.

대륙 최고의, 동시에 최강의 나라인 카르탄 왕국은 오늘따라 새벽부터 소란스러우면서도 활기찼다. 다음 군주가 될 카르탄 엘 공주가 혼약의 의식을 올리는 날이기 때문이었다.

카르탄 왕국은 대대로 왕이 배우자와 함께 다스리고 여자도 왕이 될 수 있는 나라였다. 왕국의 현 후계자인 엘 공주의 혼약자는 장차 엘이 즉위하는 날, 남왕男王이라 불리며 어마어마한 권력을 쥐게 될 터였다. 따라서 수많은 남자들이 엘을 탐냈으나, 엘이 아버지인 드레카르 왕처럼 매우 강한데다가 무섭도록 냉랭한 기운을 내뿜는지라 제대로 접근조차 하질 못했다.

그러나 왕국의 후계자로서 당연히 혼약을 올려야 하기에 엘은 3년 전인 열일곱 살 때부터 적당한 후보자들과 일주일에 한 번씩 식사를 했었다. 그들 가운데 누가 공주와 혼약을 올릴 것인지 모든 사람들이 궁금하게 생각하는 가운데, 석 달 전이자 엘이 스무 번째 생일을 맞은 날 마침내 혼약자가 정해졌다. 왕과 같은 이름이라 '카르' 라고 불리는 야를 드레카르였다.

카르는 구국의 영웅이자 드레카르 왕의 오랜 친우인 고故 야를 하랄과 전前 예지자 고故 야를 프레이야의 삼 남매 가운데 막내로, 영광스럽게도 드레카르 왕에게 직접 같은 이름을 부여받아 어려서부터 많은 기대를 모았었다. 그러나 할아버지는 물론 아버지도 왕을 위해 목숨을 버렸다는 사실에 분노한 카르는 열다섯 살 때까지는 왕이 있는 왕성으로는 고개도 돌리지 않았고 발키리가 되라는 왕의 명령까지 무시한 채 3년 동안 도망 다녔었다. 대륙 여기저기를 다니면서 드레카르 왕이 정말로 훌륭한 군주라는 것을 알아차리고 왕에 대한 생각이 바뀌었을 때, 우연히 엘 공주를 만나게 되었다.

이후로 카르는 왕이 3년 전에 내린 명령대로 발키리가 되기 위해 왕성으로 왔으나 그 뒷일은 순탄치 않았다. 드레카르는 마음속으로는 카르를 엘의 반려이자 다음 대의 군주로 정했지만 카르가 스스로 그 자리에 걸맞은 능력을 갖추기를 바랐기 때문이었다. 그래서 다른 이들이 보는 앞에서는 노골적으로 카르를 무시하면서 온갖 험한 고생을 겪게 만들었다. 카르가 왕에게 환영받을 줄 알고 카르를 통해 권력을 취하고자 했던 이들이 알아서 떨어져 나간 건 물론이었다. 그런 존재들의 유무와 상관없이 카르는 훌륭하게 모든 훈련을 이겨냄으로써 많은 사람들에게 인정을 받았고, 그러면서 근 3년간 몰래 엘과 연애를 해왔다.

가족 이외에 엘과 카르가 비밀 연애를 해왔다는 사실을 아는 사람은 거의 없었다. 그렇기에 엘이 스무 번째 생일 연회 때 춤 상대로 카르를 선택한데다가 다정한 모습을 보이자 다들 놀라다 못해 경악했다. 그리고 그 직후, 드레카르 왕은 카르를 엘의 혼약자로 지정하며 석 달 후에 혼약식을 올릴 것을 천명했다. 그날이 바로 오늘이었다.

"별로 못 잤군."

새벽 일찍 깨어나 침대에 앉아 있던 드레카르 왕은 아내, 민 여왕이 눈을 뜨자 손끝으로 눈가를 어루만졌다. 그의 말투는 명령조였으나 낮은 목소리는 언제나 그러하듯 지극히 부드럽게 민을 감쌌다.

"좀 더 수면을 취하라."

드레카르는 민의 이마에 깃털처럼 가벼운 키스도 해주었다. 민은 자장가처럼 속삭이는 남편의 목소리에 눈을 감았지만 잠이 오질 않았다. 결국 그녀는 눈을 뜬 뒤 일어나 앉았다. 드레카르는 아내가 몸을 기대오자 포근하게 안아주었다.

"걱정이 있군."

드레카르는 아내의 정수리에 입을 맞추며 손가락으로 머리카락을 쓰다듬었다.

"혼약식 때문은 아닐 테고……."

"맞아요. 혼약식은……."

민은 싱긋 웃었다.

"우리 딸이 사랑하는 사람과 혼약을 올리는 건 기쁜 일이에요. 염려할 일이 아니죠."

"그렇다면…… 무엇 때문인지 알겠군."

민은 한숨과 함께 속삭이듯 말했다.

"1년이 흘렀어요."

바로 1년 전 오늘, 레이니르가 떠났다. 그 일주일 전에 있었던 사건 때문이었다. 드레카르는 당시의 그 끔찍한 기억이 아직도 눈에 선했다.

칼리 시의 도서관 개관 행사에 참석한 레이니르가 도착 예정 시간인 9시를 훌쩍 넘겨 자정이 지나도록 왕성으로 돌아오질 않자, 드레카르와 민은 초조함을 감출 수 없었다. 더군다나 레이니르의 위치를 파악할 수조차 없었기 때문이다.

드레카르는 자정까지 기다렸다가 백 명의 발키리들을 이끌고 칼리 시의 도서관으로 즉시 갔었다. 사서들에게 레이니르가 도서관의 후문으로 갔다는 답을 듣고 한참 동안 주변을 샅샅이 탐색했다. 발키리들은 알지 못했으나, 드래곤 혼혈이라 강한 힘을 지닌 드레카르는 후문의 마법진 위에 보이지 않는 결계가 생성되어 있다는 사실을 알게 되었다. 그러나 문제는 결계를 깨뜨릴 수 없다는 사실이었다.

엄청난 마법이 동원되었다. 수백의 발키리들이 모든 마력을 소모한데다가 드레카르가 딸인 엘과 아들 본디까지 불러들여 드래곤의 형태로 변해서 힘을 한참이나 쓴 뒤에야 결계가 부서졌다. 좁은 공간을 드넓게 만들었던 결계가 사라지자 피바다로 그득한 내부 상황이 곧바로 드러났다. 그리고 중앙에 쓰러져 있는 레이니르도.

처음에는 죽은 줄 알았었다. 금방이라도 끊어질 듯한 호흡 소리를 들은 뒤에야 드레카르는 레이니르가 아직 살아 있다는 것을 알았고, 바로 달려가 정신을 차리라고 소리쳤었다. 레이니르는 드레카르를 코앞에 두고 바로 눈을 감아버렸지만 치료사들이 곧바로 엄청난 양의 치료마법을 쏟아부은 덕분에, 정말이지 다행스럽게도 정상 호흡이 돌아왔다.

또한 크게 부러진 왼팔도 치료사들 덕분에 그 자리에서 완벽하게 복원되었다. 자잘하지만 온몸 여기저기를 찢어놓았던 많은 상처도 완전히 사라져 레이니르의 육체는 원래의 건강한 상태로 돌아왔으나 의식은 일주일이 지난 뒤까지도 깨어나지 못했었다.

그건 정신적인 상처 때문이었다.

정확히 어떤 일이 있었는지 누구도 알지 못했다. 수백의 발키리들과 치료사들이 드레카르와 함께 레이니르를 발견했으나 아무도 그녀가 어떤 일을 당했는지 몰랐다. 알고 있는 건 드레카르뿐이었다.

지상 최강의 존재인 드래곤들의 왕이 일개 드래곤에게 패할 리 없었다. 즉, 결계 안에 엄청난 피는 콘 웅그르의 것이 아니라 백안의 드래곤의 것일 터. 그렇더라도 백안의 드래곤은 죽지 않았으리라. 드레카르는 콘 웅그르같이 잔인한 족속은 반역자를 그냥 죽이는 대신 영원토록 살려두고 고문을 가할 거라는 사실을 아주 잘 알았다. 아마 콘 웅그르는 백안의 드래곤을 완전하게 옭아맨 채 어딘가로 데려갔을 터. 레이니르는 버려두고.

그냥 버린 정도가 아니었다. 드레카르는 레이니르의 상처가 콘 웅그르 때문일 거라고 짐작했다. 육체적인 것이든 정신적인 것이든 모두 다.

영혼이 조각났다.

드레카르는 잘 알았다. 레이니르의 육체는 치료되었으나 정신은, 그중에서도 여자로서의 영혼은 갈가리 찢겨졌다. 완전하게 신뢰하고 완벽하게 사랑한 반려에게 철저하게 버림받았으니까. 아니, 반려이긴 했을까? 콘 웅그르의 행동과 말 중에서 진실이 하나라도 있었던 걸까?

무자비하게 버린 것으로 보아 전부 거짓일 가능성이 매우 높았다. 콘 웅그르는 철저하게 레이니르를 장난감으로 갖고 논 것이었다.

그 사실을 알아낸 건 드레카르만이 아니었다. 민은 드레카르를 통해 모든 사실을 전해 들었고 깊이 자책하며 내내 레이니르 곁을 지켰다. 그러나 레이니르가 떠나는 건 보지 못했다. 간호에 지친 민이 잠시 잠들었을 때, 마침 깨어난 레이니르가 한 장의 종이만을 민의 머리맡에 남겨두고 흔적도 없이 사라졌기 때문이었다.

마음을 추스른 뒤 돌아오겠습니다. 걱정 끼쳐 드려 송구스럽습니다. 정말 죄송합니다.

민은 레이니르가 자신을 원망할 거라고 생각했었다. 약혼을 주도해서 콘 웅그르와 사랑에 빠지게 만들었으니까. 그러나 레이니르가 남긴 종이에는 왕과 여왕께 죄송하게 생각하는 마음만 가득 담겨 있었다.

그래서 민은 마음이 더 아팠고, 더 미안했다. 그렇기에 레이니르를 찾아보겠다고 나선 드레카르를 말렸다. 레이니르에게 메모 내용대로 마음을 추스를 시간이 필요하다는 것을 잘 알기 때문이었다.

그렇게 레이니르가 자취를 감춘 지 1년이나 흘렀다. 그동안 레이니르는 단 한 마디의 전갈도 보내오지 않았다. 살아 있는지 알 수 없다는 뜻. 물론 민은 레이니르가 잘못된 선택은 하지 않으리라는 건 알았지만 걱정이 안 되는 건 아니었다.

"사실, 레니가 늦어도 어제까지는 돌아올 줄 알았어요."

민은 한숨과 함께 내뱉었다.

"동생인 카르의 혼약식이기도 하니까……."

"아직 시간은 남아 있다."

혼약의 의식은 저녁 여섯시에 거행될 예정이었다. 드레카르는 그전까지는 레이니르가 올 거라고 믿었다. 동생의 혼약식이기도 하고 무엇보다 다음 대의 군주가 될 엘의 혼약식이니, 아주 충성스러운 레이니르가 불참할 리 없었다. 중대한 문제가 생기지 않는 한 그러리라.

"꼭 올 거다."

"그랬으면 좋겠어요. 어서 레니가 보고 싶어요."

민은 딸처럼 여긴 그 아이가 이젠 괜찮아진 건지 확인하고 싶었다. 물론 민은 대답을 잘 알았다. 그렇게 처참하게 버림받은 기억은 생이 다할 때까지 진득하게 따라붙는 영원한 그림자라는 걸. 결코 괜찮을 리 없었다.

"레니에게 정말 미안해요."

민은 짙은 그림자로 얼룩진 얼굴을 들었다. 드레카르는 즉시 고개를 저었다.

"그런 말은 하지 마라, 나의 여왕. 당신 탓이 아니다. 당신이 약혼을 제안하지 않았더라도 그 일은 벌어졌을 거다."

이성적으로 민도 잘 알고 있었다. 자신이 약혼을 제안하는 대신 콘 웅그르의 개입을 극렬하게 반대했더라도 똑같은 결과가 나왔을 거라는 걸. 그러나 마음 한구석에 죄책감이 자리 잡은 상태였다.

"레이니르도 당신이 그렇게 느끼는 걸 원치 않을 거다."

드레카르는 다시 한 번 아내의 이마에 키스한 뒤 위로이자 사실을 말해주었다. 민은 깊은 한숨을 내쉬며 마음속으로 절실하게 부르짖었다.

레니, 지금 어디에 있나요? 오늘 만날 수 있는 건가요? 오늘은 꼭 돌아왔으면 좋겠어요. 그럴 수 있나요?

여왕은 애타는 마음으로 속삭였다. 꼭 오늘 내로 답을 들을 수 있기를 바라며.

레이니르는 여왕의 질문은 듣지 못했다. 그러나 이날 저녁, 왕성에서 아주 멀리 떨어진 곳에 있는 그녀는 여왕과 비슷한 생각을 하고 있었다. 그녀의 원래 계획은 오늘은 돌아가서 동생과 엘 공주의 혼약식에 참석하는 것이니까. 그러나 곧 그러지 못할 거라는 걸 예감했다.

샹샹바 같은 새끼.

레이니르는 속으로 내씹듯이 욕설을 중얼거렸다. 그녀가 두 번째로 싫어하는 범죄자 때문이었다.

머리끝부터 발끝까지 충성심으로 똘똘 뭉친 사람답게 레이니르가 첫 번째로 혐오하는 범죄자는 감히 왕족에게 반하는 것들이었다. 두 번째는 부녀자를 대상으로 삼는 추악한 범죄자들로, 이제까지 레이니르는 그런 자들에게 반드시 무거운 처벌을 내렸었다. 자기 몸 하나 지킬 여력이 없는 연약한 존재들에게 더러운 손을 대는 건 정말 파렴치한 짓이니까.

그래서 이번에도, 레이니르는 반드시 응당한 처분을 내릴 생각이었다.

한 달 전에 죽었다 살아나는 사고를 겪은 뒤로 행정관 자리에서 물러나 조용히 살고 있는 어즈로는 왕국의 북쪽 지방 도시인 센히의 유지有志로, 평판이 아주 좋은 40대 후반의 남자였다. 그러나 실상은 아홉 살짜리 여자애인 지니를 납치해서 농락하고 있는 짐승으로, 레이니르가 이 사실을 알아낸 건 그야말로 우연이었다. 실력 있는 치료사들이 많은 센히 시市를 정처 없이 거닐다가 사람들이 사치를 일삼는 어느 부부를 손가락질하는 것을 보았었다. 의문이 들어 조사를 해보니 그 부부는 어즈로에게 엄청난 돈을 받고 딸인 지니를 팔아넘긴 것이었다. 대외적으로는 양녀인 척, 그러나 실제로는 노리갯감으로.

당장 쳐들어가서 지니를 구하고 싶었으나 레이니르는 상황이 단순하지 않다는 것을 잘 알았다. 어즈로는 드레카르 왕과 민 여왕에게 아주 헌신적인 신하로, 21년 전까지 별개의 국가를 형성했던 누흐족이 자연스럽게 카르탄 왕국으로 통합되는 데 큰 역할을 한 중요 인물이었다. 쉽게 건드릴 수 없는 상대라는 뜻. 더군다나 대외적으로 딸이 없다는 이유로 지니를 양녀로 맞이해 호사스럽게 대해주는 터라 뭐라고 할 수 없는 상황이었다. 가장 중요한 건, 지니는 아직 아홉 살에 불과한데다가 어즈로에게 그런 행위를 당해서 그런지 정신이 온전치 못해서 자신이 당하는 행위에 대해서 제대로 증언할 수 없는 상태라는 사실이었다.

때문에 레이니르는 어즈로의 저택에 비밀리에 잠입했다. 지니가 입에 담기도 혐오스러운 그런 일을 다시 당하기 직전에 차단한 뒤 어즈로로 하여금 자기 입으로 실토하게 만들 생각이었다. 아무리 어즈로가 거물이라도 본인 입으로 자백한다면 처벌을 내릴 수 있을 터였다.

그런 생각으로 레이니르는 마법으로 모습을 투명하게 보이게 만든 채 지니의 방에 우두커니 서 있었다. 어즈로가 지니를 찾아 올 때 증거를 잡기 위해서였다. 아마도 으슥한 시간이 되면 올 것 같았다.

혼약식에 가야 되는데…… 오늘은 힘들까?

일반적으로 혼약식은 저녁에 열렸다. 빨리 처리하고 가면 참석할 수 있겠지만, 상황상 힘들어 보였다.

오늘 안 되면 내일이나 모레에 가보면 되겠지.

왕족들의 혼약식은 일주일 동안 열렸다. 혼약의 당사자들은 첫날 저녁에 침실로 들어가 7일 동안 나오지 않지만, 연회는 저녁마다 계속 열리니 일주일이 끝나기 전에 가면 참석이나 다를 바 없었다. 레이니르는 그렇게 생각해 버렸다.

제대로 처리하고 가야지.

레이니르는 다짐한 뒤 날카로운 눈으로 주변을 둘러보았다.

저택에서 가장 으슥한 공간이지만 방은 아주 클뿐더러 지니가 입은 드레스처럼 모든 것이 사치스러웠다. 옆에는 어린 여자애가 좋아할 만한 고급스러운 인형도 많았으나 이제 겨우 아홉 살에 불과한 지니는 혼이 달아난 듯한 표정으로 침대 구석에 가만히 웅크리고 앉아 있을 따름이었다. 또한 소녀는 앙상하게 마른 손으로 몸을 감싸고 있었다. 그렇게 하면 누군가의 더러운 손길로부터 스스로를 보호할 수 있는 것처럼.

레이니르는 더없이 마음이 아팠고, 아이에게 이제 악몽은 다 끝났다는 사실을 어서 말해주고 싶었다. 하지만 현장 증거를 잡기 전에 모습을 드러냈다간 일을 망칠 수 있었다.

조금만 기다리렴. 곧 괜찮아질 거야.

레이니르가 안타까운 마음을 다스릴 때였다. 문이 열리며 검은 머리칼과 갈색 머리칼을 가진 두 남자가 들어왔다. 온통 시커먼 옷으로 얼굴을 가리고 있었으나 그들은 지니를 동정심이 흘러넘치는 눈빛으로 보았다.

"놀라지 마렴. 조금 자고 일어나면 이제 그런 짐승 같은 사내가 없는 곳에서 살게 될 거란다."

검은 머리칼의 남자는 지니에게 수면마법을 써서 재웠다. 갈색 머리칼의 남자는 지니를 자루에 조심스럽게 담으면서 혀를 찼다.

"불쌍한 것. 그런 일을 당하다니……. 어즈로 그 새끼, 진짜 미쳤어. 이렇게 어린 애를……."

"확실히 이상해. 한 달 전에 죽었다 살아난 뒤로 갑자기 이런 젖비린내 나는 여자애한테 빠진 거잖아."

갈색 머리칼이 그렇게 속닥거렸고, 검은 머리칼은 심각한 표정이더니 고개를 끄덕이며 입을 열었다.

"안 그래도 너무 사람이 바뀌어서 이상하다 싶긴 해. 성격도 꽤나 달라졌고……. 히네르 님이 아까 이런 말씀을 하시더라고."

히네르는 어즈로의 부인이었다. 레이니르는 이 두 명을 보낸 게 누구인지 알아차렸다.

"혹시…… 드래곤이 어즈로 님의 몸을 입고 어즈로 님인 척하는 거 아니냐고. 저 애 때문에 말이야."

동료의 말을 들은 갈색 머리칼은 황당한지 픽 비웃었다.

"드래곤이 겨우 아홉 살짜리 여자애 때문에 인간의 몸을 입었다고? 말도 안 되는 소리 하지 마쇼. 내참."

"하긴, 그건 그렇지. 그냥 죽다 살아나서 확 바뀐 거겠지?"

검은 머리칼은 고개를 절레절레 흔들고는 지니가 든 자루를 어깨에 짊어졌다. 그들은 곧 방을 나가기 시작했고, 레이니르는 방금 대화를 곰곰이 생각하며 투명하게 변한 상태 그대로 따라갔다.

어즈로가 비공식적인 방법을 사용해서 나타난 드래곤일 수도 있다고?

1년 전까지라면 저런 황당한 추측은 그냥 무시했을 터였다. 영생불멸의 드래곤이 겨우 작은 여자애 하나 때문에 마력이 반으로 줄고 잘못하다간 죽어버리는 인간의 몸을 입는 건 있을 수 없는 일이라고 생각하니까. 그러나 이제 레이니르는 드래곤이 어떤 종족인지 잘 알았다.

인간의 상식과는 완전히 다른, 예측할 수 없는 생명체. 잔인하고 비정하며 그저 냉혹하기만 한 것들.

레이니르는 심장을 거칠게 후려치는 기억이 자신을 또다시 찢어놓기 전에 서둘러 몰아냈다. 1년 전의 그런…… 일 따윈 떠올려서는 안 되었다. 그녀는 마음을 다잡으며 방금 들은 이야기에 집중했다.

어쩌면, 정말로 드래곤이 어린 여자애에게 홀려서 인간의 몸을 입었을 수도 있었다. 가능성이 아예 없는 일은 아니었다. 그러나 요 며칠 어즈로를 관찰한 결과에 의하면 마력은 딱히 강해 보이지 않았다. 물론 인간으로 보이기 위해 마력을 숨긴 것일 수도 있지만 어즈로가 드래곤 같지는 않았다.

하지만, 만에 하나 진짜 드래곤이라면…… 어떻게 대응해야 하지?

레이니르는 복잡해진 머리를 안고 조용히 히네르의 두 부하를 따라갔다. 아무래도 저 두 남자의 목적은 지니를 안전한 곳으로 데려가는 것 같았다. 그런 거라면 지니가 아니라 부인인 히네르나 저들에게 증언을 받으면 될 터였다. 어즈로가 무슨 짓을 하고 있는지 알고 있다는 뜻이니까. 그러면서도 치안 담당 전사들에게 고발하지 않은 건 문제가 있긴 했다. 집안의 수치라서 그런 것 같은데, 어쨌든 조용히 처리하려고 시도하는 것도 범죄니까 그 사실을 약점으로 잡아서 증언하라고 강요하면 될 터.

레이니르는 계획을 정리했고, 두 남자가 조심스럽게 다루고 있지만 자루에 담긴 지니가 혹시 다치지나 않을지 면밀하게 신경 쓰면서 가는 길을 둘러보았다.

어즈로의 추적마법을 걱정하는지 두 남자는 마법진을 사용하지 않고 저택 안의 비밀통로를 사용해서 움직였다. 그들은 저택 밖으로 나온 뒤에는 미리 준비해 둔 날개가 달린 말을 탔다.

레이니르는 사용하고 있는 투명마법에 비행마법도 덧붙였다. 하나만 쓰더라도 힘들고 까다로운 마법이지만 그녀는 손쉽게 두 개를 동시에 사용하면서 계속 따라갔다.

두 남자는 센히 시에서 빠져나와 인적이 전혀 없는 으슥한 숲의 위를 계속 날아갔다. 한참 뒤에 작은 공터에 내린 그들을 맞이하는 건 히네르였다. 한 달 전까지 남편인 어즈로와 행복한 부부 생활을 영위했던 여자는 현재 바싹 마른데다가 어두운 얼굴이었다. 이 모든 건 어즈로가 돌변해서 지니에게 미쳤기 때문이리라.

"다행이야."

두 남자가 그녀 앞에 잠든 지니가 든 자루를 조심스럽게 내려놓자 히네르는 입을 열었다. 그녀는 안도하는 기색이 역력했지만, 눈빛은 아주 표독스러웠다. 레이니르는 앞으로 무슨 일이 벌어질지 직감했다. 그녀가 히네르를 제압하기 위해 마력을 준비할 때였다. 지니를 데려온 두 남자가 갑자기 입 밖으로 시커먼 피를 토하더니 바닥으로 힘없이 쓰러졌다.

"너희들에게 먹인 독이 작용하기 직전에 와서."

두 남자는 신음 한마디도 내뱉지 못했다. 눈 한 번 깜빡하는 사이, 본인들의 피 웅덩이 위에서 그대로 절명했다. 독한 눈빛으로 일을 감행했으나 히네르는 막상 자신이 저지른 짓이 눈앞에 펼쳐지자 얼굴이 창백하게 변했다. 그러나 그녀는 잔혹한 눈빛 그대로 자루를 펼쳤다. 그 안에는 아홉 살의 소녀, 지니가 눈을 감은 채 잠들어 있었다.

"너만 아니었으면 어즈로는……."

히네르가 이를 악문 채 단검을 위로 쳐들었을 때였다. 레이니르는 자신이 나설 필요가 없다는 것을 깨달았다. 누군가가 지니에게 보호마법을 씌우는 즉시 바람마법으로 히네르를 쳤기 때문이었다. 히네르는 그대로 뒤로 나가떨어졌고, 마법을 사용한 사람은 즉시 숲 안쪽에서 뛰어나와서 지니에게로 갔다. 이 상황에 어울리지 않는 정말 뜬금없는 사람이었다.

백 명의 발키리를 다스리는 백인대장, 타쿤.

카르탄 왕국의 남자들은 대체적으로 엄청나게 덩치가 크고 우락부락한 외모를 자랑했다. 타쿤도 몸 자체는 전형적인 카르탄 왕국의 남자처럼 근육질이었으나 얼굴은 깔끔하면서도 아주 수려했다. 특히 결이 고운 밤색 머리카락과 초콜릿 빛깔의 짙은 눈동자가 매우 인상적이라 상당한 미남으로 일컬어졌다.

또한 타쿤은 상냥한 성품을 갖추고 있어 많은 여자들이 그를 흠모했다. 그러나 카르탄 왕국의 사람들이 평균적으로 혼약을 올리는 스무 살에서 여덟 살이나 더 나이 들었음에도 이제까지 어떤 여자에게도 시선을 주지 않았었다. 레이니르는 그 이유를 잘 알았다. 타쿤은 비밀리에 레이니르, 그녀를 짝사랑했기 때문이었다.

그러나 그건 1년 전까지의 일로, 레이니르는 그 뒤로 타쿤의 마음이 어떻게 변했는지 알지 못했다. 그동안 그녀는 대륙 여기저기를 떠돌아다녔으니까. 그러나 타쿤의 행방에 대해서는 알았다. 온갖 소문이 오가는 시장을 거닐다가 훈남 발키리로 유명한 타쿤이 휴가 여행을 떠났다는 말을 들은 적이 있기 때문이었다.

왕과 여왕을 가장 가까이에서 받드는 발키리들은 큰 영광을 누리지만 수행해야 할 의무가 어마어마하게 많았다. 힘든 격무에 시달리는 발키리들을 치하하는 의미로 왕과 여왕은 때때로 3개월의 휴가를 주었다. 레이니르가 듣기로 타쿤은 2개월 전에 서쪽 지방의 고향집으로 휴가를 떠난 상태라고 했다. 그러니 그곳에서 아주 먼 이 장소에 이렇게 갑자기 나타날 이유가 없었다.

설마 이 추잡한 일에 연루된 건 아니겠지?

몸을 투명하게 만든 상태였으나 레이니르는 나무 뒤로 숨었다. 타쿤은 2년 전에 스물여섯이라는 아주 젊은 나이에 백인대장에 오를 만큼 실력자인지라 그녀의 마법을 알아차릴 수도 있었다.

“이게 무슨 짓입니까!”

타쿤은 지니의 앞을 방패처럼 가로막았다. 그의 반듯한 얼굴에는 히네르에 대한 혐오의 감정이 깃들어 있었다.

“이 어린 여자애가 무슨 잘못이라고 이러는 겁니까?”

“넌 누구…… 누구야?”

기절할 뻔했으나 간신히 정신을 차리고 몸을 일으킨 히네르는 강한 힘을 가진 것처럼 보이는 타쿤을 향해 비명처럼 내질렀다.

“발키리의 백인대장, 타쿤입니다.”

공명정대하기로 소문난 발키리를 눈앞에 둔 히네르의 얼굴에서 핏기가 완전히 사라졌다. 이어 눈동자에 절망이 떠올랐다. 그런 그녀를 날카롭게 관찰하는 타쿤의 시선이 피 웅덩이에 누워 있는 두 구의 시체로 향했다.

“사람이 든 자루를 운반하는 게 이상하다 싶어서 뒤따라 와봤더니…… 두 사람이나 살해하다니! 대체 이 여자애를 왜 죽이려고 한 겁니까?”

히네르는 말없이 입술만 깨물었다. 한마디도 하지 않겠다는 결연한 의지가 엿보이자 타쿤의 눈이 가늘게 변했다.

“일단 감옥에 가셔야겠습니다.”

타쿤이 기절마법을 쓰자 히네르는 그대로 눈을 까뒤집고 정신을 잃었다. 곧 타쿤은 아공간에서 마력의 사용을 막는 족쇄를 꺼내 히네르의 손목과 발목을 결박했다.

이 일에 연루된 건 아닌 것 같네. 도시의 치안 담당 전사들에게 데려가려는 거로군. 어디 보자, 난 어떻게 할까?

레이니르가 그런 생각을 할 때였다. 타쿤이 몸을 돌리더니 그녀가 몸을 감추고 있는 나무를 향해 입을 열었다.

"오랜만에 뵙습니다."

타쿤은 그녀와 왕성에서 마주쳤을 때처럼 정중하게 고개를 숙여 인사했다.

"야를 레이니르 님."

레이니르는 투명마법을 지운 뒤 천천히 나무 밖으로 나갔다. 크게 당황한 상태였으나 일단 그녀는 일반적으로 알려진 이미지 그대로 상냥하게 인사했다.

"안녕하세요, 타쿤 님."

1년 전 레이니르가 사르르 녹아내릴 것 같은 미소를 지으면 타쿤은 얼굴을 붉게 물들였었다. 이제 그는 그러는 대신 얼굴을 더욱 딱딱하게 굳혔고 짧게 변한 그녀의 머리카락을 보고도 크게 놀라지 않았다. 아까 이미 봤다는 뜻이리라.

"타쿤 님, 여긴 어쩐 일이신가요? 휴가는 고향으로 가셨다고 들었는데 여긴 고향에서 멀잖아요?"

말의 내용 자체는 캐묻는 게 목적이었으나 레이니르는 나긋나긋한 목소리로 속삭이듯 물어보았다. 타쿤은 조용하게 답을 했다.

"센히 시에 볼일이 있어서 들렀다가 쓰러져 있는 저 두 남자가 사람이 든 것 같은 자루를 들고 가는 것을 발견했습니다. 이상해서 따라왔더니……. 레이니르 님의 존재를 감지한 건 방금입니다. 혹 제가 레이니르 님의 의무 수행을 방해한 건가요?"

레이니르는 타쿤의 말뜻을 깨달았다. 그녀가 비밀 정보 보직, 후스카를의 단장이라는 것을 알고 있다는 의미였다.

"아니에요. 곧 저도 행동할 생각이었으니까요."

레이니르는 이어 축약해서 상황을 알려주었고 타쿤은 고개를 끄덕였다.

"레이니르 님의 신분이 드러나면 안 될 테니 제가 우연히 상황을 발견해서 추적한 것으로 하겠습니다."

"내 신분은 어떻게 알았죠?"

레이니르는 싱긋 웃으면서 말했지만 목소리는 얼음보다 더 차가웠다.

"센히 시에는 무슨 볼일 때문에 온 거고요? 당장 답하세요, 타쿤 님."

거친 말투에 타쿤은 살짝 놀란 기색이었다. 그러나 그는 답하지 않았다. 문득 레이니르는 그의 얼굴색이 꽤나 어둡다는 것을 깨달았다. 또한 광대뼈가 도드라진 것을 보니 1년 전에 비해 체중이 꽤나 감소한 것 같았다.

혹시 어디 아픈가? 그러고 보니 눈동자도 탁한데…….

무엇보다 타쿤은 느낌이 상당히 달라진 상태였다. 예전에는 온화한 분위기를 풍겼는데, 이젠 뭔가 기운이 없어 보인달까, 아니, 온몸의 힘이 쇠락한 듯한 그런 느낌이었다.

무슨 일이 있는 건가?

"레이니르 님의 정체에 대해서 알게 된 건 제가 은퇴하신 분을 대신해 부단장으로 승격되었기 때문입니다. 내부적으로 업무는 진행했었고, 제가 휴가를 마치고 돌아간 뒤에 정식으로 공표하기로 했지요. 외부에 계신 레이니르 님은 이런 소식까지는 듣지 못하셨을 겁니다."

레이니르의 실제 신분은 발키리의 1인자인 단장과 2인자인 부단장만 알 수 있었다. 부단장으로 승격된 게 사실이라면 타쿤이 아는 건 당연한 일이었다.

수긍할 수 있는 답이긴 했다. 전 부단장이 몇 주 전에 은퇴한 건 사실이고, 장차 단장 감으로 손꼽히는 타쿤이 그 자리를 이을 거라는 건 모두들 예상한 일이었다. 하지만 레이니르는 의심을 전부 털어버릴 수가 없었다. 뭔가 느낌이 좋지 않았다.

"다시 물을게요. 볼일이란 게 뭐지요? 답하세요, 타쿤 님."

"……말 그대로 제 개인적인 일입니다. 레이니르 님이 상관하실 바가 아닙니다."

타쿤은 한참을 망설인 끝에 그렇게 답했다. 목소리는 물론이거니와 그녀를 향한 눈빛 자체는 얼음처럼 차갑고 냉정했다. 레이니르와 눈이 마주치면 넋을 잃고 얼굴을 붉혔던 1년 전과 완전히 다른 태도.

그런 변화가 아쉬운 건 아니었다. 단지 궁금할 뿐이었다. 상냥했던 타쿤이 필요 이상으로 날이 서 있는 성격으로 변한 건 좀 이상했다. 뭔가 일이 있었던 모양이다.

"이번 일은 왕께 제가 말씀드릴 테니 레이니르 님은 신경 쓰지 않으셔도 됩니다. 일단 아이를 안전한 곳으로 옮기고 이 여자는 치안 전사들에게 넘기겠습니다. 그리고 시체는……."

아이에게 가까이 걸어갔던 타쿤은 말을 끝맺지 못했다. 저 멀리에서 무언가 무시무시한 것이 날아왔기 때문이다. 타쿤은 자신에게 방어마법을 사용하기 전에 레이니르에게 먼저 해주었다. 레이니르 또한 즉각 타쿤에게 방어마법을 씌웠으나, 날아온 것은 그녀의 방어마법은 물론 타쿤의 방어마법도 깨부순 뒤 타쿤의 심장을 꿰뚫었다.

레이니르는 소리 없이 비명을 지르며 타쿤에게 달려갔다. 잠시 가만히 서 있던 타쿤은 눈을 한 번 깜박인 뒤 그냥 무너졌다.

구멍이 뚫렸다. 새빨간 피가 흥건해서 잘 보이지 않았으나 레이니르는 타쿤의 심장이 반 이상 소멸했음을 모르지 않았다. 뛰어난 치료사들은 사라진 장기도 생성하고 잘려 나간 팔과 다리도 새로 솟게 만들지만, 두뇌와 심장은 없어지면 복구가 불가능했다. 타쿤은 심장이 반은 남아 있으나 이건 치명적인 상처였다.

죽는다. 타쿤은 곧 죽을 것이다.

그 사실을 직감했지만 레이니르는 당장 연락의 매를 형성해서 왕성의 치료사에게 이곳으로 오라고 요청했다. 그러나 연락의 매는 몇 미터 가지 못하고 스러졌다. 방금 타쿤을 공격한 자의 힘에 막힌 것. 레이니르는 이를 으득 깨문 뒤 일단 아공간에서 치료약을 꺼내 타쿤의 상처에 들이부었다.

"조심…… 어서…… 가세요. 다치지 말고……."

불과 몇 초 만에 얼굴에서 핏기가 완전히 사라진 타쿤은 보랏빛의 입술을 벌려 신음처럼 내뱉었다. 가망이 없는 그를 치료하지 말고 그녀의 안전을 우선하라는 말이었다.

레이니르는 순간 목이 메었으나 감정을 억눌렀다. 그녀는 계속 한 손으로 약을 타쿤의 상처에 퍼부으며 고개를 들어 저 멀리에서 다가오는 남자를 노려보았다.

어즈로였다. 한 달 전에 죽었다 살아난 뒤 아홉 살짜리 지니에게 빠져서 농락한 짐승 같은 인간. 그러면서 부인인 히네르를 미치게 몰아간 주범.

어즈로가 이렇게나 강했던가? 손꼽히는 실력자인 타쿤을 한 방에 이렇게 만들 정도로?

더군다나 어즈로의 공격마법은 타쿤의 방어마법은 물론 그녀의 것까지 뚫은 상황이었다.

설마…… 시체가 된 저 두 명의 남자들이 말했던 것처럼 드래곤이 어즈로의 몸을 입은 건가?

오랜만에 레이니르는 등골이 서늘했다. 더군다나 어즈로가 걸어올수록 그가 내뿜는 보이지 않는 마력이 공기를 더욱 얼어붙게 만들었기 때문이다.

"너, 드래곤이지?"

레이니르는 단정 지어 내뱉었고, 10미터 앞까지 온 어즈로는 움찔거리는 기색이었다. 레이니르는 상대가 자신을 공격하지 않는 것을 보고 확실하게 정체를 알게 되었다. 자신은 대륙의 중요 인물이었다. 드래곤이라면 손대면 안 되는 존재.

레이니르는 대놓고 이죽거렸다.

"아홉 살짜리 여자애에게 집착하다니, 변태 드래곤이네?"

"누가 변태냐! 지니는 내 반려이다! 나는 내 정당한 권리를 사용하는 것뿐!"

어즈로는 쇳소리 같은 드래곤의 목소리로 내뱉었다. 오랜만에 들어보는 소리 때문에 레이니르는 순간 심장이 쿵 하고 내려앉았다. 그녀는 자신의 반응을 무시한 채 되물었다.

"지니가 네 반려라고? 아직 아홉 살밖에 안 됐는데?"

황망했으나 레이니르는 자신의 경험을 미루어 그게 거짓이 아니라는 걸 알 수 있었다. 드래곤은 외모가 아니라 영혼을 보니까 충분히 가능한 이야기였다. 그러나 그렇다고 이대로 물러날 생각은 없었다. 레이니르는 고함질렀다.

"그렇다면 제대로 절차를 밟아 구애를 했어야지, 더럽게 농락해? 아무리 네가 드래곤이라지만 이건 미친 짓이야! 닥치고 그만 꺼져 버려! 지니에게 다시 접근도 하지 마! 이 변태 자식아!"

"한주먹거리도 안 되는 인간 따위가 감히 내게 명령을!"

눈이 뒤집힌 어즈로는 분노의 외침을 토해내며 달려왔다. 어느새 뾰족하게 솟아오른 열 개의 손톱을 레이니르의 얼굴로 뻗었다. 그러나 레이니르가 예상한 고통은 오지 않았다.

"너…… 너!"

한순간 결빙된 것처럼 모든 동작을 우뚝 멈춘 어즈로는 경악한 표정으로 레이니르의 이마를 뚫어져라 노려보았다. 마치 그곳에 어떤 보이지 않는 것이 찍혀 있는 것 같았다.

"그 징표는…… 너는, 너는 그분의 반려인가?"

어즈로는 기가 막힌 듯 한숨처럼 토해냈다. 그리고 레이니르는 깨달았다.

나는 정말로…… 그의 반려였구나.

다시금 심장이 아프게 고동치기 시작하자 레이니르는 얼른 손으로 눌렀다. 그자가 떠난 뒤, 모든 말이 다 거짓인 줄 알았었다. 하지만 아닌 모양이었다.

"정말…… 나는…… 가야 하는 건가?"

주춤거리더니 어즈로는 마치 허락을 구하듯 물었고, 레이니르는 또 다른 것을 깨달았다.

"내가 그자의 반려라서 내게 복종해야 하는 건가? 그런 거야?"

어즈로는 창백한 얼굴로 굳게 입을 다물었고, 레이니르는 답을 알아차렸다. 그녀는 상황에 어울리지 않는 쾌감을 느끼며 타쿤을 가리켰다.

"사라지기 전에 이 남자에게 네 살을 먹여서 힘을 줘."

"뭐라고? 너, 드래곤더러 인간 따위에게—"

"닥치고 어서 네 살을 먹여서 살려. 명령이야! 타쿤이 죽으면 너도 곤란할 텐데? 타쿤은 발키리의 부단장이니 대륙의 중요 인물이야! 다짜고짜 공격을 퍼부은 건 너야. 당연히 네가 책임져야지."

어즈로의 얼굴이 순간 허옇게 질렸다. 그는 이를 악물더니 타쿤에게 다가갔다. 내키지 않는 기색이, 아니, 혐오하는 기색이 역력했으나 오른손에서 살덩이를 조금 떼어내 타쿤의 보랏빛 입술 안에 집어넣었다.

"피도 내놔."

아무래도 타쿤이 살을 삼킬 여력이 없을 것 같아 레이니르는 서둘러 말했고, 어즈로는 몸을 부르르 떨었다. 인간 따위에게 피를 주느니 차라리 죽어버리고 싶은 마음인 게 분명했다. 그러나 그는 곧 흐르는 피를 타쿤의 입술 안으로 흘려 넣었다. 그러나 타쿤은 마시지 못하고 있었다.

"명령은 다 수행했다."

레이니르가 타쿤에게 시선을 집중한 사이 어즈로는 한마디를 남긴 채 그대로 바닥에 마법진을 만들어 사라져 버렸다. 레이니르가 뭐라 말을 할 틈도 없을 만큼 재빠른 행동이었다. 그녀는 속으로 욕을 퍼부은 뒤 서둘러 타쿤의 입술을 닫았다. 그러나 타쿤은 삼키질 못했다.

"죽으면 안 돼요. 타쿤, 조금만 힘을 내요."

그렇게 속삭였지만 타쿤은 여전히 움직이질 못했다. 그의 갈색 눈동자가 희미한 빛마저 잃어가자 레이니르는 최선의 선택을 했다. 예전에 '그 존재'가 그녀에게 그리 했던 것처럼 입술로 타쿤의 입술을 막고 혀를 건드렸다. 동시에 마법을 미세하게 써서 타쿤의 혀를 움직였다. 곧 타쿤은 입안에 든 것을 삼켰다.

드래곤의 살과 피는 즉시 효력을 발휘했다. 출혈이 멈추는 동시에 구멍 난 심장이 원래대로 돌아왔고 순간 멎었던 호흡도 다시 재개되었다. 그러나 눈동자의 빛은 돌아오지 않았다.

치료사를 불러와야 했다, 지금 당장!

레이니르는 서둘러 마법진을 만들어서 타쿤과 함께 이동하려고 했으나 그럴 수가 없다는 것을 깨닫게 되었다. 아까 어즈로로 분한 그 드래곤은 혹 그녀가 쫓아올까 봐 염려했는지 반경 백 미터 이내에서는 일정 이상의 마법을 사용하지 못하도록 만들었기 때문이었다. 전갈조차 보낼 수가 없었다.

"그 빌어먹을 도마뱀!"

레이니르는 욕설을 내뱉은 뒤 벌떡 일어났다.

"타쿤! 치료사를 데리고 올 테니 조금만 더 버텨줘요!"

이 마법을 깰 수도 있지만 상당한 시간이 소모될 테니 백 미터 밖으로 나가서 마법을 쓰는 게 더 빠를 터였다. 타쿤이 그동안 살아 있기를 간절하게 기원하며 레이니르는 서둘러 달려나갔다. 남은 건 두 구의 시체, 히네르와 지니 그리고 타쿤이었다.

타쿤은 아직 의식이 있었다. 움직일 수 없을뿐더러 말할 수도 없지만 정신은 아직 남아 있었다. 그는 이게 마지막이라는 것을 잘 알았고, 그래서 레이니르가 곁을 떠났다는 사실이 더없이 아쉬웠다. 하지만…… 그녀를 만났다. 그러지 못하고 죽는 줄 알았는데…….

만족스러웠다. 나름 괜찮은 마지막. 그러나…….

타쿤의 호흡이 정지하기 전이었다. 숨이 끊어지기 직전, 그의 머리 위로 시커먼 그림자가 드리워졌다.

2.

타쿤은 죽지 않았다.

숲 밖으로 나가자마자 연락의 매를 보내 후스카를의 조직원이면서 왕성 소속의 치료사인 본크를 즉각 오게 만들고 타쿤의 곁으로 다시 돌아오기까지 채 20분도 걸리지 않았으나, 레이니르는 타쿤이 살아 있을 확률이 아주 낮다는 것을 잘 알고 있었다. 하지만 정말 다행스럽게도, 그리고 기적처럼 타쿤은 숨이 붙어 있었다.

"괜찮을 겁니다."

갑자기 불려 나왔으나 빠르게 레이니르를 따라와 타쿤을 치료한 본크는 안도의 한숨을 내쉬었다. 40대 초반인 그는 아주 뛰어난 치료사였다. 웬만한 일에는 끄떡도 않을 만큼 강력한 능력자지만, 무리하게 힘을 쓴 덕분인지 온몸이 땀으로 흥건했고 낯빛도 나빴다.

"그런데…… 회복 속도가 정말 빠르군요. 살아난 것도 신기합니다. 상처가 아주 심각해서 이 정도면 사실 몇 분 못 버티는 게 정상이거든요."

본크가 이상하게 생각하는 것 같아 레이니르는 재빠르게 머리를 굴렸다. 아무리 상대가 후스카를이라고 해도 타쿤이 드래곤의 피와 살을 먹었다는 사실이 새어 나가서는 안 되었다. 사정이 어쨌든 간에 식인을 한 사람은 사회적으로 큰 배척을 받기 때문이었다.

"여왕께 받은 아주 좋은 약이 있었거든요. 정말 다행이에요."

레이니르는 눈가에 그렁그렁한 눈물을 담은 채 풍성하고 긴 속눈썹을 펄럭거렸다. 본크는 행복한 가정을 꾸리고 있는 유부남이었으나 순간 넋을 잃고 눈을 게슴츠레하게 떴다.

"그나저나 혼약식은 잘 진행됐나요? 가봐야 했는데 상황이 이래서……."

레이니르는 말을 돌리면서 의도적으로 아주 크게 아쉬움의 한숨을 내쉬었다. 예상대로 본크는 홀랑 넘어왔다.

"전 일반 치료사인지라 그 자리에 참석은 못했습니다. 하지만 잘 치러졌고 공주님과 카르 님께서 침실로 들어갔다는 말은 들었습니다."

"그렇군요."

"저…… 카르 님께서 오늘 누님인 레이니르 님의 참석을 기다리셨다고 합니다. 그리고 왕과 여왕께서도……."

본크는 조심스럽게 눈치를 보면서 말을 이었고, 레이니르는 정말로 마음이 뜨끔거렸다. 동생에게 미안했고 왕과 여왕, 공주님께 불경죄를 저지른 기분이었다.

레이니르는 한숨을 내쉬고는 말했다.

“타쿤 님은 사건을 처리하시다가 이런 일을 당하셨어요. 전 우연히 지나가다가 타쿤 님을 발견해서 본크 님을 부르게 된 거고요. 이렇게 알아두세요.”

본크는 비밀 정보 조직인 후스카를의 일원이었으나 레이니르가 후스카를의 단장이라는 건 알지 못했다. 그가 아는 건 레이니르가 그녀보다 윗선이고 무조건 명령에 복종해야 한다는 것 정도였다. 본크는 즉시 고개를 끄덕여 명령을 받들겠다는 뜻을 표했다. 하지만 이런 의문을 내놓았다.

“저기, 그렇다면…… 왕성으로 안 돌아가시는 겁니까? 계속 여행 다니실 생각입니까?”

“……아니오.”

레이니르는 고개를 저었다.

“이제 돌아가야죠. 이 사람들 처리도 해야 하고요.”

레이니르는 의식을 잃은 히네르와 아직 잠들어 있는 지니를 가리켰다. 두 구의 시체 또한 이대로 놔둘 일이 아니었다.

“제가 발키리들에게 전갈을 보내서 데려오겠습니다. 레이니르 님은 잠시만 기다리세요.”

아직도 반경 백 미터 이내에서는 마법을 쓸 수 없었다. 본크는 아랫사람답게 자리에서 일어나더니 사라졌다.

왕성으로 돌아간다…….

레이니르는 눈을 감았다가 뜨면서 타쿤의 옆에 앉았다. 몸 전체가 긴장감으로 뻣뻣해졌다. 그녀는 길게 숨을 내쉬며 타쿤을 다시 한 번 훑었다. 심장은 구멍 난 적이 없었던 것처럼 힘차게 박동하고 있었으나 안색은 여전히 파리했고 눈은 감겨 있었다.

레이니르는 아공간에서 물병과 손수건을 꺼내 손수건에 물을 축여 땀과 핏방울이 묻은 타쿤의 얼굴을 닦아주기 시작했다.

지난 1년 사이에 대체 무슨 일이 있었는지, 타쿤은 언뜻 말라 보일 정도로 상당한 체중을 잃은 상태였다. 광대뼈도 도드라져 보였는데, 이건 단점이 아니었다. 덕분에 뭇 여자들의 연심을 뒤흔들었던 준수한 이목구비가 더욱 또렷해졌다.

일부러 체중을 뺀 건가?

그런 생각이 떠오를 정도로 얼굴이 1년 전에 비해 훨씬 매력적으로 보였다. 레이니르는 잠시 타쿤의 얼굴만 뚫어져라 쳐다보았다.

뭔가…… 좀 이상하네.

정확하게 설명할 수 없었으나 레이니르는 타쿤의 얼굴을 바라볼수록 기묘한 느낌이 들었다. 뭐랄까, 익숙한 사람을 보는 것 같다고나 할까. 하지만 타쿤은 그녀에게 낯선 존재였다. 그런데 어째서 이런 거지?

레이니르는 저도 모르게 손을 뻗었다. 손끝이 타쿤의 뺨에 닿은 뒤에야 그녀는 자신이 접촉을 시도했다는 것을 깨달았다. 아무리 상대가 의식을 잃은 상태라도 잘 알지도 못하는 남자에게 이러는 건 처음이었다.

내가 왜 이러는 거야?

레이니르가 즉시 손을 거둘 때였다. 인기척이 나더니 본크와 함께 다섯 명의 발키리가 나타났다. 미리 간단하게 설명을 들었을 텐데도 두 구의 시체와 의식을 잃은 히네르, 지니, 타쿤 그리고 레이니르를 발견한 그들은 놀란 기색이 역력했다. 특히 레이니르의 짧은 머리카락을 확인한 발키리들은 눈을 튀어나올 것 같은 표정이 되었다.

"안녕하세요, 발키리님들."

레이니르는 살포시 웃으면서 인사했다. 발키리들은 조심스러운 태도로 마주 인사하며 가까이 다가왔다. 그녀는 황망해하는 그들에게 방금 본크에게 지시한 대로 우연히 이런 일이 생겼다는 사실을 알렸다.

"타쿤 님은 휴식을 취하시면 될 거래요. 그래도 혹시 모르니 왕성의 치료실로 옮겼으면 해요. 도와주시겠어요?"

레이니르는 상냥하게 부탁했고 발키리들은 즉시 움직였다. 그들 중 두 명은 아공간에서 간이 이동침대를 꺼내 타쿤을 편안하게 눕힌 뒤 옮기기 시작했고, 두 명은 각자 히네르와 지니를 안아 올렸다. 나머지 한 명이 시체를 지키면서 서 있는 가운데 레이니르는 타쿤을 따라갔다. 숲 밖으로 나온 뒤 그녀는 발키리가 만든 임시 마법진 앞으로 갔다.

마법진을 사용하는 건 익숙한 일이었다. 그러나 1년 만에 왕성으로 돌아가는 느낌은 굉장히 어색했다. 고향으로 돌아가는 기분이면서도 저지른 사고를 수습하러 가는 것 같기도 했다.

물론 사고가 있었던 건 맞았다. 드레카르 왕과 민 여왕은 공식적으로 어떤 말도 하지 않았으나 대외적으로 그렇게 알려진 상황이었다.

1년 전, 칼리 시의 도서관 앞에서 그녀는 큰 부상을 입은 상태로 발견됐다. 또한 주변은 피바다인데다가 살점도 널려 있었으며 약혼자는 흔적도 없었다. 즉, 진실을 알고 있는 몇몇 이들을 제외한 모든 사람들은 어떤 사악한 자가 레이니르의 약혼자인 버서커를 잔혹하게 살해하고 레이니르도 죽이려 든 것으로 생각했다. 또한 약혼자를 잃은 레이니르가 슬픔을 이기지 못하고 모습을 감춘 것으로 알았다.

그것이 사람들이 알고 있는 사실이었다. 실제와는 다른 것. 물론 그녀가 이제 혼자라는 사실 자체는 진실이긴 했다.

사랑하는 남자를 잃은 여자. 고독하게 홀로 남은 존재.

다들 그녀를 그렇게 생각하리라. 동정심으로 흘러넘치는 눈빛으로 바라보며, 불행한 여인으로 취급하리라.

그래서 떠났었다. 왕과 여왕께 그런 무례를 저지르면 안 된다는 것을 잘 알았으나, 종이에 몇 마디만 써놓고서 사라질 수밖에 없었다. 사람들의 표정을 감당할 수가 없으니까. 단순히 동정심을 받기 싫어서가 아니었다. 사람들의 눈빛을 통해, 세상에서 가장 비참한 여자라는 사실을 되새길 수밖에 없기 때문이었다. 정말로 버림받았다는 현실을 끝없이 기억하게 될 터.

사실은, 돌아가고 싶지 않았다. 그래서 지난 1년 동안 가족들은 물론이거니와 세상에서 가장 중요한 존재라고 생각하는 왕과 여왕께도 전갈 한 줄 보내지 않았었다. 후스카를의 단장으로서도 결코 해서는 안 되는 행동.

그러니 이젠 이따위 짓은 그만해야 했다. 그래야 할 것이다. 멍하니 더 떠돌아다녀 봤자 갈기갈기 찢어진 심장이 치료되는 건 아니기 때문이었다.

시간만 낭비하는 꼴이었다. 그 빌어먹을 도마뱀 때문에 이미 1년을 허비했는데, 더 그럴 수는 없었다. 그렇지 않은가?

그러니 이제 정신 차리고 원래대로 돌아가자.

레이니르는 다짐한 뒤 마법진 위로 올라섰다. 본크가 마력을 투여하자 마법진은 즉시 그녀를 왕성의 제1치료실 안으로 이동시켜 주었다. 본크가 미리 이야기했는지 내부에는 치료사들의 총책임자, 치료장과 고위 치료사들이 대기하고 있었다.

"어서 오세요, 레이니르 님."

치료장은 다른 사람들처럼 기뻐하면서도 그녀의 짧은 머리를 보고 깜짝 놀라는 눈치였다. 레이니르는 상냥하게 미소 짓는 것으로 인사를 한 뒤 발키리들이 타쿤과 지니를 바로 옆에 있는 침대에 조심스럽게 눕히는 것을 지켜보았다. 타쿤은 여전히 창백한 얼굴로 눈을 감은 상태였고, 지니는 수면 중이었다.

"흠, 다행히 아주 건강하군요. 휴식만 좀 취하면 될 것 같습니다."

치료장은 타쿤을 검진한 뒤 내뱉었다. 크게 안도하는 기색이 역력하자 레이니르는 살짝 놀랐다.

치료장과 타쿤이 가까운 사이였나?

"이 아이는 수면마법에 취했군요. 건강상의 문제는 없습니다."

치료장은 이어서 지니를 살핀 뒤 말했다. 레이니르가 아이를 깨우는 게 나을지 고민할 때였다. 치료실 안의 마법진이 빛나더니 두 사람이 나타났다.

"레니!"

민은 서둘러 움직였다. 민이 하도 거친 기세로 달려왔기에 레이니르는 순간 뒤로 떠밀릴 거라고 생각했다. 그러나 민은 바로 앞에서 멈출 뿐, 껴안지는 않았다. 대신 아주 조심스러운 태도로 레이니르의 손만 살짝 잡을 뿐이었다.

"레니……."

민의 눈동자에 안타까움과 슬픔의 눈물이 맺히자 레이니르는 여왕이 더없이 큰 죄책감에 시달리고 있다는 것을 깨달았다. 레이니르는 서둘러 두 손을 뻗어 민을 꼭 끌어안았다. 여왕이 먼저 허락하지 않았는데 이러는 건 너무도 불경한 짓이었다. 그러나 지금 이 순간, 레이니르는 눈앞에 서 있는 사람을 따듯하게 포옹해야 한다는 것을 잘 알았다. 자책감의 늪에서 허우적거리는 사람을 끌어 올리는 일이기 때문이었다.

"여왕님의 잘못이 아닙니다."

레이니르는 따듯한 목소리로 민에게만 전갈을 보냈다.

"여왕께서 약혼을 제안했기 때문이 아니에요. 반대하셨어도 그 일은 일어났을 거예요. 그건…… 제가 남자 보는 눈이 낮은 탓이었죠."

포옹을 살짝 푼 뒤 레이니르는 민과 시선을 마주한 채 살포시 웃었다.

"앞으로는 눈을 좀 높여야겠어요. 그러니 여왕이시여, 도와주시겠어요?"

"……그래요."

민은 목이 메었기에 입술을 축인 뒤 입을 열었다. 레이니르의 두 손을 꼭 잡은 채로.

"도와줄게요."

"감사합니다."

레이니르는 빙긋 웃은 뒤 민의 뒤에 조용히 서 있는 사람을 향해 허리를 깊게 숙였다.

"다녀왔습니다, 왕이시여."

드레카르는 아무 말도 하지 않았다. 평소의 그 차가운 표정 그대로 그냥 입을 굳게 다문 채 고개를 끄덕일 뿐이었다. 그러나 레이니르는 왕이 더없이 안도하는 눈빛으로 자신을 바라본다는 것을 잘 알았다.

정말, 크게 걱정 끼쳤구나.

예상한 사실이었다. 그러나 직접 이렇게 확인하게 되니 레이니르는 자신이 정말로 크나큰 잘못을 저질렀다는 것을 깨달았다. 그런 일이 벌어진 뒤 1년 동안 연락 한 번 하지 않은 건 해서는 안 되는 짓이었다.

"사죄드립니다."

레이니르는 이번에는 여왕을 향해 허리를 숙였다. 민은 괜찮다는 듯 손을 내젓고는 다시 레이니르를 꼭 끌어안았다. 레이니르는 낯익은 온기를 느꼈다. 그리고 익숙한 아늑함도.

"돌아와서 정말 기뻐요, 레니."

민은 조용하게 속삭였고, 레이니르는 정말로 자신이 집에 돌아왔다는 사실을 깨달았다. 동시에 시야가 뿌옇게 변했다.

눈물이 뺨으로 흘러내리기 시작했다. 주변에 왕과 여왕만이 아니라 치료사들과 발키리들도 여럿 있었으나 레이니르는 닦는 대신 그냥 흐르게 놔두었다. 그러고 싶었다. 더 이상은 이 감정을 참고 싶지 않았다.

이제까지, 괜찮아지려고 떠돌아다녔었다. 그러나 이 순간 레이니르는 그게 헛짓이었음을 알았다. 진심으로 그녀를 아끼고 사랑해 주는 사람들만큼 좋은 치료약은 없다.

이곳에 있을 것이다. 그래야 한다.

아직도 아프고 고통스러웠다. 차라리 죽고 싶을 만큼 괴로웠다. 그러나 이 사람들 곁이라면…… 완전하게는 아니더라도 조금은 더 괜찮아지리라. 이겨낼 수 있을 것이다.

콘 웅그르, 당신은 날 죽일 뻔했어. 거의 그랬지. 하지만 난 살아남았고, 이젠 목숨만 붙어 있는 정도로 만족하지 않고 기운을 낼 거야. 힘을 길러서 다시 내 인생을 살아갈 거야. 그리고…….

무언가가 갑자기 레이니르의 손목을 움켜쥐었다. 레이니르는 반사적으로 뿌리치려다가 누가 그랬는지 깨달았다. 방금까지 의식을 잃은 채 침대에 가만히 누워 있던 타쿤이었다. 그는 얼굴이 여전히 창백했고 게슴츠레하게 뜬 혼탁한 눈동자는 천장에 박혀 있었다. 그러나 그녀의 손목을 붙잡은 힘은 아주 강했다.

"타쿤 님?"

레이니르는 눈물을 닦을 생각조차 하지 못한 채 멍하니 그의 이름을 불렀다. 타쿤은 얼음물이라도 맞은 것처럼 몸을 부르르 떨고는 고개를 움직여 레이니르를 바라보았다. 초점이 잡히지 않는지 눈동자가 불안하게 흔들리고 있었다.

"이제……."

레이니르는 자신의 목소리가 흐느낌으로 가득하다는 것을 깨닫고 목기침을 했다.

"괜찮아요. 왕성으로 돌아왔어요. 걱정 말고 쉬세요."

"……마."

"네?"

타쿤는 보랏빛 입술을 달싹거려 희미하게 속삭였다.

"울지 마……."

타쿤의 눈이 스르르 감겼다. 잠시 거칠어졌던 호흡이 가라앉자 레이니르는 타쿤이 깊은 수면 속에 빠져들었다는 것을 깨달았다. 며칠이고 잠만 자리라.

"타쿤은 어즈로의 몸을 입은 드래곤에게 치명상을 입었습니다. 하지만 그 드래곤의 피와 살을 먹은 덕분에 죽지 않았습니다."

레이니르는 드레카르와 민만 들을 수 있게 전갈을 보냈다. 크게 놀란 게 분명했으나 드레카르는 평소처럼 무표정한 얼굴이었다. 그는 손을 뻗어 레이니르의 어깨를 살짝 두드렸다.

"그동안 겪은 일이 궁금하다."

"이야기해 드릴게요."

빙그러니 웃은 레이니르는 자신이 눈물을 멈췄다는 것을 깨달았다. 타쿤 덕분이었다.

회복하느라 힘들 텐데도 울지 말라고 위로해 주다니…….

"레니, 식사했나요?"

민은 레이니르의 손을 부드럽게 붙잡았다.

"아직 안 먹었습니다. 여왕이시여, 그동안 왕성의 요리가 그리웠어요."

특히 고기 요리가.

민은 레이니르의 속마음을 알아차리고 빙긋 웃었다. 드레카르는 웃음을 참기 위해 입을 굳게 다물었고, 레이니르는 민과 함께 치료실을 나서기 전 뒤를 돌아보았다. 타쿤은 눈을 감고 누워 있었다. 다행히 아까보다는 안색이 좋아진 것 같았다.

"어서 가요."

민이 손을 잡아끌자 레이니르는 고개를 끄덕인 뒤 왕족들의 보금자리로 가서 아주 오랜만에 고기를 뜯게 되었다.

"여전히 맛있네요."

레이니르는 음식이 목까지 차오른 뒤에야 포크를 내려놓았다. 정말 만족스러웠다. 그동안 제대로 식사도 안 했기 때문이었다.

"더 먹어요. 체중이 많이 빠졌네요."

민은 음식을 더 권하며 혀를 찼다. 레이니르는 여왕을 생각해, 그리고 5kg이나 빠진 건 사실이기에 한입을 더 먹었다.

내가 미쳤지. 도마뱀 하나 때문에 이 끝내주는 고기 맛도 잊고 살았다니.

레이니르는 멍청한 자신을 향해 상큼하게 욕을 날린 뒤 입을 열었다. 고기 공략에 집중하느라 말을 못했으니, 이젠 오늘 있었던 일에 관해 말할 때였다.

"어즈로는 한 달 전에 일어난 사고로 죽을 뻔했었지."

레이니르가 설명을 끝내자 드레카르의 눈이 가늘어졌다.

"그때 진짜 어즈로는 죽고 드래곤이 어즈로의 몸을 입은 것 같군. 비공식적인 방법이야."

드래곤이 인간 세상에 참여하는 방법은 공식적인 것과 비공식적인 것 두 가지가 있었다. 공식적인 것은 모든 드래곤들의 왕인 콘 웅그르의 허락을 받고 오는 것으로, 마력이 줄어들지도 않고 어떤 사고를 당해도 죽지 않았다.

콘 웅그르의 허락을 받지 않는 비공식적인 방법은 수없이 많은 금제禁制에 걸렸다. 죽기 직전인 인간에게 허락을 받아 몸을 대신 입는 것으로, 인간의 기억을 그대로 가질 수 있었다. 때때로 드래곤으로 변할 수는 있지만 한 번 몸을 입으면 30년 동안 벗어날 수가 없었다. 더군다나 마력도 절반 이하로 약화되고 무엇보다 인간의 몸이 죽어버리면 드래곤으로서도 죽었다. 그런 경우는 거의 없지만, 영생불멸할 수 있는 생명체가 세상에서 완전히 소멸할 수도 있다는 뜻이었다.

이 때문에 위험을 각오해야 하지만, 정체된 삶에 너무 오래 머무르면 미쳐 버릴 가능성이 높기에 거의 모든 드래곤들은 금제를 감수한 채 비공식적인 방법을 이용해 인간의 세상으로 내려오곤 했다. 그들은 인간의 삶을 즐기면서도, 왕족들처럼 대륙 전체에 일정 이상의 영향을 끼치는 사람들에게는 관여하지 않았다. 그건 반드시 지켜야 하는 철칙이니까.

"비공식이든 공식이든 문제로군."

드레카르는 미간을 찌푸린 채 고민하는 표정이 되었다. 지니는 왕족도 아니고 평민인데다가 부모가 돈에 눈이 멀어 양녀로 팔아버린 가난하고 어린 여자애에 불과하니까. 인간의 기준으로 보면 어즈로는 파렴치한 짐승이었으나 콘 웅그르가 만든 규칙에 따르면 죄가 없었다. 즉, 어즈로의 몸을 입은 드래곤은 지니를 납치하고자 얼마든지 덤벼들 수 있다는 뜻이었다.

"그 드래곤은 다시 지니에게 접근하지 않을 겁니다."

레이니르는 왕이 조그만 아이를 드래곤의 손아귀에서 어떻게 보호할지 고민하기 시작했음을 눈치채고 서둘러 말했다.

"제가 그렇게 명령 내렸습니다. 제가 그……."

이름을 직접 발음하는 게 너무도 힘들었다. 레이니르는 아주 잠깐 말을 멈추는 것으로 넘겼다.

"……의 반려라서, 제 명령을 들어야 하더군요. 아마 다시는 안 나타날 것 같습니다."

"그건 다행이군요."

민은 길게 안도의 한숨을 내쉬었고, 드레카르는 같은 감정을 느꼈으나 일단 상황 파악을 우선시했다.

"일단 지니는 몇 달 동안은 왕성에서 보호하겠다. 무너진 정신이 회복할 수 있도록 조치도 취하겠다. 남은 건 히네르뿐이군. 죗값을 치르게 해야겠어."

남편의 미친 짓을 알면서 고발하지 않았고 두 명이나 독살했으며 지니를 죽이려 들었다. 사형을 면치 못하리라. 레이니르는 처벌에 수긍했다.

"레이니르."

드레카르는 평소와 같은 목소리로 이어 물었다.

"후스카를의 단장으로 돌아올 생각인가?"

레이니르는 육중한 무게감을 느꼈다. 돌아온다는 건, 그전에 떠났다는 사실이 전제되어야 나오는 말이었다.

……그래. 나는 이곳에 머무르지 않았다. 힘들다면서 의무를 내던진 채 그냥 사라져 버렸었다.

자신이 떠났다는 건 물론 알고는 있었다. 잘못한 거라는 것도 잘 알았다. 그러나 지금 이 순간, 레이니르는 그 사실이 손으로 쥐고 있는 찻잔의 감촉처럼 생생하게 느껴졌다.

"네."

레이니르는 눈을 빛내며 대답했다. 자신이 실수한 건 사실이었다. 하지만 후스카를의 단장 자리에 자신만큼 잘 어울리는 사람은 없었다. 자신만큼 뛰어난 능력자도 없었다.

잘못을 저질렀으니, 앞으로 더 잘하는 것으로 증명할 것이다. 그럴 자신이 있었다.

"피곤해 보인다."

드레카르는 레이니르가 얼마나 굳건하게 각오했는지 잘 알았으나 그녀가 원하는 답을 바로 주지 않았다.

"오늘은 일단 쉬어라. 다음에 다시 이야기하자꾸나."

왕이 거절한 게 아니라는 건 잘 알았다. 그러나 당장 대답을 듣지 못하자 레이니르는 먹은 것을 토하고 싶을 만큼 속이 문드러지는 느낌이었다.

문득 알게 되었다. 기분이 이렇게나 바닥에 떨어진 건, 그만큼 자신이 후스카를의 단장 자리를 중요시 여긴다는 뜻이었다.

그건 사실이었다. 돌아가신 아버지처럼 후스카를의 단장이 되어 모든 것을 바칠 생각이었다. 아주 어려서 그렇게 결심했고, 그래 왔었다. 그런데 1년 전에 모든 것을 둔 채 그냥 떠나 버렸다. 더없이 무책임한 행동.

즉각 안 된다고 불호령을 내리지 않은 것만으로도 왕은 그녀를 배려한 것이었다. 레이니르는 감사히 고개를 끄덕였다.

"이만 물러가겠습니다."

"잘 자요."

조용히 대화를 경청하던 민은 레이니르의 손을 다시 따듯하게 잡아주었다. 레이니르는 왕과 여왕께 다시 한 번 감사의 인사를 올린 뒤 왕족들의 보금자리에서 나와서 그녀의 침실로 갔다.

가는 길에 마주친 사람은 발키리들과 몇몇 행정관, 시녀들뿐이었다. 그들은 레이니르를 보고 크게 놀랐다. 다들 환영하면서도 동정심을 품고 쳐다보는 표정이었다.

내일부터는 저런 사람들을 수없이 많이 보게 되겠지.

피로감이 파도처럼 다가오는 기분이었다. 사실, 오늘 있었던 일 때문에 꽤나 피곤한 건 사실이었다. 아니, 근본적으로 체력이 많이 떨어진 탓인 듯싶었다.

체력 단련을 해야겠어.

간단하게 씻은 뒤 레이니르는 침대에 몸을 던지듯 누웠다. 눈을 감자 익숙한 암흑이 그녀를 짓눌렀다.

제발…….

수면 속으로 빠르게 흘러들어 가면서 레이니르는 절실하게 기원했다.

오늘은 그의 꿈을 꾸지 않기를…….

콘 웅그르의 머리카락은 아주 길었다. 카르탄 왕국은 몇몇 남자들도 머리를 기르지만 허리까지 내려오는 길이는 흔치 않았다. 더군다나 묶거나 땋지 않고 그냥 놔둔 채 다니는 남자는 콘 웅그르 외에는 없다고 봐도 무방했다. 물론 그에겐 그게 어울렸다.

검은색의 최상급 실크를 보는 기분. 결이 무척이나 고와서, 손으로 잡으면 녹아내릴 것 같은 느낌도 들었다. 실제로 만지면 촉감은 더욱 황홀했다. 특히 알몸에 그의 머리카락이 닿으면 강렬한 쾌감까지 느껴졌다.

레이니르는 미소 지으며 그의 머리카락을 한 움큼 잡아 자신의 뺨에 문질렀다. 온몸으로 반가운 기쁨이 퍼져 나갔다. 그녀가 이어서 머리카락을 입술에 댈 때였다.

"뭘 하는 거지?"

그녀의 몸 아래에 누워 있는 콘 웅그르는 무표정했다. 그러나 의아하게 생각하는 눈치였다. 레이니르는 고개를 숙여 그의 입술에 쪽 소리가 나게 키스했다.

"당신 머리카락이 좋아서. 예쁘기도 하고 촉감도 아주 좋아."

"예쁘다고?"

콘 웅그르의 짙은 눈썹 끝이 위로 올라갔다.

"그건 너 같은 여자에게나 맞는 표현이다. 네 머리카락이야말로 아름답다."

콘 웅그르는 레이니르가 그러했듯 그녀의 머리카락을 입술로 가져가 키스했다.

"앞으로 절대 자르지 마라."

콘 웅그르의 말투는 명령조였다. 그러나 레이니르는 외모를 보지 않는 드래곤이 그녀의 머리카락만이라도 좋아하는 게 그저 기쁠 뿐이었다.

"알았어. 그렇게 할게."

드래곤의 왕에게 외모 칭찬을 받는 게 자랑스럽기도 했다. 그녀는 다시 고개를 숙여 그에게 키스했다. 콘 웅그르는 몸을 돌려 그녀를 침대에 눕힌 뒤 손으로 허벅지를 벌렸다.

"이곳도 머리카락과 똑같은 촉감이지."

콘 웅그르는 강렬한 욕망이 느껴지는 목소리로 속삭인 뒤 고개를 내렸다. 그의 손이 다리 사이의 숲을 부드럽게 쓸자 레이니르는 곧 닥칠 쾌감에 대비해 몸을 떨었다. 예상대로 그의 혀는 커다란 전율을 안겨주었다.

"사랑해."

절정 속에서 레이니르는 콘 웅그르를 꼭 끌어안으며 속삭였다.

"나도 사랑한다, 레이니르."

콘 웅그르 또한 그녀의 귀를 입술에 밀착시키고 말했다. 뜨겁게 사랑하는 그의 몸짓이 말하는 바는 분명했다.

진실로 나는 너를 사랑한다.

콘 웅그르는 그렇게 말하고 있었다. 그래서 레이니르는 육체의 절정보다 더 큰 환희 속에 다시 한 번 빠질 수 있었다.

"다시 말해줘."

헐떡이면서도 레이니르는 요구했다.

"다시!"

"사랑한다."

콘 웅그르는 끝없이 말해주었다. 쾌락에 지친 그녀가 잠들 때까지 끊임없이.

"사랑한다, 사랑한다, 사랑한다……."

더없이 만족하며 레이니르는 눈을 감았다. 잠시 잠들었다가 깨어나면 다시 그에게 사랑의 고백을 들으리라. 이 세상에서 가장 소중하게 생각한다는 고귀한 마음을 또 전해 듣게 되리라. 그게 기다려졌다.

레이니르는 까무룩 수면 속으로 흘러들어 갔다. 그리고 그녀는 눈을 떴다.

콘 웅그르는 없었다. 레이니르는 자리에서 벌떡 일어나 주변을 둘러보았다. 항상 사용하는 왕성의 침실이었으나 침대에 누워 있는 건 자신뿐이었다.

"콘?"

그녀는 그를 찾아 연결된 욕실로 들어가 보았다. 각자 다른 온도의 욕탕 세 개만 덩그러니 있을 뿐, 다른 사람은 없었다. 레이니르는 눈만 깜빡이다가 고개를 떨어뜨려 바로 앞에 있는 찬물 욕탕을 보았다. 차디찬 수면은 그녀를 여과 없이 반사했다.

남자처럼 아주 짧은 머리카락을 하고 있는 여자. 대륙 최고의 미인이라 불리는 미모는 여전하지만, 안쓰러울 정도로 몸 전체가 말랐으며 특히 광대뼈가 드러난 얼굴은 짙은 피로 때문에 어두웠다.

숨을 멈춘 채 레이니르는 천천히 움직였다. 차가운 물로 그득한 욕조로 들어가 머리 꼭대기까지 전부 담그고 눈을 꼭 감았다. 뼈저린 현실 때문에 솟구치는 눈물이 얼어버리기를 바라며.

레이니르가 침실 밖으로 나온 건 정오가 지난 뒤의 일이었다. 그녀는 단단하게 각오한 상태였다. 불편한 동정심을 줄줄 흘리는 수많은 얼굴을 보게 될 거라는 걸. 그들 중에 몇몇은 기쁨을 숨기고 있으리라. 모든 것을 다 갖춘 그녀를 시기하는 사람은 은연중에 꽤나 많으니까. 복도를 걷다가 만난 여자도 바로 그런 부류에 속했다.

"어머, 레이니르 님."

동쪽의 도시, 찬드라의 시장인 콜세의 외동딸 틴은 정중하게 고개를 숙였으나 입술 끝은 상대의 불행을 고소하게 생각하는 듯 위로 슬쩍 올라가 있었다.

엘 공주와 카르의 혼약식에 참석할 수 있는 건 왕국에서 어느 정도 지위를 갖춘 사람들뿐이었다. 일반인에 불과한 틴은 혼약식

장소에는 들어갈 수 없었으나, 시장의 가족 자격으로 연회가 진행되는 일주일 동안 왕성에 머무를 수 있었다. 이런 사람들은 꽤나 많았다. 장엄하고 거대한 왕성을 구경하기 위해서이기도 하고 다른 목적도 있었다.

왕성 내에서 의무를 수행하는 발키리들이나 행정관들, 시녀들은 왕국 최고의 혼약 상대로 꼽혔다. 권력의 정점인 왕과 여왕을 가까이에서 모시기도 하고 풍족한 금전을 받는데다가 사회적으로 우러름을 받기 때문이었다. 그들에게 눈길 한 번 받아볼까 싶어서 왕성에 행사가 열릴 때면 젊은 남녀들은 기를 쓰고 들어왔다.

겉보기에 틴은 그들과 경우가 달랐다. 마력이 희미할 정도로 거의 없지만 매우 아름다워서 어려서부터 아주 많은 이들이 그녀에게 뜨거운 흠모의 마음을 표현했기 때문이었다. 그러나 틴은 구애자들을 물리치고 왕성으로 올라온 상황이었다. 아무리 1년간 공백을 가졌다고 해도 후스카를의 단장인 레이니르는 그 이유를 모르지 않았다.

그 탐욕스러운 성질이 변하지 않았다면, 틴은 분명 본디 왕자를 낚기 위해서 이곳에 온 것일 터였다. 그리고.

"오랜만이에요. 그동안 잘 계셨나요?"

틴은 방긋방긋 웃더니 갑자기 깜짝 놀란 표정을 지었다.

"어머나, 눈가에 주름이 생기셨네요. 이제 레이니르 님도 30대로 꺾어지는 나이라 그런가 봐요."

"네, 그런가 보네요."

레이니르는 싱긋 웃으면서 그냥 넘겼다. 짜증은 나지 않았다. 사실 틴이 귀여울 따름이었다. 남들은 야를 레이니르가 대륙 최고의 미녀 가수지만 정치에 무관심하고 머리가 그다지 좋지 못한 여자로만 알 터였다. 자신이 정말로 그런 사람이었다면 이런 도발 아닌 도발에 발끈했으리라. 그러나 실제로는 죽음을 넘나들며 왕과 여왕에게 충성을 다하는 후스카를의 단장인지라 레이니르는 질투심에 눈이 멀어 강아지처럼 앙앙대는 이런 어린 여자애는 그냥 재미있었다.

"흠, 이젠 늙었다는 걸 인정하시나 보죠?"

레이니르의 기분을 털끝만치도 건드리지 못했다는 사실에 분개한 틴은 좀 더 직설적으로 말을 던졌다. 옆에 서 있던 틴 또래의 10대 후반 여자 몇 명은 친구의 무례한 말이 연속되자 경악한 기색이 역력했다. 레이니르는 이번에도 웃으면서 짧게 답했다.

"네."

틴은 정말 화가 난 표정이 되었다. 눈초리가 위로 쭉 올라가자 레이니르는 속으로 혀를 찼다.

저렇게 감정을 못 감춰서야 어쩌나. 저 빤한 성질머리로 대체 뭘 어쩔 건지.

"머리카락, 안타까워요."

틴이 씩씩대고 있었으나 레이니르를 흠모하는 다른 여자는 진한 아쉬움의 한숨을 내쉬며 입을 열었다. 사실 틴을 제외한 다른 여자들은 다들 그런 기색이었다.

"정말 예뻤는데 그렇게 짧아지다니……."

"레이니르 님의 머리카락은 보석보다 훨씬 아름다워요. 다시 길게 기르실 거죠?"

레이니르는 목이 바싹 말랐다는 것을 깨달았다. 머리카락을 극찬한 누군가가 떠올랐기 때문이다. 그녀는 간신히 내뱉었다.

"……글쎄요."

레이니르는 손으로 짧은 머리카락을 매만졌다. 타고난 머릿결은 1년간 거의 손대지 않았는데도 부드럽고 윤기가 났다. 지금도 충분히 아름답지만, 이전처럼 길게 기르면 더욱 빛나리라.

그러나 싫었다. 다시는 그 남자가 칭송한 그 상태가 되지 않으리라.

"이 길이가 마음에 들거든요."

레이니르는 1미터 거리에 있는 발키리를 쳐다보았다. 20대 중반의 남자로, 다른 남자들이 그러하듯 눈이 하트가 된 채 계속 그녀만 쳐다보고 있었다. 레이니르는 의도적으로, 그러나 은근하게 질문을 던졌다.

"이상한가요?"

"아닙니다!"

발키리는 두 손까지 마구 휘저으며 격렬하게 마음을 표현했다.

"예쁩니다! 더 어려 보이십니다! 십대 후반인 것 같습니다!"

"어머, 정말인가요?"

"정말입니다! 이 생명을 걸고 맹세할 수 있습니다!"

레이니르는 솜사탕 같은 눈웃음을 지어주었다.

"생명까지 거실 필요는 없어요. 칭찬 감사합니다."

코앞에서 대륙 최고 미인의 미소를 본 발키리의 눈이 게슴츠레하게 변했다. 레이니르가 나타나기 전까지는 자신에게 홀렸던 발키리의 표정 변화에 틴이 발끈한 건 물론이었다.

"전 약혼자가 죽은 지 1년밖에 안 됐는데 슬픔을 잊는 게 참 빠르시네요, 레이니르 님."

반응한 건 레이니르가 아니었다. 발키리의 얼굴이 돌처럼 굳어진 건 물론이거니와 틴을 쳐다보는 그녀의 친구들은 흡사 세상에서 가장 흉악한 범죄자를 보는 듯한 표정이 되었다. 레이니르는 이쯤에서 틴에게 반응을 보이기로 결정했다. 적절한 사람이 다가오고 있기 때문이었다.

"틴, 여기에 있었…… 레이니르 님?"

틴의 아버지인 찬드라의 시장, 콜세였다. 버릇없는 딸이 무슨 사고를 쳤을까 싶어 찾아다녔던 콜세는 경악할 수밖에 없었다. 딸 앞에 서 있는 레이니르의 눈가에 그렁그렁한 눈물이 맺혔기 때문이었다.

"레이니르 님! 어디 편찮으십니까? 갑자기 왜……."

"그게, 틴이……."

레이니르가 조용히 눈물 한 방울을 흘릴 때 틴의 친구 한 명이 답을 우물거렸다. 딸의 성격을 잘 알고 있는 콜세는 대번에 상황을 알아차렸다. 왕과 여왕에게 사랑받는 사람에게 무례를 범했다는 사실에 콜세의 얼굴은 백지장보다 더 하얗게 질렸다. 레이니르가 몸을 돌린 건 그때였다. 그녀는 두 손으로 입을 틀어막아 울음을 참는 척 가장한 채 침실로 뛰어갔다. 그리고 예상대로 얼마 뒤에 콜세가 몸을 부들부들 떨면서 그녀의 침실을 방문했다.

"죄송합니다. 제 딸이 아직 어려서…… 하지 말아야 될 말을……."

보랏빛의 얼굴로 콜세는 정수리가 땅에 닿을 정도로 몸을 깊이 숙였다.

"아니에요. 괜찮아요."

레이니르는 손수건을 꺼내 눈가를 힘껏 문질렀다. 이러면 눈물 때문에 눈이 부은 것으로 생각하리라.

"아닙니다. 정말 죄송합니다. 뭐라 드릴 말씀이 없습니다."

콜세는 식은땀을 줄줄 흘리고 있었다. 그는 굉장히 유능한 인재로, 능력을 중요시 여기는 왕과 여왕에게 아주 좋은 시선을 받고 있었다. 지금은 도시의 시장일 뿐이지만 훗날 상당히 높은 위치까지 올라갈 수 있는 사람이었다.

콜세는 자신에 대한 그런 평가를 잘 알았다. 그러나 레이니르에게 밉보인다면 모든 미래는 물거품이 된다는 것도 알았다. 물론 왕과 여왕은 사사로운 정에 이끌리지 않고 원칙을 중요하게 생각하지만, 레이니르는 군주들에게 상당히 특별한 존재였다.

"정말 괜찮아요. 하지만……."

레이니르는 은근히 운을 뗐다.

"틴 님은 이 왕성에 계속 머무르시다간 더 큰 실수를 저지르실 것 같아요. 걱정이 좀 되네요."

콜세는 즉각 고개를 끄덕였다.

"당장 틴을 찬드라로 돌아가게 하겠습니다."

"그러실 필요는 없는데……."

"아닙니다!"

콜세는 군기가 바싹 든 군인처럼 대답하더니 곧 사라졌다. 레이니르는 손수건을 아무렇게나 집어 던지고 히죽 웃었다.

귀찮은 파리 하나가 사라졌네. 그리고…….

이제 그녀 앞에서 누구도 전 약혼자를 직접적으로 거론하지 않으리라. 틴처럼 대놓고 약혼자를 입에 올려서 고문할 생각이었던 인간들에게 좋은 본보기가 될 터. 실수로라도 꺼내지 않을 것이다.

듣고 싶지 않았다. 레이니르는 '약혼자' 라는 단어 자체가 세상에서 사라지기를 바랐다. 물론 그 존재는 그녀를 그렇게 생각하지도 않겠지만…….

"지겨워."

레이니르는 냉소적으로 짧게 내뱉었다. 진심으로 지겨웠다.

지난 1년간 끊임없이 생각했다. 아니, 생각에 지배당했다. 머릿속은 물론이거니와 행동이나 말 한마디조차 전부 그에게 점령당한 채 짓눌려 있었다. 심지어 꿈에서조차 그랬다.

이제 그만할 때가 됐다.

왕과 여왕에게 돌아왔고 왕성으로 왔다. 확실히 마음이 많이 좋아지긴 했다. 온몸을 사정없이 긁어내리는 보이지 않는 가시가 뭉툭해진 기분. 하지만 그것만으로는 충분하지 않았다.

벗어나고 싶다. 벗어나고 싶어!

레이니르는 침대에 앉았다. 치솟은 기운을 전부 쓰고픈 충동에 바로 앞에 있는 시트를 붙잡았다. 손으로 힘껏 벌렸으나 찢어지질 않았다. 짜증이 난 레이니르는 팔찌에서 단검을 꺼내 시트에 깊이 쑤셨다. 아무렇게나 단검을 놀려서 시트를 자르고 찢어내는 데 열중했으나 만족스럽지 않았다. 좀 더 직접적으로 분기를 토하고 싶자 레이니르는 단검을 옆에 박고는 손톱 끝으로 시트를 찢어버렸다.

천이 갈라지는 소리는 귀에 거슬렸으나 레이니르는 계속 찢어내려갔다. 한참을 정신없이 그러다가 오른쪽 손등이 꽂혀 있던 단검의 날에 스쳤다.

생각지도 못한 통증은 아주 따끔했다. 심한 상처는 아니었으나 피가 약간 흘러내렸다. 레이니르는 이맛살을 찌푸린 뒤 무시하고 시트에 집중했다.

분이 풀린 건 시트 전부를 그야말로 걸레 조각으로 만든 뒤였다. 아니, 사실 그래도 기분이 나아지질 않았다. 근본적인 문제가 해결된 게 아니니까.

그 빌어먹을 도마뱀한테 완전히 벗어나려면 무얼 해야 할까?

레이니르가 막 그 질문을 떠올렸을 때였다.

"들어가겠다."

드레카르 왕의 전갈이었다. 레이니르는 그냥 멍하니 앉아 있었다. 곧 드레카르가 침실 안으로 들어왔다. 드레카르는 침실 여기저기에 쓰레기처럼 버려진 시트 조각을 발견하고 한쪽 눈썹을 치켜올렸다. 레이니르는 그제야 상황을 깨닫고 자리에서 벌떡 일어났다. 동시에 상처가 난 오른 손등을 왼손으로 잡아서 가렸다.

"왕이시여."

허리를 깊이 숙여 인사한 뒤 레이니르는 아주 천천히 고개를 들었다. 부끄러움에 얼굴이 화끈 달아올랐다. 드레카르는 예의 그 무심한 얼굴로 돌아가 입을 열었다.

"콜세의 딸이 방금 쫓겨났다더군."

역시 왕성 안에서는 소문이 아주 빠르네.

레이니르는 고개를 끄덕이며 설명을 덧붙였다.

"네. 그렇게 해달라고 제가 돌려서 말했습니다. 더 이상 그의 이름을 듣고 싶지 않으니까요."

솔직하게 털어놓자 드레카르는 잠시 생각하는 얼굴이 되었다. 레이니르는 왕이 성큼 그녀 앞으로 걸어와 왼쪽 손을 붙잡자 깜짝 놀랐다. 드레카르는 그녀의 왼손을 밀어내서 오른손을 드러냈다. 큰 상처는 아니었으나 단검 자국이 선명했고 피가 흘러내리고 있었다.

"레이니르."

왕은 아주 엄격한 목소리와 차가운 표정이 되었고, 레이니르는 죽을죄를 지은 기분이었다. 그녀는 어깨를 움츠린 채 왕을 올려다보면서 황급히 입을 열었다.

"자해한 게 아닙니다. 그냥 실수로—"

"나는 자해했냐고 묻지 않았다."

왕의 목소리는 아주 무거웠다. 레이니르가 감당하기 힘들 정도의 무게였다.

"실수라고 생각하겠다. 그러나 실수로 다쳤더라도 바로 상처를 치료하는 게 정상이다."

드레카르는 두 손을 벌려 침실 안에 가득한 시트를 가리켰다. 갈가리 찢어진 수많은 조각 가운데 몇 장에는 새빨간 핏방울이 묻어 있었다.

"아랑곳않고 이런 짓을 계속 하는 건 비정상이지."

"왕이시여—"

"야를 레이니르, 너를 이 시간부로 후스카를의 단장 자리에서 직위 해임한다."

레이니르는 바로 반응할 수가 없었다. 그녀는 마른침을 삼킨 뒤 호소하듯 다시 입을 열었다.

"왕이시여, 그런, 그런—"

"이 정신 상태로 공무에 임하게 되면 큰 문제가 발생할 거다. 왕국은 물론이거니와 네게도."

드레카르의 목소리는 차디찼다. 그러나 눈빛은 그렇지 않았다. 응당 옳은 일을 행하는 일국의 왕답게 않게 안타까운 미안함을 가득 담고 있었다.

"레이니르, 넌 그렇게 생각하지 않나?"

그녀는 입술을 벌렸으나 말이 나오질 않았다. 손등에 자리한 불꽃 같은 따끔한 통증 때문이었다. 그리고 손을 타고 흘러내리는 핏방울의 감촉도 생생했다.

"저는…… 저는……."

레이니르는 말을 할 수가 없었다. 드레카르는 손을 내밀었다.

"이제 넌 후스카를의 업무가 아니라 다른 것을 해야 한다."

드레카르는 레이니르의 어깨를 부드럽게 붙잡았다. 레이니르는 천천히 고개를 들어 왕의 눈을 보았다. 새까만 눈동자는 군주로서의 지배력이 아니라 깊은 부성애로 빛나고 있었다.

"다른 인생을 즐기거라."

레이니르는 알아듣지 못했다. 그녀가 눈만 깜빡이자 드레카르는 천천히 설명을 해주었다.

"후스카를의 단장은 네 삶 전체의 목표이지. 하지만 난 네가 다른 인생을 살아봤으면 좋겠다는 생각을 항상 했었다. 넌 이 세상에 후스카를의 단장으로서만 존재하는 건 아니다. 네겐 다른 삶도 있다. 넌 충분히 모든 걸 즐길 수 있어."

어렸을 때부터 한길만 걸었으니 이제 다른 길을 가보라는 뜻이었다. 레이니르는 머리로는 이해했다. 그러나 가슴으로는 수긍할 수 없었다.

오로지 후스카를의 단장, 그것 하나만 생각하면서 살았는데 이제 와 진로를 바꾸라고?

"너는 아직 젊다, 레이니르."

드레카르는 덧붙여 말했다.

"이제 겨우 스물여섯 살이다. 네겐 수많은 기회가 있다. 모든 분야에서 그렇지. 무엇이든 원하는 것을 붙잡으렴. 아낌없이 지원해주겠다."

"하지만, 하지만 제가 원하는 건 오직 하나뿐입니다!"

"그 생각을 바꿔보렴. 말이 쉽다는 건 잘 알고 있다. 그러나 넌 그렇게 해야 한다. 앞으로 살아가기 위해서. 그 상처를 극복하기 위해서. 너도 네가 지금 정상이 아니란 건 알 거다."

레이니르는 반박할 수가 없었다.

"당장은 받아들이기 어려울 거다. 며칠 생각해라. 그리고 깨달으렴. 너 자신을 위해, 아직 많이 남아 있는 네 남은 인생을 위해서 그래야 한다는 걸. 레이니르, 뻔한 말을 하겠다."

드레카르는 속삭이듯 이어 말했다.

"세상에 남자는 많단다. 네 인생에 단 한 명만 존재하는 건 아니다. 생각해 보거라."

차가운 왕답지 않게 부드럽게 당부하듯 말한 드레카르가 떠난 건 한참 뒤의 일이었다. 조용히 침묵만 지켰던 레이니르는 굳게 입을 다문 채 뻣뻣한 몸을 움직였다. 침대 위에 몸을 던지듯 눕고는 눈을 감았다. 어두운 세상 속에서도 그녀는 생생하게 느낄 수 있었다. 손등의 통증, 흐르는 피.

그가 눈을 뜨자, 후스카를의 일원이자 왕성의 치료사인 본크는 반색하며 가까이 다가갔다.

"타쿤 님! 괜찮으세요?"

타쿤의 눈은 어제보다 훨씬 또렷해진 상태였다. 초콜릿색 눈동자가 생기를 발하자 본크는 기뻐서 씩 웃었다. 그러나 의아하긴 했다.

그렇게나 큰 상처를 입었는데…… 더군다나 최소 며칠은 더 수면 속에 빠져 있을 줄 알았는데 하루 만에 깨어났네?

"좀 어떠세요?"

본크는 타쿤의 몸을 살폈다. 아주 건강하고 활기찼다.

으흠, 진짜 대단하네. 후유증도 전혀 없는 건가?

"레이니르."

타쿤은 짧게 내뱉었다가 순간 실수라도 한 것처럼 미간을 찌푸렸다. 본크는 약간 의아했으나 별생각을 하지 않았다. 정확한 사정은 모르겠지만 그 사건이 벌어진 장소에 같이 있었으니 찾을 만했다.

"잘 계세요. 와달라고 전갈을 보낼까요?"

"아니!"

타쿤은 고함지르듯 말했다.

"아직은, 아니다."

짐승이 거칠게 으르렁거리는 소리처럼 들렸다. 격렬한 기세에 본크는 움찔거렸으나 곧 고개를 끄덕였다.

"음, 알았습니다."

타쿤은 눈을 질끈 감았다. 마치 고통을 참는 듯한 행동. 본크는 재빨리 다시 살펴보았으나 상처를 발견하지 못했다.

"타쿤 님, 진료상으로는 이제 건강해지셨습니다. 하지만 아직 불편하신 것 같은데…… 맞죠? 좀 더 이곳에서 쉬시겠습니까? 아니면 타쿤 님의 숙소로 가시겠어요? 아시다시피 지금은 공주님과 카르 님의 혼약 기간이라 사람들이 많이 오가거든요. 조용히 쉬시려면 숙소로 가시는 게 나을 듯합니다. 공주님과 카르 님이 여행을 떠나시려면 며칠 더 있어야 해요."

"공주…… 님 눈에 안 띄려면……."

타쿤은 희미하게 내뱉었다.

"조용히 있어야 하겠군."

공주님을 방해하고 싶지 않다는 말인가?

본크는 그렇게 받아들였다. 타쿤의 말투가 좀 이상했지만, 정신적으로 좀 피곤한 모양이었다. 육체가 너무 빨리 좋아지더니, 이런 후유증을 앓나 보네.

본크는 대충 그렇게 결론을 내버렸다.

"숙소로 가시겠어요? 잠시만 기다리세요. 준비하겠습니다."

본크는 곧바로 자리를 떴다. 타쿤의 얼굴에 지독한 경멸의 빛이 떠오른 것을 보지 못한 채.

2권에서 계속…